紫の火花

岡　潔

朝日文庫

・本書は一九六四年六月、朝日新聞社より刊行されたものです。
・本書のなかには、今日の人権感覚に鑑みて差別的ととられかねない表現箇所がありますが、著者に差別の意図はなく、故人であること、執筆当時の時代背景と感覚を考慮し、作品自体の価値を尊重し、加筆修正は行わず、原文のままといたしました。

まえがき

満州事変の始る少し前、私はフランスへ行こうとして、シンガポールに来て、一人波打際に立った。

海岸には大きな椰子《やし》の木が一、二本、斜めに海に突き出ていて、遙か向うには二、三軒、床の高い土人の家が見える。私は寄せては返す波の音に聞き入るともなく聞き入っていた。そうすると突然、如何とも名状し難い強い懐しさの情に襲われて、時を忘れてその中に浸った。今でもこの時を思い出して、懐しさの情とはこれを言うのかと思っている。土井晩翠はここをこう歌っている、「人生旧を傷《いた》みては千古替らぬ情の歌」。

アンリー・ポアンカレーは「思想は長夜の一閃光にとどまる。されどこの閃光こそ一切なのである」と言っている。私の人生に表現せられた私の情緒を見ていると、やはり「長夜の一閃光」のように思えてくる。その閃光の中心がこのシンガポールの印象である。

この情緒の姿が真の私だとすると、私の過去も未来も、おのずから明らかであるように思える。

こういう私が、今のこのくにの世相を見ているうちに、いくばくかはこのくににいると思われる、私と同じ心の人たちに呼びかけずにはいられなくなって書いたのが、前の『春宵十話』であり、この『紫の火花』である。

「ひびきをあげよ月影に、しらべをつくる河水や、よしや林の深くして、眼には流れの見えずとも、月の光にさそはれて、夜の思を送れその琴」(藤村)『紫の火花』という表題は、旧い友人の(といっても会ったことはないのだが)芥川に、その激しい決意の表現を借りたのである。

一九六四年春

岡　潔しるす

紫の火花●目次

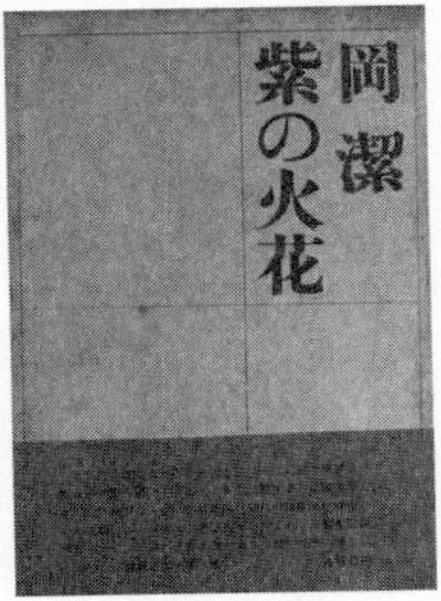

紫の火花

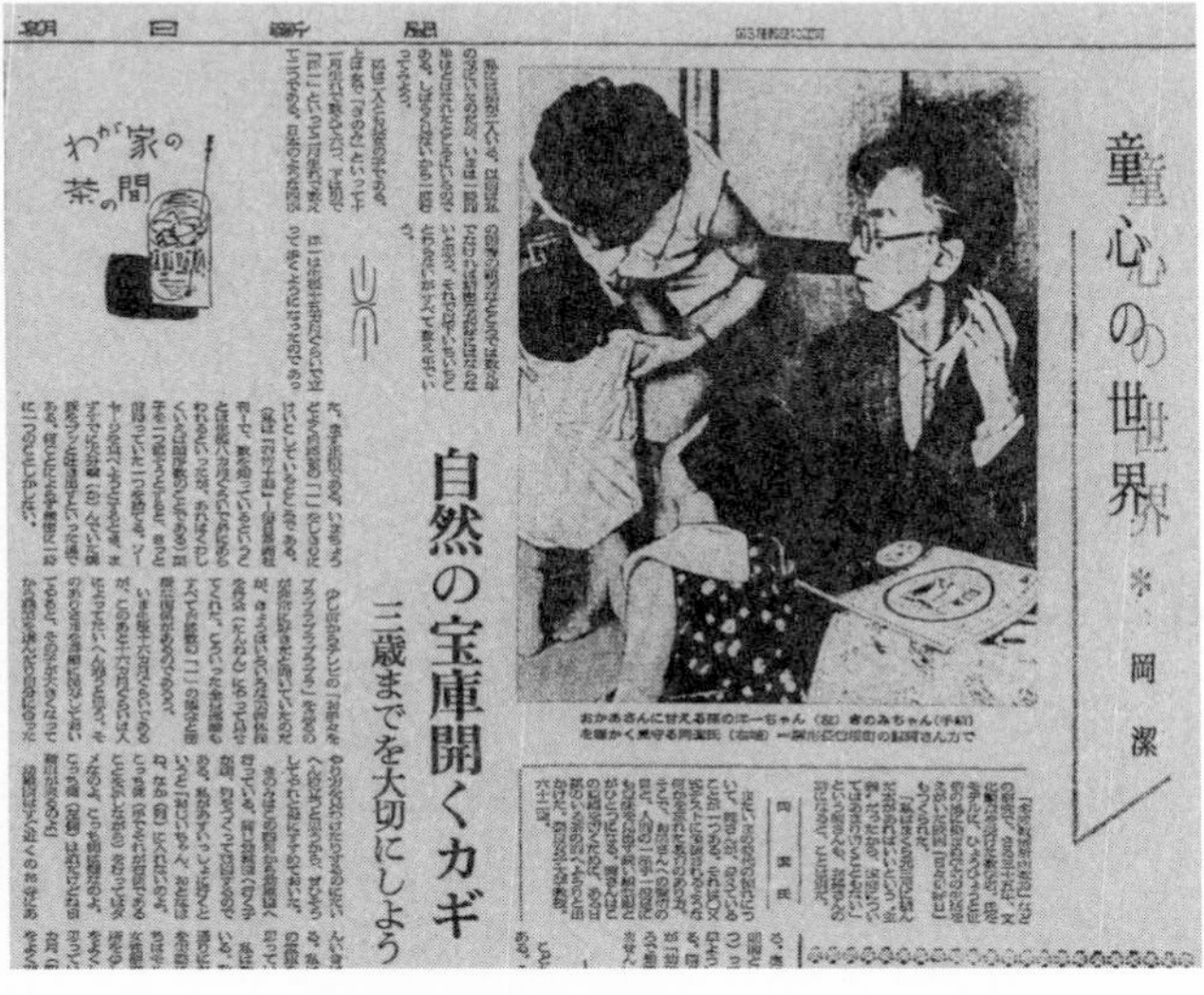
朝日新聞

童心の世界

岡潔

自然の宝庫開くカギ

三歳までを大切にしよう

わが家の茶の間

情緒

『春宵十話』でとりあえずお話したことを詳しくご説明しておきたいと思うのであるが、それには非常な難関がある。「情緒」を説くことがそれである。これについて私には自信はとうていないのだが、それをしなければ、私が本当に言いたいことは何一つ言えないことになってしまいそうであるから、押切って出来るだけやってみることにした。

1

芭蕉も漱石も滝を句によんでいる。ちょっと比べてみよう。

ほろ〳〵と山吹ちるか滝の音　　芭蕉
荒滝や満山の若葉皆な振ふ　　漱石

芭蕉の句はちょっと武陵桃源という気がしますね。これは情緒の調和である。これに対し漱石の句は、帖木児《チムール》北征の巷説《こうせつ》に大明国が震撼《しんかん》したことを連想するでしょう。これは物質の運動である。芥川（龍之介）は私に芭蕉の句の「しらべ」を教えてくれた（「芭蕉雑記」「続芭蕉雑記」、岩波版全集、第六巻）。その芥川さえこう言っている、「だが芭蕉の奥に何があるのだろう」。しかし私は、芭蕉の奥に入ってこそ「創造」というものがわかってくると思っているのである。情緒という大河を越えなければそこへは行けない。私はこころと言うと、何だか色彩が感じられないように思ったから、「情緒」という言葉を選んだのである。「春の愁ひの極りて春の鳥こそ音にも鳴け」と佐藤春夫は歌っているが、何もこれだけがそうではなく、情緒は広く知、情、意及び感覚の各分野にわたって分布していると見ているのである（この言葉の内容をそう規定しているのである）。私たちは明治以後、西欧の文化を取入れて大体その中に住んでいる。それからわずか百年位にしかならないのに、私たちはそれまで長い間絶えず身近に感じてきたものを、もうほとんど忘れてしまったようにみえる。

こんなことがあった。去年の十二月初めのある朝、私は四、五十分かかる電車の中にいた。そしてこんな問題を考え続けていた。キーパンチャーには普通若い女性がなるが、よく自殺をする。キーをたたくことがなぜ自殺したくなる原因になるのだろう。全く不思議である。しかも、この問題は非常に重要である。なぜなら近ごろの教育はだんだんキーをたたくことに似てきているし、社会人の生活もそうであるから。

しかしどうもわからない。大体、生きるとはどういうことだろうか、と思った。小学校の先生はどういう例を使って生きるという字を教えているのだろう。「みみずが生きている」――これは物質の運動である。「生命保険」――これは肉体という物質にかけた保険である。「生命」――これは複雑な物質が複雑な変化をするということである。

すべて物質現象であって、生きるという字を使わなくても言いあらわすことができる。では、生きるという字はいらないのだろうか。

この辺まで考えてきたとき、ふと窓外に目をやると、満目ただ冬枯れている中に、緑の大根畑だけが生きていた。知らず知らず、今日の小学校の先生になってしまっていた私は、ハッと平生の私に返って、アッこれだと思った。この緑の大根畑は「情緒」である。「頬が生き生きしている」「日々生き甲斐を感じる」——みな情緒が生きているのである。

電車はそのうちに山茶花の木でおおわれている小さな墓の前を通った。見慣れた墓である。山茶花はもう残っていなかった。私はふと、丈草か誰かの「陽炎《かげろう》や墓より外に住むばかり」という句を思い出した。自分の言うことを誰もわかってくれないが、もし親が生きていたら、というようなことがよくあるだろう。「わかる」とはどういうことだろう。考えはこの新しい問題に移って行った。初めの問題とごく近いという気のする問題である。

また小学校に返るが、先生が山とか川とか木とかを教えるとき、例をもって教える。児童のこのわかり方は、「感覚的にわかる」のである。「形式的にわかる」と言ってもよい。もう少し深くわかるのは、意味がわかるのである。これを「理解する」という。しかしここにとどまったのでは、いろいろの点で不十分である。まず知的に言って、進んで「意義」がわかるまで行かなければいけない。でないと、えてして猿の人真似になってしまう。意義がわかるとは全体の中における個の位置がわかるのである。だから、全体がわからなければ何一つ本当にはわからない。このわかり方は言わば心の鏡に映るのである。

しかし、今言おうと思っているのはそれではない。たとえば他の悲しみだが、これが本当にわかったたら、自分も悲しくなるというのでなければいけない。一口に悲しみといっても、それにはいろいろな色どりのものがある。それがわかるためには、自分も悲しくならなければ駄目である。他の悲しみを理解した程度で同情的行為をすると、かえってその人を怒らせてしまうことが多い。軽蔑《けいべつ》されたように感じるのである。

これに反して、他の悲しみを自分の悲しみとするというわかり方でわかると、単にそういう人がいるということを知っただけで、その人には慰めともなれば、励ましともなる。このわかり方を道元禅師は「体取《たいしゅ》」と言っている。ある一系のものをすべて体取することを、「体得」すると言うのである。

理解は自他対立的にわかるのであるが、体取は自分がそのものとなることによって、そのものがわかるのである。道元禅師は、

聞《きく》ままにまた心なき身にしあらはをのれなりけり軒の玉水

と言っている。

人の上にはこういうことをする智力が働いている。古人（明治までの人）はこれを真智と言った。前にのべた意義までわかるのも、今言った体取も、皆この真智の働きである。前のような働きを大円鏡智、今言ったようなものを妙観察智と古人は名づけている。

私には孫が二人ある。二人とも長女の子である。上は十一月生れで六つ（年はすべて数え年である）、下は二月生れで二つである。以前は私の家にいたが、今は二時間半ほどの距離にいる。それで私には、彼らが内面的にどう生いたってゆくかを正確に描写することはできないが、上の孫はもうカジを取ってやらなければならない時期なので、両親がそれを巧くやっているかどうかを時々見にゆくことはできる。数日前にも一度行ってきた。その孫はこの四月から幼稚園へ行っているので、私はその様子を見に行った。その時の話である。

園長さんは真言宗の尼さんで、本尊さまは観音さまである。その尼さんは朝は観音経を、夜は般若理趣経を上げておられる。それを聞いたので私はこう言った。「小さな子に花の美しさがよくわからないのは、頭の、美しさのわかる部分がまだよく発育していないためではなく、心をその花に注ぐ力が弱いからである。こころを花に集めることができさえすれば、大自然の真智はその心の上に働いて、その子にはその花の美しいことがよくわかるのです」（大自然というのは言わば奥行を持った自然というくらいの意味である。だから普通言う自然は、この大自然の上面《うわつら》ということになる）。

するとその尼さんはすぐにわかって、次のような面白い例を聞かせてくださった。幼稚園の子供たちにはまだ花の美しいことはわからない。しかし一人だけわかる子がいる。その子はよく私になついていて、私が花を植えるとそれを手伝う。花がつぼみをつけて少し色が見えてくると、すぐに見つけ、大騒ぎをして知らせにくる。花が美しいこともよくわかっているのである。しかし、ここへは時々娘さんたちがお花を習いにくるが、その人たちには花の美しさはわからない。

一九二九年から一九三二年まで私はフランスにいた。その間に、私は次のような「不思議」に目覚めた。俳句はわずか十七字の短詩である。自分の句の「評価」をどうしてするのだろう。今日非常によく出来たと思っても、翌日には、昨日のはあれは気のせいだったと思うかもしれない。むしろ今日の喜びが大きければ大きいほど、反動として、翌日はそれを強く否定してしまいたくなるだろう。

ところで芭蕉は本当によい句というものは、十句あれば名人、二句もあればよい方である、という意味のことを言っている。こんな頼りないものの、わずか二句ぐらいを得ることを目標にして生きてゆくというのは、どういうことだろう。にもかかわらず、芭蕉の一門は全生涯をこの道にかけたようにみえる。どうしてそのような、たとえば薄氷の上に全体重を託するようなことができたのだろう。この問題は在仏中には解決できなかった。帰ってからよく調べているうちに、だんだんわかってきたのであるが、その要点をお話しよう。

「価値判断」が古人と明治以後の私たちとで百八十度違うのである。一、二例をあげると、古人のものは、

「四季それぞれよい」「時雨《しぐれ》のよさがよくわかる」

である。これに対応する私たちのものは、

「夏は愉快だが冬は陰惨である」「青い空は美しい」

である。特性を一、二あげると、私たちの評価法は、他を悪いとしなければ一つをよいとできない。刺激をだんだん強くしてゆかなければ、同じ印象を受けない。こんなふうである。これに対し古人の価値判断は、それぞれみなよい。種類が多ければ多いほど、どれもみなますますよい。聞けば聞くほど、だんだん時雨のよさがよくわかってきて、深さに限りがない。こういったふうである。芭蕉一門はこの古人の評価法に全生涯をかけていたのであった。

この古人的評価の対象となり得るものが情緒なのである。

2

人は四次元的存在であって、三次元的断片だけを見たのではわからない。

学校の私の部屋（二階）の前に楠の一叢がある。毎年夏になると、天気のよい日には

碧条揚羽《あおすじあげは》が群れ遊ぶのを例としている。今も五、六匹は来ている。それが葉の緑と映えあって実にきれいである。しかし、こんなに碧条揚羽をうれしいと思うのは私だけであって、他の人にはそれほどではないであろう。

私は小学五年のとき（当時私は打出《うちで》という大阪と神戸との中間ぐらいの海岸に住んで、大阪の市内の小学校に通っていたのだが）、六月ごろのある日曜に箕面《みのお》へ昆虫採集に行って、この蝶を見て、一日中追回したのだが、とうとう採れなかった。私は六年から郷里和歌山県の小学校にかわった。家は大阪府との境の紀見峠という峠の上にあった。私はすぐ蝶の採集を始めた。梅雨明けの日、早速山の畑へ行ってみようと思った。かなり長い細い山の道を通って行くのだが、両側の木々はすっかり茂ってしまって、重なり合って、まるで木の葉のトンネルの中を行くようなものである。何という木か、ところどころに白い花をつけている。まだ若々しい木の葉の香りと、その花かどうか花の香りとが混って、一面に甘い匂いがたちこめている。ところどころ、すいて見える空には一文字蝶がゆっくりと飛んでいる。この蝶はもう十分あるからいらない。私の足音に驚くのか、それとも私が木の枝にでもふれるためか、ときどきいろいろな蛾《が》が飛立つ。上羽根が真白で、下羽根が真赤な大きなのもいた。しかし私は蛾は一切採らないことにしている。

そのうちに道が尽きて畑へ出た。カラッと視野が開ける。畑の端に櫟《くぬぎ》が植えてある。

この櫟が目当てだったのである。かねて見当をつけておいた一本のところに来てみると、見たこともない大きな蝶が羽根を合わせて止っている。私はハッと息をつめた。じっと見ていると、おもむろに羽根を開いてまた閉じた。何という美しい紫色だろう。私は言いようのない喜びに打たれた。これが大紫である。

碧条揚羽は峠の上には来ない。長い坂道を大阪府の側に下りると、杉の多い村があって、小流れも多い。碧条揚羽は、杉山の陰の小流れの杉の葉の散りしいた上に止って、その汁を吸っているのである（私はそう思った）。この蝶は櫟の幹の爛《ただ》れに来る蝶よりははるかに敏感である。飛翔力は、大紫はずいぶん強く、広い谷を一気に渡って消えてしまうが、この蝶のは非常に鋭く、急上昇して急角度にそそり立つ高い杉山を軽々と越え、隣の小流れへ降りるのである。なかなか捕捉できなくて、私は幾度か長い坂道を下ったものであった。

この二つの蝶は私には甲乙なく美しいのである。秋の嵐の翌日、私はこの辺では全く見掛けない美しい蝶を二種類もとった。私は中学校の入学試験に落ちたので、もう一度蝶の採集を繰返した。その碧条揚羽なのである。今、前の楠叢に群れ遊んでいるのは。

私は祖父にその唯一の戒律「他を先にし、自分を後にせよ」を徹底的に守らされたことをしばしばのべたが、父のことは余り話さなかった。しかし実際は、父は私に至れり尽せりの教育を施したのであった。だがここに一つだけ、私にも近ごろまでよくわからなかった教育法がある。

父は私の三高以前の教科書、雑誌、童話集、作文、絵等をみな屑屋に売ってしまったのである。あなた方もこのやり方についてよく考えていただきたいと思う。私はかつては佐藤春夫の「過ぎ去った幸福の家」という考え方にすっかり同感して、本当に「どの停留所からどんな電車に乗ればそこへ行けるか」と真剣に（これは冗談ではないのですよ、私はそういうたちの科学者なのです）その方法を探索したこともあった。

ここで将棋の二上さんの話をきいてみよう（「棋譜も雑然、洋服箱に」、朝日新聞、わが家の茶の間、一九六三・六・三〇）。かいつまんで言うと、こうである。二上さんは新聞に出た自分の棋譜をみな整理するつもりでスタートした。ところが実際やってみると、勝った棋譜はよいが、負けたものは見るのもいやである。それで結局、洋服箱にみな放りこんでしまうことになると言うのである。そう言ったものだろうなあ、と私は今さらのようにしみじみ思った。

サン＝テグジュペリの童話で、星の王子さまがその友人に羊の絵をかいてくれとせがむところがある（『星の王子さま』、岩波少年文庫）。描く羊も描く羊も、よぼよぼだったり、角が生えていたり、病気だったりして王子さまのお気に入らない。とうとう面倒臭くなったその友人は、箱に入った羊を外側から描いた。もちろん見た目には空気穴のあいている箱としか見えない。ところが王子さまはすっかり喜んで、こんなのが欲しかったんだよ、と言った。

もうあなた方に十分考えていただけたと思うから、父の教育法がどんなに私によかったかを具体的にお話しよう。父が私のために作ってくれた無形の箱の蓋を開けて二、三のものを取出してみよう。

まず「春宵」の二字がある。前に言ったように私は中学校の入学試験に落第した。そのころ雑誌は「少年世界」をとってもらっていたのであるが、その四月号の扉に中学生の制服を初めて着た少年が立っていて、うしろに春の月がカサをきていた。そして千金の子と春の宵と書いてあった。別に色彩はつけてなかったが、その情景が私には非常にきらびやかなものに見えた。そしてこんなになれたらどんなによいだろうとあこがれたり、私には果してそんな日が来るのだろうかと危ぶんだりした。五十年後、毎日新聞に十話を書くことになって、その上に二字置いてくれと言われたとき、私は即座にこの春宵を選んだのである。

また次のような歌がある。「みちを挾んで畑一面に、麦は穂が出る菜は花盛り、眠る蝶蝶飛び立つ雲雀、吹くや春風袂も軽く。……」（文部省唱歌、いなかの四季）。私にとってはこれ以上美しい歌はないのである（私はものを「歌」と「詩」とに分けている。とてもによいものであるが、たとえば芥川の作品の中にはそのまま詩であるものが相当ある。

『春夫詩集』（岩波文庫）は美しい歌である。漱石の『明暗』も、井上靖の『敦煌』も詩である。ゴッホの絵にはほとんど例外なく詩がある。大観の『瀟湘《しょうしょう》八景』には歌も詩もある）。

さらに底には「幼年画報」の表紙の紫苑《しおん》や葉鶏頭がある。私は十年間京都に住んだのであるが、秋ごとに岡崎の美術館の片隅に燃えるように咲いたのは、実にこの葉鶏頭であった。またこれで十年間奈良に住んでいるが、毎年板塀の上から美しくのぞいて秋が来たことを知らせてくれるのは、この紫苑である。

これでもう、私の言いたいことは大体おわかり願えたと思うが、何しろ最も枢要な点であると思うから、私の場合の例を今一つのべて、十分念を押しておきたいと思う。

一九二九年の晩春、私はパリの南の門ポルト・ドルレアンにある学生都市の薩摩会館の三階に、友人の物理の中谷宇吉郎さんと、廊下をへだてた筋向いの部屋に住んでいた。私の部屋の窓からはパリの郊外がよく見えた。「のいばら」が咲いていた。そのとき中谷さんは私にこう教えた「岡さん、数学について書いたことはみな日付を入れて残しておきなさい」。私はその時以来、今に至るまでこのことを実行している。今後も続けるつもりである。

大体レポーティング・ペーパーで二年間に二千ページほど書く。それを大体フランス語で二十ページほどの論文にして発表しているのである。ところで論文を書いてしまった後のものだが、これをためておいても決して見ようとしないのだから、結局狭い家をなお狭くするだけである。それで一年ほど前、風呂を焚くのに使ってしまった（ある知人にこのことを言うと、今後は自分にくれと言うから、そうすることに約束した。しかし何にするのだろう）。

これはたとえば写真のネガチブのようなもので、何もわからない間は非常に丁寧に書いてあるし、少しわかってきて結果らしいものが出始めてからは、書かないでもよくわかっているものだから、面倒がってほとんど書いていない。論文を書上げるまではこれで十分よくわかっているのだが、書上げてしまってしばらくたつと、読み直してみても、私にも何のことだか少しもわからない。こういう代物なのである。燃やしてしまうと一番完全なのだが、何もそうまでしなくても、これも私にとって無形の箱なのである。だからこそ、森羅万象《しんらばんしょう》がここにあるのであって、私は行こうと思えばいつでもそこへ行って住めるのである。

こう言った行き方の究極を、道元禅師は『正法眼蔵』で示してくださっている（岩波文庫、上、二九、恁麼《いんも》）。

……直趣無上菩提《じきしゆむじようぼだい》、しばらくこれを恁麼といふ（恁麼とは未知数xというくらいの意味）。この無上菩提の体たらくは、すなはち尽十方界《じんじゆつぼうかい》も無上菩提の少許なり、さらに菩提の尽界よりもあまるべし。われらも、かの尽十方界のなかにあらゆる調度なり。なにによりてか恁麼あるとしる。いはゆる身心ともに尽界にあらはれて、われにあらざるゆゑにしかありとしるなり。身すでにわたくしにあらず、いのちは光陰にうつされて、しばらくもとどめがたし。紅顔いづくへかさりにし、たづねんとするに蹤跡《しょうせき》なし。つらつら観ずるところに、往事のふたたびあふべからざるおほし。赤心もとどまらず、片々として往来す。たとひまことありといふとも、吾我のほとりにとどこほるものにはあらず。恁麼なるに無端に発心するものあり。この心おこるより、向来もてあそぶところをなげすてて、所レ未レ聞をきかんとねがひ、所レ未レ証を証せんともとむる、ひとへにわたくしの所為にあらず。しるべし、恁麼人なるゆゑにしかあるなり。（傍点筆者）

3

これで「情緒」とはどういうものかおわかりくださったと思います。私たちが緑陰をみているとき、私たちはめいめいそこに一つの自分の情緒を見ているのです。せせらぎを見ているときも、「爪を立てたような春の月」をみているときも、皆そうなのです。だから他のこころがわかるためにも、自分のこころがわかるためにも、「情緒」がよくわかると非常によいのである。ではそれにはどうすればよいだろうか。情緒の調和は分けられないから、この問題に対しても、やはり私に対してはどうであったかから入るのがよいと思う。

前にのべた父の作ってくれた無形の箱の中には、ずいぶん大切なものがある。何よりも国語、それから歴史。これらの価値はどれほど重くみても見過ぎることはないであろう。その後にあっては、何と言っても文学であろう。国語、国文学は歴史とともに国民の情緒の背骨を作るものである。これを軽んじては、国民はみな海月《くらげ》のように骨抜きになってしまうだろう。

道元禅師曰く「いかなるか過去心不可得といはば、生死去来と云ふべし。いかなるか現在心不可得といはば、生死去来といふべし。いかなるか未来心不可得といはば、生死去来といふべし」(『正法眼蔵』上、一九、心不可得《しんふかとく》)。

七月のある日、私は遠来の友人と二人で法隆寺を訪ねた。夢殿にしずかに雨が降っている。じっと思いにひたっていると、だんだん「籠りていますが如く」思えてくる。

中宮寺の如意輪観音は深く思いを凝《こ》らしていられるがごとくである。傍らの天寿国曼《てんじゅこくまん》茶羅《だら》を見る。太子がお若くておなくなりになったとき、御妃橘の大郎女《おおいらつめ》は大変お嘆きになり、推古天皇にお願いして百済の絵師に下絵を描かせ、宮中の采女たちに命じて刺繡《ししゅう》させ、あかず眺めておられたのがこの曼茶羅であって、天寿国というのは太子の今おいでになる所だという。今は刺繡が剝落して下絵の出ているものの方が多い。染料は色々な名の植物、蓮はエジプトのもの、花模様はペルシャのものだろうと友人は説明してくれた。色も変っていることであろう。大郎女のながめ入っておられた真新しいころは、童話の世界のようであっただろうと想像される。法隆寺を出て前の茶屋で昼食をとった。私の思いは天寿国から離れなかった。

薬師寺に聖観音菩薩を見奉った。東塔は大きさといい、全く素晴しい。法隆寺の塔は引締っていて男性的であるが、ここの塔はふっくらしていて女性的である。ともに美しい。

秋篠寺を訪ねた。伎芸天は今日の私の気持にはそぐわなかったが、案内して下さった住職の息子さんがサン゠テグジュペリの『星の王子さま』の愛読者であることはうれしかった。私たちは住職にお茶をご馳走になった。ふと目をやると、まだ降りつづいている雨の中に、一昨年の台風の痛手のまだ癒えない林があって、その下に「夏草」が茂っていた。私はまだ天寿国の曼荼羅を思いつづけていたらしい。あれから千数百年、今では（太子のみこ）山城王の墓のありかさえ定かでないという。私は「王の墓」を尋ね出そうと決心した（草のないときがよいだろう）。

王の墓梅探り尋ねあてばやな

淡海《あふみ》の海《み》夕波千鳥汝が鳴けば心もしのにいにしへ思ほゆ（人麿）

雲映す緑の風や平城趾

4

ところでこの情緒に対し、日本には独得なものがある。連句がそれである。

一九三六年の秋、私と中谷宇吉郎さんとは伊豆の伊東にいた。二人とも少し疲れたからしばらく休養するためである。そのとき、中谷さんの先生の寺田（寅彦）先生のおすすめにしたがって（と言っても、先生はもうおられなかった。私たちは先生の随筆集『蒸発皿』で読んだのであるが）、連句をしてみようということになった。

準備が大変である。私たちは寺田連句論を知っているだけで、連句そのものは見たことがない。俳句も、私は一句も作ったことがないし、中谷さんも厳密に言えばそうなると思う。それから寺田理論によると、西洋音楽も少しは知っていなければならないことになっているが、これについても、私たちは申合せたように少しも知らない。こういう状態において連句をしようと思い立つのが、私たちの私たちたる所以であって、やってみなければわからないと思い込んでいるのである。この点については私たちは全く同じ意見なのである。

連句は『芭蕉連句集』（小宮豊隆、岩波文庫）に外篇十、内篇六十九、計七十九収められている。これについては後に少し説明する。俳句は私は大急ぎで内容のない形式だけのものを二、三十作ってみた。中身がないのだからもちろん俳句とは言えない。連句の形式はともかくまず、長短合わせて三十六句からなる歌仙形式のものにしようということになって、「試みに蕉風に倣う」という前書きだけはできたが、細かい規定は知らないから、小宮さんに問合せの手紙を出した。

西洋音楽が大変である。幸い、奥さんがご結婚のときに大切に持って来られたベートーベンのスプリング・ソナタがある。レコード五枚裏表である。ほかに何もないから、私たちはそれを繰返し繰返しかけて奥さんに説明を聞いた。そしてどうにか次の言葉の意味がわかった「アダジオ（仇汐）、アンダンテ、アレグロ、ロンド、スケルツォ」。

さて連句であるが、多分幸田露伴の『猿蓑』の注釈だったかと思うが、ちょうどあったからそれを聞いた。どうも十分には腑に落ちないが、ともかくそんなものかなあと思った。どう思ったのかは忘れてしまった。『芭蕉遺語集』（改造文庫）も見た。この方は大分よくわかった。今ここにあるのは『去来抄・三冊子・旅寝論』（岩波文庫）である。大体同じと思うから、それから少しあげよう。

『去来抄』から

にっと朝日に迎ふよこ雲
青みたる松より花の咲こぼれ　　去来

ちょっと見ただけで奇麗だなあとわかる。感覚的情緒の調和である。

赤人の名は付れたり初霞　　史邦

鳥も囀る合点なるべし　去来

芭蕉は「移り」と言い「匂い」と言いまことによく出来たとほめたという。感覚、知情意のすべてにわたる情緒の調和であって、複雑な交渉が感じられるのももっともである。

くれ椽に銀土器を打砕き

身ほそき太刀の反る方を見よ

芭蕉は打てば響くが如しと言ったという。このつけ方を「響き」と言うのである。これは意志的情緒の調和である。

艸庵に暫く居ては打破り

命うれしき撰集の沙汰

このつけ方を「俤《おもかげ》」と言う。じかに西行等の名を出さなかったところを言うのである。意志的情緒と情的情緒との調和である。

『三冊子』から

人声の沖には何を呼やらん

鼠は舟をきしるあかつき　芭蕉

芭蕉が許六（だったかと思う）にこれを語ったとき、許六が暁の字を大いにほめた。芭蕉は自分の苦心を認めてくれる人がいたことを非常によろこんで、こう言ったという。自分がこの句を言い出したとき、一座はただ茫然として「是非善悪の差別もなく、鮒の泥に酔たる如く」だった、と。これは意志的情緒と感覚的情緒との調和であって、しかも感覚をあらわすものが「暁」だけで、しかも前句に「沖に」と位置が示されているから、「其の重きこと磐石の如し」なのである。こう見ればこのことはほとんど自明であろう。

桐の木高く月さゆる也

門しめてだまつて寝たる面白さ

芭蕉は「すみ俵は門しめての一句に腹をすへたり」と言っている。これは感覚的情緒を意志的情緒でどっしりと受けとめたのであって、その効果はもどって初めの句の上に働いて、桐の木高く、今度は本当に月がさえ渡っている。奇麗な月ですね。

このように連句は情緒という視角から見ると実によくわかる。逆も言える。『三冊子』から連句以外のものも少しとっておこう。

春雨はをやみなく、いつまでもふりつゞくやうにする、三月をいふ。二月末よりも用る也。正月、二月はじめを春の雨と也。五月を五月雨と云、晴間なきやうに云もの也。六月夕立、七月にもかゝるべし。九月露時雨也。十月時雨、其後を雪、みぞれなどいひ来る也。急雨は三四月、七八月の間に有こゝろへ也。

奇麗な情緒の流れを見るようですね、そうお感じにはなりませんか。

夕さりの事、さり〳〵て夕の間を云。冬さり、秋さり、みな初の秋冬にはいひがたき詞也といへり。

夕まぐれといふ事、間は休め字也。暮てたそがれ迄の間をいふ。しばしの間、人の見ゆるか見へざるかの程をたそがれといふ。誰かれといふ義理也。むかしは人倫にする。いまはそのさたなし。

何だか夢の中の情緒の色どりのようなものを感じて、変になつかしい気持になるでしょう。

侘と云は、至極也。理に尽たる物也と云。

情意的情緒の一つの色どりですね。

繰返して言うが、連句は「情緒の調和」とみるとよくわかる。そしてその中核は実に道元禅師の「直趣《じきしゅ》」である（サン＝テグジュペリの「ものそのもの、ことそのこと」という言葉はその方向のものである）。もっとも、当時はまだはっきり自覚しているわけではなかった。

連句の一例を芭蕉一門の代表作といわれる『猿蓑』（『芭蕉連句集』、岩波文庫）にとる。

市中は物のにほひや夏の月　凡兆
あつし〳〵と門〳〵の声　芭蕉
二番草取りも果さず穂に出て　去来
灰うちたゝくうるめ一枚　兆

此筋は銀も見しらず不自由さよ　蕉
　ただどひやうしに長き脇指　来
草村に蛙こはがる夕まぐれ　兆
　蕗の芽とりに行燈ゆりけす　蕉
道心のおこりは花のつぼむ時　来
　能登の七尾の冬は住うき　兆
魚の骨しはぶる迄の老を見て　蕉
　待人入し小御門の鎰《かぎ》　来
立かゝり屛風を倒す女子共　兆
　湯殿は竹の簀子侘しき　蕉
茴香の実を吹落す夕嵐　来
　僧やゝさむく寺にかへるか　兆
さる引の猿と世を経る秋の月　蕉
　年に一斗の地子はかる也　来
五六本生木つけたる潴《ミツタマリ》　兆
　足袋ふみよごす黒ぼこの道　蕉
追たてゝ早き御馬の刀持　来

でつちが荷ふ水こぼしたり　兆
戸障子もむしろがこひの売屋敷　蕉
てんじやうまもりいつか色づく　来
こそ〳〵と草鞋を作る月夜さし　兆
蚤をふるひに起し初秋　蕉
そのまゝにころび落たる升落　来
ゆがみて蓋のあはぬ半櫃　兆
草庵に暫く居ては打やぶり　蕉
いのち嬉しき撰集のさた　来
さま〴〵に品かはりたる恋をして　兆
浮世の果は皆小町なり　蕉
なに故ぞ粥すゝるにも涙ぐみ　来
御留主となれば広き板敷　兆
手のひらに虱這はする花のかげ　蕉
かすみうごかぬ昼のねむたさ　来

この中からところどころ一対をとり出してよく見てみよう。

「市中は物のにほひや夏の月

「あつし〳〵と門〳〵の声」

大体、意志的情緒である。庶民の生活が目に見えるような気がして、ちょっと久隅守景の名画『夕顔だな』を思うでしょう。

「草村に蛙こはがる夕まぐれ
　蕗の芽とりに行燈ゆりけす（蕉）」

情意的情緒の調和である。かもす雰囲気は非常になまめかしいものであって、若い日の芭蕉を思わしめるものがあるが、よく浄化されている。

「僧や、さむく寺にかへるか
　さる引の猿と世を経る秋の月（蕉）」

芭蕉は洛北紫野大徳寺のふすま絵を思い出して詠んだのでしょうね。しかし月が奇麗に澄んでいる。情意的情緒と感覚的情緒との調和である。

「こそ〳〵と草鞋を作る月夜さし
　蚤をふるひに起し初秋」

これもまた奇麗な月夜の情景ですね。月の美しい感覚によって一家の情意がよく結ばれている。一幅の名画である。

「手のひらに虱這はする花のかげ
かすみうごかぬ昼のねむたさ」

ときわの春ののどかさでしょう。
これが古今の名作の一つ「市中」である。

こうして私たちは、どうにか準備ができたから始めた。中谷さんは去来をもじって、雷の研究をしていたから「虚雷」と自分でつけた。私は「海牛」とつけてもらった。私は丑年の生れだからで、何でも海牛というのは海の動物で、別に害はないのだが、何だか薄気味が悪いから人は触らないのだという。私は聞いていて「余りよい名ではないな」と思ったが、うっかり口に出して言うと、「では自分でつけなさい」と言われては困ったことになる。まあ無害ならばよかろうと思って黙認することにした。そして三十六句よみ上げて小宮さんに送った。奥さんは非常に巧くできたから作曲すると言っていた。どこかに保存してあるはずだが捜し出せない。記憶をたぐってみると、十三句も忘れてしまっていて二十三句しか出てこない。あれからまだ三十年位しかならないのに、人の記憶というものは、と言っても私だけかも知れないが、駄目なものである。やはり印象でなければ役に立たない。それで始めと終りとだけ書いておく。

秋晴れに並んで乾く鯵《あじ》と烏賊《いか》　虚雷
蓼《たで》も色づく溝のせゝらぎ　海牛
夜毎引く間取りをかしく秋更けて　牛

さて目覚むれば烟草値上がる　　雷

私は構想を建直し建直しして数学の研究をして、とうとう疲れてしまったのであって、その努力感の記憶をそのまま三句目に型にとって一巻の趣向をきめた。中谷さんはそれをよく知っていて、この句は岡さんでなければ詠めない句だと口では言いながら、四句目でこのように肩すかしをしてしまったのである。私はすっかり戸惑ってしまって、次の句が付けられなくて苦心惨憺した。今、どうしてもこの五句目が思い出せないのである。こう言うものである。これは努力感の記憶であって、純粋直感の印象ではないからである。終りを言うと、

青空を富士つき抜けて今朝の秋　　雷
日数も夢の命うれしく　　牛
大事そに手に受けてみる初霰　　牛
綿入れ羽織縫ひ反す夜　　雷
そつと出て障子に蒼き冬の月　　雷
湯殿はうつる影の黒猫　　牛
花片も八幡宮の常夜燈　　牛
衣《きぬ》ひるがへし油さす人　　雷

私が帰ったあと、当時北大の数学の教授だった吉田洋一さんが伊東に来て、残ってい

た中谷さんと連句した。始りはこうである（吉田さんのペンネームは忘れてしまった）。

行く春や旅には軽き衣かな　　虚雷

日はうららと麦をふむ人　　洋一

吉田さんはこの付《つけ》をしているうちにすっかり感興が乗って、連句というものは面白いものだなあと思ったという。ところが出来上がって小宮さんに送ると、「麦をふむ人」を「麦の黒土」と直してあった。これはまるで「紀元節」と高く澄んでいるのを「建国祭」と重苦しくされてしまうようなもので、少しもうらうらとしない（なお、建国祭と言えば歴史だろうが、紀元節といえば伝説である。歴史は時として真偽不明でさえあるが、伝説は民族の血潮の中に脈々と伝わっているのである）。

吉田さんは大不平で、「貴兄もさぞかしご同感と思うが」に始る手紙を私によこした。それで私の不平も少し披露すると、「蓼も色づく」を叱られたが、「友情の感謝」は口には出しにくいものである。それにこの句を心なしと言うなら、「さて目覚むれば」の方もそう言わねば片手落ちというものであろう。それから三句目を『猿蓑』の「書きなぐる墨絵をかしく春暮れて」に似ていると言うのだが、内容が全く違っていることはお気付きにならないとみえる。それにこれは三句目ではないのである。もっとも小宮さんもお忙しかったのであろう。しかし、おかげで奥さんは作曲しては下さらなかった。

寺田先生は歌仙形式以外にいろいろな形式を試みておられる。拾いあげてみよう。

「三つ物、二枚折、二つ折、二枚屛風、TORSO、片々」まだ他にも形式があったように思うのだが（寺田寅彦全集、第十二巻、岩波書店）。

私はもっと簡単な形式の連句を一つ提案したいと思う。それは「廻し連句」とでもいうべきもので、かりに賛成者が全国に十一人（奇数）あるとすると、順序だけきめておいて、一首ずつよみ添えて四回ほどまわすのである。何の制限もおかないのである。もちろん、上手下手なんか、かまわない。人数さえできればすぐにでも始めたいと思っている。

情緒がよくわかってくるとどういうよいことがあるのかという問いに対しては、いずれ順を追うて答えていくつもりである。始めに言った通り、それらを詳しくお話したいから、まず「情緒」そのものを、説明することの難しさを押切って、正面からお話したのであった。もう情緒があるなどと思うのは気のせいにすぎないなどと言う人はないと思う。

情緒がよくわかるように教育するとどういう利益があるかを、一つだけここで言っておこう。情緒がよく見えるようになると、自分の今の心の色どりがすぐにわかるから、いやな心はすぐ除き捨てるようになる。これは実に「念の異を覚する大菩薩の戒」の守り方である。それが一般の人たちに容易に実践できるようになる。そうなるとどんなによいだろうとお思いになりませんか。

すみれの言葉

春の野のすみれは、ただすみれのように咲けばよい、——といつか私は言ったことがあるが、その言葉を一度、詳細に説明しておこう。このことは、非常に意味のあることのように私には思われるのである。

1

私は一九〇一年の四月に生れたのだが（よく年のことを言うが、みな数え年である）、戸籍は三月生れになっていて、七つから小学校へ入った。このとき、私は数字について は漢字の「九」という字を一つ知っていただけである。数はどれくらい知っていたのか、全然思い出しようがない。

そんなふうなありさまの六つの時、私はごく近い親戚の中学生といっしょに寝たことがある。多分、宿題だったのだろう、その中学生は開立の九々を繰返し繰返し言っていた。私はそれを子守歌のように聞きながら眠ったのだが、明くる朝起きてみると、開立の九々をみな言えるようになっていた。それ以来今日まで忘れたことがない。

ここでちょっと、教育のことを言っておくが、小学校へ入る少し前から小学校の一、二年、大体このころは、努力しなくても覚え、覚えたら忘れないという記憶力の非常に強いころじゃないかと思う。むかしは寺子屋で、いろいろな漢籍を見て暗記させ、あるいは意味を教えないで字を覚えさせたのだと思うが、例えば字だと、このころならずいぶん沢山、わけなしに覚えてしまうのじゃないだろうか。ともかく、字を覚え込む力(どう字を書くかを覚え込むのだが)は、小学校へ入ってからでは後になるほど減るのである。ところが現在の教育では、この減ってゆくほどずつよけい覚えさせようとしているように見えるのだ。これはおかしなことである。どうも智能というものは、水道の水がバケツにたまるようなもので、時間に比例してたまる、或いは後ほどよけいたまるものと決めてかかり、すべて立案しているのではないかと思われる。

話を開立の九々にもどして、それでは意味もわからない開立の九々を知っていたら、一体どんな利益があるというのだろう。ちょっと意味がないように思われるかもしれない。しかし実は、何となく開立を知っているというだけで、先生がごくやさしい足し算を教えたり、開平の九々を教えたりしているのを見ると、非常にばからしく見えて、そういったものをやすやすとこなしてしまうようになる。例えば、水の一杯はいった水槽を高く挙げるようなものであって、その水槽の下にホースでもついていると、締めている間は同じだが、一たん開いた時に出る水の勢はまるで違う。素読についても、これと同じことがいえると思う。

大自然——と言うと、少し奥行のある自然というぐらいのものだが（大という字は絶対という意味で大きいという意味ではない）、この大自然が直接、人の子を教えた時はいつもこのやり方で、まずポテンシアル・エナージー（位置エナージー）をあげ、次にカイネチック・エナージー（運動エナージー）に変え、またポテンシアル・エナージーをあげ、またカイネチック・エナージーに変え……というふうに教えていったのではないか。学校教育も、そうしようと思えばできるのであって、またそれがよい教え方ではないかと思うのである。傾斜をゆるくして流すと、水の勢はまことに弱い。少し泥があると、すぐとまってしまう。

さて、こんなふうにして私は開立の九々を覚えたのだが、開立を子守歌のように覚えるには、一体どれくらい数について知っていたらよいのか。調べたいと思うが、前にも言ったように、何も思い出せない。

その後の算術（私たちの時は算術といった）について思い出せるだけ思い出してみると、算術については、私は学校で教わったことは何もないように思う。そのこと以外は、つまらないことしか思い出せないが、二つだけある。一つは六年の算術の教科書の応用問題に、碁石算というのがあった。これは私自身では解けなくて、先生に教えてもらった。私は小学校の六年から中学の入学試験を受けて落ち、一年間高等小学校へ行って、それから中学校へ入ったのだが、その最初の試験のとき、鶴亀算の形を変えたものが応用問題に出ていた。これも考えたが解けなかった。この二つを除いて、それ以後、さいきんまで数学の問題で私に解けなかった問題は一つもない（数学で私たちが問題を解くというのは、この意味に解釈しているのであって、教えられた問題を解くとか、教えられて次に繰返すとか、基本を教えられて解くというようなものは、解いたとは言わないのである。解いてしまわないうちに教えられると、それはもう解けない問題になってしまう）。

ところで、最近になって解けない問題が二題ある。なぜ二題出たかというと、もはや解けるまでやっていたのでは、私に残された時間が限られていて、私の本当に目標としていたところをやるいとまがなくなるかもしれない。それで途中でやめてしまったのである。もし解決されたところまでを発表しようとすれば、条件つきで出すことになる。数学では一般にそうしているし、数学を科学的な方法で研究するには、これもよい方法かもしれない。しかし私は、数学とは解けてしまわなければ数学したことにならないと思っているので、条件つきのものは、一つも出していない。

それで私に解けなかった問題は、算術の二題と最近の二題、この四題ということになる。これ以外にはない。

なお、さきに私は学校で何も教えてもらわなかったと言ったが、これは実に大事なことである。シナの上代の堯の世に鼓腹撃壌の歌がある。「日出でて耕し、日入りて憩う。

帝徳いずこにありや」。教育の極致はやはりこれだろうと思う。こうしなければ本当の天才は育たない。

2

三高の学生だったころ、秋山武太郎氏の『幾何学つれづれ草』という本が書店にあった。扉を開いて、はしがきを読んでみると、こう書いてある。

二次曲線は二直線に分解する場合は別だが、そうでなければ、五点を決めると、それを通るものはただ一つにかぎる。それで二次曲線上の六点は、ある性質を持つ。これをパスカルの定理という。

その証明だが、この定理の証明の要点は、二次曲線が円である場合に証明できればよい。それで円に関するパスカルの定理の証明法が問題になるのだが、秋山さんは、自分は非常にうまい証明法を発見した。『幾何学つれづれ草』を書いたとき、そのあとにこれを入れようか、入れるのをやめようか、と大分考えた。なぜかというと、うっかりこれを入れて、この本が他のつまらない数学の参考書の雑解などとともに、古本屋の棚の上にあるのを見たら、まるで自分の愛児がごみ箱に捨てられているような気がするだろう。それがいやで、大分入れるのを躊躇したが、ついに思い切って入れることに決めた。こう書いてあった。

それを読んで私は早速その本を買ったのだが、本文は大学を卒業するまで読まなかった。卒業すると、すぐ北陸の方へ旅行したくなったので、古本屋を連れてきて、この棚とこの棚と二つでいくらに買うかと値踏みさせて売ってしまった。その金で旅行したわけだが、私はいまだに秋山さんの証明法なるものを知らない。

大学の一年のときは、私は京都大学の物理学科にいた。その冬休みにフォルサイスの小微分方程式とそのキー（鍵）とを借り、微分方程式を解いた。キーを借りたのは、問題の解法が見付かっても、キーがなければ、もっとうまい解法があってもわからない。それで解いた後でキーの解法と比較してみるために借りたのである。

一月は十日頃までしか休みはなかったが、一月中ぐらい学校を休んで家にいた。家は峠の上にあった。客のために建てた二間つづきの座敷を借切り、毎日そこで問題を解いた。かなり寒い。夜なんか、雨戸を少し開けておくと、そこから粉雪が降り込み、書院にまで吹込んでくる。火鉢には鉄瓶がかけてあって、音をたてている。しばらく問題を解いて、ふと気がつくと、もう夜も大分更けている。父がそっと縁側の外へ回ってきて置いていったものとみえて、菓子盆に菓子を入れたのが縁側の隅の粉雪の上にある。骨を折って問題を解き、キーを見ると、ときどき素晴しくうまい解き方がある。こんなふうに解けば解けるものかと思った。実に面白い。一番面白く問題を解いたのはこの冬だったと思う。

3

岩波新書に時実（利彦）さんの『脳の話』という本がある。その本によって言うのだが、大脳にはいろいろの中枢があちこちにある。しかし、共通の広場もあって、大脳の総合的な働きはここで行われる。だから、共通の広場はたいへん重要な意味をもってくる。この共通の広場は、数でいうと三つで、大脳前頭葉に一つ、大脳側頭葉は左右にあるから二つ。しかし側頭葉の左と右は、言語中枢に関してだけ違うが、あとは同じで、連絡もとれているから、種類からいってまず二種類とみてよい。

この二つの広場の比較だが、大脳前頭葉は感情、意欲、創造をつかさどり、側頭葉は記憶、判断となっている。数学は大脳前頭葉を使って考える学問の一つだが、そのことをくわしく述べているのが、十七世紀前半に出たデカルトの『方法論』である。デカルトの「われ考う、故にわれあり（cogito, ergo sum.）」の「考う」とは、大脳前頭葉で考えるという意味である。

大脳前頭葉を使って数学するというのは、数学上で「生み出す、作り出す」という意味で、まず感情を専らその問題の方に向け、意欲もその問題の方に向ける。そこまでは解析学も代数学も同じであって、違ってくるのは、その次の創造というところである。解析学における創造は絵を描くようなものだが、これに反して、代数学の創造は運動するようなものらしい。つまりこの創造のところへきて、一方は運動、他方は知覚という相反する方向に分かれるらしいのである。

近ごろ、京都で日本数学大会があったので、私は二人の代数学者の特別講演を、日に一つずつ、二日にわたって聞いた。初日にH氏の特別講演を聞いたが、あとに残った印象では、一つ一つのパンチに、まことによく体重が乗っているという感じを受けた。第三日にS氏の特別講演を聞いた。S氏は多分、プリンストン大学に勤めていて、この講演をするために、わざわざ日本へ来たのだと思う。その印象はまず、ものやわらかに、じりじりと押詰めてゆく。そしてここというところで、凄絶極まりない追込みをやってみせる。私はその講演を聞きながら、まるで名曲を聞かせてもらった時のような陶酔をおぼえた。

ところで、私は数学にはインスピレーション型の発見と、情操型の発見と、二つあると思っている。このうち情操型の発見については、代数学も解析学も差はないが、インスピレーション型の発見については、少し差があるように思われる。ポアンカレーの言っているのは、そして私が私の例をあげてたびたびお話したのは、解析学におけるインスピレーション型の発見についてである。それで次に、代数学におけるインスピレーション型の発見について、少しお話しよう。

徳川三百年の鎖国時代は、芭蕉およびその一門の俳句、連句を生んだ。私はそれだけで十分存在理由があると思っているが、それ以外にもう一つ、非常に貴重なものを生んでいる。それは伊藤宗看、伊藤看寿兄弟の詰将棋である。その弟の看寿の詰将棋というのは百番あるが、その百番目は「煙詰め」といって、六百十一手ある。天井を煙がはい回るようだというので煙詰めというのだが、九十九番目も煙詰めというのである。これははじめ将棋のコマ三十九が全部盤面に並んでいて、最後にコマが三つになってしまう。つまり王と、王手をかけているコマと、突張りをしているコマとであって、これより減しようがない。それで消えてしまうという意味で煙詰めというのだが、こういう詰将棋を、看寿は二十を少し越えたぐらいの若さで作り上げた。

ところで面白いことに、それが幕府の忌諱《きい》に触れて、閉門を命ぜられた。今日から考えると随分おかしな話だが、かような人間離れのしたことをするのは、お上をはばからぬ仕方であってけしからんというのらしい。兄の宗看は名人だったが、これに懲りて、自分の詰将棋をやはり百番出すときに、詰将棋とせず、またどうすれば詰むかということも示さずに、『詰むか、詰まざるか』という表題で放り出した。これもやはり三十に満たない若人の仕事である。ところが面白いのは、みんな詰めてみるのだが、まだ誰も全部詰めた人がいない。しかも、その詰まないという番数が人によってみな違っているのである。

その宗看の詰将棋の一つがほかの詰将棋の本に出ていたので、私も詰めてみた。たった三十手余りの詰将棋なのだが、不思議に変にむずかしくて、私はこれを詰めるのに二週間ぐらいかかった。あとで、その詰将棋の横へ「高く澄みて勁《つよ》し、名匠の作」と書いたことを覚えている。その詰将棋の本は、これを愛好した人の棺に入れてしまったので、今は私の手元にない。

それで、看寿の詰将棋はずいぶん巧みだが、私には宗看のはこれより更に一つ上だという気がした。当時将棋をさす人は余り世に容れられなかったので、宗看ははじめはそれを嫌い、剣で身を立てるつもりでその方の修業をした。しかし、宗看の兄が若くして死んだので、その父が宗看をくどいて家を継がせたというのだが、私には若い時の剣の修業が、宗看の詰将棋の気品に何かを与えているのではないかという気がする。

ともかく、日本人には、この兄弟の詰将棋のような作品を作る智力があるのである。そしてこれと、代数学におけるインスピレーション型の発見とは、ごく近いもののように、私にはみえる。

4

解析学における数学の研究とはどういうものか、私の場合を例にひいて説明しよう。

私は一九二九年から一九三二年（満州事変の起った年）まで、足掛け四年間、フランスにいた。そのときの一番大きな目的は、研究する問題を決めることだった。パリへ行ったのだが、パリ大学には三種類の授業料がある。講義を聞くためのもの、図書を見るためのもの、および試験を受けるためのものであって、入学試験はない。授業料さえ払えばよいことになっている。大体、数学の場合は教科書がきまっていて、当時はグルサーの『解析学』が主な教科書で、一冊六百ページほどのものが三冊あった。ほかに副教科書として、E・カルタンの三百ページほどの幾何の教科書が一つ。このグルサーの第二巻の前半は函数論、後半は微分方程式で、後半から後は大体解析函数ばかりが出てくる。その変数の数は有限個ではあるが、何個とは制限されていない。だから多変数解析函数である。

数学史を解析学の立場からみて、そこで一番大きな発見は何かというと、複素数というものの持つ性質の発見である。これが今日のように明らかになるためには、ごく主な人をあげてみてもデカルト、ニュートン、オイラー、ガウス、コーシー、これぐらいがいる。オイラー以後は、直接複素数を取扱っている。こうして一応、一変数解析函数論ができた。これをさらに完全にしたのがリーマン、ワヤーストラースの二人で、いずれも十九世紀の人である。ワヤーストラースの方が幾分あとになる。

このワヤーストラースは、多変数解析函数論を立てるには、一変数解析函数論さえ立てればわけはないと考えて、一変数解析函数論を立てることに骨折ったのだろうと思う。

しかし実際立ててみると、一変数解析函数論と二変数以後のそれとの間には、非常な差があって、二変数以後のものは格段にむずかしいことがだんだんわかってきた。その困難の発見に携わった人たちをあげると、ファブリー、ハルトッグス、Ｅ・Ｅ・レビイ、ジュリア、Ｈ・カルタン、トゥルレンなどで、大体一九〇〇年のはじめから一九三二年くらいまでである。だから、私がフランスへ行ったときは、この特別な困難を乗越えなければ解析学は進まない、ということになっていたのである。問題の存在理由は明白だし、問題の困難さが非常に面白い。こうして私は、その多変数解析函数独得の困難を乗越えよう、と決めたわけである。

こうして問題は選ばれたが、さてその方法である。私はフランスにいた間は、フランス文化を取入れても、この問題の解決に使えるようなものはないと思っていた。ところが、帰国する直前になって、マチスの展覧会があった。そこには最初の作品から、その当時までの主な作品が年代順に並べられていた。しかもその作品に先立つ素描が、非常にたくさん展示されていたのである。それを見て私は非常に感心し、数学もこんなふうにやればよいのだと思った。しかしもはや時間がないのでそのまま帰ったが、帰ってからフランスの、特にルネ・クレールの映画を見た。また日本のものからも取れるだけとりたいと思い、他の目的もあったのだが、芭蕉およびその一門の連句を詳しく調べた。

一九三四年の暮れになって、前に言った困難に関する詳細な文献目録が、ドイツのベンケ＝トゥルレンによって出版された。この文献をたよりにして、私は翌年の一九三五年の一月二日から始り、今なお続けている研究に出発したのである。表題を「Sur les fonctions analytiques de plusieurs variables（多変数解析函数について）」とし、一から始って十までが完成、いま十一と十二にかかっているところである。

その九番目の論文を出した時に思ったのだが、自分のやろうとしたことは、大体これで三分の二は出来た。しかしまだ三分の一が残っている。もしこれも計画通りにやれたら、私は自分の受けた研究のバトンを、次の時代の人に渡すことができる、と（私は科学の研究は継走のようなものだと思っている）。だから、すみれの花にたとえると、まだ咲き終っていないのである。

しかし、一人の数学者の仕事を客観的に評価しようとすれば、少なくとも、その人の死後五十年はたたなければ無理だろう。客観的な評価は、仕事に取りかかるはじめにあるのであって、終りにあるのではない。そんなことは不可能である。

5

数学にインスピレーション型の発見と情操型の発見との二種類あることはさきにのべたが、一般的にいって西欧文化はインスピレーション型、東洋の文化は情操型である。だから日本人は、むしろ情操型の発見の方が向くのではないか。

この情操型の発見について、私自身の例をひいて説明しようと思うが、情操型の発見に当っては、大脳前頭葉の重要さが非常にはっきり現れてくる。これはインスピレーション型の発見とはちがって、数学の三つの分科、解析学、代数学、幾何学のどれに属するかによって違ってくるといったふうのものではないと思う。

一九二九年に私はパリで中谷宇吉郎君にはじめて会った。先ごろ亡くなった、雪の研究で有名なあの中谷君である。そのとき、中谷君は、「数学の研究で、君はリポーティング・ペーパーへいろいろ書いている。それに、年月日を入れて、みんな保存しておきなさい。少したまったら封筒へ入れ、それにも年月日を入れて残していけばよい」とすすめてくれた。以来私はその通りにしてきて、今では数学の研究は、そんなふうにする癖がついてしまった。癖というものは、それをつけるのに要した時間の倍かからねば消すことができないように思えるから、この癖はもう一生私の身についてしまったものである。

私は戦後、インスピレーション型から情操型に移行したらしい。勿論、この癖はインスピレーション型の時もあったのだが、これから話すのは、この癖に現れた情操型の発見についてである。

大体、私は日にどれくらい書くかというと、平均三ページぐらい書くらしい。そうすると年に大体千ページになる。二年で二千ページ、つまりリポーティング・ペーパーが二千ページたまるということである。この二千ページを二十ページぐらいの論文に書いて発表しているらしい。

ところで、一つの論文が出来るまでの、その研究過程の三分の二ぐらいまでは夜型で、三分の一ぐらいが朝型である。夜型というのは夜考えて、そして昼ごろまでねる。考えなかったときも、やはり昼ごろまでねるらしい。朝型というのは、朝飯前に、ねている間に出来ていることをみな書いてしまうらしい。だから随分早く起きることもある。この二つの型があって、中間の型がないらしい。

ページ数だが、夜型のときは非常に少ない。大体、平均して日に一ページぐらいらしい。朝型のときは、これに反して非常にたくさん書け、平均して七ページぐらいは書くらしい。書き終るまでは食べたいとは思わないが、書き終るとともに非常な空腹を覚えて食べる。だから、つねに朝飯前に書くことになる。それで結局、(1＋1＋7)÷3＝3というような数字が出るらしい。

ところで一概には言えないが、概して夜型のときがむつかしくて、また本当にものが作られている時なのである。勿論、夜型のときはすべてそうだというのではないし、また朝型のときはそうでないというのでもないが、概してこの時期は、全く数学に没入し切っていて、数学以外のものは何も見えない。と言うと、そんな無茶なことという人があるかもしれない。事実、日はやはり春日山から出て生駒山へ入るのだが、数学のその問題のところ以外は一切無関心なのである。その無関心さについて、ここで詳しく説明しよう（時実さんは大脳側頭葉を記憶、判断としておられるが、そして実際学生を見ていると、大脳側頭葉で判断もしているらしく見えるが、私はまだ一度も大脳前頭葉を使わずに判断したことはない。記憶をどう探ってみてもない）。

以前、奈良女子大の数学教室は八号館という独立した建物にあった。職員室は二階にあったが、私たちの入っている職員室では誰も時計を持っていなかった。だからいま何時か見たくなったら、下へ降りて、入口のところにかかっている時計を見てきていたのである。数学の問題に考えふけりながら時計を見にゆくと、いろいろのことがある。

一番ひどい場合は、何しに行ったのか忘れて、便所へ行って、そのまま小便して上へあがる。もう少し考え込み方の浅いときは、時計があることだけを見て、上へあがる。文字通り時計を見てきたわけだが、これじゃ仕方がない。その次に考え込み方の浅いときは、時計と、それから針の位置とを見て、それを記憶して上へあがる。この場合だと、上へあがって自分の部屋へ入ってから、針の位置はここだというので、大体は推理してどちらが大針、どちらが小針かわかる。従っていま何時何分かわかる。これは、記憶だけしてきて、判断は上にあがってから大脳前頭葉を働かせてしたというよい例である。考え込み方の一番浅いときは、下へ行って時計を見、その場で時間を知るが、このとき時間を知るだけで、何のために時間を見たのかわからなかったような例は、どうたずねても一つもない。これによっても、私は大脳前頭葉を使わずに判断のできたためしはない、ということがわかるのである。

このように、私は大脳前頭葉を働かさねば判断できないように訓練されてしまっているので、数学以外の景色その他が目に入ろうと、入らなかろうと、全然無関心である。私はそんなものには一切関心を持たない。つまりその時期には、完全な精神統一が行われているのである。そして色々のことがわかってくる。これが情操型の発見である。

だから、この情操型の発見のためにぜひ必要なことは、大脳前頭葉が関与しなければ決して判断できない、という癖をつけてしまうことである。でなければ、禅の臨済宗の人がしているように、景色など一切消えるのでなければ完全な精神統一はできない。学問における情操型の精神統一というのは、これに反して、景色は見えているが、それに何の関心も持たないという型のものである。

なお、このときどんな喜びが伴うかというと、長閑な春のような感じである。道元禅師が、季節のうちではつねに春のことをいい、他の季節のことは一切言っておられないのは、ここのことだと思う。

6

数学を三つに分けて代数学、幾何学、解析学とする。そのうち、解析学と代数学とは大脳前頭葉を使って考えることは、前に述べた通りである。幾何学についての実例は、私はまだ聞いていないが、大体、大脳前頭葉を使って考えよ、と教えたのはデカルトである。そのデカルトは大幾何学者であった。だから数学とは、大脳前頭葉を使って考えるものの一つであると言い切ってよいと思う。ここで注意したいことが二つある。

その一つは、水道方式というものについてである。私は『算数に強くなる』（毎日新聞社）をていねいに通読したが、水道方式は大脳側頭葉しか使わず（この場合は衝動的な判断しかできない）、大脳前頭葉を使おうとしても使う余地がない。だから水道方式による数の計算は、数学ではない。

いま一つは、小学校一年の算数の教科書である。これは、一口に言うと、色を使って算数を教えている。しかし、色を識別するためには、大脳側頭葉を使うほかないのだから、大脳側頭葉で判断する癖をつけてしまう。私の聞いたところによると、アメリカの南部に黒人のみを教えている小学校があるが、これはそこで教科書として使っているものを、進駐軍のすすめで文部省が取入れたのだということである。ここで大脳側頭葉を使って判断する癖をつけられては、大学に入っても、大脳前頭葉を使うのでなければ判断できないという癖をつけることは不可能になって、少なくとも、情操型の発見は教えられなくなる。そうすると、インスピレーション型の発見のみが可能になるが、解析学においてはともかく、代数学でこれのできる人は数が非常に減ってしまう。この一年の算数の教科書は、ぜひ廃止してほしいものである。

（私は、何よりも水道方式を止めたかったのであります。色々えらそうなことを言って大変失礼しましたが、そのためだったのですから、お許し下さい）

春の日射し

「月日は百代の過客にして、行かふ年も又旅人也。舟の上に生涯をうかべ、馬の口とらへて老をむかふる物は、日々旅にして旅を栖《すみか》とす。古人も多く旅に死せるあり。予もいづれの年よりか、片雲の風にさそはれて、漂泊の思ひやまず……」（芭蕉）

芭蕉のこの文章を口ずさんでいると、何だか芭蕉は人生というものを長い旅路の一日と思っていたように思えてくる。私にも人生とはそのようなものだとしか思えないから、その口調が随所に出るらしい。ところが朝日新聞社のY君が言うには、それが如何にも不思議だから、そこのところを少し説明してほしいと言うのである。新春にふさわしい主題のように思えるから、それから始めて、つながるお話を少ししてみようと思う。

人生

自分とは何かというのは一番むつかしい問題の一つであろう。この問題を一番深く取扱ったのは、私は道元禅師の『正法眼蔵』であろうと思う。禅師はこう言っている。

「諸法の仏法なる時節、すなはち迷悟あり、修行あり、生あり死あり、諸仏あり衆生あり。万法ともにわれにあらざる時節、まどひなくさとりなく、諸仏なく衆生なく、生なし滅なし。仏道もとより豊倹より跳出せるゆゑに、生滅あり、迷悟あり、生仏あり。しかもかくのごとくなりといへども、華は愛惜にちり、草は棄嫌《きけん》におふるのみなり」（現成公案）

この「われ」とは何であろうというのである。禅師はこれについて『正法眼蔵』の方々で説明している。しかし、それに頼らないで自分の目で見ることにしよう。

人は普通「自分」という言葉をどんなふうに使っているだろう。自分に対しては、自分は損をしたとか、自分は得をしたとかいうように使っていることが多い。しかし他人《ひと》に対しては決してそんなふうには使わない。漱石はこういう人で、芥川はああいう人で、佐藤春夫はそういう人だというふうに使っている。だから「自分」に二種類あるわけである。自分に対して使う自分を第一種類、他人《ひと》に対して使う自分を第二種類と呼ぶことにしよう。

この第一種類の自分を自分と思っていると、死ぬのが恐ろしくなるものらしい。秦の始皇、漢の武帝、豊臣秀吉、皆そうである。権勢を一身に集めた人たちばかりがそうなのではない。一代の富豪にもそういう適例があったはずだが、名前を忘れてしまった。それで名前を知っている他の例を引こう。

寺崎広業という日本画家があって、絵がよく売れたから立派な家を建てたのだが、間もなく不治の病にかかった。癌《がん》と聞いたと思う。大正のことだと思う。それで笹本上人だったと思うが、見舞に行かれてこう言って慰められたと聞いている。

「あなたもこんな立派な家を建てて、それを残して死んで行くのはさぞ心残りであろうが……」

そうすると、彼も立派な家を建てなかったならば、死ぬのがそんなにいやではなかったのである。

第一種類の自分は、肉体の死とともに、同時にではないが、死滅するのであって、それを何となく感じるのであろう。だから、これを自分と思っている人が肉体の死を恐れるのは当然である。

真善美妙の道を歩む人は、何となく第二種類の自分を自分と思っている。それで余り肉体の死を恐れないのである。

本来の日本人が死を恐れないのはこのためである。何も日本人ばかりではない。土井晩翠が諸葛孔明をどう歌っているかを聞いてみよう。先ず、彼の人為《ひととなり》を知るために、彼がどんなふうにして勉強したかを見よう。彼は「琴書を友として」学んだのであるが、その有様は、

「閑雲野鶴空濶く、風に嘯《うそぶ》く身はひとり、月を湖上に砕きては、ゆくへ波間の舟

ひと葉、ゆふべ暮鐘に誘はれて、訪ふは山寺の松の風」

彼の死にぎわはこんなふうであった。

「功名いづれ夢のあと、消えざるものはただ誠、心を尽し身を致し、成否を天に委ねては、魂遠く離れゆく、高き貴きたぐひなき、悲運を君よ天に謝せ」

少しも死そのものを恐れてはいない。しかし第二種類の自分は魂ではない。魂とは第一種類の自分が尾を引いたものである。少し詳しく説明しよう。

近ごろ、こういうことがあった。私はある録音を校正し終った。ちょうどその時、家内が障子を開けて「バナナ食べますか」と言った。私は二、三十秒返事が出来なかった。意味は一応わかったのである。ある果物を口に入れるかという意味である。しかし、そのことと自分とのつながりが容易にわからなかったのである。やっとそれが自分のことだとわかったから、わかるや否や「食べない」と答えた。ところが、答えるとすぐわかったのだが、自分は食べたかったのである。それで引続いて「食べる」と言いなおした。

これは「第一反抗期」そっくりである。生れてから三十二カ月ぐらいは童心の時期であって、その後一年間ぐらいで「時空」がわかるようになり、さらに一年間ぐらいで「自他の別」がわかるようになる。その初めの一年間の中ごろを中心にして、その前後に非常に目につくのがこの第一反抗期の現象であって、何を言っても反対するのである。

私はこの経験によって第一反抗期がよくわかった。言葉の意味は一応わかるが、それと自分とのつながりがなかなかわかりにくく、自分の感情、意欲との関係は全くわからない。前に「わかる」を、知的に言って、意味もわからないのと、意味はわかるのと、意義もわかるのと、三つに分けて説明したが（「情緒」参照）、もう少し詳しく言うとこういうことになる。

四月生れとして言うと、数えて三つまでが童心の時代、四つが時空のわかり始める時期ということになる。私は、数学は三つまでのところで研究して四つのところに書くのだ、五つ以後は使ってはいけない、と口癖のように研究室員に教えている。

私は、数学とは限らず、書くときはいつも四つのところにいるらしい。それでこんなふうになるのである。数学だけをやっている時は、研究している時間が長く、書いている時間は短かった。それでこういう経験は無かったのである。

研究している時に今のようなことが起ったとすると、家内の「バナナ食べますか」は、直ぐには音と聞えるだけで人語とは聞えない。電車の中で拡声器が何か言ったと聞えてから、三十秒ぐらいもたって、今のはあれは「次は三日市町」と言ったのだとわかったことがある。音に対してはこんなふうである。色、形に対しては「すみれの言葉」で詳しく説明しておいた。

数学を研究するには、成長とは逆のコースを取って、自他の別を越え、時空の框を越えるとよい。そうすると「生み出す、作り出す」という働きの働いている場所へ行けるから、と私はいつも教えている。

これは大脳生理的に言うと、多分こういうことになるのであろう。無明本能（自我）を押えないと、大脳前頭葉はこの本能に占められてしまっているから、全く使えない。それで大脳側頭葉的になってしまう。そういう人の数学を話すのを聞いていると、黒板と対立してその人が立っていて、黒板の上に数学が書かれている。これではまるでテレビで景色を見ているようなもので、いつまでたっても数学の風光の中に直《じ》かに入ることが出来ない。弓の名人が的をねらうと、終りには的ばかりになってしまうということであるが、大脳前頭葉を使っているのであろう。

しかし、弓ならそれで十分だろうが、数学の時はそれだけでは困るのである。的はまるで植物の標本のようにじっとしているが、数学の場合は、植物が生きていて成長してくれないと駄目なのである。

そのためには大脳前頭葉に体重をかけてはいけない。体重は情緒の中心に託して（意識のコンセントレーション《集中》も大切です）、大脳前頭葉は遊ばせておかなければいけない。そうすると情緒が、前頭葉の画布に無形無色の総合像となって、だんだん形に現れてゆくのである（総合とは羅列ではないという意味です）。人はそれを見てはじめて自分の情緒を知るのである。

これが寺田先生のよく言われた「生み出す、作り出す」という働きである。私は数学についての経験を述べたのであるが、何だってみな同じであろう。

私はこんなふうにして数学をやっている。数学以外のものを書く時も同じである。それで第一種類の自分を自分とは思わないのである。またしてもそう思うという傾向は取去ってしまうことが出来ない。しかし直ぐに間違ったと気付いて抑止する。

自他の別を離れると「万法ともにわれにあらざる時節」ではないかと思う人があるかも知れないが、情緒がある以上、自分はあるのである。しかし、大脳前頭葉に自分を置くと、的ばかりになってしまう。これは万法ともにわれにあらざる時節であろう。典型的なこの時節の例は禅の見性の時であって、ただ了々として覚めているのである。見性とは自性がわかることであって、自己がわかることではない。道元禅師の言葉によると、これは悟ではなくて、ただ迷いがとれただけである。

第二種類の自分が真の自己であって、第一種類の自分が小我と呼ばれているものである。大我というのは自性のことである。これは自己ではない。

自己とは自性に依存する何がしのものである。しかしそれが何であるかを見極めようとすると、そうすればそうするほど、逆にだんだんわからなくなってゆく。初めの間はそうである。それで未知数xだと思えばよいのである。

数学に現れた自己は比較的よくわかる。自分のしてきた仕事を見ればよい。それでやや自己の見当はつく。しかしこれは数学という鏡に映った像にすぎない。非常に不完全な姿である。自己を直かに見ようと思えば、過去、現在、未来に汎《わた》っての自己の情緒を整理して、それを見るより仕方がない。茶の間の洋服箱に放りこんだ、二上さんの将棋の棋譜を整理するより大分手間がかかる(「情緒」参照)。

自己とは何かが一応わかるには八百年ぐらいかかるのではないかと思う。自性が三十年でわかるとすると、ちょっと三十倍ぐらい長くかかるのである。自己を余すところなく自覚するには、光明主義(浄土宗)の山崎弁栄上人によれば四十億年ぐらいかかるらしい。

これぐらいに言ってもらえれば、甘んじて自己とはxだと思えるようになる。自己とは大我に依存するxであって、小我ではない。仏道の先覚者たちに一人としてこの「自己」が死滅すると言っている人はいない。自己とは何かわからないが、死滅するという気は少しもしないし、だれも死滅すると言っている人はいないのだから、そう思っておればよいわけである(仏教には自己という言葉はほとんど使われていない。だから自己xは不滅だと明記してはいない。だが、そういうことになると思う)。

たびたび言うが、私は祖父から「他人《ひと》を先にして、自分を後にせよ」という戒律を受けた。無明本能(自我)を抑止せよというのである。ただこれ一つであるが、数えて五つの時から中学四年の時まで厳しくこれを守らされた。今の数学者としての私を育てるのに一番役立った教育は何であったかと問われるならば、私は躊躇なく祖父の教育だと答えるだろう。なお、祖父のしつけ方は随分きびしかったのであって、祖父は小さな私をぴしぴしなぐりつけたものである。私だけではなく、私たちの時は皆きびしく躾《しつ》けられた。もっと後になってもそうであった。甥《おい》の中には蔵に入れられて、そこで大小便したのがいる。

無明は取去ってしまうことが出来ないから、人にはだれでも、第一種類の自分がまたしても頭を出すのである。その時の有様をお話したいと思うが、私については面白い例がいま思い出せないから、家内のものを借りてお話しよう。

今年の梅のころ、私たち夫婦は清水市の教育委員会から招待を受け、急行「いこま」の指定席の券を送ってもらった。「いこま」は大阪駅発が午前十一時ごろだったと思う。私たちは時間を見はからって奈良の家を出た。一緒に出るつもりでいると、なぜか「一足お先に」とだけ言って家内があたふたと出て行った。私は一人でバスの停留場で待っていたが、いくら待っても来ない。一言理由を言っておいてくれればよいのにと思いながら、いろいろ捜してみたが、どうしても理由らしいものは見当らない。

落合うといっても、ここでと、汽車の駅でと二つあるわけだが、後者だとすると町へ出て行く用事があるはずだが、そんなものは全然見当らない。ここで待つのだろうと思っているうちにバスが来たが、家内は来ない。次のバスでは汽車の時間に遅れるのだが、自動車を呼べば間に合う。ことによると、汽車の駅で待っているかもしれないと思ったが、先ほども言った通り、その理由がわからない。

私はこんな時には落着いて確かな方にしなければいけないと思って、バスをやりすごし、家に帰って、私たちは今三人で住んでいるのであるが、末の娘のさおりに理由を聞いた。さおりは、二人とも私にそれを言わなかったことをひどく詫びながら「おしめカバーを送りに郵便局へ行った」と言った。堺市にいる姉娘が孫をつれて来て、下の孫のおしめカバーを忘れて帰ったのである。私は何もこんな時にそんなことまで自分でしなくてもよさそうなものをと思いながら、直ぐ自動車を呼んでもらった。ところが自動車は、こんなことは滅多にないのだが、この日に限ってなかなか来ない。とうとう、予定していた奈良駅発の汽車には乗れなくなってしまった。そうすると後は途《みち》が二つに分かれる。次の汽車に乗ればギリギリ間に合うだろう。自動車で近畿鉄道の奈良駅へ行って、電車で京都へ行けばゆっくり「いこま」が捉えられる。私は後者を選んだ。ところが、そのうちに自動車が来たから、それに乗って汽車の駅へ行って見ると、意外にも家内はいない。

大体、家内は今どこにいるのだろう。京都へ行ったのだろうか。大阪へ行ったのだろうか。自動車をとめて家に帰ってみているのだろうか。その上、私はお金も切符も持っていない。全く進退きわまったから、気を励まして隣家へ電話をかけた。私が自分で電話をかけるのはこれが二度目である。初めてかけたのは、東京の原宿へ亡くなった友人の中谷宇吉郎君を尋ねていった時である。友人の秋月康夫君と二人で自動車で原宿駅近辺を捜したのだが、どうしてもわからない。東京都の番地は続いていないのである。そのうちに秋月君の学校の講義の時間がせまってきた。「君、電話がかけられるか」と聞くから「自分で呼出したことはないが、呼出し方は聞いたことがあるから、やってみれば多分出て来るだろう」と言うと、原宿の駅へ私を残して行ってしまった。電話はうまくかかって、中谷さんは「今、拾いに行ってあげますから、そこでじっと待っていなさい」と言った。

この時もうまくかかって、さおりがお金を持って来てくれた。今からだと自動車で京都へ行って「いこま」に乗るか、汽車で大阪へ行って一時ごろにそこを出る「第一せっつ」に乗るかだが、何しろ家内の行動がわからない。さおりといろいろ相談して、結局「第一せっつ」に乗ることにきめた。その方が十分に捜せると思ったからである。

大阪駅へ着いてみて捜すところの多いのに驚いた。どこを捜してもいない。最後に、「せっつ」がそこから出るはずのプラットホームへ行って十分よく捜したのだが見出せない。席だけ取って、発車まで外に出て見ていたがとうとう来なかった。私は夜、話をする約束があるので、これより遅くすることは出来ないのである。ことによると、京都へ出て「いこま」に私がいなかったから、次のこの「せっつ」を待っているのかもしれないと、多少の期待を持っていたのだが、京都にも家内はいなかった。

私は汽車の窓から景色を見るのが非常に好きである。その日は天気もよかったのであるが、私の心は何となく重かった。後で聞いたのだが、どう考えたのか、家内は初めに予定していた汽車で大阪駅へ行き、躊躇なく「いこま」のプラットホームへ行って、そこで何回か私を捜したがいなかったので、そのあと三時ごろまで待ってみて、奈良へ帰ったのだということである。もしプラットホームで、私たちのうち一人がじっと動かずにいたら必ず会えたのだが、両方とも動いていたからすれ違ってばかりいたのである。

第一種類の自分で行動すると、大体こんなふうになる。道元禅師はこう言っている。「自己を運びて万法を修証するを迷とす。迷中又迷の漢あり」。最後には私も一役買ったわけである。


近ごろ、三田村（泰助）さんに会って「宦官」の話を聞いた。宦官はシナだけではないらしい。シナではつとに殷に始り、歴朝この制度のなかったことはなく、清に及んでいると言うことである。これは権勢欲と種族維持の本能との交渉するところで、人の一番の弱点であるから、そういうことになるのであろう。こういうものを克明に浮彫りすると、見る人はだれでも、じっと見ているのが厭になるだろうから、非常に倫理的効果があると思う。ピカソの女や馬に現れた無明のすさまじい絵についても、同じことが言えるだろう。それにしても、種族維持の本能を享楽の具に供するのは困ったことであって、厚生省発表の三歳児の四割までが問題児という結果はそのためと考えられるが、この数字には戦慄を禁じ得ない。

第一種類の自分を自分と思う度合が勝つと、世の中はてんやわんやになる。これは迷いである。これを整理するためには政治がいる。しかしこれを人々の迷いと見ず、人というものはそういうものであると考えて政治するなら、それは迷中又迷である。迷中又迷の社会を目標にして教育することは、さらに迷いを重ねるものと言わなければならない。新教育は正しくそれである。

第二種類の自分を自分と思っている人たちの人生は、長い向上の旅の一日である。向上には真、善、美、妙と四つの道がある。妙というのは宗教である。

私がこの話をすると、ある新聞記者はこう言った、「あなた方は何か残せるからよろしいですね」。しかしそうではない。残すことを目標にすると、「自己を運びて万法を修証する」ことになる。残っても残らなくてもよいのである。

こういう話を聞いたことがある。乞食が死んだ。そうすると、その前身をよく知っていた一休禅師が、亀の子を、尾を持ってぶら下げ、その周りを三度まわった。その訳を問うと、禅師はこう答えたという。これは「罪なく死すという六字の偈である」と。罪なく死すというのは立派な生涯である。これは善の道である。人々がこのことをよく知って実行したら、人の世はどのように住みよくなるであろう。

人生の真の目的は向上でなければならない。小我を自分だと思い違いするから、幸福が目的になるのであって、この言葉なら、日のよく当る縁側に丸くなって眠っている猫の心の中にも見出せるであろう。

真の自己の面目を道元禅師はこう言いあらわしている。「はなてばてにみてり、一多のきはならんや、かたればくちにみつ、縦横きはまりなし。諸仏のつねにこのなかに住持たる、各各の方面に知覚をのこさず」（『正法眼蔵』、弁道話）

漱石の「行人」に「兄」がHさんと田舎に行って、イライラした神経の保養をするところがあった。そこで兄はこんなふうに言っていたと思う「あの松は僕のものだ」。松は峰に生えているのである。漱石は兄の病状を描写してみせようとして、こう言わせたのだろうと思うが、ここを詳しく説明すると、こうである。自分を自分と知覚すればすでに小我である。だから迷いである。ものと言えば所有であって、迷いを重ねるものである。大分よくなってこんなふうなのだから、以前は随分ひどかったのであろう。

真の自己の現れは、見る人に悠久を感じさせる。それについて具體的に少しお話しよう。

絵画・彫刻

奈良の近くのあやめが池というところに、大和文華館という絵画を主とする博物館がある。今年の秋のことであるが、そこに数点南宋の絵があって、今、展覧されているとY君から聞いた。私は以前から南宋の絵が見たいと思っていたので、さっそく一緒に見に行った。他の絵は余りよく見ないで、直ぐに目的の絵のところに行った。南宋の絵は六点あった。いずれもごく小さく、茶室掛けくらいである。

先ず、李迪《りてき》の『雪中帰牧図』が二点ある（一点は他の人の描いたものかもしれないが、これはどちらでもよいのである）。大きな江か湖かを前にした雪の途を、農夫が牛を連れて帰るところを書いているのであって、一つは乗っているし、一つは牽《ひ》いている。色はほとんど使っていなかったと思う。その牛であるが、これは正しく牛の心を描いたのであって、牛の姿をかいたのではない。その牛の心によって人の心がよくわかる。それが全体に反映して、冬の季節感がよく出ているのである。私は期待した以上のものをそこに見て、よいなあと思った。

次に趙令穰《ちようれいじよう》（大年）の作と伝えられる『秋塘《つつみ》図』がある。これは彩色されているのだが、色は私には言現わしようがない。沼の塘に杉の小さな林と柳の木とがあって、飛鳥と水鳥との群れが小さく書き添えられている。それらによってそこに表現せられているものは、秋の季節感そのものである。この情緒は実によくかかれている。他のものは一切書こうとしていない。本来の日本人の情緒の特徴の一つである季節感は、ここに既にハッキリ見られる。しかも実にうまい。

次には毛益筆と伝えられる『蜀葵遊猫図』と『萱草遊狗図』とがある。遊猫図は親猫がうずくまって子猫を遊ばせている図である。子猫二匹は親猫と離れて組合っており、一匹は親猫の傍にうずくまっている。親猫は子猫たちを見守っている。子猫たちは親猫が見守っていることに安心し切って、遊び戯《たわむ》れることに没入している。親猫はこれを知って十分満足している。自然はこの情景を喜んで、立葵の花で美しく飾っている。そこには緊密な内部的関係を持った一つの情緒が美しく描かれているのであって、これも他のものは一切書こうとしていない。遊狗図の方もやはり心だけを描こうとしているのであって、心の構成も似たものであるが、ただこの親犬は子犬たちの喜びを見守って満足しているのではなく、子犬たちの喜びを感じて自分も喜んでいるのである。立って、開けっ放しに口を開けて、無警戒な目を輝かせている。犬と猫との違いがよく出ていると思う（南宋の絵は今一つあったが、私にはよくわからなかったから省く）。

この会場には相当数の絵があるのだが、他にこういうのは一つもない。似たものすら無かったように思う。意図が全く違っているのである。私はこの五つの絵を前にして長く佇《たたず》んでいた。そして何だか自分を見たような気がした。この「見る」というのは知覚することではなく、情緒することである。

三十年前、私はインド洋を通ってフランスへ行こうとして、シンガポールで一時船を下りた。そして一人で、ある波打際を見た。そこには長く斜めに海に突出した大きな椰子の木が一、二本生えていて、床の高い土人の家が二、三軒、ずっと向うの方にあった。その風光を見て波の音を聞いているうちに、私は何とも知れない懐かしさに打たれた。私はこんなに強烈な懐かしさの情緒を体験したのは、先にも後にもこれ一度きりである。私はこれが懐かしさというものかと思った。日本民族がここを通ったとすれば、南部シナも通ったであろう。それで私は南宋の絵が見たかったのである。今それを見て、自分をそこに見出した。私は日本民族は南方からこの日本列島に来たものに違いないと思う。

同じ大和文華館で、絵を見る少し前だが、高村光太郎の彫刻を見た。ふとしたことでそこへ行って、たまたまこの展示会のあることを知ったのだが、会場に入るとすぐ『裸婦座像』があった。私は一目見てその素晴しさに驚嘆した。こんな彫刻は見たことがない。『蟬』『鯰《なまず》』『白文鳥』等の木彫も実によい。わけても『白文鳥』は、二羽一対になっていて、別々の台の上に乗っているのだが、素晴しい。『裸婦座像』や『白文鳥』には清純な愛そのものが表現せられているのである。私は西洋彫刻の技術の水準を高く越えた、美そのものを見せてもらったと思った。私は書斎に置こうと思って、『裸婦座像』

の写真をもらって帰った。

私が書斎に置こうと思っているものに、今一つセザンヌの『水浴の図』がある。原画は大原美術館にあって、まだ見たことはないが、作品選集で見ると、色はついていないが何だか非常によさそうなので、大原さんに懇望して送っていただいたのである。ごく小さな色刷りであって、緑陰の泉を前にして数人の裸婦がいるのだが、これは正しく年久しく心に描き続けてきた絵を、外界に投影して出来たものである。私は実によいと思う。

ところがこの絵について面白い話を聞いた。セザンヌは衣食に困らなかったから、気に入らない絵は窓から外に投捨てる癖があった。『水浴の図』は二十数年書き続けたのだが、この絵はそのどこかで窓から捨てられたものだというのである。これほどの絵を投捨てるセザンヌという男は、なるほど、芥川の言った通り、何という恐るべき風貌の持主であろう。しかしその話を聞いた後も、私がこの絵を非常に好きだと思う気持は少しも変らない。

やはり今年の秋の一日であるが、私は研究室員をつれて京都岡崎の近代美術館へ行って、村上華岳の絵を見た。この人は不思議な絵を描く人であって、この人の描いた景色や花、と言っても大体牡丹《ぼたん》しか書かないのだが、それらのものは話しかけてきそうな気がする。そんなふうだから、ほとんど色が使ってなくても、鮮かに彩色されて見えるのである。私は蘇東坡の次の偈を連想した。

「谿声は便ち是れ広長舌、山色は清浄身に非る無し。夜来八万四千偈、佗日如何んが人に挙似せん」（『正法眼蔵』、谿声山色）

私の随想にさし絵を書いて下さっている河上一也さんの個人展覧会が大阪にあったから見に行った。セザンヌの話はこの人から聞いたのである。この人のことは前に『春宵十話』で一度お話したことがあるが、渓流や山岳が好きである。家内と一緒に見に行ったのだが、この人の絵は清らかで、楽しくて、私たちは秋の小半日を愉快に過ごした。その中で私が特によいと思った一枚についてお話しよう。

それは『逆光の赤目渓』であって、内部的統一がよく取れているためではないかと思うのだが、全体が不思議に簡易化されて見えるのである。深い谷の底まで日が射しとどいていて、かたい岩盤の上を清らかな水が軽く洗っている。いかにもよい絵だと思ったから、詳しくきいてみると河上さんの答えはこうであった。

「私は赤目の谿流が書きたくて、家族とともに三年ほどそこに住んだ。一番感興をもって描いたのは一年目である。二年目になると、少し倦怠を感じるようになった。三年たってからまた奈良に帰って、時々感興が湧いたとき、そこに行って書くことにした。そうするとまた面白く描けるようになった。その後ずっとそうしている。この絵は、そういうことが十年くらい続いた時の作である」と。

そうすると、これを描くのに河上さんは十三年かかっているのである。この絵もまた、心に描かれたものが外に投影されて出来たのである。

こう言った絵と対蹠的なものに抽象画と呼ばれるものがある。河上さんはそれについてこう語った。「もう大分前になるが、フランスに一人の画家がいて、馬の尾にいろいろな絵具をつけ、後ろに画布を立てて置いて、馬に軽く一鞭あてた。そうすると、画布の上に全く珍しい絵具の跡が残った。彼はそれに『アドリア海に沈む世紀の太陽』という題をつけて、巧い題ですね、それを新しい絵の展覧会に出品して、批評家たちの絶賛を浴びた。その絵の世評が定まって後、彼はその絵の由来を公表した」と言うのである。そして「こういう例は今の日本にもいくらもあります」と言って、二、三の面白い例をきかせてくれた。

河上さんはこういう話もした、「私は小林古径先生が絵をお書きになるのを見ていましたが、一月半ぐらい、同じリンゴを凝《じ》っと見ていられるのですね」。

河上さんは、ある日、面白い本を持ってきた。ブラックのデッサンである。ブラックというのは、数カ月前に死んだフランスの画家であるが、私は彼がこんなにデッサンがうまいとは想像もつかなかった。見ていると、全く子供のような気持になって、彼とともにデッサンすることをたのしむことが出来るのである。私はすっかり驚いた。ブラックのデッサンは遊戯《ゆげ》三昧である。彼は童心のところにいる。道具としては大脳前頭葉を使っているのであって、とぎすまされた知性で丹念に描写している。ギリシャに源を発するラテン文化は、知性の画布としての大脳前頭葉を実によく使う。何よりも使う量が多い。日本人はこれを十分よく学ばなければいけない。学問、芸術、皆そうである。

小我から無我に行く。無我が「遊戯三昧」のところである。無我から真我に出る。こうすれば絵が書ける。学問、芸術、皆そうだと思う。この縦の動きは本来の日本人は十分よく知っている。無我のところの横の広がりを西欧文化に学ばなければいけないのである。私はそれを学んで身につけるために、数学を選んだのだろうと思う、ただし意識してしたのではない。

少女アリスが、ある日、鏡に映る自分の姿に見とれていると、突然自分がスッと鏡に吸込まれて、鏡の向うへ抜けた。抜けて見ると、そこはまことに不思議な国であった。これがよく知られた物語の発端である。これと学問、芸術とは極めてよく似ている。これをするためには、大脳前頭葉が鏡であるから、これを知性の画布として使うことが十分できなければいけない。そのためには、何よりも小我を抜き去らなければいけない。自分を自分と知覚することが小我の根源である。それを取去らなければいけない。ギリシャの「知性の自主性」がそれである。日本人が大急ぎで西欧文化を取入れた際、この大切なものを十分よくは取入れなかったように思う。

古棋譜

碁や将棋が十分上手になると、真我は自らその棋譜にあらわれるものである。古来の名人たちの棋譜をしらべてみると、一つ一つ、みな違っていること、春にさまざまの花があるようなものである。真我というものは、その人固有のメロディーのようなものかも知れない。しかし、この度は、真我が棋譜にまざまざと表現せられるという事実があるということを知ってもらうために、二、三の例を挙げるにとどめる。

本因坊道策。徳川時代の初期に出て、碁の道を確立した人がこの道策であって、古来、棋聖と呼ばれ、今ではどういう世評になっているか知らないが、三十年ぐらい前までは、碁ではこの人が一番強いと私たちは皆思っていたのである。実際、この人の棋譜を並べて見ると、強力無比という気がする。ある一番などは、牛の鼻面とって引回すような感じをうけたことを憶えている。道策を語るにはその棋譜が一番よいと思って捜したのだが、どうしても見当らない。それで道策が、安井知哲に先を打たせて中押しにやぶった棋譜をお話する。

この碁は黒の九が悪かったのであって、こう打てば白は二つの掛けがいつでも打てるため、白の無形の壁がきずかれてしまったようなもので、黒は下辺と右辺とに閉込められてしまって、他の広い分野は白の勢力下に置かれる。

しかし見事なのは、その後の白の打ち方である。春風が吹けば、土にかくれていた種は一時に自ら花を開き、木にかくれていた蕾《つぼみ》も一時に自ら花と咲いて、春風の吹くところ春が自然に具現されてゆくが、これから終局に至るまで見ているとそんな感じがする。

黒の九に至るまでは一と打てば二、五と打てば六、七と打てば八と一々くっついていって、ついに失着九を誘導したのである。今日では九が悪いということはだれにでもわかるが、当時はそうではなかったに違いない。

棋譜を書いておくから並べて見てほしい。表現法は、たとえば九（三、十二）と書けば、第九番目の着手（従って黒）は、横に右から数えて三番目、縦に上から数えて十二番目の位置という意味である。

一（十七、十六）二（十五、十七）三（十二、十七）四（十七、五）五（三、四）六（五、三）七（四、十七）八（三、十五）九（三、十二）

十（十七、十二）十一（十六、十七）十二（五、十六）十三（五、十七）十四（六、十六）十五（七、十七）十六（七、十六）十七（九、十七）十八（六、十七）十九（六、十八）二十（七、十八）二十一（八、十八）二十二（五、十八）二十三（七、十九）二十四（三、十七）二十五（四、十八）二十六（五、十二）二十七（四、十）二十八（四、八）二十九（六、十）

三十（四、五）三十一（三、五）三十二（四、六）三十三（四、三）三十四（四、二）三十五（三、二）三十六（四、四）三十七（三、三）三十八（十一、三）これで大模様を張ったのである。

三十九（十七、九）四十（十六、十五）四十一（十七、十五）四十二（十六、十八）四十三（十六、十四）四十四（十七、十八）四十五（十四、十八）四十六（十四、十七）四十七（十三、十八）四十八（十四、十八）四十九（十八、十七）五十（十四、十五）五十一（十五、十三）五十二（十五、十二）五十三（十四、十二）五十四（十五、十一）五十五（十五、九）五十六（十四、十一）五十七（十三、十三）五十八（十二、十六）五十九（十一、十六）六十（十二、十五）六十一（十三、十一）六十二（十四、九）六十三（十三、十）六十四（十四、十）六十五（十六、六）六十六（十六、五）六十七（十五、六）六十八（十七、六）六十九（十七、七）七十（十八、七）七十一（十八、八）七十二（十六、七）七十三（十五、七）七十四（十七、八）七十五（十六、八）七十六（六十九の所つぐ）七十七（十三、七）七十八（十六、十）七十九（十六、九）八十（十四、八）八十一（十五、八）八十二（十二、十二）八十三（十三、十二）八十四（十二、九）八十五（十四、四）八十六（十一、十七）八十七（十一、十八）八十八（十、十七）八十九（十、十六）九十（十三、十七）九十一（十二、十八）九十二（九、十六）九十三（九、十七）九十四（十八、十三）九十五（十八、十四）九十六（十七、十二）九十七（十四、十四）九十八（十五、十五）九十九（十七、十四）百（十二、八）百一（十六、三）百二（十七、三）百三（十七、二）百四（十六、二）百五（十五、二）百六（十五、三）百七（十六、一）百八（十四、三）百九（十五、四）百十（十六、四）百十一（十三、三）百十二（十六、二劫とる）百十三（十一、四）百十四（十二、四）百十五（十二、三）百十六（十五、五）百十七（十四、二）百十八（十六、三つぐ）百十九（十三、四）百二十（十三、六）百二十一（十二、十三）百二十二（十二、六）百二十三（十、三）百二十四（十八、十八）

しかし、その春風の吹き方をよく見ると、黒三十九の打込みを強要して後百二十二で黒の一団の死命を制し、百二十四でこの白の一団がおさまるまで一息もつかせていない。方々に咲いた弱石の花の一つが実を結ぶまで、風は吹きつづけたわけである。やはり「牛の鼻面とって引回す」道策の面目躍如たるものがある。碁はここでも道策の意識の流れの通りに生成しているのである。勝負はこれできまったようなものであるが、棋譜は今少し続いているから載せておく。

百二十五（三、十八）百二十六（三、十三）百二十七（二、十三）百二十八（四、十三）百二十九（二、十四）百三十（五、十）百三十一（五、九）百三十二（三、十一）百三十三（四、十二）百三十四（四、十二）百三十五（二、十二）百三十六（四、九）百三十七（五、十一）百三十八（三、十）百三十九（六、十二）百四十（六、十三）百四十一（七、十三）百四十二（七、十二）百四十三（六、十一）百四十四（二、十五）百四十五（三、七）百四十六（二、九）百四十七（六、十四）百四十八（四、十六）百四十九（二、十七）百五十（三、十六）百五十一（二、十六）百五十二（四、七）まで。

本因坊丈和。池に石を投込むと、池の表面に波紋が起る。石の動きは時間的であり、波紋の広がりは空間的である。私はものにはこの二種類があると思っている。西洋音楽にもこの二種類があると思う。たとえばショパンの音楽は時間的であり、モーツァルトの音楽は空間的である。ところで私は道策の碁は時間的であり、丈和の碁は空間的であるように思う。道策の碁では、今見たように、彼の意識の流れが鮮かに盤面に描き出されるのである。

丈和の場合はどうかと言うに、平地に波瀾を呼び、一波は万波を生んでとどまるところを知らない。そこには意外の名手もあれば、無類の強手もある。まことに豊かである。牡丹の花のような感じである。

これから見ていただこうというのは、丈和（名人）と赤星因徹（七段）との争碁であって、因徹先番である。

一（十七、十六）二（四、十七）三（三、四）四（十五、四）五（五、三）六（十五、十七）七（三、十五）八（三、十二）九（三、九）十（五、十六）十一（十一、十七）十二（十六、十四）十三（十五、十六）十四（十六、十六）十五（十六、十五）十六（十六、十七）十七（十七、十五）十八（十五、十五）十九（十四、十六）二十（十七、十七）二十一（十八、十七）二十二（十八、十八）二十三（十七、十三）二十四（十三、十八）二十五（十二、十六）二十六（十五、十四）二十七（十八、十六）二十八（十七、十一）二十九（十六、十二）三十（十六、十一）三十一（十五、十二）三十二（十三、十四）三十三（十七、十八）三十四（十六、十八）三十五（十八、十九）三十六（十四、十七）三十七（十三、十五）三十八（十九、十八）三十九（十二、十四）四十（十三、十三）四十一（十二、十三）四十二（十三、十二）四十三（十五、十一）四十四（十二、十二）四十五（十六、九）四十六（十一、十五）四十七（十二、十五）四十八（十四、十五）四十九（十七、八）五十（十七、四）五十一（八、十七）五十二（四、十四）五十三（十三、三）五十四（三、十四）五十五（十六、三）五十六（十七、三）五十七（十五、三）五十八（十七、六）五十九（十一、十二）六十（十三、十六とる）六十一（六、十七）六十二（十一、三）六十三（十五、四）六十四（八、三）六十五（十八、七）六十六（十八、六）

これで黒は優勢と思ったように思われる。ところがこの後の白六十八、七十が古今の名手と言われる手であって、白はこれによって一手の余裕を得て七十二に打込み、局勢はこれから紛糾しはじめる。

六十七（十九、六）六十八（十八、九）六十九（十六、十）七十（十五、八）七十一（十四、十）七十二（三、七）

七十三（五、九）七十四（三、五）七十五（四、四）七十六（六、六）七十七（五、十一）七十八（四、十一）七十九（五、十二）八十（四、十）八十一（二、十四）八十二（二、十三）八十三（三、十七）八十四（三、十八）八十五（二、十八）八十六（三、十六）八十七（二、十七）八十八（四、十八）八十九（二、十六）九十（四、十五）九十一（四、十六劫とる）

このあと、九十二以下の白の打ち方はまことに強い。なかんずく、九十六は無類の強手である。丈和は恐ろしく先がよく見えたのである。

九十二（七、十六）九十三（三、十三）九十四（四、十三）九十五（六、十六）九十六（七、十七）九十七（七、十五）九十八（八、十六）九十九（八、十五）百（九、十六）百一（六、十五）百二（六、十八）百三（五、十八）百四（三、十六劫とる）百五（七、十八）百六（二、十五）

これで白は予定通り劫を打抜いたわけである。

百七（四、九）百八（七、十八）百九（六、十九）百十（十一、十六）百十一（十、十八）百十二（十二、十七）百十三（十、十四）百十四（九、十五）百十五（九、十七）百十六（九、十四）百十七（十、十三）百十八（九、十三）百十九（十一、十二）百二十（七、十一）

白百二十となって黒は諸方に弱石を持ち、形勢ようやく不穏である。

百二十一（七、十三）百二十二（十一、十八）百二十三（十、十七）百二十四（九、十一）

百二十五（七、九）百二十六（六、十三）百二十七（七、十二）百二十八（九、九）百二十九（八、十）百三十（八、十一）百三十一（九、十）百三十二（十、十）百三十三（九、十二）百三十四（八、十二）百三十五（八、十三）百三十六（五、十）百三十七（七、七）百三十八（十、十二とる）百三十九（十、十一）百四十（六、十）百四十一（六、九）百四十二（十一、十三）百四十三（十一、十四とる）百四十四（十、十五）百四十五（九、十二劫とる）百四十六（十、十九）百四十七（九、十九）百四十八（十、十二劫とる）百四十九（十一、十三つぐ）百五十（十一、十九）百五十一（九、十二劫とる）百五十二（十五、九）百五十三（十五、十）百五十四（十、十二劫とる）百五十五（十二、十八）百五十六（十二、十九）百五十七（九、十二劫とる）百五十八（十七、十四）百五十九（十八、十四）百六十（十、十二劫とる）百六十一（十三、十九）百六十二（十四、十九）百六十三（九、十二劫とる）百六十四（九、十二）百六十五（十、十一）百六十六（十、十二劫とる）百六十七（八、十九）百六十八（十、九）百六十九（十二、十）

これで黒石は一団だけは逃げたが、右辺の一団に対する白の攻めはいよいよ激しくなる。

百七十（五、五）百七十一（九、七）百七十二（十、七）百七十三（十三、十）百七十四（六、三）百七十五（十、六）百七十六（六、二）百七十七（二、五）百七十八（十一、六）百七十九（十、五）百八十（十二、四）百八十一（十四、五）百八十二（十三、六）百八十三

（十四、六）百八十四（十四、七）百八十五（十三、七）百八十六（十三、八）百八十七（十二、七）百八十八（十四、九）百八十九（十三、十）百九十（十一、七）百九十一（十二、八）百九十二（十二、六）百九十三（十一、九）百九十四（二、六）百九十五（四、五）百九十六（四、六）百九十七（八、五）百九十八（九、四）百九十九（十九、四）二百（九、八）

までにて白中押勝

伊藤看寿。看寿のことは前に「すみれの言葉」で一度話した。これも、近ごろのことは知らないが、三十年ぐらい前までは多くの人が将棋では一番強いと思っていた二代目伊藤宗看名人の弟で、若くして死に、死後名人を贈られた人である。お話しようというのは保原（奥州伊達郡）の賀茂右衛門という百姓との対局である。彼はこの対局後間もなく伊藤家から四段を贈られている。それだのに、このとき、看寿八段は四枚落として戦って破ったのである。どうしてそのような現象が起ったのかを、詳細に調べて見たいと思う。

この棋譜は大崎熊雄八段の『名匠逸話と対局』から採ったのであって、大崎さんはこの対局場の情景を、こんなふうに想像している。

宗看名人の宏壮な邸宅の三十畳もしけるかと思う大広間には、オランダ渡りの毛氈《もうせん》が一帯に敷きつめられ、中央に将棋盤が置かれている。三十を少しこえたばかりの宗看名人と、その高弟たちが観戦している。座にはしわぶき一つなく、水を打ったような静けさである。草深い田舎から出て来た賀茂右衛門は、すっかりその森厳さに打たれてしまっていたが、駒を四枚（飛、角、香、香）落とされたことに気付くと、猛然と闘志が湧いた。対する看寿は二十を少し出たばかり、水のごとく落着いている（棋譜の記号法は碁の場合と同じである。手前上手、☖上手☗下手）。

☖四八銀☗三四歩☖五六歩☗八四歩☖五七銀☗八五歩☖八八銀☗八六歩☖同歩☗同飛☖七八金☗八四飛☖三八金

看寿は、敵飛の利き筋を通したままにして一歩手に持つ方針をとった。

☗六四歩☖三六歩☗六五歩☖三七金☗七四歩☖四六金☗七五歩☖五五歩☗六二銀☖六六歩☗三五歩☖四八玉☗三六歩☖六五歩☗六三銀☖六六銀☗七四銀☖三六金☗七三桂☖四六金☗六五銀☖七五銀☗二四飛☖三八玉☗七四歩☖八四銀☗七二金☖六七歩☗六六歩☖七六歩☗六七歩成☖同金☗六六歩☖五七金☗五四歩☖七七桂☗五五歩☖七三銀成☗五六歩☖五八金☗七六銀☖七二成銀☗六七歩成☖五九金☗五七歩成☖三二歩☗三四飛☖二八玉☗三二飛☖七三成銀☗四七と☖三三歩

この三三歩打ちがあるから、四七と、を誘ったのである。三二歩打ちの深慮遠謀がここまでくると少しわかる。

☗同角☖五四桂☗三八と☖同玉☗五五角☖三三歩☗同飛☖三五歩☗七三角☖六三金☗九五角

☖九六歩☗四四歩☖七二金☗五三飛☖五五金☗五二飛☖九五歩☗七二飛☖六五桂

序盤以来の賀茂右衛門の怒濤のような攻撃も、どこ吹く風と立っている巨巌に当ってことごとく砕け去り、今や攻守、全く地を変えるに至った。それにしても、深いよみに裏付けられた看寿の指し手の冷静さよ。

☗同銀☖同金☗三二飛☖七三角☗五二玉☖三四銀☗六一歩☖六四角成☗三六金☖七四馬☗五一玉☖七三馬☗六二桂☖六三歩☗五二金☖六一歩成☗同歩☖七四桂

それにしても、その後今にも指し切ってしまいそうなのを、巧みに攻め手を引出して、とぎれささないで、よくここまで持って来たものである。

☗四一玉☖六二桂左成（向って左の桂が成ったのである）☗同金☖四二歩☗同銀☖六二馬☗四七銀☖二八玉☗五一銀引☖四三銀成までにて看寿の勝

並べてみると、賀茂右衛門が四段をもらったというのも不思議でなければ、この時看寿に負けたというのも不思議でない。観念的に考えると、ちょっと両立しそうもないこの二つのものを、悠々と共存させている大自然の奥深さよ。

人そのものに一番近い現れは、情緒の調和とか、意識の流れとかいったものだろうと思う。古棋譜にはそれがよく現れている。

教育は人そのもの（真我）を育てることを忘れていはしないか。次に大切なのは知性を磨くことであって、これは一番大切な人の道具である。これについては西欧文化にもっとよく学ぶのがよいと思う。このどちらに対しても、無明（自分を自分と知覚すること）を抜去るのが一番大切である。

柏戸は前場所全勝優勝した。このとき彼はよく抑止したのである。平生は酒、タバコを抑止し、場所では自分を知覚することを抑止した。あの時の彼の無類の強さはこうして出たのである。ところが今場所は、それをケロリと忘れてしまったように見える（九州場所を三日目まで見たときに書く）。

先ほど、本因坊現名人と藤沢前名人との（碁の）名人位争いがあった。七番勝負になったが、棋譜から真我の流れだけを取出して眺めてみると、いたずらに欠点ばかりが目につく。時間制限があってお気の毒であるが、よい棋譜を残すことに意を用いることは、碁の道をついだ人たちの義務ではなかろうか。

最近、巨人と西鉄とが（野球の）日本選手権を争った。これも七番勝負になったが、識者の間にはずいぶん非難の声がある。これも小我のさせたいたずらとしか思えない。

私には、今は火炎の燃え盛っているような世相のように見える。これは無明の汚れが多いことから起るのである。

元旦には研究室員が私の家に集って、新年宴会を開いてくれる例になっているが、私はことしはこれらの棋譜を並べて見せようと思っている。

こころ

自然以外に心というものがある。たいていの人はそう思っている。その心はどこにあるかというと、たいていの人は、自分とは自分の肉体とその内にある心とであると思っているらしい。口に出してそういったことを聞いたことはない。しかし無意識のうちにそう思っているとしか思えない。そうすると肉体は自然の一部だから、人はふつう心は自然のなかにある、それもばらばらに閉じこめられてある、と思っているわけである。

しかし少数ではあるが、こう思っている人たちもある。自然は心のなかに在る、それもこんなふうにである、――心の中に自然があること、なお大海に一漚《いっおう》の浮ぶがごとし。

このように、自然の中に心があるという仮定と、心の中に自然があるという仮定と二つあるわけであるが、これはいちおう、どちらと思っていてもよいであろう。しかし人は、自分の本体は自分の心だと思っているのが普通であるから、どちらの仮定をとるかによって、そのあとはずいぶん変ってくる。

私は十五年前ははじめの仮定を採用していた。しかしいまは後の仮定を採用している。心の中に自然があるのだとしか思えないのである。

自然のことはよくわかっているが、心のことはよくわからない。むかしの人はどうだったか知らないが、いまの人はたいていそう思っている。しかし、ほんとうに自然のことはよくわかっているだろうか。たとえば自然はほんとうに在るのであろうか。あると思っているだけなのであろうか。

現在の自然科学の体系は決して自然の存在を主張し得ない。それを簡単にみるには数学をみればよい。数学は自然数の「一」とは何であるかを知らない。ここは数学は不問に付している。数学がとりあつかうのはそのつぎの問題からである。すなわち、自然数のような性質を持ったものが在ると仮定しても矛盾は起らないであろうか。

この辺でまとめることにしようと思う。これまで書いたところを一口にいえばこうである。人はふつう、何もわかっていないのに、みなよくわかっていると思っている。しかしこの最後の一句の意味がわかるのは何故であろう。私はもちろん、読む人にもわかると思うから書いているのである。これは「わかる」とか「思う」とかがわかるのである。これらはみなこころの働きである。人という言葉も使っているが、そういう働きをするこころがすなわち人なのである。デカルトは「自分は考える。故に、自分というものはあるのだ」といっている。そうするとやはりこころが先であって、こころの中に自然があるのである。実際はそうしていながら、その反対を仮定しているのである。これを押しとおすと全体が仮定になってしまうだろう。

いくら書きつづけても、結局「自分は何もわからない」ということを書くだけである。

では、その自分とは何であろう。これまで書いてきた心の働きの中で、全体をしめくくっている字をさがし出してみよう。これはわけなくできる。「思う」というのがそれである。こころのこの働きを、ギリシャ人にしたがって分類すれば「情」である。人の主体は情らしい。私はそう思ったから、この情を精密に見ようとして「情緒」という言葉を作ったのである。この言葉は前からあるが、内容はそれとはだいぶちがう。そしてこの情緒をもとにして全体を見直そうとしているのである。そのためまず、情緒についてくわしく説明した（「情緒」参照）。

私にはすべては「そうであるか、そうでないか」の問題ではなく「それで心が安定して心の喜びも感じられるかどうか」の問題なのだと思う。宗教的方法を許容しないかぎり、それより仕方がないのではなかろうか。

童心の世界

私には孫が二人いる。以前は私の家にいたのだが、いまは二時間半ほどはなれたところにいるのである。しばらく見ないから一度行ってみよう。

孫は二人とも長女の子である。上は女できのみといって十一月生れで数えて六つ、下は男で洋一といって二月生れで数えて二つである。日本のような四季の影響の顕著なところでは、数え年でなければ精密な記録にはならないと思う。それで以下いちいちことわらないが、すべて数え年でいう。

洋一は生後十五カ月ぐらいで立って歩くようになったのであった。まず正常である。いまちょうどよく自然数の「一」をしきりにけいこしているところである（私は『春宵十話』で数を知っているということは、生後八カ月ぐらいで外にあらわれるといったが、あれはくわしくいえば順序数のことである）。菓子を一つ渡そうとすると、きっと前持っていた一つを捨てる。ソーセージを食べようとするとき、まずすでに大分嚙《か》んでいた焼豚をプッと吐き出すといったふうである。何ごとによらず厳密に一時に一つのことしかしない。

少し前からテレビの「お手々をブラブラブラブラブラブラ」を見るのが非常に好きだと聞

いていたのだが、きょうはいろいろな美容体操を丹念にやって見せてくれた。こういった全身運動も、すべて自然数の「一」の観念と密接な関係があるのであろう。

いま生後十六カ月ぐらいであるが、このあと十六カ月ぐらいは人によってたいへん違うと思う。そのありさまを詳細に描写しておいてやると、その子が大きくなってから職業を選んだり、自分に合ったやり方を見わけたりするのにたいへん役立つと思うから、ぜひそうしてやれと母にすすめておいた。

きのみはこの四月から幼稚園へ行っている。同じ幼稚園へ行く子が朝、列をつくって登園するのである。私が明日いっしょに行くというと、「おじいちゃん、おとなはね、なか（列）に入れないのよ。こっち側（手でそれが右側であることを示しながら）を行ってはだめなのよ、こっち側は畑なのよ。こっち側（左側）は道だけどね、自動車が来るのよ」

幼稚園はすぐ近くのお寺にある。奥に小さなお堂があって、普明閣といって、観音さまを祀《まつ》っている。園児は「仏さま、お早よう」とごあいさつするのである。園長は真言宗の尼さんであるが「幼稚園はまだ人をつくるところで知識を教えるところではありません」と常々いっておられる。

こどもの世界は童心の世界である。そこには「ものそのもの、ことそのこと」しかない。この言葉は仏人サン＝テグジュペリに借りたのである。その雰囲気は常に春ののどかさである。私はこどもの世界こそ大自然の宝庫を開く秘鍵《ひけん》だと思っている。

私は数学の私設研究所を持っている。数学者が私の予想している通りに生いたってくれるかどうかを実際に見るためである。「私たちはモルモットですね」と一人の女性研究所員がいった。この研究所を少し拡張して、こどもの世界をよくしらべる分科を置こうかと思っている。生れてから約三十二カ月（四月生れとして三つまで）をよく調べて行くと、数学はどう研究すればよいかが、だんだんわかって来そうな気がするからである。

この三十二カ月が童心の中核だと私は思っている。四月生れとして四つになると、時空がわかって来る。五つになると自他の別がよくわかるようになる。だんだん偏向して生命それ自体から遠ざかって行くのである。私たちは単細胞の生物からだんだん向上して今日に至ったのである。その間には向上もしたが、癖もできてしまった。その癖が、さらに向上しようとすると邪魔になるのである。

六つになると集って遊ぶようになる。第一次の知的興味が動きはじめるのもこのころである。「ここにどうして坂があるの」と親に質問した子があった。私は四月生れであるが戸籍面では三月生れになっているので、七つから小学校にはいった。だから人の子の自然の生いたちについては、私にはここまでしかわからない。以上の年表は私の記憶を逆にたどって作ったものである。

四つの中ごろに第一次「百八十度連想期」が出るようである。きのみのものを録音してみよう。——「さあ、立っちしましょう」「立っちしないもの」、「こっちへいらっしゃい」「いかないもの」、「きのみちゃんいい子ね」「マンミ（きのみのこと）いいことちがう、アッポ」。

「これは第一反抗期や」と、おとなどうしが言っていると——「だいいちはんこうきちがう」、「それじゃ何」「マンミ、おじょうちゃん」。

生れて三十二カ月を人の生命の緑の芽にたとえると、私たちは常にこれを虫害から守らなければならない。小さなこども達に対しては守ってやらなければならない。

大脳皮質の共通の広場は二種類ある。前頭葉は感情、意欲、創造をつかさどり、これをとり去れば、衝動的生活しかできなくなる。だから、衝動を抑止する働きをもっているのである。また側頭葉は記憶、判断をつかさどるといわれている（時実利彦『脳の話』、岩波新書）。この判断が問題なのであるが、私は大脳前頭葉の命令なしに判断したことは一度もない（「すみれの言葉」参照）。大脳前頭葉の加わらない判断を衝動的判断ということにしよう。この判断はすぐ運動につながったり、「私」のかならずはいる他の思想につながったりするのが常である。

この衝動的判断を抑止させなければいけない。これは四歳からはじめなければならない。はじめはにくしみ、ねたみのような目立つものからはじめ、だんだん衝動的判断それ自体に及ぶのである。これがはいらないかと心配して幼稚園へ見に行ったのであった。「前頭葉」とは「無形無色の総合像」をえがくためのカンバスと思えばよい。きのみの場合は、この像の描写は、上にスケッチした通りである。十分精密である。またこのさいの感情・意欲も人としてこれで十分である。

前頭葉というカンバスにきのみがどのように総合像をかいて行くかについて、なお一、二の例をそえると――「園長さんは頭がないの」と聞くと「ううん、あたまはあるの、毛がないだけなの」。幼稚園の昼食時のありさまを聞くと「おぜん（テーブル）はひくくてね、いす（床几《しょうぎ》）はたくさんすわれるの」

これなんか、よく少ない言葉をあやつっている。いうことは常にみつめながらの「描写」であって「衝動的判断」は私がいる間中すこしもなかった。二人ともこれならばよいと思った。

それにしても、順序数と自然数との間が八カ月もあいているとは思いもかけなかった。

独創とは何か

初秋である。今朝は雨がしとしとと降っている。私は数日前に数学の仕事を一つすませて伸びのびとした気分になっている。今日こそ、数カ月来の問題と正面から取組んでみようと思った。どういう問題かというと、独創とは何か、ということである。

1

一、いつも言うことであるが、時実さんの『脳の話』によると、大脳側頭葉は記憶、判断を司り、大脳前頭葉は感情、意欲、創造を司るとある。この創造とは何かということである。このことだけから、いち早くこういう示唆をうけるであろう。創造とは記憶や側頭葉的（類型的）判断とは別のものであって、感情、意欲を離れては無いものである。

二、自然以外に心というものがある。これについても一度言ったのであるが、もう一度繰返して言おうと思う。この繰返すということを今日の編集者はきらう癖がある。読者の心を忖度《そんたく》してのことであろう。しかし「それならもう一度聞いたから」という聞き方ばかりすると、側頭葉的（羅列的）になってしまって、総合像はかけてゆかない。この総合像を描く画布が前頭葉なのである。まず、ここをくわしく説明しておこう。

前に小さな子供についてよく観察しておいた。それを思い出そう。子供は生れて八カ月もすれば順序数がわかる。にもかかわらず、それからさらに八カ月もしなければ、自然数の「一」がわからない。これはなぜであろう。時実さんの本によって側頭葉の働きを少しくわしく見ると、知覚、認識等とある。順序数は知覚と認識とができればわかる。だから、順序数の本体は側頭葉でわかるのである。

しかし、自然数はそうはゆかないらしい。自然数の一の本体が始めてわかるころの子供のありさまを思い出してみると、一時に一事を厳密に実行する、いろいろな全身的な運動を繰返し、繰返し行う。どうもこうすることによって、大脳前頭葉がだんだん形づくられてゆくもののように思われる。そう言えば、この子は上機嫌なたちの子なのだが、それまで「ほたほた」笑っていたのが、この時期を境にして「にこにこ」笑うようになった。自分というものが出来てきたのである。自然数は大脳前頭葉によってでなければわからないのだと思う。前頭葉の働きの一つの創造というのは、その基本は、ここに総合像を描くということだと思う。

三、自然数の一について、もう少しお話しておこう。数学は一とは何かを全く知らないのである。ここは全然不問に付している。数学が取扱うのは、次の問題から向うである。どういう問題かというと、自然数と同じ性質を持ったものが存在すると仮定しても矛盾は起らないかどうか。このように数学がわかるためには、自然数の一はわからなくてもよいのである。しかし人は、普通、一とは何かを無自覚裡《り》にではあるが知っているのであって、このことを無視しては、数学者を育てることはもちろん、普通に数学を教えることもできないだろう。側頭葉だけでやらせると、児童は計算だけはできても、自分が何をしたのかわからないのである。では、一とは何かを自覚する方法は決してないのかと言うと、宗教的方法を許容すればできるのである。

仏教の一宗に光明主義というのがある。この光明主義に笹本戒浄という上人がいて、昭和に入ってから亡《な》くなった。この人がこう言っている、「自然数の一を知るためには、無生法忍《むしょうほうにん》を得なければならない」。だから無生法忍を得ればわかるのである。無生法忍とは大自然（物心両面の自然）の理法を悟るという悟りの位である。これは大変高い位置であるから、この上人はそこに達していたのであるが、そういう人はめったにいない。

四、ついでに実存哲学を少し見ておこう。ハイデッガーはこう言っている（『形而上学とは何か』、理想社、三四、三五ページ）。

「哲学は――常識の観点から見ると――ヘーゲルの言葉のように、逆になっている世界である。そこで我々の企ての特異性を、前以て明らかにしておくことが必要である。この特異性は、形而上学的問いの二種の特質から生じているのである。先ず形而上学的問いは常に形而上学の問題の全体を包括する。形而上学的問いは如何なる場合にも全体そのものである。次にあらゆる形而上学的問いは、問うものが――そのものとして――一緒にその問いの内にいる、即ちその問いの内におかれているというようにしてのみ、問われることができるのである」

正常に教育して大脳前頭葉が正常に発育すると、旧制高等学校のころから、前頭葉はこの二種類の働きを持つようになる。前者とよく似たものにものの意義がわかるという働きがある。これは全体における個の位置がわからなければわからない。たとえば、秋の日射しの情趣がわかるのは後者のためである。これを体取すると言うのである（道元禅師）。

意義がわかるのは鏡に影が映るごとくわかるのである。仏教ではこれを大円鏡智と言っている。後者は自分がそのものとなることによって、そのものがわかるのである。仏教では妙観察智と言うのである。前者も妙観察智である。いずれも無差別智（普通の人は自覚しない智力）の働きである。

今、あなたは風景を写生していると想像して下さい。あなたは無自覚裡に、この二種類の智力を絶えず働かせ続けているでしょう。

それで大脳前頭葉という画布は、ここに総合像を描くこともできれば、情趣という絵具によって色もつけることもできるものらしい、とだんだん思うようになってきたでしょう。ここは一応、これぐらいにして心に帰りましょう。

五、その心と自然との関係ですが、人は普通、自然は在ると思っていますね。これは自然がわかるからでしょう。このわかるというのは心の働きですね。そうすると心が先にあって、自然が後にあるのですね。大体、自然は（肉体も自然の一部ですが）本当に在るのでしょうか。それとも、あると思っているだけなのでしょうか。これは、宗教的方法でも許容しない限り、決して決定し得ない問題です。それに自然科学は決して自然の存在を主張し得ないこと、数学と数との関係と同じです。自然科学は数学を使っているでしょう。違っている点と言えば、体系が矛盾を内包しないことの証明が、自然科学の場合は、数学の場合よりもはるかに不完全であるということだけです。

要するに、人は普通、自然は在ると思っているのである。この思うというのは心の状態であって、この際は安定を意味する。

心には働き、状態以外に、今一つ動きがある。ギリシャ人はこれを知、情、意と呼んだ。私達はそれをそのまま使っている。一口に言えば三つとも心の働きである。

ところで、この心は普通非常に束縛されていて、自由には働いていない。時としてそれが自由に働く瞬間がある、というくらいにまで自由さを失ってしまっている。私は独創とは、自由な心の働きであると言いたいのである。

六、大脳前頭葉は大脳側頭葉に命令することができる。この時のみ大脳の総合的活動が起るのである。前頭葉で命令するとは自由意志を働かせることである（近ごろよく意思と書くが、そうすると願望という意味になるから、この際は間違いである）。

人はややもすると前頭葉を使うのをきらって、側頭葉だけで間に合わせようとする。これは自由意志を働かせるのをきらうのである（教育がそれを奨励すると、ますますそうなる。この癖をつけてしまうと、ちょっと直せない）。

芸術小説と通俗小説とを読みくらべてみると、だれでもすぐわかると思うが、人は正視すべきところを正視するのがいやなのである。たとえば芭蕉はその弟子達を戒めてこう言っている。

「散る花鳴く鳥、見止め聞き止めざれば止ることなし」

止ることなしというのは、前頭葉の画布に影像として残らない、したがってその情趣がわかるということなく、したがって全く印象に残らないというのである。

この見ようとするところがなかなか見られないということは、平常自分の心を少しよく注意して見ている人なら必ず気付くことであって、人の自由意志などというものは駄目なものだなあ、と思う。ところが本当は、この瞬間だけ自由とは何かわかっているのである。自由意志も応分には働いているのである。平素自由と思っているものは、癖でなければ放縦である。それを自由意志と誤認しているのだから、麻痺であると言うほかない。

これは意について言ったのであるが、知、情についてもその通りである。たとえば情について見るに人は、悪かった！　と思っている瞬間だけ、情が本当に澄んでいるのである。法然上人は「十悪の法然坊、愚痴の法然坊」と絶えず言っていたと聞いている。法然上人の情は常に非常によく澄んでいたのであろう。平生は情が濁っているのであるが、やはり麻痺してしまっていてわからないのである。

知について言えば、人は本当に何も知らないといってもよいくらいなのに、たいていのことはみな知っていると思ってしまっているであろう。これが知の麻痺である。視点を定めて一つのことを凝視していると、だんだん知らないことばかりになってくる。少し知が働いてきたのである。

仏教では知、情、意を総称して智と言う。智が働いていると思うその智を分別智と言う。分別智が働かなくなる境に真の智力が実はよく働いているのであって、これが無差別智である。真智とも言われている。

一つのことを三十年もやっていると、このことがだんだんわかってくるのである。つまり、たとえば蠟燭《ろうそく》の炎のようなものであって、空気と接触する部分だけがよく燃えているのである。前に挙げた本を読んでみると、ハイデッガーもこれと同じことを思っているらしい。

知的独創はつねに知と未知との境において起るのである。これが容易に起らないのは、知の麻痺が非常に深いからであると思う。

七、ここまでを一度まとめてみよう。

独創というのは自由な心の働きである。心は普通、習慣、欲情、本能等に束縛せられてしまっていて、めったに自由に働かないが、人には普通その自覚がないのである。自由な心の働きが無差別智である。独創は主としてその働きによってできるのである。独創の描かれる画布は大脳前頭葉である。

これが外部から見た独創の像である。だから、生理的には、独創に対して主役を演じるのは大脳前頭葉である。

しかし私は、これを内面的によくみたいのである。

八、その前に、内外の交渉する場所である大脳前頭葉の画布について、もう少しくわしくお話しておこう。

「こどものせかい」という小さな子達のための絵本が月刊されている。これについては後に述べる。それを経営している武市さんが私に珍しい本をくれた。白と黒の世界という表題で、開けてみると絵の本である。一枚だけ例外があったが、あとは白と黒としか使っていない。

植物、動物、人物等が描いてあるのだが、みな実に丹念、繊細であって、たとえば木の葉などは、椎の大木を下から仰いだ時ほど数が多いような気がする。ところで驚いたことに、これはすべて黒い紙を切抜いてはったのだという。途中で少しでも切りそこなうと駄目になってしまうのだが、めったにそういうことはないのである。始りは黒い紙に犬が見えたのだということである。これは全く驚くべき技術で、この絵の個展には九日間に三万五千人も集った。主人公は青年で、実に気だてのよい子です、と武市さんは結んだ。これは、その青年の大脳前頭葉の画布に細かい絵が現れて、青年はそれを、黒い紙の上に投影して見ているのであるが、切抜いている間決して消えないのである。

日本人は碁や将棋が上手である。この時ずいぶんこの前頭葉の画布を使っているのである。たとえば大山さんが将棋を指すとする。そとに現れるのは指し手だけである。しかし一手の背後には多くの変化が読まれている。将棋を指し進むとともに、この変化の数は非常な数に上る。これがよって将棋の情勢を形成している。これは無形の総合像である。この総合像はもちろん、大山さんの前頭葉の画布に描かれるのであるが、これが大山さんがその将棋を指している間中決して消えず、絶えず成長しつづけるのである。前の白と黒の世界の場合と違っている点は、前のは有形の像であって、今のは無形の像であることである。前頭葉にはこの二種類の働きがある。

よく感性と理性とに分けるが、違いの根本はここにあるのかも知れない。将棋の場合は、無形だから、こういうことができるのである。

升田さんの将棋は天才型である。だからしばしば、胸のすくような攻めを見せて喜ばせてくれるが、ときどき天才に有りがちなポカもやる。それも後一手か二手で勝ちという寸前によくやる。升田さんの棋譜からそんなのを捜し出すことは容易だと思う。それを並べて見てほしい。桐の葉は秋にあうと、葉柄のつけ根のところにコルク層ができてポロリと落ちる。そんな気がするだろう。これが升田さんの前頭葉に、無形の総合像がある時とない時との差である。もう勝ったと思って気を抜いた瞬間、その像が消えたのであるが、升田さんはそれに気付かないで、同じつもりで指したから、こういう結果が出たのである。

前に「すみれの言葉」でのべた宗看や看寿の詰将棋も、この前頭葉の画布の働きによるものに違いない。私は詰将棋を作ってみたことがないからよくわからないが、このときは無形像、有形像の二種類をともに使うのではなかろうか。

私の場合はどうであるかというと、私は前頭葉の画布にたいていは無形像を描いている。たとえば今、エッセイを書いているが、これは無形の総合像を描こうとしているのである。少し長く話すときもそうである。数学を研究する時もそうである。数学のような抽象的なものを総合像に描きうるのは、無形でも像でありうるからである。

しかし稀ではあるが、有形像の描かれる場合もなくはない。たとえば西洋の古典音楽を聞いていると、よくパッと花や鳥が浮ぶ。このときはじつに鮮明な色彩が施されている。ごく稀に匂いのすることもある。無意識にいるときにそうなることもある。道元禅師は「心身を挙して音を看取せよ」と言っているが、意識してそうしようとしたのではそうはならないだろう。

私の研究室の人達は、だんだんみな、内心を見詰めながら話すような話し方になってゆくようである。数学で一番よけい使っているのは、前頭葉の画布に無形無色の総合像を描いていくという頭の働きなのであろう。

2

九、独創というものを内面的に見たいと思う。

私は独創とは何かを寺田（寅彦）先生（漱石先生の弟子、物理学者）に教えられた。こんなふうにである（『触媒』の「科学と文学」の一節をそのまま写す）。

「大学を卒業して大学院に入り、さうして自分の研究題目について所謂オリジナル・リサーチを始めて本当の科学生活に入りはじめた頃に、偶然な機会で又同時に文学的創作の初歩のやうなものを体験するやうな廻り合はせになつた。其頃の自分の心持を今振返つて考へて見ると、実に充実した生命の喜びに浸つて居たやうな気がする。一方で家庭的には当時色々な不幸があつたりして、心を痛め労することも決して少くはなかつたに拘らず、少くも自分の中にはさういふこととは係り合のない別の世界があつて、其の世界のみが自分の第一義的な世界であり、さうして生き甲斐のある唯一の世界であるやうに思はれたものらしい。其の世界では『作り出す』『生み出す』といふことだけが意義があり、それが唯一の生きて行く道であるやうに見えた。さうして、日々何かしら少しでも『作る』か『生む』かしない日は空費されたもの、やうに思はれたのである。勿論若い頃には免かれ難い卑近な名誉心や功名心も多分に随伴して居たことに疑ひはないが、其外に全く純粋な『創作の歓喜』が生理的には余り強くもない身体を緊張させて居たやうに思はれる。全く其頃の自分に取つては科学の研究は一つの創作の仕事であつたと同時に、どんなつまらぬ小品文や写生文でも、それを書く事は観察分析発見と云ふ点で科学とよく似た研究的思索の一つの道であるやうに思はれるのであつた」

補足することは何もないと思う。一口に言えば、独創の世界は、内面から見れば、心の悦びの世界なのである。

十、独創は言わば真空放電のようなものである。真空といっても、本当は空気が非常に稀薄というだけであるが、このいわば真空度を高くするのが実際は容易でないのである。芥川（龍之介）は、「戯作三昧」（岩波版全集、第一巻）にその有様を克明に描写している。滝沢馬琴の一日の心の動きをかいているのであって、実によく書けていると思うのだが、六十ページもあるから挙げられない。読んでいただきたい。馬琴は夜に入って、やっと創作の出来る心境に辿《たど》りつくが、創作の時のことはわずか二ページしか書いてない。

独創のために心境を用意することがどんなに手間のかかることか、私達はよく知らなければいけないのである。

十一、創造されたものの効果について一度見ておこう。

武市さんは私に「こどものせかい」の九月号を示した。私は開けてみて驚いた。まあ、何というすばらしい出来ばえであろう。これは小さな秋の天使が、小さな秋のお話を集めて回ることをかいた絵本であるが、そこにはいろいろな花やいろいろな動物がある。みな書きたい通りの色、形、大きさ、配列法で書かれている。何といえばよいか、いわば模様から類型を抜いたようなものである。実に書きたい通りに書いてあって、それがみな不思議によいのである。筆者は若いお嬢さんで、こういう絵を書くのは始めてで、話を聞くと「書きたいわ」と言って、しばらくの間に書いてしまったということであるが、これが自由な心の働きというものなのだろう。

サン＝テグジュペリの『星の王子さま』(岩波少年文庫)や宮沢賢治のいろいろな童話からも同じような印象を受ける。そこではものが皆本当に生きている。

美とはどういうものかをはっきり言いあらわした人は、古来一人もいないと思う。しかし、平生自分がどうして美を判定しているかを振返ってみるくらいのことはできそうな気がする。美は絶対無規定の一面と、価値判断の動かしがたい一面と、この二面を同時に持っている。ところで上にのべた三つの例には、いずれもこの二面が備わっているように思われる。

美における独創について言ったのだが、真の場合は美ほどわかりやすくはないが、帰するところは同じだと思う。
十二、私は心をくわしく見たいと思って情緒という言葉を作った（作ったというのは、在来のものとは内容を変えたという意味である）。そしてそれについてくわしく説明した（「情緒」参照）。その情緒と創造との関係についてみよう。
私達の日常茶飯事は少し目をとめて見ると、どれも皆いかにも不思議である。一例を挙げよう。

私が見えていると想像して下さい。ほら、立上がったでしょう。全身には筋肉の数が四百以上もあります。今、この瞬間に、それが統一的に働いたのでしょう。これだけでもすでに驚くべきことでしょう。しかしもっとよく見ましょう。問題はむしろ、これから後にあります。初め私に立とうという気持が働いた、だから立ったのでしょう。その気持が、立ち方によく現れているでしょう。寸分違っていない。気持は情緒でしょう。だから今私がしたことは、一つの情緒を形に表現したのです。

自然数の一について前に述べたことを思い出そう。一がはじめてわかるようになるころ、幼児はさまざまな全身運動を繰返している。

笹本上人は自然数の一とは何かを自覚するには、無生法忍を得なければならないと言った。すると、大自然の理法（理法といえば同時に力を意味する）とは「情緒を形に表現する」ということではないだろうか。

実際、町の雰囲気の汚れが子女の初潮の促進となるし、家庭の空気が子供の頭の発育となる。

これはほかで一度言ったことであるが、非常に重要な点だから、もう一度言っておくことにする。道元禅師は「たとへば東君の春に遭ふが如し」と言っている。春は無心の、たとえば童の心の中に、だから情緒として実在するのである。この情緒にさえめぐりあうことができれば、世の春を司る神は、いつでも自然に春の季節を表現することができるというのである。だから、春の情緒が実在しなければ、春の神といえども、どうしようもないのである。

子供は生れて十六カ月もすれば、大自然の理法を自覚しないで使っている。大自然は情緒を自然という現象によって表現しているらしい。大自然の造化力といわれているものは、実はこの表現力であろう。

私たち、学問芸術の道を歩んでいるものはどうであろうか。例として私自身を見ると、私は数学の研究で、一番普通には、情緒を大脳前頭葉の画布に表現しようとして努力しているのである。情緒がよくわかるのは表現されてから後である。そして数学のむつかしさの一つはここにあると思うのだが、なかなか表現されないのである。

浄土宗に山崎弁栄という上人があった。明治の少し前に生れ、大正に入って亡くなった方であって、光明主義はこの人によって創《はじ》められたのである。その上人がこう言っている。

「心的内容の次第に明瞭に現はる、は注意にて」

注意とは、意を注ぐという意味である。ところで数学の場合は、容易に明瞭に現れて来てくれないことが多いのである（大脳前頭葉というところは無明という本能の中心だから、平等性智はなかなか急には働いてこないらしい。たとえば、流れから上の田に水を注ごうとするようなもので、百姓は絶えず水車のようなものを踏むという意志的努力を続けなければならないように見える）。

それについて一例を挙げよう。私は今年の三月ごろから微分方程式に関する一つの研究を始めた。そして六月ごろ一と区切りがついた。その途中の話である。

前頭葉の画布に情緒が無形の総合像に描かれてゆく有様は、朝霧のうしろの山の姿がだんだんあらわれてくるのに似ている。そこが少しあらわれ、かしこが少しあらわれ、そこかしこが少しずつあらわれ、そこが少しはっきりし、かしこが少しはっきりし、そうしている中にだんだん全山容が浮きだしてくるのである。

初めはうしろに山があるという手ごたえだけはあるのだが、見えているものは霧ばかりである。そういう時期がどれくらい続くかというと、普通は三日目には大ていい姿が見え始めてくる。ところが今度は、何も見えてこない日が十日ぐらい続いた。これは多分、世間と交際を持ちすぎたために、「真空度」が下がっていたからだろう。その代り、情緒が画布に描かれてゆくまでの様子が少しわかった。だんだん呼出す力が強くなってゆくのである。しかし、情緒が如何にして無形の形を与えられるのかはついにわからなかった。

この如何にしてのところ、言いかえると機構のところは、所詮人にはわからず、真似られないのである。たとえばかぼちゃの種を見よう。人がかぼちゃの種のようなものを人工で作ったと言うためには、それを春さき土に蒔《ま》けば芽が出て、特異な伸び方をして、夏の終りにはかぼちゃがなって、秋の初めには実って、その中には種がたくさんあって、その一つを蒔けば今いったことを繰返さなければならない。そんなものが作れるだろうか。思いもよらないことである。

大自然がどういう原理によってこういうことをしているのか、想像することもできない。しかもそれだけではない。本当のかぼちゃは進化するのである。私達は大ていのことは知らず、できないのだが、自覚しないで故意にそれに目を閉じているのである。

このように私たちは、情緒を形に表現するという大自然の力を借りることができる。肉体の運動によってあらわすには意識的な練習を要しないし、芸術的作品や学術的論文によって表現することも練習すればできる。しかしその力はつねに借りているのである。

十三、学問の場合、文献を普通に読んで知識として残していったのでは、上に説明したような現象は起りようがない。大自然の理法を借りようとすれば、その前に文献をみな自分の情緒に変えて貯えておかなければいけない。それについて少し説明しよう。

木が緑の葉を空に広げていると、日が当れば同化作用が営まれて含水炭素ができる。こんなふうにいうと、私達はすぐそれでみなわかったように思ってしまう。しかし不思議なのはその後なのである。松の含水炭素はどこへどう使われてもみな松になり、柳の場合はみな柳になる。

これと同じように、文献を深く読んでこれを体取するとき、その時の大脳前頭葉の感情、意欲と同質の情緒ができてしまうような気がする。独創の持つ個性は、いち早くここでできるのだと思う。

大脳前頭葉は感情、意欲を抑止することはできる。しかしその質を変えることはできない。ところで前頭葉の感情、意欲は普通かなり濁っている。大脳古皮質（皮質の中下の部分）から来る欲情や、脳幹部の一部からくる本能が不当に混ざるからである。これをそのままにして文化の同化を営み続けると、たとえば小さな松の稚木がそのまま成長して松の大木になるようなことになってしまう。それが子供の場合には、情緒の中心もこの営みにあずかるから、大脳がそんなふうに発育してしまうと思う。だから仏教では、「自浄其意」といって戒めているのである。

数学がむつかしい理由の一つは、知識を情緒化するのが容易でない点にあると思う。十四、満十六、七歳のころ（早い人は満十五歳くらいでそうなるかも知れない。ただし私達のころのことをいっているのである）を私はひそかに「真夏の夜の夢の季節」と呼んでいる。このころ心に蒔いた種は後に大きく成長して、その人の一生を支配することが多いように思われるからである。私はその季節に念入りに数学の種を蒔いてしまった。だから数学に辿りつくまでは、どうしてもその土地に住む気にはなれなかったのであろう。

この年ごろが一番顕著なのであるが、心に種を蒔けばそれが生えるという現象は、何もこのころだけに限られてはいない。強く印象が残れば、すなわち心に種が蒔かれたのである。この種がうまく発芽すると、だんだん成長する。そしてそれが草花の種だったとすると、やがて開花の時期が来る。これは情緒の中心が偏った調和になってしまうためではなかろうか。ともかく、この開花時においては、前頭葉は極めて特殊な状態になる。

感情、意欲はもっぱらその方向にのみ働く。だから極めて強烈に働く。その情熱はだれの目にもつくのである。それから前頭葉の画布にかかれた絵は、平生は努力を怠るとまたしても消えるのであるが、この時は消えそうにも消えないのである。

この時期の感情、意欲の激しさについて思い違いをしている人がかなりいるらしい。

たとえば、ある会社のある研究所長はこう言った「岡氏は動物性を抑止しなければいけないと言うが、自分は反対に動物性、特に残虐性は出来るだけ伸ばすのがよいと思う」。開花時の激しい情熱がかような情緒の濁りから出るものでないことは、宗教家の場合をみれば明らかであろう。前に言った弁栄上人が、自身の修行時の有様をこう書いている。

「路を歩けども路あるを覚えず、路傍に人あれども人あるを知らず、三千世界心眼の前に唯仏あるのみ」

私も一度、台風下の鳴門の渦を乗切ってみようと思って、大阪港から船に乗ったことがあった。こういうのは「開花時」だけに見られる現象なのである。濁った情緒（大脳古皮質や本能の中心の支配下にある心）には種を蒔くことができないし、よし時としてできても生えないから、この開花時の現象は決して起らない。そしてこれなくしては独創はあり得ないのである。

私は心に次々に種を蒔いて、次々に開花時に遭遇している。種を蒔くのは自ら進んで蒔くのであるが、開花時の活動は、そうさされてしまうのである。道元禅師はこう言っている。

「行仏の去就たる、果然として仏を行ぜしむるに、仏即ち行ぜしむ」

種を蒔いてから開花時までどれくらいかかるかということは、長短さまざまあって一概にいえないが、数年かかるものもずいぶんある。

十五、私は冒頭に、最近数学の仕事を一つすませたと言った。どういう問題を取扱ったのかというと、私は私の数学研究所の一人の女性の所員に研究問題を出しておいたのである。私はよい問題だと思っていたが、近ごろふと、果して私の予期したような結果が得られるかどうか不安になったので、ひそかに調べてみようと思ったのである。八月二十二日に始めて、九月二日に書上げている。十二日間である。これをうまく言葉で説明することができれば、数学における独創とはどういうものかを、やや彷彿《ほうふつ》してもらえるわけである。

そう思って、私はたびたび言ったように、幸い書いたものをみな日付を入れて残しているから、それを繰返し繰返しながめたのだが、こんなものを見てわかるのは、それを体験した私だけだろう。「独創」はここまで追いつめても姿を見せないのである。

雨にたとえると、雨という現象は、最初の雨滴ができるまでと、それ以後と、二つに分けることができる。そしてその雨滴のできてゆく有様は描写のしようがない。しかしそれだからよいのである。道元禅師はこう言っている。

「心不可得は諸仏なり、みづから阿耨多羅三藐三菩提《あのくたらさんみやくさんぼだい》と保任しきたれり」

十六、最近に発表した論文Xについてお話しよう（発表はいつものようにフランス文でしたのである）。この論文の端緒になるような仕事をしたのは、今から三十年以上前である。一九三〇年の秋、私はサン・ジェルマン・アンレーというパリの郊外にいた。そこには広い森があった。私は来る日も来る日も、その森を散歩しながら考えた。終りごろは相当寒かった。そうしてついに一つの発見をしたのである。

この結果は一九三四年になって、やっと日本で梗概だけは発表したが、そのままにしておいた。私は発見まではひどく熱心にやるが、その後はあまり気乗りがしないから、大ていはこういうことになるのである。

一九四一年の冬、私は札幌にいた。大戦はもう始っていた。そして私は日本は滅びるに決っていると覚悟していた。当時の私の心持は次の無名女流歌人の歌がよくあらわしている。「窓の火に映りて淡く降る雪を思ひとだえてわれは見て居り」。しかし、下宿のストーブの火は勢いよく炎を立てて燃えていた。人はそういう音を聞いていると、不思議に考えてみたくなるものである。そういう雰囲気の中で、私は前に述べた結果の向うに、非常に心をひかれる問題のあることがわかった。それについていろいろと考えてはみたのであるが、このときは問題の発見以上には進展しなかった。

最近になって私はこう思った。自分はかなり長い間、冬の季節のような問題ばかりを取扱ってきた。このへんで春の季節の問題に切換えることにしたい（このことはXの序言でも述べた）。そうすると、最初に思い出されたのが上に言った問題である。今度は腰をすえてそれをよく調べたが、結果は期待した通りであった。この問題を取扱っている間は本当に面白かった。人の情緒というものはそういうものなのであろう。

この仕事の初めの部分の前に私は仕事を一つしている。これが数学で私のした初めての仕事なのだが、タイプライターに打ったのを紫のリボンで閉じたまま保存してある。フランスで発表するばかりになったとき、急にまだ意に満たない点が残っているような気がして、そのまま持って帰って今日まで捨ててあったのである。函数の特別な性質を調べる質の問題を取扱っているのであるが、私は近ごろ、この問題の周辺を、次元を上げてよく探索してみたい気持になっている。人の心の根はどこまで深いかわからない。

十七、私は何度も言ったように、「多変数解析函数について」という通しの表題の下に論文を書続けている。今お話したのは第十論文である。第一論文の内容が発見されたときの有様は『春宵十話』でのべた。しかしあまり手短かに言ったため、外から見た形式しかわからない。これを情緒の側からみるとどう見えるだろう。克明に見ていってみよう。

私が多変数解析函数の分野を研究の対象にしようと決めたのは一九三〇年であった。在仏中のことである。なぜこの場所を選んだかは「すみれの言葉」で説明したから繰返さない。ともかく困難の姿はすでに明瞭に描き出されていた。問題は一にそれを如何にして克服するかにある。

私は一九三二年に帰国して広島の大学に奉職した。問題を決めてから四年間、それについていろいろに考えてみたのだが、どうしても、どう手を着けて行ってよいかわからない。学校における私の評判はだんだん悪くなっていった。私が少しも研究を発表しないし、講義も少しもまじめにやらないからである。学生に一度ストライキされたことさえある。しかし、私はどうにも力を分散させる気にはなれなかったのである。

私の親友の、中谷治宇二郎君という私より一つ年下の考古学者が、九州の由布院という高原に脊髄カリエスを養っていた。私は夏休みごとに尋ねていって話合った。大体、学問に対する抱負を話合ったので、休み中終日話合ったのだが、今思うとよくそんなに話すことがあったものと思って不思議なのだが、何を話したのかは全く思い出せない。私はそんな夏を三度送った。そしてそれだけが、そのころの私の慰めであった。

一九三四年の暮れに多変数解析函数論に関する小冊子（著者はベンケ＝トゥルレン）が私の手に入った。私はいやいや書きかけていた論文をやめて、一九三五年の一月二日からその小冊子に挙げられた文献によって、まず問題の困難の姿を精密に知る仕事を始めた。学校の部屋で勉強したのであるが、一人の同僚はそのころの私を批評して「君の学校に行く足どりは近ごろ急に軽くなった」と言った。二カ月ほどしてこの仕事は終った。

困難の姿は今や詳細にわかった。そして一層はっきりしたことは、それに対する第一着手が全くないことである。私はどんな小さな手掛りでもよいから発見したいと思って、くらがりで物を探り当てるような探索をはじめた。私の連想力、想像力、構想力を総動員していろいろ「実験」した。実験とは、数学的自然がもしそうなっているなら、この特別の場合はこうでなければならないはずである、と思索の中で追いつめておいて、その特別の場合を具体的に調べてみることである。

これを始めたころは楽しかった。日曜日など、今日一日はすっかり自分の時間だと思って、学校の部屋の電気ストーブにスイッチを入れると、石綿が赤くなるとともにチンチンと音がする。「実験」はこれまで一度もうまくいったことはないが、それは少しも、今日もうまくゆかないという証拠にならない。そう思っておもむろに新しい構想を立てる。立てても立てても決して成功しないのだが、飽きずにそれを繰返す。そんなことが三月ほど続いた。そうすると、構想の立て方が全くなくなってしまったのである。

情意だけはやはりよく働いているのだが、知的には全くすることがない。私は仕方がないから転宅でもしようと思った。それまで学校の近くの、ごたごたした町の中に住んでいたのだが、町を北に出はなれたところに、やはり市内にはなっているが、牛田というところがある。ここは海から大分遠く、西は大田川で境せられ、他の三方は松山で囲まれた一区劃である。大体、田であって家は山ぞいにしか建っていない。その真東の一番高くなったところに一軒、家があいていた。それで早速そこへ移った。ここは実に眺めがよく牛田全体が一目に見渡せる。それに実に静かである。

私はここならばやれると思った。私はここから学校の部屋へ通いつづけた。だから何かしていたのだろうが、一体何をしていたのだろう。どうしても思い出せない。

中谷治宇二郎さんの兄さんに中谷宇吉郎さんという人がいる。やはり友人であって私より一つ年上である。この人のこともこれまで度々書いたが、札幌の大学で物理の先生をしている。「これまでいつも由布院へ行ったのだから、この夏は一度、北海道へいらっしゃいませんか」と言って下さった。私は、この夏は涼しくて数学の図書室のあるところへ行きたいと思っていたところだから、すぐに承知した。図書室は今は全く使いようがないのだが、いつ要るようになるかわからないから、手近にないと心細いのである。

私は研究がうまくゆかないときの癖で、ぐずぐずしていて七月下旬に広島を発った。私と妻と長女のすがねと甥の駿一との四人である。すがねは七月生れで数えで四つ、駿一は中学二年生であった。汽車の中で駿一は「すがね、お唱歌を教えてあげましょう」と言って、はやり歌を教えた。すがねは座席の上に立上がって、「すがね、こんなにおぽんぽんすいちゃった」と言って腹を出して見せた。北海道へ渡ると、木の色がまるで違っていた。五月ごろの若葉のような色である。

中谷さんは札幌の北西のところに広い庭のある家を借りていた。その家のうしろにちょうど下宿があったから、私達はそこを借りた。下宿の前には、何という名か、桃色の草花が一面に咲いていて、空の色が映って実に美しかった。私達は夜は中谷さんのお宅でご馳走になった。

朝になると、私は中谷さんと一緒に学校へ行く。駿一は下宿で漢文か何かを勉強する。妻はすがねを連れて中谷さんのお宅へ遊びに行く。中谷さんには三人お子達があった。咲子ちゃんが数えで五つ、芙二子ちゃんが数えで四つ、敬宇ちゃんはまだ奥さんに抱かれていた。芙二子ちゃんは自分のことを「オー」と言っていた。おはじきをかき集めて「これオーのだ、これもオーのだ、みんなオーのだ、お豆ちゃん、欲しいって言わない」と言った。「お豆ちゃん」というのは、すがねのことである。

理学部は緑の木立の中にあった。私は講師の阿部良夫さん（岩波文庫、ニュートンの『光学』の訳者）の部屋を貸してもらった。この部屋はもと理学部の応接室だったので、ソファーもあればたくさんの安楽椅子もある。私は何かやろうとして始めるのだが、何しろ全くすることがないのだから、十分もたてばねむくなってソファーで眠ってしまう。中谷さんは雪を作ろうとして実験しているのだろう。

夜は夕食のあと、中谷さんと駿一とが一番だけ将棋を指す。平手である。私は見ていて後で並べ直して講評する。それを棋譜に取る。駿一はそれが楽しみで昼、勉強しているのである。

日曜日には理学部の自動車で方々案内してもらった。定山渓という温泉で私は運転手と将棋を指した。中谷さんはそれを見ていて「岡さんの将棋をみていると、まるで駒が植物のように成長するんだね」と言った。

楽しみにしていた日米対抗水上競技の日が来た。私達は学校を休んでラジオの放送をきいた。駿一は用意しておいた名を書いた紙きれを廊下に整列させて、放送に合わせて動かした。それが過ぎると八月も終りに近づいた。私は学校で眠ってばかりいるというので「嗜眠性脳炎」というあだなを頂戴した。それが理学部中にひろまった。中谷さんは心配して「岡さん、札幌は失敗だったね」と言った。

阿部さんが一夕、中谷さん宅を訪れて、私に、

「ギリシャの初代の神々は虚無からサーッとおどり出たので、混沌から生れたのではない」

という話をした。

こんなふうに情意ばかりの働いた日が三月ほど続いたのであって、終りごろは眠ってばかりいたのである。そうした九月初めのある朝のことであった。私達はその日は中谷さんのお宅で朝食をしたのだが、私はその日、何だかよく考えてみたい気がしたから、学校へ行かないで一人応接室に残っていた。そうすると頭が自然に一つの方向に動いて、それがだんだんはっきりしてきて、どこからどう手を着けてゆけばよいかが明瞭にわかってしまった。時間はよくわからないが、一番初めから数えて二時間あまりだっただろうか。発見に特有の鋭い喜びは、その日一日中続いた。

私は広島へ帰ってその後をずっと調べた。そうすると、第六論文のところに第二の問題のあることがわかった。それでそれについていろいろ捜してみたのだが、解決法はすぐには見出せなかった。後に私を鳴門の渦を乗切ってみたい気持にさせたのは、この問題である。発見を論文に書いたのは翌年であって、蛙がやかましく鳴いていたから五、六月ごろであろう。

十八、情緒を形に表現することは大自然がしてくれるのであるから、大自然に任せておいて、人は自分の分をつとめるべきである。情緒を清く、豊かに、深くしてゆくのが人の本分であろう。これが人類の向上ではなかろうか。

新義務教育の是正について

今、このくにで行われている教育、特に義務教育は非常に悪くて、捨てておくとくにが危いと思います。もっとも教育といっても単に学校教育だけではなく、環境による教育も考えに入れなければなりませんが。このことは新教育懇話会で詳しく述べました(「教育論序説」)。ここには簡単に、どういう悪い結果が出ているかということだけを、数え挙げておきましょう。

1、非行少年の数。中学生の非行少年の率が、現在既に恐ろしい数字になっています。しかもこの数字は年々に増大し、質もだんだん悪くなってゆく傾向があります。

2、大脳前頭葉の発育。頭の中で一番大切なのは、私は情緒の中心と大脳前頭葉だと思います。ところが、学生の大脳前頭葉の発育程度を見ますに、それまでの教育は、全然ここを発育させることを考慮に入れていなかったとしか思えないのです。手足が急速に伸びたようですが、これと関連があるように私には思われます。

3、大脳の発育期。大脳発育の最盛期は満十五歳位までといわれています。私たちの頃は、それがすんでから成熟のしるしが見られたのです。つまり女性ならば、初潮は今でいえば高等学校一年にあったのです。今はその初潮がずっと早くなっています。

4、産児。生れてくる子が非常に悪いのです。厚生省の発表によりますと、四割までが問題児だということです。これもまた非常に恐ろしい数字です。

5、家庭。産んだ児を育てうるだけの家庭的環境が作れないのです（私は勿論、比率を言っているのです）。とりわけ生後三十二カ月位の家庭に、愛と信頼との欠如していることが大変恐ろしいと思います。私はこれが後に非行少年となって現れる最大の原因ではないかと考えているのです。

6、向上心が非常に稀薄です。

非常に目立ちますものをちょっと数えてみたのですが、まだまだあるでしょう。

学校教育は終戦後二年目に急激に変えられました。それから十六年ほどになります。私は始めは、何故こんなことをしたのだか全くわからなかったのですが、その後色々な人たちから教えられて、この改革の背景の主要なものが、デュウイーの思想体系であることを知りましたので、氏の著書の中、邦訳されたものを拾い出して調べました。その書名を挙げて置きましょう。

『民主主義と教育』『学校と社会』『創造的知性』『哲学の改造』『思考の方法』『人間性と行為』『経験としての芸術』『誰れでもの信仰』『自由と文化』『確実性の探究』『経験と教育』

デュウイーの思想体系を見て一番強く感じますことは、「デュウイーは人というものを殆んど観察していない」ということです。

東洋人は昔から、自分を観察の対象にして、人というものを深く観察することに慣れていますが、欧米人は余りそれをやりません。それでも長い間には、例えば哲学で言いますと、ソクラテス、プラトン、デカルト、フィヒテ、ハイデッガーと、哲学史として見ればだんだん進んできて、もう東洋哲学を話せばわかってもらえそうなところまで来ているのですが、デュウイーは、アメリカに歴史が無いためでしょうか、哲学史を一つのものと見て、それがだんだん進歩しているとみることが出来ず、どの部分を見ても皆間違っていると言っています。そんなふうですから、氏は欧州人以上に人というものをごく軽くしか見ていないのです。

アメリカの精神の基調をなしているものに開拓者的精神がありますが、デュウイーの思想には、それが強烈に現状改革に現れているように思われて、その点で非常に好感が持てます。

しかし、それだからなおさら、人を見る目の浅さが恐ろしい結果を呼ぶのでして、これが上に挙げた欠点となって出たのではないかと思います。

新義務教育（環境教育を含む）の欠点は余りに大きくて、到底ながく放置することは出来ません。それで私は、人というものを深く観察することによって、これを大急ぎで是正しようと試みました。

新教育が見落している、教育にとって極めて重要と思われる諸項目を数え挙げて、一つ一つ説明することから始めます。

I　新教育に欠けているもの

1、人の中心は情である

私、近ごろオットセイの生態をテレビで見て大変面白いと思いました。何処か日本の北の方に小さな島がある。岩ばかりの島なのですが、毎年夏になると、そこへオットセイの大群が来て、子を産んで、それを育てて、一夏を送るのです。

母親が乳を出すために骨を折って海に出る。それを待ち切れないで子供たちはめいめい母を求めて四方に散る。あちらの縄張りへ行ってはくわえ出され、こちらの縄張りへ入り込んでは放り出される。母が帰って来て乳を呑ませようとすると、子供は一匹もいない。それを探して母はあちこちの岩山へ登ったり降りたりする。ヒレになってしまっている四肢を使って、変った格好で、それでも上手に岩山に登る。大変な骨折りである。自分の子と決めるのはにおいによってである。

そのうちに子供たちが大きくなって、子供同士で遊び戯れる。だんだん泳ぎを覚えて

出て来ました。獣類とどう違うかといいますと、情が他人《ひと》にまで及んでいるのです。かように人の向上を一口に言いますと、情というものが出来て、その存在範囲がだんだん広くなって来たことだ、と言えると思います。

他人の情の中では、悲しみが一番わかりにくいと思います。だから私は、人として一番大切なことは他人の情、とりわけ他人の悲しみがわかることだと言ってきたのです。この点については、人類の生んだ大天才である釈迦も、孔子も、キリストも皆同じことを言っています。

こう言いますと、人はよく漱石は「草枕」の始めに「情に棹《さお》させば流される」と言っているではないかと言うのですが、これは意も知もいるということです。それに終りまで読んで下さい、「憐れ」という字で結ばれていますから。

私がこういう意味のことを書きますと、二十五歳位の方から、長い反論の手紙を二度ももらいました。それで、これは実に大切なところですから、もう少し言い添えておきます。

知と意の決定を情に押しつけるというやり方を、他人《ひと》に強いることはよくないことです。

シナにこういう諺があります。

「一人天を恨めば百日雨降らず」

また、こういう意味の句があります。

「国の讎なほ忍ぶべし、一人の恨み最も忘れ難し」

あなた方は松川事件をまだ憶えていられるでしょう。最高裁から再び仙台の地裁へ廻されたとき、もし「木を見ずして森のみを見る」というやり方で死刑の判決が出たら、その人たちの両親や、その人たちの子供たちはどう思うだろうか、これは日本の民主主義の死活の問題だと思って、実に心痛しました。数年前のことです。幸い全員無罪の判決が下ったので、私はビールを買ってきて、一人で乾杯したものでした。

民主主義という言葉は、恐らく北米合衆国から取ったものでしょう。ところで、私はこのくにの歴史に精しくありませんから、少しひかえ目に言うことにしますが、この言葉の内容を知ろうと思えば、ハイデッガーが言ったようにする外ないのではないでしょうか。つまり、ワシントンからリンカーン位までの時代に、地上に実在した天も許さぬ虐政の反対のものが民主主義であるとみるのです。これは何もこればかりに限ったことではなく、現在の人の分際では、何かよいことをしようとすると、いつもこうなるのです。

これで民主主義は、人を情を中心にして見なければ成り立たない、ということがおわかりになったでしょう。意志を人の中心と考えますと、いろいろ形は変っても、結局全体主義になります。知を中心と考えますと、ロボットの集団のようなものになってしまいます。

大脳生理的に見ますと、情の中心は情緒の中心です。意の中心は大脳前頭葉です。知の中心は、記憶や知能にとどまるならば、大脳側頭葉です。知、意、情の順にだんだん深くなっているのであって、非常に深さが違います。

今の文明の内容は生存競争です。これではまだ獣類時代であるという外ないと思います。破壊力だけは非常に増大していますから、もしこれを続けるならば、目睫の間に迫っている生物絶滅の危機は乗切れないと思います。では何故、生存競争をするのかといえば、他人の悲しみがまだ余りよくわからないからであって、もしそれが白昼のように明らかにわかるようになれば、生存競争などは自然に出来なくなって、共存共栄の形に移行するだろうと思います。

だから私は、人の中心は情であると言うのです。

2、有情には何故頭があるか

有情門には頭がありますが、非情門にはありません。例えば昆虫には多くの神経節を神経繊維で連ねたものがあるだけです。何故でしょうか。

人が外界から何かを取り入れる時の有様をよく見てみましょう。そのものが五感を通って中にはいり、大脳側頭葉で知覚される。そうすると、一応形式的に「わかる」。その意味を見ようとすると、さらに中にはいって、大脳前頭葉へ行く。ここは食物にたとえると口に相当するところであって、食物はここで咀嚼玩味され、嚥下されなければ身につかないのであります。

意味が「わかる」だけでは十分ではありません。じっと見つめていると、全体におけるそのものの位置が「わかる」。そうすると、意義がわかるのであります。

その後も心をそこから放さないでいますと、次第にそのものの内容がその人の感情に取り入れられてゆく。こうして「体取」されるのであって、食物ならば嚥下されたのです。

教育は何か教えさえすれば直ぐ利くと思っているようですが、これは非常な迷信です。それでは薬を包紙のままポケットに入れたようなものであって、全然身についていないのです。

体取されて、感情となって本当にその人の中にはいったものは、だんだん素朴化されることによって、次第に深く入り、ついに情緒の中心に達する。例えば大脳前頭葉で驚きという感情だったものは、情緒の中心に達したときは驚愕という情緒になっているのです。

私は情緒の中心が、肉体を備えた人の中心だと思っています。ここからは交感、副交感の二つの神経系が出ているのです。

情緒の中心に達したものは、一部分はその人の情緒の中に蓄えられ、一部分は全身にくばられると思います。

よい情緒の蓄えがだんだんふえると、その人の情緒は、いわば次第にきめが細かくなって行くように思えます。これが本当の教養であって、その人の情操は豊かになり、何よりも深くなってゆくのです。人の情緒と猫の情緒との、深さの違いを、実際に比べてごらんになれば、人の中に情緒をはぐくみ育ててきた大自然の骨折りがわかってくるでしょう。

情緒の中心に達したものは、一部分は情緒として全身にくばられます。例を挙げてみましょう。

数学については、インスピレーション型の発見の後には必ず鋭い発見の喜びが伴って、これは長く、その日中は続きます。何だか肉体が甘くなったような感じです。

情操型研究の間は、四季の如何を問わず、春の季節のような、ときわの長閑けさが感じられます。

漱石はその秋に死ぬという夏、和辻哲郎にこういう意味の手紙を書いています、「此の頃、自分は午前中は『明暗』を書き、午後は緑蔭に籐椅子《とういす》を持ち出して憩うのを例としているのだが、午前中の創作活動が、午後の休息中の肉体に愉悦を与えるのを例としている。自分は芸術はここまで行かなければ嘘だと思っている」。

これは数学で言えば、インスピレーション型の発見と、情操型の研究との中間位のものではなかろうかと想像しますが、毎日続くのだから大したものだと思います。

水盤に雲呼ぶ石の影すゞし

というのは、この頃の句でしょうか。

インスピレーション型の発見の歴史的な例はアルキメデスです。アルキメデスは王冠が底まで金かどうか割らないで決めよ、という難問を出されて、ながい間困っていたのですが、ある日考えつかれて風呂にはいると、からだがフワッと浮いた。彼は「わかった」と言って、街を裸のままとんで帰った。この時彼は、わかったことには何の疑いも持たず、ただ嬉しくてたまらなかったのです。二千年以上たった今でも、それが目に見えるようではありませんか。

仏教の一宗に光明主義というのがあります。その仕方でお念仏を専修しますと、誰でも皆、何となくからだの工合がよくて、身も心も喜んでいるような気がするのです。これを諸根悦予と言っています。

キリスト教の讃美歌に「天つ真清水受けずして、罪に枯れたる一草の、栄えの花は如何で咲くべき、注げいのちの真清水を」というのがあります。よい情緒をくばられた肉体は精神的に生き生きしています。からだの中でも、特に心臓は、心の悦びなしには生きて行けないのかも知れませんね。それから頰の色も、実によく情緒の色どりを反映しますね。

次に、人のこころが外界に現れる時の有様をよく見ましょう。

私はいわば心の畑に数学の問題の種を次々に蒔《ま》いているのですが、それが芽生え育って開花期が来ると、私の大脳前頭葉の感情はそのことばかりになります。そうなると強い意欲が働きます。そうすると、大脳側頭葉始め大脳の全体は、その意欲の命令に従って働きます。全身もこれに協力すると思われます。そうして数学の研究が一つ出来るのです。ただし、直ぐにうまく行くとは限りません。むしろそうでないときの方が多いのです。かようにして私の情緒が、形あるものとして外界に表現せられるのです。

これが大脳前頭葉の創造の働きです。情緒という無形のものが、有形のものとなって現れるから創造と言うのであって、無から有をつくるという意味です。

側頭葉の工夫考案を創造とは言いません。芭蕉は「物二つ三つ組合せて作るにあらず、黄金を打ち展べたるやうにてありたし」と言っています。

学問上の優れた発見、発明、芸術上の創作は、すべてその人の情緒が、大脳前頭葉から出て、外界に形あるものとして表現せられるのです。これらは皆創造です。

日々のこころを日々の言動に表現し続けているのでなければ、本当に生きていると言えないのではないでしょうか。だから本当に生き甲斐を感じて生きておれば、その人はやはり創造し続けているのであって、そういう人の顔は本当に生き生きしています。そうお思いになりませんか。

かように、人は外界から情として取り入れ、情を外界に有形のものに変えて出しています。その出入の玄関口が大脳前頭葉です。

知や意は個体力学のように取り扱えます。継ぎ合せることも分けることも出来ます。しかし情は流体力学のようにしか取り扱えません。バケツに水を入れて、バケツの側面を棒で複雑に叩いてごらんなさい。どれほど複雑に叩いても、水の水面はおのずから一つの面を作るでしょう。これが情の総合判断です。

大脳側頭葉等の働きは全く機械的であって、内臓諸機関と本質において違ったところはないのですが、大脳前頭葉の一半の働きはそうではありません。それで大脳前頭葉は二つ、またはそれ以上あっては困るのです。だから有情には必ず頭があるのだと思います。

3、自分とは何か

自分とは何かよく見てみましょう。

人の個体を発生的に観察することから始めようと思います。私は四月生れですから、四月生れだとして（日本には四季もあれば、後には入学季もありますから）、数え年で言うことにしましょう。

生れてから三つまでの子には自分という意識は見られません。それでこれを童心の時期と言うことにしましょう。

四つになると運動の主体としての自分を意識します。しかしまだ自他の別はよくついてはいません。

五つになると、感情意欲の主体としての自分を意識します。自他の別もよくわかります。

人が普通自分と思っているものは、これらの自分を根幹として、これに枝葉を添えたものです。それで自分とは何かをよく調べるためには、五つまでをよく見れば十分です。ところで私は、大学を出てから四十年近く数学の研究をしているのですが、研究に没頭しています時は、これらの自分は無いのです（「すみれの言葉」「春の日射し」参照）。それで私はいわば童心の時期にいるのです。

前に童心に自分はないと言いましたが、それは普通人がそう思っているような自分はないという意味であって、自分はやはりあるのです。

四つ、五つで現れる自分という意識は、かように抑止すれば消えるのです。簡単に消してしまうことの出来る自分が本当の自分であるはずはありません。それを消してしまった時、なお残る自分の方が本当の自分です。これを真我と呼ぶことにしましょう。

真我とはどういうものか、私にはまだよくわからないのですが、何か固有のメロディーのようなものらしい。

真我には常に悠久感と春の季節感とが伴います。

真我について一番詳しく書いてある本は、私は道元禅師の『正法眼蔵』(岩波文庫、上、中、下)だと思います。

四つ、五つで出る自分という意識は本能がそう思わせるのです。だからこの本能を抑止すれば消えるのです。この本能を仏教では無明と言い、この本能があると思わせる自分を小我と言います。私たちは西洋流の言い方に慣らされていますから、無明、小我をそれぞれ自我本能、自我と言いましょう。

真の自己は真我です。自我ではありません(「春の日射し」参照)。たとえば病気が自分の肉体でないようなものです。

自分が死ぬものだとしか思えないのは、自我を自分だと思っているからです。畏れも専ら自我から来るのです。真の剛毅はこれを消せば自ら備わります。

4、抑止力

人の大脳の機能のうち、よく知られているものは、たいてい皆その表面にあります。大脳の表面を大脳皮質と言います。その皮質を上下二つに分けて、上を新皮質、下を古皮質と言います。人の大脳を猿のそれと比べますと、人は新皮質が非常に発育しているのであって、古皮質は余り違いません。

ところでこの古皮質は欲情（獣らしい感情）の温床といわれているのです。獣類の場合は、この欲情が度をこさず、季節を誤らないような、自動調節装置が大脳に備わっているのですが、人の場合にはそれがありません。場所は違いますが、諸本能についても同様です。

では、人はどうすればよいかと言いますと、人には、その代りに、大脳前頭葉が抑止する力を持っているのです。しかし、この抑止力も自主的に働かせなければならないのであって、自動的には働きません。

人の大脳がこんなふうであるということは、前世紀来の、医学の定説です。この大脳前頭葉の抑止力を働かせるものが自由意志です。この自由意志や抑止力は、使えば十分強くなります。しかし使わなければ発達しません。

この抑止力は随分強いのであって、前に言ったように、諸本能の根本といわれている自我本能さえ、慣れれば易々と抑止します。またたとえば尿が溜ったという自動報知さえ抑止してしまいます（「秋に思う」参照）。

私は「自我を抑止せよ」という唯一の戒律を、祖父から厳しく受けたのでして、五つに始まり、中学四年の時に及んでいます。

5、純粋直観

満州事変が終ってからシナ事変が始まるまで、しばらく重苦しい小康が続きました。そのある日、私はこころを遊ばせようと思って、東山七条の京都博物館を尋ねました。そして嵯峨天皇の御筆を見ていますと、次の句が目にうつりました。

「真智無作別智、妄智分別智、邪智世間智」

これはこうよむのです。無作別智が真智であって、分別智は妄智であり、世間智に到っては邪智である。

数学の研究によって、大分この間の事情のわかりかけていた当時の私は、これを一目見て、よい句だなあ、と思いました。

私たちの住んでいる世界を、宗教界に対して、理性界と言います。理性界を流れている諸川、例えば数学、自然科学、芸術、教育等を、その源を究めようとして流れを遡りますと、どれも皆途中でわからなくなってしまいます。ここが理性界と宗教界との境であって、このいわば霧がかかって、川の流れがそれから先きわからなくなってしまっているところを、無作別智の世界と申しましょう。理性界から望み見た宗教界は、全体が無作別智の世界であるとも言えます。

智とは、知、情、意の力という意味です。分別と言うのは判断という意味であって、判断が入れば分別智です。さらに、自分という意識（小我）が入れば世間智です。だから理性界の人たちがその存在を認めている知、情、意は、すべて分別智か世間智かです。

無作別智とは、人なら人に、それが働いているということのわからない智力です。だからこれは大自然の智力です。無作別智を西洋流に純粋直観（純粋とは感官及び理性を通さないという意）と言い、分別智、世間智を理性界の知、情、意とよびましょう。純粋直観の例を挙げてみましょう。

アンリー・ポアンカレーは『科学と方法』（岩波文庫）の数学上の発見という章で、数学上の発見がどうして行われるのか全く不思議である、と言って、自分の体験をいろいろ詳しく描写しています。私も、「春宵十話」や「独創とは何か」で私の体験をいろいろ申しました。フランス心理学会はポアンカレーに協力して、全世界の、当時の主な数学者に問合せたところ、大体ポアンカレーと同じことを答えて来たということです。『昆虫記』の著者ファーブルは次のような意味のことを言っています、「昆虫には色々な本能がある。これらはすべていかにも不思議である。自分は死後のことは知らない。しかし、もしまた人に生れてくることが出来るならば、自分は続けて昆虫の生き方を研究するだろう。しかし何代続けて研究しても、昆虫の本能の本性は明らかに出来ないだろう」。

オットセイについては前に申しました。伝書鳩についても同様です。

人の天分は昔は遺伝によると言われていたのですが、今は医学は定説を変えて環境によると言っています。ところで、私に子供が三人あるのですが、いつも三人寄せると丁度よいのになあと思っています。また長女に（私から言って）孫が二人あるのですが、これも二人寄せると丁度よいように思われます。何故こういうことになるのでしょうか。

自然を写真にうつして、その写真を見れば自然がわかります。その際、もしその写真をこわせば自然はわからなくなります。しかしこのことは、何故写真を見れば自然がわかるのか、ということを少しも説明してはいません。目で見れば、何故自然が見えるのでしょうか。

あなた方は今坐っていますね。立ち上がってみて下さい。ほら、立ち上がれたでしょう。不思議だとお思いになりませんか。人の身体には四百以上の筋肉があります。それらが突差に、計画的、統一的に働いたから立ち上がれたのです。どうしてそのようなことが出来たのでしょう。さらに仔細に見れば一層不思議なことがあります。立ち上がろうとした時の気持が、そのまま立ち上がり方に現れているでしょう。どうして情緒のような、非常に高い次元のものを、こうまで巧みに四次元の空間に表現することが出来るのでしょうか。

自我を消しますと、少しも自分は死ぬものだという気がしません。何故でしょうか。

人はたいてい宗教も持っていなければ、意識して道義を守ってもいません。悪いと言われていることは随分しますし、善いと自分で思えるようなことは滅多にしません。それでいて、その人のこころはそれ程悪くはならず、寧ろ以前より善くなっていることの方が多いように見えます。全く不思議ですね。何故でしょうか。これが一番大きな不思議ではないでしょうか。

数学における自然数の「一」とは何でしょうか。また幾何学における「点」とは何でしょうか。数学は、ここは到底手が着けられないと考えて、始めから全く不問に付しているのですが。

また、例えば芭蕉に次の句があります。

草臥《くたびれ》て宿かる比《ころ》や藤の花

私は実にうまい句だと思うのですが、あなた方もそうでしょうね。何故でしょうか。私たちは実は何も知らないのであって、私たちの知、情、意は、まるで大自然の純粋直観の「大海に浮ぶ一泡の如きもの」です。本当にわかっているものは何一つないのに、人は普通、大抵のことは皆知っていると思っています。そうとしか思えないらしい。これが無明です（こんなに問題が大きくなると、自我本能という言葉は当てはまりません）。

6、真の自由

真の自分は真我であって、自我は自分ではなく、自分の敵です。

だから真の自由とは、外界からだけの自由ではなく、内心の自我からの自由もあわせ意味しなければなりません。

もう少し程度を下げて申しますと、野獣性の跳梁跋扈《ちょうりょうばっこ》はその人の非常な不自由を意味します。

7、向上心

純粋直観の意志的内容は自、他の無限向上です。

古来、向上の道を四つに分けて、真、善、美、妙と言い慣わしています。妙の道とは宗教のことです。

真、善、美、妙の全容が見たければ、純粋直観の世界に深く踏み込むほかありません。理性界から望見しますと、真、善、美、何れも実在感としか見えません。妙に到っては、僅かに必要性によってかろうじて理性界と交渉を持っているに過ぎません。

前者の一例を申しましょう。私、大分前、どこかで（小宮豊隆の『夏目漱石』ではなかったかと思いますが）ある頃の漱石が、熱烈に良寛の書をほしがったことを読んで、一度良寛の書が見たいなあと思ったのですが、近頃漸くその写真版を数冊貸してもらうことが出来ました。

第一冊目を見ますと、表紙に大きく「天上大風」と二字ずつ二行に書いてあります。

私はそれを一目見て、何とも言いあらわしようのない気がしました。何故言いあらわしようがないかといいますと、どういう気がしたのか私にもわからないからです。

ともかく、なる程これはほんものだと思いましたから、坐り直してみました。打ち見たところ、昔の小学生の書いたような字なのですが、じっと見ていると、不思議に清々しく、広々とした気持になります。

翌朝、もう一度見ました。そうすると実際に風が、横に、右から左に吹いていることがわかりました。字がその方向の風に吹かれているのです。書いた良寛はそのことを知らなかったと思います。

この最後のわかり方を知解《ちげ》と言います。その前のわかり方を情解と言いましょう。最初のわかり方を信解と言います。

信解という言葉は『正法眼蔵』でたびたび使っています。これは混り気のない純粋直観の働きであって、効果は疑いが消えるのです。

実際の場合は（教える時は主として知解を教えるのですが）、この順にわかります。始めに信解があって、知解は大分遅れます。

疑いが消えますから、思い切って言いたい通りに言えるのです（「春の日射し」参照）。

人は向上を意欲します。向上の努力の無いところに心の悦びはありません。現状維持に幸福を感じるというのならば、それは獣類です。

8、民族性

芥川はこう言っています、「ギリシャは東洋の永遠の敵である。然し、またしても心がひかれる」。私は大学生のときか、卒業して直ぐかにこれを読んだのですが、なかなかその意味がわからず、二十年位問題として心に温め続けていたことを憶えています。

実際、ギリシャ神話と新約聖書とでは非常に違うのでして、全く異質の文化であることを感ぜざるを得ないのです。何故でしょうか。

これが東洋的情緒と西洋的情緒との違いであって、たとえば同じく春の野に咲く花ではあるが、すみれとれんげとは違っているように、似たところが一つもないのです。細胞の一つ一つが皆違っているという感じです。

世界に東洋的情緒があるように、東洋に日本的情緒があります。私の祖父は前に言いましたように、私に自我を抑止するように厳しく戒めました。私の父は日本人が桜を愛するのは、その散り際が潔いからだと訓えました。

近い頃を見ますと、大正に入ってから東郷さんが東宮始め三皇子、皇族、公侯爵の子弟をあずかることになりました（そう思います）。その頃ある人が「閣下は近頃どうしておられますか」と聞くと、東郷さんは「私は日に二度、手をあげるだけです」と答えました。朝、手をあげると授業が始まり、午後上げると終るのです。ずっとそんなふうにしておられたのですが、この人が世に在る間は、陸海軍青年将校は憚《はばか》って騒ぎ出さなかったのです。誠に真我の人でして、「身を以て国家の休戚に任ずること三十年」とは、この人のために用意された言葉のように見えます。

シナ事変や大戦で花吹雪と散った若人たちの何パーセントかも、美しい日本的情緒の人だったに違いないと思います。私には清宮大尉《せいみやたいい》や能富大尉の名が懐しく思い出されるのですが、あなた方は如何ですか。

少し前、漱石の「猫」の一節がテレビで放送されました。苦沙弥先生が「あんなのは君子じゃない」と余憤を漏らしつづけると、迷亭君が「それじゃ、君は君子か」と急襲する。さすがの苦沙弥先生もこれにはたじたじとなったが、ぐっと踏みこたえて、「僕は自分は君子だと思っている」と低い声でゆっくり答える。迷亭君はじっとその目をのぞき込んでいたが、頃合はよしと、「偉い」とまた意表に出る。「猫」を読んだ頃はあたり前だと思って、何の気なしに読みすごした会話が、今聞いてみると、あの頃はそんなふうだったのだなあと思い出されて、懐しい気持になる。日影がそれだけ移ったのであります。

最近、芥川の「秋」をテレビで見ました。副主人公の堀川俊吉が「人生は一行のボオドレエルにも如《し》かない」と言う。これも、むかしよんだときは、当然と思って読みすごしたのですが、今聞かされてみると、あの頃は皆ひたむきだったのだなあ、とひどく懐しく思われます。日はもうとっぷりと暮れてしまっているのかもしれない。

アメリカに歴史がないためか、デュウイーは歴史のことが一番わからないらしいのですが、民族特有の情緒の色どりは、短い時間では到底変えられるものではないのです（私は日本らしい情緒が出来るには、少なくとも十万年位はかかったのではないかと想像しているのですが）。

9、人の子の内面的生いたち

生物の進化は、連続的な変化と、突然の変化との二要素から成り立っていると思われています。私は大戦中何度もかぼちゃを作ったものですが、かぼちゃの生いたちはこのどちらであるかといいますと、かぼちゃはピョイピョイと突然変異を繰返して成長するという気がします。では、人の子はどうかといいますと、その内面的生いたちの有様は全くかぼちゃに似ています。昆虫の生活の多くは、生涯がいくつかの「時期」に分れていて、その時期にはその能力が働くが、その時期が過ぎて次の時期に入ると、もう旧能力は働かなくなって、その代りに新能力が働き出すといったふうな、いわば異質の時期の継続がその虫の一生になっています。人の子の内面的生いたちをよく観察すると、昆虫のこの本能生活に酷似しています。

デュウイーは発生が好きで、観察が好きだのに、人の子の教育は、その世話をその

「時期」にしなければ、有害無益であることを殆んど知らないらしいのは意外です。

10、環境

岩波新書に『脳の話』をお書きになった、時実利彦さんが、「数学セミナー」という雑誌の今年の二月号で「環境」について次のような意味のことを言っておられます（「私と数学と脳」参照）。

数学とか音楽とかの天分は、昔は遺伝によるものと思われていた。そしてその例として、ベルヌーイ一族から八人の数学者が出ていることや、バッハ一族から八十余人の音楽家が出ていることがあげられていた。ところが、一卵性双生児について調べてみると、意外にも、数学の天分も、音楽の天分も、少しも遺伝しないことがわかった。

これらの天分は環境によるのである。それだけではない、殆んどすべての知能や才能は遺伝素質によるのではなく、環境によって大きく左右されるのである。

人の子は頭が十分発育しないままで生れる。だから、生れてからの環境によって左右されることが大きいのである。

環境がどんなに大きく人を左右するものであるかについては、生れてすぐ狼にさらわれて、狼たちの中で育った狼少女の実話がある。またアフリカ未開人種の赤ん坊を、一歳位のうちに文明社会で教育すると、知能や才能は文明人と少しも違わないということも知られている。

大体、こんなふうに言っていられるのでして、医学は急に定説を変えて、遺伝ではない、環境だと言い始めたのです。医学も科学ですから、定説を変えることは仕方がないのですが、これは次の世代の出来、不出来を大きく左右することですから、各国にとって大問題であって、私達はこれを十分考慮に入れなければなりません。

11、時勢

『三国志』によると、孔明は「時務を知るを英傑とす」と言っています。デュウイーの考えに同調して、現代はどういう時代かを見て置きましょう。

あなた方は第一感として、現代はローマ時代に非常によく似ていると思いませんか。

西洋の文化史では、ギリシャ時代が昼の時代、次のローマ時代が夜の時代、次の文芸復興以後がまた昼の時代です。数学史をみてごらんなさい。

ギリシャ時代からローマ時代に入りますと、智力の光がすっかり暗くなって、「ものそのもの」のよさがわからなくなりました。そのため直《じ》かに真、善、美と言わなくなって、専ら第二義的なものを問題にするようになったのです。当時尊ばれたものをあげてみますと、軍事、政治、土木。それから今日の法律の源泉と思えるローマ法典もこの時代に出来たのです。

現代はローマ時代そっくりですね。では、どの辺からこの暗黒時代がまた始まったかと言いますと、第一次大戦からと数えてよいと思います。

今から百五十年位前、自然科学はどんなふうであったかといいますと、例えばコッホがインドの沼を原産地とするコレラ原虫を発見したのです。まことに清々しい自然科学の夜明けと言えます。それが僅か百年足らずの間に非常な破壊力を用意して、そのため史上始めての世界規模の戦争が起ったのです。

自然科学の生んだ知的破壊力はその後も増大して、今は物凄いものになっています。例えばアインシュタインやドウブロウィーが、新しい光の研究でノーベル賞をもらったのが一九二〇年頃、広島に実際原爆が落されたのが一九四五年であって、その間僅か二十五年しかかかっていないのです。

かように、この前のローマ時代と違って、自然科学の産出した破壊力という恐ろしいものが一つ加わっていますから、この前の時のように夜が自然に明けるにまかせて、二千年も待っていられないのです。

そんなことを二千年は愚か、百年か二百年もつづけますと、生物は一つもいなくなってしまって、せっかく単細胞以来二十億年続いて来た生物の進化は、ここで打切られてしまうでしょう。

今や、光と闇とが死の戦いを戦わなければならないときが来ているのです。二十億年来始めてのことです。

　私達は目標を、軍国主義といわれたものから、「闇との戦い」に移せばよいのであって、幸いこれは、ごく簡単です。

Ⅱ　誤りの根本

　始めにあげました六つの新教育（環境教育を含む）の弊害は、数字であらわしますと、前に言いましたように、どの一つだけでも民族滅亡の危機を感じさせます。ではその根本原因は何でしょうか。

　私はこの問題について、私の受けた教育と現在の教育とを十分精《くわ》しく、十分掘り下げて比較してみました。そして新義務教育の誤りの根本を突きとめることが出来たと思います。

　それについて概要をお話ししましょう。

12、自我は真の自分ではなく、自分の敵である

　前に申しましたように、真の自分は真我であって、自我（小我）ではありません。自我を自分だと教えるのは、病気を肉体だと教えるようなものです。病気はお前の肉体の

一部であって、しかも実にその主人公である。お前はその言う通りにしなければいけない、というようなことを教えたから、忽《たちま》ち病気が重くなって生命が危くなってしまったのです。

病人には先ず、摂生せよと教えなければならないのであって、自分で「快、不快によって判断せよ」と教えてはならないのです。

「不快」は世間智です。例えば便所の臭気、街の騒音、歯の痛み、胃の痛み。これらは皆仏教の、簡単な修行で消してしまうことが出来ます。

これに似たものに、物質の「重い」とか「硬い」とかいう属性があります。これらは分別智であって、前にあげたもの程容易ではありませんが、やはり修行すれば消えます。

判断は自我を、分に応じて、抑止して後にしなければならないのです。

自我の中には獣類的な欲情、本能が混《まじ》っています。「快、不快」は獣の判断であって、人の判断ではありません。

自我を、自分が人らしくなるまで抑止して、後にする判断を「人の判断」と呼ぶことにしましょう。人の判断では「快、不快」とならないで「心の悦びの有無」となります。

自我を人らしく抑止する程度の差で「心の悦び」の内容も変ります。普通「肯定感のあるなし」となるでしょう。「肯定感」は心の悦びの一種であって、たとえて言えば、甘味の感じられない糖分のようなものです。

自我は消し去るほどよいのです。純粋直観は真我に働くのであって、自我はその妨げをするのです。道元禅師は純粋直観が真我に働く有様を、次のように形容しています。前にも一度言いましたが、繰返しておきましょう。

「はなてばてにみてり、一多のきはならんや、かたればくちにみつ、縦横きはまりなし。諸仏のつねにこのなかに住持たる、各各の方面に知覚をのこさず、群生のとこしなへにこのなかに使用する、各各の知覚に方面あらはれず」

13、私の受けた自我抑止の教育

自我を完全に抑止してしまうのならば、それだけでよいのでして、外に言うことはないのですが、それ程完全に抑止出来ないから、色々な道義も要れば、様々な自主的意志活動もいるのです。

ところで、私の受けた学校及び環境教育について、小学四年までのところをふり返って見たのですが、どう見直してみても、自我の抑止以外に何の自主的意志活動もしていないのです。自我の抑止が、当時の広義の教育において、どれほど重要な地位を占めていたか、これによって明らかでしょう。

それで、私がどのような自我抑止の教育を受けたかを、小学四年までについて、素描しようと思います。

私は一九〇一年（明治三十四年）の四月に生れ、七つから小学校に入りました。数え年で申しますが、早生れの人は大体同じだとみてよいのではないかと思います。

私の四つ（すべて数え年）の時、父が日露戦争に征《ゆ》きましたので、私は祖父の家にいて、その躾《しつ》けを受けました。家は峠の上にあったのです。

五つになると「自他の別」がわかるようになります。祖父はそれを待っていたのでしょう。直ぐに自我を抑止することを教え始めました。

家の便所は土間を通って行くのでして、その土間の出口に扉がありました（この家は後に軍用道路になってしまったのです）。祖父の家にはその当時、下男が二人、下女が一人いましたから、家族はかなり大勢であって、その中には便所へ行った後その扉を閉め忘れるものが往々あるのです。そうしますと臭気が台所までとどきますし、冬なんか風が吹込んで寒くて仕方がないのです。

祖父は、そうすると他人《ひと》が皆困るから、自分のことばかり考えて閉め忘れてはいけない、とその度に言って聞かすのですが、下男や下女はなかなかそれが憶えられないらしく、またしても閉め忘れるのです。祖父は辛抱しかねて、とうとう、その扉の裏に「それ忘るるな」と大きな字で書いたのですが、それでも閉め忘れるものが出るのです。

祖父は五つの私にこの戒律を守ることを命じたのです。他にも色々あったのでしょうが、よく憶えていません。私はその年のうちに、この戒律が立派に守れるようになりました。

それにしてもあなた方は、人の子がこの種の戒律を守る練習をすると、軍国主義的になるとでもお思いになるのでしょうか。

小学校へ入ってからのことですが、夏のある日、祖母が私のお八つにところてんを作ってくれました（寒天に水を入れてたいて、冷して、道具で突き出して、長く切って、酢と砂糖とを少しかけて食べるのです）。私が「そんなものは嫌いだ」と言うと、祖父はひどく機嫌を悪くして「お前は、お前にそれを作って下さった祖母の温い心尽しのことを考えないで、自分のことばかりを考えている」と言って、厳しく叱りました。そしてそのところてんの道具に「温き母の情やところ天」と書きました。

万事こんなふうでした。祖父は背は余り高くなかったのですが、からだが頑丈で、胸幅も厚く、私は何となく怖ろしかったから、よく言うことをきこうと思いました。それで祖父の言うところを集め、要約して、図式化したのですが、そうするとこうなります。「他人《ひと》を先きにし、自分を後にせよ」。これが祖父の順序です。

私は日々の一つ一つについてこの順序を実行しました。そうしているうちに、この順序が身についてしまったのです。それでも、一々の場合に、一々自我を抑止しなければこれは出来ません。

人が集団生活をしようとしますと、例えばそれが百人であったとしますと、他人は九十九人、自分は一人ですから、自分の分け前は百分の一しかないのですが、自我本能は放置すれば、他人の分け前なんか考えようとしないのです。

ずっと後年、私が奈良に家を持ってから後のことですが、郷里の新制高等学校を卒業した、大学の学生の中に、私の家によく来る人たちが三人ありました。よく家内でマージャンをして遊んだのですが、私はその人たちにこう言いました、「ポンをしたとき、場から牌《パイ》を取ってくるのを後にし、持ち牌を捨てるのを先きにしなさい。他人が皆あたが何を捨てるかと思って待っているから」。これを繰返し繰返し言ったのですが、三人とも常にその通りに出来るようになるまでには三日かかりました。

このような簡単なことに習熟するのに、何故そんなに長い時間がかかるかといいますと、これは自我本能を抑止しなければ出来ないことだからです。

私に三人子供があります。年の順に上から言って、女、男、女なのですが、中の「熙哉」と下の「さおり」とが、まだ小さかった頃喧嘩をしました。さおりが熙哉が悪いのだという理由ばかりを言い立ててやめないので、熙哉が「さおり、他人を先きにして、自分を後にせえよ」と言うと、さおりは「さおり、ひいちゃんを先きにして、自分を後にしてる」と言いました。私の家の家庭教育も「三代目」です。

祖父はまた、私と似た年頃の近所の小さい人たちを集めて、あの人やこの人が、字や村や郡の大勢の人々のためになる、様々なことをした実話をいろいろ話してくれました。私たちにもかわるがわる話をさせました。この祖父は私の中学四年のとき亡くなったのですが、私はそれまでこういった教育を受けたのです（私は中学の入試に一度落ちましたから、それを加算しなければなりません）。

祖父はそういった仕事を実際にしたのでして、だからその話は一層よく私たちにとおったのです。

郷里に祖父の業績を漢文にした石文が立っています。今度帰ったら、それを拓本にしてきて、よく読んでみようと思っています。

父も祖父に同調して、私が自我を抑えるように色々意を用いてくれました。ただ祖父のやり方とは大分違います。父の教育法をよくわかっていただきますため、先ず孫の話をしましょう。

私の長女に（私から言って）孫が二人あります。上は女で「きのみ」と言うのですが、早生れに換算して（数え年）五つの時、こういうことがありました。金の靴を沢山作って、家来たちに一対ずつやって、家来たちがそれを喜んではくのを見て、自分だけがはくよりもこの方が余程よい、と言って喜んだ王様の話を書いた絵本がありました。私はそれをよんで聞かせてききました「きのみ、きのみは他人《ひと》が喜んでいるのを見ると嬉しいか」。きのみは勢いよく答えました「ううん、嬉しくないよ」。それで私はきのみに教えました。「他人が喜んでいるのを見て喜ぶのはよい子だよ」。きのみは目を輝かせてきいていました。童心の世界は「ものそのもの、ことそのこと」の世界であって、善悪の別はありません。やっと自他の別がわかり始めて、大人の国へ出て来たばかりの小さな子供には、この変った大人の国の習慣が、珍しくて仕方がないらしいのです。

あと一年たって、（数え年）六つになると、この興味が全面的に現れてきます。これが第一次知的興味です。

私は絵本を、もう一度始めから読んで聞かせて、またきいてみました、「きのみは他人が喜んでいるのを見ると嬉しいか」。きのみは、今度は黙って、恥しそうに首を横にふりました。

この年頃から始めて、「心情の美」をよく教えるとよいと思います。

小学一年のときのことだったと思います。伯母のとっていた婦人雑誌の正月号の付録に双六《すごろく》がついて来た。そこには多くの歴史中の日本女性が描かれていた。伯母はそれを一々説明して聞かせてくれた。私はそれをじっと聞いていて橘姫命《たちばなひめのみこと》（弟橘媛命）が格段に偉いと思った。そして大好きになった。今でもそうである。

これから推して考えると、父はこの頃までに、史上の人物を、その心情の美によって評価することを、十分私に教え込んであったらしい。このことは、自我を抑止させるに、非常に役立つのであります。

この機会に、歴史について少しお話しておきたいと思います。

「春の日射し」で申しましたように、私は一人シンガポールの海岸に立って、寄せては返す波の音に、きくともなくきき入っていますうちに、名状し難い強い懐しさの気持にひたってしまいました。土井晩翠は「人生旧を傷みては千古替らぬ情の歌」とうたっています。私は歴史の中核は詩であると思います。この中核を包む歴史の深層は、美しい情緒の数々を連ねる美しい時の流れです。

この歴史の深層を、小学四年までに十分よく教え込むのがよいと思います。

私は「幼年画報」、「日本少年」をとってもらいました。色々な童話の本も買ってもらいました。どれも皆、今日の私にまで強い影響を及ぼしています。

これらの情操教育と自我の抑止とは、相寄り相扶《たす》けるものです。

仏教では「真如一転して世界となり、再転して衆生となる」と言っています。転ずる毎に偏向して、本質から遠ざかると言うのです。真如、世界、衆生と相似なものに、心、自然、社会があります。私は情操（高い情緒、「情緒」参照）の基本を養い、自我抑止の根本を育てるのが、小学四年までの時期だと思います。それで、この大切な時期には心を教えるにとどめ、自然や社会は後に廻すのがよいと思います。これは大体、私たちの時のように教えることです。ただ歴史の中核や深層は、是非ここで教えたいものと思います。

私たちのときは、学校や環境もよくこの自我抑止に協力していたと思います。

祖母は私に、自分で作ることによって、花を愛することを教えてくれました。これも情操教育に非常に役立ったと思います。

母は私をただ熱愛し、私に一切の望みを託したのです。これは向上に対してよい環境を作ります。

父は私を学者にしようと考えていました。そして学者は、金銭に心を移すようなことをしては、専心勉強することが出来ないと考えました。それで私は金銭に手を触れることを一切禁じられました。もし要《い》るものがあれば、その理由を父に言って買ってもらったのです。そのため私には物欲がありません。これは本能ではないと見えて抑止する必要がないのです。

私達の頃は、こんなふうに自我を抑止させていたのです。この頃と今と目標は違っていますが、自我抑止は同じく必要でしょう。否、寧《むし》ろ今は、光が闇と戦おうとしているのですから、自我抑止は目標の一部でしょう。

Ⅲ　家庭教育と義務教育

14、家庭教育

生れてから（早生れとして、数え年）四つまでが家庭教育の時期です。何故四つまでとするかという理由は後に申します。

たびたび申しましたように、生れてから三つまでが大体童心の時期です。この時期の内面的生いたちを精しく観察することは、無尽の宝庫を開くことであるような気がします。

私はこの時期の子をよく見る機会が余りないのですが、六十日が過ぎて目がよく見えるようになってから、赤ちゃんがお母さんに抱かれて乳を呑んでいると想像して下さい。お母さんが笑うと赤ちゃんが笑います。お母さんの表情が赤ちゃんの表情に敏速、的確に映ります。大人同士がそうする時よりも、ずっと速く、ずっと正確です。赤ん坊の頭はまだ殆んど発育していないのですが、大自然の純粋直観がそうさせるのです。これはお母さんの心が赤ちゃんにじかにわかるのです（妙観察智）。

お母さんの顔の表情そのものがわかるようになると思えるのは、これより大分遅れます。心が先きにわかって、形があとでわかるのです（一般に、これがものの正しい順序です）。

純粋直観は自我本能が少なければ少ないほどよく働きます。童心の時期の子には、自我本能はまだ殆んど働いていませんから、純粋直観は常に非常によく働いているのでして、子供はこれによって、家庭という環境から取り入れて、自己の中核を作ると思われます。それも主として外形からではなく、内容からとるのです。

新約聖書に、「狐は穴あり。空の鳥は巣あり。然れども人の子は枕する所なし」という句があります。私はこれを晩年の芥川から聞いたのでして、そのため、淋しい調べが一層強く印象されているのです。狐の穴や、鳥の巣は自ら出来ますが、人の場合は、ここでも同じようにはゆきません。人の家庭は自主的に、次第に作り上げてゆかなければなりません。家庭が出来ていなければ、その人の人生には憩いの場所がないことになります。アメリカで自殺者の数が恐ろしい割合で増えていっているのは、機械文明的生活もよくないのでしょうが、一番大きな理由は、ここにあるのだろうと考えます。

よい家庭を作らなければ、この時期の育児は出来ません。

とりわけ一番大切なことは、他人《ひと》を愛することと、他人を信じることとの出来る子を作ることです。

今一つ大切なのは向上心です。家庭の雰囲気は、幸福ではなく、心の悦びでなければなりません。

四つになりますと、前に言いましたように、運動の主体としての自我が出て来ます。少しわけもわかるようになります。それで、ごく質の悪い直接行動や、衝動的判断だけは、抑止させるのがよいと思います。

家庭教育は、学校教育が始まってからも、ずっと続けなければなりません。実例によって見ますと、向上心の強さや、その選ぶ道の種類は、これによるところが非常に大きいように思われます。

15、義務教育

大戦後、日本はものの見方が個人を中心とするようになりました。個人に対する法律の命令は、二歩も三歩も後退したと言えます。これはよいことです。しかしそれならば、道義がこれに代って二歩も三歩も前進して、その孔をふさぐのでなければ、人類進化の現状では、前に申しましたように、獣性の跳梁跋扈を防ぐことが出来ません。それでは人の国が作れないのです。

私達の目標は民主主義国家を作ることです。それならば、前に申しましたように情緒を基本にしなければなりません。よりよい民主主義国家が作りたければ、より高い情緒を基調にしなければなりません。高尚な情緒を総称して情操と言います。かように、よい民主主義国家を作ろうと思えば、各人に情操や道義を身につけてもらわなければなりません。

問題はこれをどのような形式で各人に要求するか、ということです。

私はこれを教育によってすることが出来ると思うのです。もしそうならば、法律は、そのような教育を受けるという義務だけを課すればよいわけです。

人類はその進化の道程のどこかで、他の獣類と袂を分って、人の道を歩み続けて、今日の位置まで向上したものです。この岐れ路が現れるのはいくつ位でしょうか。

私は（早生れとして数え年で言って）五つだと思います（私は始め六つかと思ったのですが、なおよく見ますと、五つと考えるのがよいようです）。

五つになれば、前に言いましたように、感情、意欲の主体としての自我を意識し、自他の別をつけるようになります。仔細に観察しますと、性本能が既に識域下に動き始めています。第一次的知的興味も既に芽生えています。同じ年頃の子と遊ぶことを意欲します。

教育はこの「五つ」から始めて、大脳発育の最盛期が終る（新制）中学三年まで、子供が人の道を歩み続けるように、もとの獣の道に落ちないように守り続けてやればよいのです。そうすれば、大脳が大体人らしく発育しますから。

そのためにはどうすればよいかということですが、人類進化の有様を想像しますと、人類は獣類と袂別して後、情操によって獣類的欲情を抑え、自主的意志活動によって獣類的本能を抑えることを、絶えずしつづけて来たのだと思います。心がこの態勢をとれば、知性は自らよく働きますから。

教育もこの通りにすればよいのだと思います。

そうすれば、相当高い情緒を持ち、自我を少なくとも人らしくなるまで抑止し、人らしい判断をすることが出来る人が育ち上がります。すなわち、よい民主主義国家の一員である資格が備わったわけです。私はこれが義務教育の本義だと思います。

16、自主的意志活動

自我本能は抑止すれば抑止する程よいのでして、これが完全に近い程抑止出来るならば、自由意志の活動はこれだけでよいのです。あとは純粋直観が受持ってくれますから。心の深層に働く純粋直観は、外面から見れば強靱な意志力、内面から見れば心の悦びです。たとえば、松の種が運悪く大岩の上に落ちたとします。松の種は芽生えて岩の上の僅かな土に根を下ろします。根は少しは岩の中にもはいります。

冬が来ると、根のまわりの水分が凍って、膨張して、岩を少し割ってくれます。

それで小松は、翌年は少しよけい岩の中に根を入れることが出来ます。その状態でまた冬が来ます。これを繰返すのです。

そうすると、しまいには、さしもの大岩が割れてしまいます。あなた方は時々、亭々たる松の巨木が、大岩を割って、大地に根を下ろして、大空高く聳えているのを見かけるでしょう。こうしてそうなったのです。

これと、純粋直観に基づく意志活動とは非常によく似ているのです。

これと似て非なるものに「根性」とよばれるものがあります。これは修羅道です。だから自我から来ているのであって、よく見ればはっきり区別がつきます（これは勿論いけないのです。今の時勢にあっては尚更です）。

前に言いましたように、自我を十分抑止するのならば、自由意志の活動はそれだけでよいのですが、一般の子供にそれ程までを要求するのは無理です。それで色々な道義もいれば、様々の自主的意志活動もいるのです。その意志活動についてお話します。

小学四年までは、自主的意志活動は自我の抑止だけでよいと思います。それで十分自由意志を強くします。

大脳側頭葉の司っているものは、簡単に言えば記憶、判断だ、と時実さんは言っています。小学五、六年では大脳前頭葉が命令して、大脳側頭葉が記憶することをやらせるのがよろしい。これが大脳前頭葉の基本的訓練の第一歩です。

これが十分に出来ていないと、後にいわば足がもつれるのです。

フランスで、たとえば靴を買ったとします。定価五百七十六フランに対して千フラン札を出したとしますと、店員はこうします。先ず二つの数字五と七とを憶えておいて、一フラン貨を七フラン、八フラン、九フラン、十フランと数えながら置きます。次に憶えている七にこの一を足しますと、八になります。二つの数字のうち七の方はここで忘れます。そして十フラン札を九十フラン、百フランと数えながら置きます。最後に憶えていた数字の五を取り出して、今上がってきた一を足して六とし、五の方は忘れます。これに百フラン札を七百フラン、八百フラン、九百フラン、千フランと数えながら置いて、ハイと言って全体を渡すのです。これがつり銭です。これがフランスの街に見られる数学であって、数字を二つ、三つ自主的に憶えることが出来れば出来るのですが、大脳前頭葉のこの訓練が出来ていなければ、これは意外にむつかしいのです。

また例えば、よくこんなふうに言います「自由、平等、博愛の自由とは、他人の自由を尊重する自由を享楽することである」。だしぬけにこんなふうに言われますと、もう一度聞き直さなければ意味がわからないでしょう。

フランス人は大脳前頭葉のこの訓練が実によく出来ていて、それがフランス文化の一半を説明しているような気がします。たとえば、ジイドやカミーユの作品を読んでごらんになれば、おわかりになるでしょう。

中学一、二年では、大脳前頭葉が命令して、大脳側頭葉が判断することをやらせるとよいと思います。

記憶は大脳側頭葉単独の働きでしてもよろしいが、判断を単独ですることは決してさせてはなりません（「すみれの言葉」「春の日射し」参照）。

すべて大脳側頭葉の能力は柔軟性を持っていなければなりません（記憶だけは例外とみてよいかと思いますが）。柔軟性というのはその力を働かせることも出来るが、止めてしまうことも出来ることです（「秋に思う」参照）。今の教育は殆んど大脳側頭葉の教育になってしまっていると思いますが、この点を十分注意してほしいと思います。でなければ、大脳前頭葉の発育それ自体を悪くしてしまうと思いますから。

大脳前頭葉の訓練の第三期は、自主的意志活動によって、精神集中、精神統一をさせることです。

努力が意識せられる間を精神集中と言い、努力が感じられなくなってしまってからを精神統一と言うのです。

大脳前頭葉の基礎訓練はこの三つでよろしい。このうち、第三期（精神集中）は、出来れば三年間位やらせたいと思います。だから高等学校へ行く場合はそうしてほしい。

これは自由意志の働きが、自我抑止に始まり、大脳側頭葉の記憶、つぎに判断、脳幹部とだんだん遠くに及んだのであります。

自由意志とは、嫌だなあ、と思うのを押切って命令することです。嫌だなあと思うのは、自我の嫌悪感です。だから自我がよく抑止されておれば、嫌だなあはないのです。だから、これはこうも言えます。自我抑止の働きがだんだん遠くに及んだのである、と。私はこんなふうに教えられたと思うのです。そしてそれでよいと思うのです。

17、自由時間

大脳前頭葉の抑止する働きについてのべましたが（これは非常に大切ではありますが）、しかし大脳前頭葉の正常な働きは、感情、意欲、創造です。抑止は、先ずそれをやらなければ、この正常な働きが出て来ないから大切なのです。

一人の子の大脳前頭葉が、この正常な働きを営んでいる時は、その子は楽しんでやっているのであって、たとえ場所は学校であっても、その子にとっては自由時間です。

意欲は大脳前頭葉の命令ですから、その命令に応じて大脳側頭葉が働き、その命令に応じて大脳が全面的に働きます。その結果は大脳前頭葉に報告されます。これを纏めるのが創造の働きです（創造については、「独創とは何か」参照）。

だから自由時間が大事なのであって、大脳前頭葉はこの時に発育するのです（自由意志だけは別ですが）。

かように、大切なのは自由時間なのですが、これは学校内でよりも学校外での方が持たせやすいのです。だから学校は、子供たちに出来るだけ自由時間をよけい持たせるようにすべきです。宿題その他でかれこれ口出しすべきではありません。遊ぶことも非常に大切です。これなしには、没入することは教えにくいでしょう。自由に遊ばせるべきです。

私は箱庭を作ることや、飛行機の模型を作ることや、風景を写生することや、蝶類を採集することや、菊の花の咲いていくのを毎日見ることや、長い小説をよむことなどが好きで、随分これらに凝りました。これが今日の私を作るに非常に役立っています。

私は小学五年の時、藤岡英信先生に随分可愛がっていただきました。飛行機の模型や

う と思います。

努力してする記憶

私は、無努力の記憶は余りしなかったかわりに、この努力してする記憶の方は非常に訓練しました。経験がありますから、その意義も十分よくわかります。

私は四月生れにかかわらず、七つから小学校へ入ったかわりに、一年中学の入試に落第しました。だから私の経験を新学制に換算して言おうとすると、どう言ってよいか、ちょっとわかりにくくなるのですが、高等小学校での一年間は、憶えておくべきはずの字をよく憶えていなかったのを補ったぐらいで、学校のことは余りなにもしていませんから、この一年を省いて申します。

この種の記憶をさせることは小学五年から始めるのがよく、小学五、六年は要点を書き抜いたのを憶えさせるぐらいにとどめ、中学へ入ってからは、教科書全体を丸暗記させるのがよろしい。意味ではなく文章をそのままです。始めは下手ですが、だんだん上手になって、中学三年、高等学校一年で頂点に達します。

中学三年の頃の私は、教科書を一頁よんで、それを見ないで言ってみて、間違っていないかもう一度よんで見る。これを全体に及ぼしただけで憶えてしまって、二週間ぐらいは忘れませんでした。その試験がすめば皆忘れてしまうのです。

そんなことをさせて、何の利益があるのだとお思いになるかも知れませんが、これをしようとすると、非常な精神集中、精神統一がいるのです。

精神集中、精神統一をさせることは、脳幹部の発育を促すことであって、非常に大切です。私はこれが、そのための一番よい方法ではないかと思います。

ただ、この教育法は余りに激して、これが行きわたりますと、秀才は殆んど夭折してしまうのではないかと思います。しかし現状は、○×式試験に近いことをやらせているのですから、それにはほど遠く、その頃までには十分医学的対策が立てられると思います。

私の考えでは、これはいわば、情緒の中心の針が支出の方に振ったままもどらないために、からだがだんだん消耗して行くのだから、針さえ平衡の位置にもどすことが出来ればよいのです。

私の中学で、私と同じ年に卒業した人たちで、席次が私に近いところのものは殆んど皆夭折しています。私が死ななかったのは、灸をすえたためですが、灸は後にかなり長く悪い影響を残すように思われますから、もっとよい方法がほしいのです。

しかし、秀才がこんなに多く死んだということは、この教育法がいかに有力かということを実証しているでしょう。

19、読書速度

非常に大切と思えるにかかわらず、人が存外軽く見ているものの一つに、読書速度があります。

これをつける時期は中学一、二年です。この季節をはずすとこの力はつきません。私が小説等をよむ速さは、目のよかった頃は、一時間百五十頁ぐらいだったと思います。私の死んだ友人の中谷治宇二郎君は、一時間二百頁は読みました。芥川は一時間に六百頁よむ、とよくこの中谷君から聞かされました。

これも勢いでして、言語中枢それ自体の問題なのでしょう。だから日本語さえ速くよめれば、外国語はどうでもよいのですが、全くこれがないと、雄大な全面的計画は、始めから立てる気にならないらしいのです。

20、学科の配分

前に、心、自然、社会と三つに分けました。これは人の子の正しい生いたちの順でして、童心の時期、四つ、五つと相似なのです。これが繰返されるのでして、年齢で申しますと、六つから小学四年までが心の時期、小学五、六年が自然の時期、中学が社会の時期です。

自由意志の尺度と合わせてみますと、自我抑止の時期が心の時期、自主的記憶の時期が自然の時期、自主的判断（人らしい判断）及び深い判断（精神統一）の時期が社会の時期となっています。

今は理科や社会を小学一年から教えているようですが、どうしてもそうしたいというのでしたら、内容を変えなければなりません。

自然科学について申しますと、何でも皆そうですが、これは心に根を張って、外界に茂っているのです。

たとえば、ラジオで侍従の方か何かの御話で聞いたのですが、陛下は黄鶲《きびたき》が鳴けば、じいっと聞き入っておられるといいます。また那須の御用邸には、何月頃、どの小路に、どういう花が咲くか、掌《てのひら》を返すように知っておられるといいます。こういった心の裏打ちの無い動植物学は、クリスマスのデコレーションケーキを入れた箱にたとえますと、菓子の無い空箱に過ぎないのです。

ある情操教育を大切にしている小学校で、児童の作品を見たのですが、その中に「海の遊園」という、低学年の児童が大勢よって作った手工品がありました。すっかり自分たちが、魚になったつもりで作っているのです。この種の能力は、一度だんだん影をひそめ、旧制高等学校の頃からまた働き始めるのですが、小学校の低学年ではまだ相当働いているものと見えます。

社会については、その一部である歴史について、歴史の心に根ざしている部分はどんなふうであるかを前に申しました。

五つの孫がどんなふうであるかを前に申しましたが、それを延長すればよいのです。他人の情、わけても他人の悲しみがわかるというのが社会の根本です。

私たちの時は理科、歴史、地理を小学五年から習いました。この時期にはこの種の簡潔な叙述がよいと思います。叙述されたものの内容について言っているのではありません。

正しい判断は中学以前には無理と思います。今の社会や歴史のような形式のものは、中学からにしてほしいと思います。

21、数学教育

数の観念の発生をみますに、順序数が実質的にわかるようになるのは生後八カ月位であって、自然数が実質的にわかり始めるのは生後十六カ月位です（「童心の世界」参照）。これに対して、自然がわかり始めるのは四つ（数え年、早生れ）からです。だから、数は自然以前に心に内在しているのであって、決して自然から取った生活の知恵ではないのです。

子供は、実質は十分知っているのだが、それを外界に応用する方法と形式とだけを知らないのです。だから教えるのは、その積りでそれだけを最小必要量教えるのがよいのです。

自主的に数学をさせる。そのとき出来るだけ気を散らさないようにやらせる。これを重ねていく。そうすると数学が好きになります。もっとも、数学が好きだというその好きと、たとえば文学が好きだというその好きとは、色合が違いますが、ともかく好きになります。

好きで数学することが大切です。ここで好きで、が内容であって、数学はそれを入れる箱のようなものに過ぎません。

好きで、が芽生えであって、後にこれがのびて亭々たる大木になるのです。その時々の数学は、その場、その場で脱ぎ捨ててゆく蟬の抜けがらのようなものに過ぎません。

数学の研究を長くしていますと、大脳前頭葉を絶えず使いますし、ここは使っていさえすれば、年齢に制限なく発育します。数学者はこの大脳前頭葉をじかに使うのであって、数学を使うのではありません。数学の研究においてもそうです。数学も少しは使いますが、道具として使うのです。

数学の研究は、主として純粋直観の働きによって出来るのです。ところで、私が数学の研究に没入している時は、自然に生きものは勿論殺さず、若草の芽も出来るだけ踏まないようにしています。だから純粋直観は、慈悲心に働くのです。

私は本当によい数学者が出て来てほしいと思います。数より質が大事です。闇との戦いにはぜひ働いてほしいからです。

22、再び向上心について

向上心は、自我の抑止が十分よく行われ、環境が十分適しておれば、非常によく伸びるのです。これを伸ばすには他に方法はないと思います。

それを間違えて、子供の競争心を煽ることによって、これをしようとしている場合が多いように見えます。しかしこれは修羅道であって、自我に頼ろうとするものですから、子供は到底大成しません。

それだけではなく、こういうやり方をしますと、例えば学問はどういうことになるかと言いますと、ある学問のある分科にいま面白い問題があると聞くと、ワッとそこに寄り集る学者の浮遊群が出来てしまいます。そんなのに襲われた学問の分野は、まるで蝗《いなご》の大群に襲われた畑のような惨澹たる有様になります。那珂さんの『支那通史』に、「野に緑色無く、南燕帰りて林に巣くう」という句がありますね。あんなふうです。大正、昭和の日本人にこの傾向があるようですね。

23、結び

前に言いましたように、よい民主主義国家の一員となるためには、次の三つのことが資格としていります。一、高い情緒を持つこと、二、自我を相当よく抑止すること、三、少なくとも人らしい判断をすること。

これらは、大脳がよく発育すれば、その人は自ら実行します。

もう一つ、よい民主主義国家は、絶えず向上の努力を続けていなければならないのですが、これも自らそうなります。時勢を考えに入れますと、向上の当面の目標は、深い世の闇と戦って、これを少しでも明るくすることです。

これが義務教育の本義だと私は思うのです。

創造性の教育

1

教育には、義務教育以外に、いま一つ、国家が義務を課さなければならないものがあります。それが創造性の教育です。

何故かといいますと、保護貿易のあいだは、農民と漁夫にさえ働いてもらえますならば、他の人たちは何もしなくても、国民全体が食うことだけは出来ます。しかし、自由貿易となりますと、今の文明の内容が生存競争であることが、身に沁みてわかるだろうと思います。大脳前頭葉の創造の働きにまつのでなければ、学問上の優れた発見、発明もなく、それらを生かして使う人智の種々雑多な、総合的な働きもあり得ないでしょうから、国の収支は負にならざるを得ず、それでは国民全体が（他国に養ってでももらわない限り）、生存出来なくなってしまうからです。つまり経済的理由からです。

私が「すみれの言葉」「情緒」「独創とは何か」「秋に思う」「春の日射し」で色々お話ししましたのは、主としてこの「創造」についてです。時実さんも前に申しました随想（「私と数学と脳」）でこの創造についてお話になっておられますから、その一節を抜粋します。

「それは、知能や記憶のような後向きの精神ではない。前頭葉に宿る創造の精神、つまり前向きの精神こそ、人間の本質である。知能をたかめ、教養を身につけ、文化を形成してゆくことができるのは、すべて創造の精神があるからこそだ。

したがって、教育の真髄はここにあるはずで、最近、教育界で創造性が真剣にとりあげられているのは由なきことではない。

ところで、創造の精神は、数学の教育や数理的な思考のなかで、いちばん有効にのばせるのではないかと私は思っている。その意味では、真の『人造り』に対する、数学の先生方の役割は非常におおきいといえよう。

しかし、現在の学校教育は、数学も例外ではないが、とかく創造の精神の発達の芽をふみにじっているように思えてならない。私だけのひが目だろうか」

創造性を伸ばすには、どのように教育すればよいかということについての、私の考えを詳細にお話しますことは他日にゆずり、この度はただ概要を言い添えるに止めます。

2

前にお話しました道義に課した義務教育と、これからお話しようとしている創造性の教育とを比べますと、たいへん違っている点が二つあります。

その一つは、誰でも教育さえすれば、必ず創造性を伸ばすことができるかといえば、そうはゆかないことです。

これは天分がいるのでして、そういう天分を持った人の比率は、それほど大きくないと思います。

フランスは天才教育を行っていると思いますし、西独は国家的見地から、知的労働によって、しぼれるだけしぼろうとしているように見えます。

それで、西独の大学生の比率と、フランスの高等師範学校及び砲工学校の学生の比率とを調べてもらえば、日本における創造性の教育を行いうる人の比率が、大体わかると思います。

それ以外の人に創造性の教育を行っても、国としての収益はないから、経済的な観点からは、無駄です。

これは、天分を持って生れてきた人は、国全体の経済を維持するため、じゅうぶん頭脳労働をする義務があるということです。この種の教育を受けない人も、受ける人も、じゅうぶんよくこの点を理解しなければなりません。でなければ、とうてい諸国間の生存競争に耐えて、生き抜くことができません。

フランスは、実に徹底した天才教育の国で、細かく教育網が張られているようですが、一般の人たちは「あの子はゼニュイ（天才）だから」といって、当然のことだと思っているのです。

第二の点は、義務教育は現状の学制のままでどうすればよいかを申しましたが、創造性の教育については、先ず現在の制度を変えてほしいことです。それを申しましょう。変えてほしい点は二つあるのです。

一、旧制高等学校の復活

創造性をじゅうぶん伸ばそうとすれば、適当な時期に、ぜひ時間的スペースがいるからです。

二、大学の卒業を廃止

現状では、入学試験（その他）の弊害が余りにも大きく、とうていうまく創造性を伸ばせそうもありません。これを一挙に一掃しようと思えば、大学を卒業したかどうかの判定は、その人のことだからその人に委せて、大学当局は一切それに干渉しないことにすればよいと思います（実際私の友人の松原君はそうしたのでして、それが正しいのです。『春宵十話』参照）。法律はこの干渉を厳禁してほしいと思います。従って形式的には、大学にだけは卒業というものがないということになります。

3

この二点の改革を実行してもらったと仮定しますと、大体私たちの時と似たようなものになると思います。それで私は、あるいは私たちはどうであったかをお話します。一応、それでよいと思うからです。

中学校は粉河《こかわ》中学（和歌山県）だったのですが、私は主として丸暗記を練習しました。先生たちは、授業をいかにして面白くするかに全力を注いでおられたように思います。中でも英語の内田与八先生の授業は、生気が躍動していて、非常に面白かった。先生たちは皆、まさに覚めようとしてまだ眠っている生徒の興味を呼びさますことが、非常にお上手だったように思います。意志も次第に強くなっていきました。

中学三、四年は、その人に感激というものを教える「時期」だと思います。また心に種を蒔《ま》く最適の季節であって、その種は大きく伸びて、その人の一生を支配することがしばしばあると思います。私は三年のとき、数学の種を入念に蒔いたのです。私は中学五年から三高に行きました。入学は秋からでした。

三高のころになりますと、生徒の大脳前頭葉はじゅうぶん発育して、純粋直観がいろいろな形に働いています。前に言ったと思いますが、簡単に繰返しますと、

一、ものの意義がよくわかる（大円鏡智）

二、ものの内容（こころ）がよくわかる（妙観察智）

三、矛盾が自明になる（平等性智）

四、観念的なものをじっと見詰めていると、だんだんよくわかってくる（平等性智）

想を描きます。

五、調和がわかる（妙観察智）

まだ、ほかにもいろいろありますが、こういったような働きがいろいろ出てきます。それで時間的なスペースさえ与えますと、各人が自分の道義の仕上げをし、自分の理想を描きます。

情熱性や感激性も、ここでじゅうぶん養うべきです。

大学については、私たちのときはまだそうなっていなかったのですが、環境から取ることが主眼だと思いますから、各人がその理想に応じて、研究所や先生を選んで入るのがよいと思います。

大学当局は、一応だいたい、三年計画で知識や技術を教えるのがよいと思いますが、聞いたり、したりすることは強いてはいけません。

私の友人の秋月（康夫）君が、ある若い数学者に「君のクラスにはよく出来る人が多いが、なぜだろう」と聞くと、その男は「それは先生がいなかったからです」と答えたということです。

教育と研究の間

秋月（康夫）という三高以来の友人がいる。やはり数学をやっているのだが、彼は実にいろいろな人を知っている。かつて、私は売るものがなくなったとき、家族をとにかく扶養せねばならないので、どこへでもよいから世話してくれと頼むと、昇格したばかりの奈良女子大学へ世話してくれた。

当時、秋月君は京都に住んでいた。私たちは、その二階で話していたのだが、何かの用事で下へ降りていったと思うと、はしご段の下から「岡、よろこべ。君は運がよいぞ。落合（太郎）さんが学長になった」と叫んだ。

落合さんと聞いても私には何のことかわからない。ボンヤリしていると「これを読め」といって、デカルトの『方法序説』の、落合さんの邦訳を持ってきてくれた。私は実にうまい日本語だと思ったのが印象に残っている。

（ちなみに、私は学士院賞、朝日賞、文化勲章と、いろいろ賞をいただいているが、最初口を切ってくれたのは、みな秋月君である）

こうして、私の奈良女子大学での生活がはじまったわけだが、私はこれまで、数学を教えるのは経験を教えさえすればよいのだから、教育法なんかいるものか、と思って、別に教え方については考えなかった。ところが、女性を教えてみて、こんな調子ではゆかないことがわかった。一例をあげよう。

最初、教えたクラスに、一人の小柄な学生がいた。多分、漱石だったと思うが、新聞小説は毎回、小さくてもヤマ場を持たねばならない、という意味のことをいっている。私の数学の講義にもヤマ場はある。この学生はそれがよくわかっていて、派手に喜ぶのである。この学生は友だちにこう話したという、「岡先生の講義はフワッとしていて天下一品だわ」。私は、この学生の答案を見るのを楽しみにしていた。

ところが、いざ見る段になって驚いた。それこそ実に「フワッとした」答案なのである。くわしく調べてみると、推理の流れがとぎれとぎれになってしまっているのに、情趣だけはよく描けているのである。これが、女性は男性にきわめて近い生物ではあるが、男性と同じ生物ではない、と私が気がついた最初である。

さらに、私は答案などによってくわしく研究した結果、男性は普通、知から情に向って意志が働くが、女性は逆に情から知に向って意志が働くらしいことを知った。そして女性に数学を教えるにはどうすればよいかを十分調べ、一通りわかった、と思っていた。

アルバイトが学業に大変害があると考え、何とかして防ぎ止めようとしたが、ついに大勢に抗し切れなかったのも、このころのことである。

私は、女性はよい母になってよい子を育ててもらわねばならない、でなければ国は敗戦から立直れないとも考えた。そして育児の注意を述べるために、幼児の生いたちを研究しはじめ、育児日誌を学生に頼んだこともある。

また、数学は男性だけにまかせておくと、どうもだんだん灰色になってゆくようだから、女性にも一翼をになってもらって、少し色彩感を入れたい、とも思ったりした。みな、このころのことである。

ところで、一度はこれでいいと思っていた教え方がまた怪しくなってきた。だんだん教えにくくなってきたのである。学生たちの自明を自明と知る知力が弱くなってきたらしい。測定してみると、実に心細い数値が出た。

以前は大体、成績のよいのから順にＡＢＣに分けて採点をし、質問にも応じていた（質問といえば、そのころから学生がだんだん私に近づかなくなってきた）。判断の基準はこうである。Ｃは数学を記号だと考えているもの、Ｂは数学を言葉だと思っているもの、Ａは数学はこれらをあやつって自己を表現するが、主体は別にあるのだ、ということがわかっているものである。ところが、このどれにも当てはまらない学生が次第にふえてきて、とうとう、ほとんどがそんな学生ばかりになってしまったのである。さあ、どう教えればよいのか、いよいよわからない。

私は、一体どうしてこんなことになったのだろうと思って、もう一度それまでの教育を再検討しはじめた。そして大分長くかかってわかったのだが、どうもこれは大脳の前頭葉をほとんど使わないためらしい。思えば全く無茶なことであって、そんな数学はもともとあり得ないのである。

大脳前頭葉がよく働かない原因は、いろいろあり得る。そのどれが主因だろうかと思って、研究というよりは暗中模索をはじめた。いろいろと教え方をかえては結果を見るのである。

その中《うち》にストライキがあった。他人に欠席を強いることは知を愛し、学を愛するもののすることではない。それで私はこう言った、「君たちがこのやり方を変えないならば、私がやめさされない限り、君たちは一人も卒業できないだろう」。

私はほんとうにそうする積りで言ったのであるが、これが非常に利いたらしい。それだったら、自我を抑止しないことが主因だと考えざるを得ない。

このことがよくわかってくるとともに、私も定年で大学をやめることになった。私の教育研究も卒業というわけである。

かぼちゃの生いたち

こんどの大戦で前線へ行った人々は別として、そうでないひとは、たいていかぼちゃを作った体験をお持ちだろうと思う。私もかぼちゃを作ったが、作ってみて、かぼちゃという植物はこんな不思議な伸び方をするものかと驚いたものである。作ってみないで想像していたのとは、まるで違っているのだ。かぼちゃを専門に作る百姓というものはないだろうが、かぼちゃ作りの百姓があるとして、その百姓にとって一番大切なことは、かぼちゃがどのような伸び方をして結局実がなるか、その姿全体を頭に入れてしまうことだと思う。そうでないと、どんなに世話をしてみたところで、トンチンカンなことをやってしまうことになる。これと同じことは、教育に関してもいえると思うのである。

ところで人の心情の生いたちは、このかぼちゃよりも一層変化に富んでいる。かぼちゃのような植物さえ、あんな生いたちをするのである。まして人の感情とか知能とかが、まるでバケツに水がたまってゆくように、時間に比例して量が増してゆくなどと考えるのは、一体どういう心理からなのか、私には想像がつかない。もし、複雑な伸び方をするものと思えば、調べもするだろうが、初めからごく簡単なものと決めてかかっているのではないか。どうも私には、感情は別としても、知能というものはそうしたものと決めてかかって、いろいろデータもとり、教えもしているとしか思えない。しかし、人はどんなふうに伸びてゆく生物か知らないで、教育などとはいえないはずである。教育については、現状はまだ何一つわかっていないのではないか。

1

個体の発生は種族の発生の繰返しといわれている。科学が教えた一番興味深い知識の一つは、人の胎児の発生が、人類の発生は定めてこうもあったろうかと思わせるような、不思議な形態的変化をすることである。

ところでこのことは、生れ落ちるとすぐ止《とま》って、その後は続かないものだろうか。私はずっと続いてゆくものと思うのである。私の記憶に誤りがなければ、生れる少し前には赤ん坊はまだサカナのような格好をしている。これが哺乳動物になってから、つまり生れてから、この形態的変化を繰返すのじゃないかと思うのである。ただ、その変化が、人と動物との違いだと思われるところにさしかかってから、非常に長くかかっているということだ。

人の人たるゆえんは他人の感情がわかるということだが、自他の区別がわかるようになるのは、四月生れとして数え年五つのころである。四月生れというのは、私自身四月生れだから、今のところ私自身を標準にとるより仕方がないのだが、人間には生れた時の季節が顕著に影響する。それで満何年何カ月といったのでは不正確になると思うのである。実際、春に生れた赤ん坊と秋に生れた赤ん坊とでは、心情や知能の伸び方に差があるようである。

もちろん、自他の区別それ自体の現れと思われるものは、ずっと早く出ている。たとえば、目は四十日ぐらいから見えはじめるのだろうか。六十日になると、見る目と見える目と二色に使い分ける。しかし、そんなことでなく、はっきり自他の区別がつけられるようになるのは、数え年五つになってからである。だから、道義の根本は、この年からはじめるのがよいと思う。

いま日本では、道義はいるとかいらないとかいう議論が強いが、以前修身というのがあった。この修身は、何か人格というような、つまり、人の行いやそれを正すことをいうように思っているが、もともと「修身斉家治国平天下」というのを略して修身といったのであって、身近からはじめて遠くに及ぼせという言葉である。たとえば近ごろの美談として、東京の銀座あたりでゴミをビニールの袋につめるようなことがはじまっているらしいが、これは道義の問題である。そしてこういうのを礼節というのだと思う。修身とは個人がお行儀よいということではなくて、社会の秩序のことである。

人から聞いた話だが、アメリカでは普通教育で一番力を入れているのは、道義教育だという。またこれを家庭でするのがよいか悪いかの問題、それをはじめる時期の問題については、イギリスではこれを家庭でやり、しかもきわめて早い年齢からはじめている。日本はすぐ外国のまねをしたがるが、せっかくそういう癖があるのだから、道義の教育でも外国のことを見ならえばよいと思う。

アングロサクソンの話が出たから、ついでにいうと、こどものころ私は『三十万年前の世界』という本を読んだことがある。三十万年前というのは、そのころは、人類が火を使いはじめたのは三十万年前だと思われていたからである。大変おもしろかったが、その一節にこんなことが書いてあった。興る民族と滅びる民族では、その一番大きなちがいは、興る民族は夜の闇を恐れない。夜は一人一人別の位置にすわって、一人で思索することを好む。ところが滅びる民族の特徴は、これと反対で、変に夜の闇におびえ、夜は一かたまりにかたまってでないとおられない。後になってのことだと思うが、何となく私には、これはアングロサクソンの思想だという気がした。だから筆者は、多分イギリス人だろうと思うが、今でもそれはほんとうだと思っている。

実際、人間が集団生活を営み得るというのは、他人の感情がわかるというアビリティがあるからで、集団に特別な本能が与えられているわけではない。集団の目的が自分の目的にあっているかどうかの判断、これはやはり個人個人のもので、各人の大脳前頭葉の働きである。だから個人を十分みがいてからでないと、集めてもうまくゆかない。

今の小、中学校の教育では、はじめからグループ、グループをつくって教えているのではないか。というのは大学でも、集ってディスカッションをやるというふうにしなければ考えられないらしい。こんなものは数学にはまことに不向きで、数学に限らないが、何事でも、そんなやり方では言葉のおよぶ範囲よりは決して深くは入れない。言葉のおよぶところまでなら語学にすぎない。それから先に進むから数学なのである。すべてそうだと思う。アメリカやイギリスでは、決してこんな教育はしていない。

私は道義の教育を、数え年五つの時から祖父に受けた。そのころ父は日露戦争で留守だった。祖父は私の中学四年の時亡くなったが、それまで私はずっと祖父から道義の教育を受けた。一口にいうと、まことに簡単で「人を先にし、自分をあとにせよ」ということで、その点に関しては徹底したものだった。父ははじめから私を学者にするつもりだった。それで金銭的なことに心をわずらわすようではいけないというので、お金の勘定は一切私にさせなかった。だから私は、今でも物質的な所有欲は全然ないといってよい。このような家庭教育はその後に非常に影響するものであって、物質的な所有欲も、人なら当然出てくるものと思うのは間違いで、作るからあるのである。

それから、子供の悪い癖だが、概してこれはひとの子供からうつるのでなく、子供の心の中にまかれていると思われる種がはえてくるのである。私の最初の孫は十一月生れで、数え年五つの女の子だが、性質として自分の喜びを強く感じ、強くあらわすのが長所のように思われる。土地にたとえると、土地がこえているわけだが、そういうところにはえる雑草もやはりこえている。そこでいろいろ悪い癖が出てきている。

この草引きを何とか早くしたいと思うのだが、むりにしつけるやり方は、よい芽までいじけさせてしまうので、何かわかることでしつけなければいけない。こういうことをすると人が喜ぶということがわかってくれればよいのである。自分だけでなく、人も喜ばせなければいけない。たえずそのことをいえば、そうでないことは抑止する働きが自ら働くようになる。そして抑止する働きが一つ働けば、抑止するという生理機能が強くなる。ただ、人が喜ぶということがなかなかわかりにくい。

私の家の裏に、孫よりすこし小さな子がいる。孫はきのみ、その子はよしみというのだが、その孫がどういうかというと、「きのみ、今遊んどく。よしみちゃんが来たらお勉強する」という。お勉強というのは本か何かを見ることだろうが、私の家内が、「そんなことしないで、よしみちゃんが来たらいっしょに遊びなさい。今、お勉強しときなさい」といっても、なかなか承知しない。

祖母と孫の間でそんなことをいい張っていたが、しばらくしてフト気が変り「やっぱり、きのみ、今勉強しといて、よしみちゃんが来たら遊んでやるわ」といってきた。これが道義のわかりはじめじゃないか。それで祖母が「えらい、えらい」とほめると、言葉だけは知っていて「きのみ、考えたんや」という。

フトそんな気がする。人の喜びも、遊んでやると喜ぶということならわかるので、その隣ぐらいにはいるのである。ある時はおこってフトわかることがある。おとなになってもそうだが、人の心の窓というものは滅多に開いているものではない。時々開いておればわかるのである。その時ほうり込んでやることだ。

この道義教育は、家庭でできるだけ早くはじめたいというのが親心であって、また祖父母の心だと思うが、何とか数え年五つぐらいからはじめたい。これを放っておくのは子供を全く観察せずにいるからである。しかしその時、犬に行儀をしつけるようなやり方は、多分に害がある。そうでないようにするには自ら観察する必要がある。

このように、人が喜んでいるということは割合に早くわかるが、一番わかりにくいのは人が悲しんでいる、あるいは悲しむだろうということで、これは容易にわからない。しかしこれがわからないと、道義の根本を、表層的にではなく、根源的に教えることができない。それがわかるようになるのは、だいたい、小学校の三、四年ごろだと思う。また、人が悲しむようなことをする行為をにくむ、これが正義心のはじまりだが、これも同じ年ごろで教えられると思う。

しかし人の悲しみがわかるといっても、そのわかるという言葉の内容だが、徹底的にわかると、人が悲しんでいると自分も悲しくなる。人の悲しみを自分も悲しいという形で受取るようになる。これは十代では無理であって、二十歳以後だと思う。フランスに「セタージュ・サン・ピチエ」ということわざがある。これはハイティーンでは、まだまだもののあわれはわからないという意味である。だから、道義の本当の最後の仕上げをするのには、以前の高等学校でなければできない。

このように、人の心情や知能の成長をみてくると、人の悲しみがわかるという峠を越すのに、実に難渋をきわめていることがわかる。個体の発生でこんなにかかるのなら、進化の道程ではどのくらい長くかかったか、想像もつかない。数千万年はかかっているだろう。かりに譲歩して数百万年かかったとしても、人類に文化がはじまってから六十万年といわれている。文化、文化といっても六十万年たっているかいないかであって、数百万年にくらべたら、取るにたりない短かさである。

だから、人はまだほとんど何も知らないといってよいのである。知力の光が非常に暗いので、自分はまだ何も知らないということを知らない人が多いのではないか。仏教でいう肉眼《にくげん》とは、知性の目ということだが、赤ん坊でいうとどうにか目が見えはじめたところであって、明暗がわかるという程度からまだ余り出ていない。人類の現状は、まだやっと一人立ちになったばかりのところである。ただ人類はまだそんな程度だとなかなか思えないのは、知力の光がごく弱いからにすぎない。何も教育に限らないが、特に教育については、何も知らずにでたらめをやっているとしか思えないのである。

2

そこでもう一度、生れた赤ん坊をふりかえってみると、数え年一つの時は、感情的に自分というものを作り、同時にその人というものが本質的にできてしまうだけではない。それに付随したいろいろなもの、つまり外部の世界とか、心の世界とかいったものもできてしまうような気がする。雪だるまなら、そのシンのようなものを感情的に作り上げてしまうのが、この時期である。

意志の働きがはっきりみられるようになるのは、数え年二つからである。数え年二つ、三つのころは、いろいろなことを繰返し繰返しやる時期のように思われる。ジイドは「自分は情景の描写を、その人のいいぐせをとらえてするのが効果的であると思ってそれを実行したが、これは誤りではなかった」といっている。このいいぐせだが、人は寝言をいうとき、割合にいいぐせがよく出るものである。娘の寝言を聞いたことがあるが、三つのころ、こんなふうによくいった、「靴ありますし、雨靴ありますし、ゴム靴ありますし、靴ありますし……」。

これは一例だが、人のいいぐせというものは、大体数え年六つまでで決ってしまうのではないかと思う。つまり、その人の言葉の世界における染色体のようなものが、そのころできてしまうのである。そういうものを作るために、あるいはそういうものの最後の仕上げをするために、何をやっても、繰返し繰返しやるのだと思う。

なお、この娘の寝言だが、そのころの女の子の遊び方は、そんなふうに空想の世界で遊んでいる。いくらでも一人で遊んでいる。男の子はちょっと違う。男女性が二つ、三つですでにちゃんとわかれている。これは当然であって、後に男としての生活をし、女としての生活をする一番もとの準備をそこでしているのだと思う。

次に自分の記憶をたどってある記憶が他の記憶より先であった、あるいは一つの記憶の中における情景が立体的なものとして浮んでくる、そういうふうになるのは、だいたい数え年四つからだと思う。それより以前にさかのぼってはできない。それで私は、数え年四つをかりにカントのいう「時間、空間」のできる年ごろと名づけている。すべて断定しているのではない。そうじゃあるまいかと言っているのである。

こうして五つになって、さきにいったように、自他の区別ができる。

数え年六つは知的興味の最初に出てくる時期である。集団生活を非常にしたがるのも、大体六つのときではなかろうか。知的興味の特徴はこんなふうの質問にあらわれる。「ここにどうして坂があるの?」。だから、そこに出てくる興味の芽ばえを「アホなこと聞く、この子は」と一蹴してしまわないことが、非常に大切である。とても答えられるようなことを聞いてこないのだから、むしろ不思議なことが聞けるものだと思ってみてやってほしい。

私の経験をいうと、その年ごろのことだが、身内の中学生と一晩いっしょに寝ていて、その中学生の繰返していた開立の九九、——二二が八、三三、二十七というあれだが、一ぺんに覚えてしまったことがある。むかし、寺子屋では最初に論語の素読を教えたと聞いているが、このほうが理屈にあっていると思う。とにかく眠れないから聞いていたというだけで、開立の九九をおぼえてしまうような時期である。

論語の素読というのは、この最初に興味の動きはじめた時に、一番必要なものをみんな覚えさせるというやり方であって、これがあとになって、パッと出てくることになる。少しだけ傾いたミゾへ水を流すと、澄んだ水ならよいが、少し泥がたまっているとまるで流れない。今の教育はちょうどそういうやり方だ。

小学校でとりわけ大事なのは三、四年のころである。もっとも、私は戸籍をいつわって七つから学校へはいったので、三、四年というのは私自身が三、四年のころのことだが、「かわいそうに」ということがわかるのは、その年ごろである。また、かわいそうなことを平気でするものを憎む、つまり正義心の動きはじめるのも、その年ごろである。だからこの三、四年で正義心や廉恥心のセンスをぜひつけねばならない。正義心とか廉恥心とかが社会からなくなることは、周囲が乾燥していると、いくらでも火事の原因があるのと同じことであって、直ちに社会は腐敗する。社会をすぐ腐敗させるようなものを学校から出してもしかたがない。

文化というものは理想がなければ観念の遊戯と区別がつきにくい。この理想は、一口にいうと心の故郷をなつかしむというような情操を欠いてはわからない。国民がバラバラにならず、一つにまとまるというのも、一つのにかよった心の故郷をなつかしむという情操があるからである。西洋文明でも、文化の再興隆は文芸復興というかたちで行われた。あれも、過ぎ去ったギリシャの文化をなつかしむという気持が根底にあったので、なつかしさの情緒が基調になっている。こうした文化の根本の情操も、すでにこの三、四年のころに動きはじめる。むしろ、そのころのほうがよく動いているのではないかと思うが、よほど根本的なもののできてくる時期である。

次に中学校だが、私は小学校を出て中学校の試験を受けて落第した。それで一年間高等小学校に通ったのだが、読書力をつけようと思えば、中学の一年ごろが一番よい。読書力といっても色々あるが、ここでいう読書力とは早く読む読書力のことであって、この年ごろをすぎるとその力はできない。たとえば芥川の読書力は一時間六〇〇ページといわれている。私はそのころ博文館発行の『新書太閤記』とか、『水滸伝』とか、『通俗絵本三国志』などという厚い本ばかり読んでいたが、今でも本は割合に速く読める。本が速く読めると、割合に大きな計画が立てられるので、この読書力もやはり必要だと思う。

中学校の三年、今の新制中学の三年だが、これがまた非常に大事な時期であって、第二次的な知的興味がこの時に動きはじめるんじゃないかと思う。その興味の特徴は、知らないからおもしろい、わからないからおもしろいというもので、よくわかるからおもしろいというおもしろさを喜ばない。しかもこの年ごろに非常に心をひかれたものが、かなり多くの場合、その人の生涯の行く手を決定してしまうのではないか。

それから記憶力には、あるいは記憶力と呼ばない人があるかも知れないが、おぼえて試験がすめばすぐ忘れてしまうという記憶力がある。だいたい精神統一の結果だが、それをつけるためには、中学の三年から高等学校の一年ぐらいが一番よい。その時期が過ぎると、そういう精神統一の練習をさせても、うまくゆかない。

私は中学の三年ごろに「真夏の夜の夢の時期」という名をつけたいと思う。中学校から高等学校のはじめのころであって、だんだん大脳前頭葉が使えるように仕向けてゆく時期である。夜があけはじめ、ものの色、形が見えてくる。それを高等学校でつづけてゆくが、その時期をすぎると、そのアビリティは伸ばせない。以前なら、学校外でめいめい勝手に伸ばせたが、今はピッチリ時間がつまり、まるで壁に塗りこめられて住んでいるようなものであって、疲れきるまで教えられる。以前は教育はでたらめだったといえばでたらめだった。しかしそのかわり、隙間がうんとあった。人はその隙間に住んでいた。

こうして以前の学制でいえば、中学校をすませて高等学校にはいる。

この高等学校もまた非常に大切な時期である。人はそこで道義の仕上げをするとともに、理想の一番はじめの下書をする。理性がほんとうに働き出すのもこのころからである。以前は理想をつくるために三年間という空白の時間を与えていた。そのことを意識していた識者も少なくなかったろうと思う。しかし、こんな時間の使い方は無駄だとでもいうのか、真先に以前の高等学校をやめてしまった。それでは理想はつくれない。理想がつくれないのに大学が選べるはずがない。どの大学のどの科にはいるという選択もできない。そこで勢い就職を目標にするのは当然だと思う。理想などいらないといって高等学校をやめ、次に道義もいらないといって義務教育が今のようになってきた。それが現状である。しかし私には、人生を渡る二本の橋は、道義と理想だとしか思えない。

3

それはそれとして、理想について結論からさきにいうと、理想の内容は真善美だが、これはただ、実在感によってのみこの世界と交渉を持つもののように思われる。私は理想をはっきりいった人がいないかと思って、そういう言葉をさがしたが、どこにも見当らなかった。しかし、理想を生涯追い求めてやまなかった人は、いくらでも数えられる。たとえばショーペンハウエルがそのよい例である。

西洋の文化史でいうと、ギリシャ時代からローマの暗黒時代をへて、再び文芸が復興した。文芸が復興するためには、暗黒時代に支配的であった観念論を打破する必要があった。このことは、ガレリオをみればよくわかる。とにかく、文芸復興は観念論の打破にはじまっている。それからだいたいデカルトへんまでは理性を問題にしたが、理性は文化の手段であって目的ではない。そこで手段でなく、ものそれ自体を見なければならないということに気づいたのは、ずっとおくれて十九世紀にはいってからである。

十九世紀は、だから一口にいって理想を問題にした時期である。たとえば文学ではゲーテの『ファウスト』にしても『ウイルヘルム・マイスター』にしても、理想というものを取扱っている。ショーペンハウエルも、フィヒテもそうである。数学でも事情は同じであって、リーマンがそうであった。リーマンの「エスプリ」は、理想を追い求めてやまない精神のことである。ショーペンハウエルは「バッカスの杖を持っているものは多いが、バッカスの風貌を備えているものは少ない」といっている。これは文化を取扱うための手段をよく知っているものは多いが、文化それ自体の顔つきを知っているものは少ない、という意味である。ショーペンハウエルはこれをフランスで捜したが見つからない、イタリアにもない。とうとうギリシャまで行ってプラトンをたずねたが、意志の世界に理想はないといってそれも捨て、だんだん舵《かじ》を東にとってシナまで行って寺の門をたたいたが、ついに理想の姿を発見できずに終っている。だからショーペンハウエルは理想の姿はとらえていない。しかし他の姿を見てはこれではない、これではないといっている。理想というのはそういうものである。

私は俳句は芥川（龍之介）に紹介してもらったのだが、芭蕉一門の存在は、よく考えてみると、いかにも不思議である。なぜかというと、俳句は五、七、五の十七字に過ぎない。だから今日非常によいと思っても、翌日になると、昨日は気のセイだったのではないかと思うかもしれない。むしろ今日非常によいと思えば、あすはその反動で、昨日はどうかしていたんだと思うだろう。

芭蕉はよい句というのは、名人でも一生にせいぜい十句といっている。まして一般の人は、それよりずっと少ない。にもかかわらず芭蕉一門の人々は、十句という、ただそれだけのもののために、生涯を真剣にささげることができたらしい。どうしてそんな薄い氷の上に身をのせるようなことができたのか。私は俳句や連句、特に蕉門の人々について詳しくしらべてみたが、その結果、美というものは強い実在感だということ、それが支えになって、あんなことができたのだということがわかった。

善については、孔子は南の方へ行って生命の危険にさらされたことがあった。孔子に対して殺意をいだいていた人間がいて、木を倒し孔子を圧死させようとしたのだが（大木か何かが倒れてきたのかもしれない）、孔子はそういう席にいて、泰然として「天、道をわれに生ず、某公われを如何せん」といった。論語にはその人物の名前は出てくる。そういうつまらない人間の名はおぼえていなくてもよいから私は某公というのだが、孔子はその時、善の実在することを信じて疑わなかったのだと思う。

真については、リーマンがまだ大学を出て間もないころ、自分の論文について講演をしたことがある。これをきいたガウスは、その帰り道、知合いの数学者に話しかけて「自分は長い生涯の間で、今日くらい感銘を受けたことはなかった」といった。ガウスという人は、人に会うのがきらいで、天文台に閉じこもり、一七三分の一か、それぐらいの分数を小数点下四〇位まで計算していたという変り者で、そう簡単に感銘などしそうなオヤジではない。また一般の人に話しかけるというようなこともなかった。その時、ガウスを感銘させたのが、この真だったのである。

真善美は私は実在感だと思う。その真善美の中では、美が一番わかりやすい。私は平素、数学の一番よい伴侶は芸術だといってきたが、よくゼミナールを休んで、学生たちを絵の展覧会につれてゆく。なぜかというと、そこによい絵があって、ちょうどその時自分の心の窓が開いていたら、そのものの上に全き美というものを見、美は実際あるということを感じることができるからである。この感銘とか、実感とかいうものをうることが非常に大切なのであって、それがまた芸術の存在理由でもある。真と善はなかなかわかりにくい。しかし美はそれを容易にゆるす。そして一たんその実在を感じると、効果はどれからでも同じである。それが理想というものだ。

芥川はどこかで書いている。自分は文学を、つまり創作を自分の一生の仕事として選んだが、そう決めて、東京の町はずれを歩いていたとき、雨の水たまりがあって、電線が垂れさがり、紫の火花を出していた。そのとき自分は、他の何ものを捨てても、この紫の火花だけはとっておきたいと思った、と。

芥川はそのように出発した人であって、途中「悠久なるもののかげ」という言葉を使い、終りころ「東洋の秋」とか「尾生の信」を書いた。生涯、美の姿をとらえようと追いつづけ、遂にとらえることのできなかった人である。だから美とはどんなものか知りたい人は、芥川を読めばよくわかると思う。

漱石が、その秋に死ぬという夏、和辻哲郎に手紙を書いている。その手紙の中で、漱石は、自分はこのごろ午前中に創作活動をし、午後は籐椅子か何かにもたれて休養することにしている。午前の創作活動は午後の肉体に愉悦を与える、芸術はここまでくれば嘘ではない、という意味のことをいっている。私はこういうことをはっきり書いたものは、これ一つしか知らない。数学上の発見が、心に鋭い喜びを与えることはよくわかる。これは根本的なことだと思う。しかし創作活動が肉体に愉悦を与えるということは、私には想像がつかない。非常に貴重な文献ではないかと思うのである。

理想のことをいったが、あとは大学以後、自分の選んだものをやってゆけばよい。つまりかぼちゃの実がなるわけであって、実がなってそれが熟するのを待つだけである。これが、だいたい私の、人というかぼちゃの生いたちの第一次的な下書である。

数学と大脳と赤ん坊

1

科学は学問にちがいないが、ではどういう学問かということになると、いろいろ言われている。しかし私は、数学をやるということも科学だと思っているのであって、私自身、天性の科学者だと思っているのである。なぜかというと、何かわからないこと、珍しいこと、面白いことがあると、それをやってみようとするのが科学だと思うからである。

ところで、そういうことを科学だと考える目でみると、科学の本家本元である西洋文明は、実に観念的だということがわかる。たとえば心の働きを知、情、意の三つに分ける。心は大なり小なりそれらを持っているから、それはそれでよいのだが、しかしどの一つをとってみても、実在するというものではない。私は数学を専門にやっているものだが、教師でもあるから、近ごろは教育のことも気にかけている。

一体、数学をするとか、教育をするとか、またされるとかいっても、人が数学をし、人が教育をし、またされるのである。これははっきりした生理現象である。この生理現象は実在する。しかし西洋の考え方はこの中から「人」を抜き、観念の上にたって議論をしているにすぎない。果してこれを科学といえるかどうか。

最近、私は新しい医学的知識をあたえられたので、私の周囲の遠近を、それによって見直そうと思っているのである。それは犬について実験した珍しい論文である。

人は感情に不調和をきたすと、常習性下痢をおこし、大腸はただれたようになることはわかっていたが、なぜそうなるのかはわからなかった。その医学者は、中枢部には手がつけられないから、末梢部の研究をするため、犬の大腸の方へ走っている交感神経を切断してみた。

大腸には、それとは反対の働きをする副交感神経も走っている。この両方が共に働いて均衡をたもっているのだが、切断の結果、副交感神経だけが働くことになって、犬に著しい下痢がおこり、大腸がただれた。私も研究生活で、これと同じことを体験しているので、この話を聞いて着目すべきことだと思った。

と言うのは、数学でもその他の学問でも、研究のある時期には極力衝動をおさえ、ジリジリとつめ寄せてゆく時期がある。つまり、意識をコンセントレートしている時で、呼吸がとまり、内部の諸機関はできるだけ働きをとめる。この時は交感神経がはたらいているのである。しかしその反対の時期もある。それは感興にのって書きすすむときで、この時は得てして私は下痢しがちになる。

生理的な構造の仮説からいうと、知が一番浅く、意、情の順になっている。知性の中心は大脳皮質だが、「情緒の中心」というものがあって、そこがそんなに強い影響力を身体全体に及ぼしているとすれば、何ごとによらず、そこまで深く考え込まないと、その考えは浅いということになる。その位置は、大脳皮質を出はなれた、コメカミの深さだというのである。

これが最近の私の知識で、医学的にも最先端をゆくものではないかと思う。

2

今の数学者をみると、数学の研究を知的にやり、あるいは意志的にやる人はいるが、まだ感情的にやるところまではいっていない。これは、つねづね私の言っていることだが、本当はそこまでゆかねば駄目だと思う。私自身はどうかというと、私は数学は起きている間だけやっているのではない。むしろ私には、眠っている間に準備され、おのずから出来ていたものを、目ざめてから意識に呼出し、書き進めているような気がするのである。

情緒の中心が身体の中心だということは、この論文をきかされるまで、私は想像もしなかった。しかし、もしそんなものが実在するなら、教育に関しても、その目で見直さねばならないだろう。

私には長い間解決のできない問題があった。私はかねがね、数学はアビリティだけで出来るものではない、人間として出来上がらねば駄目だ、といってきたのだが、それに対し数学史上の一、二の人名をあげて、ああいう人はどうかという人がいた。ああいう人というのはマキャベリズム式の政治屋なのだが、かなりの業績を数学史に残しているではないか、と言うのである。私は困った。

ゲーテは当時の数学者のラグランジュをほめて「彼は善人であったので、よい仕事をした」と言っている。私はもう二、三十年もこの問題を持ちこしてきて、ついに説明がつかなかった。しかし、情緒の中心がそんなものなら、説明は簡単である。つまり、この「ゆえに」は、ラグランジュはおとなになってから善人になったのではなく、子供のときから人らしく情緒が出来ていたので、よい仕事が出来たのである。

義務教育は時期が早く、以後のもの一切がこれから影響をうける。人数も多い。しかも義務として強いているのである。一体、どこから教育を義務として強いる権利が生じるのであろう。これが一番考えねばならないことだが、問題は頭の発育である。つまり情緒の中心を人らしく調和させねばならないということである。

人は動物の一種であるが、それだけではない。教育は渋柿の台に甘柿の芽をつぎたしたようなもので、芽だからのばせばよいというなら、だいたい渋柿の芽ばかりになる。放任すると、動物性ばかりが跋扈《ばっこ》して、人間性は逼塞《ひっそく》する。近ごろの義務教育をみていると、動物性の放任で、動物らしい頭しか発育しない。動物性ばかりをのばすのなら時間は節約できるが、人間性、甘柿の芽をのばそうとすると、たっぷり時間がかかる。ところが、現在の義務教育では、子供の成熟するまでの時間が、戦前にくらべて三年も減っているのだ。女性の初潮ではかればはっきりする。これは大へんなことだと思う。

動物の牛や馬は生れおちるとすぐ歩くが、人間の子は歩くのに一年はかかる。これはその間に、すぐ歩けるように成育するのをおさえて、人らしくなるように準備しているのである。生れて一年ぐらいの子をよく見ていると、どんなに驚嘆するような準備がされているか、よくわかるだろう。

この一歳のとき、その子供がどういうことをやっているかというと、感情的にいろいろのものをつくり上げ、大体その一年間にその人間の本質的なものは出来上がる。その人間に付随する、心の内外両面の一切が出来上がってしまっている。学ぶという点からいうと、「森羅万象、学び尽して余蘊《ようん》なし」といってよい。

その後も感情中心に発育し、三歳の終りから四、五歳にかけて、だんだんといろいろな知性がのびてゆく。この時期に一番のびにくいものは何かというと、私にはなかなか人の感情がわからないことだと思う。例えば、自分を非常に可愛がってくれている人に対して、冷淡なことをいう。あるいはすげないことをいって悲します。人の感情をおしはかること、人の感情を自分の感情のようにわかること、これが容易でないらしく、非常に時間がかかっている。ここに困難がある。人間と動物の別れみちは、私はこの思いやりのあるなしということになると思う。

これは実に複雑な生理現象であるらしい。昔の日本の教育は、孔子に教えられて一番はじめに「惻隠《そくいん》の心」をおいたが、同じことをいっているのだと思う。その目で今日の教育がほんとうに人間性、甘柿の芽をはぐくむことを大事にしているか、おろそかにしているかを見ると、目立つのは中学生の犯罪である。全く無慈悲なものだ。これは人の人たるゆえんをはぐくむことをしなかった結果であろう。

では慈悲心、無慈悲なものを憎む心、正義心を教えるのにはいつごろがよいかというと、私は小学校の四、五年ごろが適当だと思う。実際、この思いやりの心ができないと、真善美のうち、うまくゆかないのは善ばかりではないのである。知性といえども、対象のすみずみまで緻密な注意がゆきとどくようにならなければ、うまく働かない。母の子に対する細かい心づかいには、知性のよく働いているのがみられるだろう。

高校以後の教育の現状で目について心配なのは、抑止する力がひどく弱いということである。この抑止する力は大脳前頭葉の働きだが、医学的にこれを取ってしまうと、生命は維持しているが、衝動生活しか営めない。そして交感神経の働きである正確さもぬけてしまう。子供の発育のとき、すでにこの抑止する力は、動物性の発育を抑止する力として働いているのだと思う。それが抑止しないから、発育が三年も早まるのだ。手足がのびた、体位が向上したといって、発育の早いことをよろこんでよいのは、食肉用の鶏や牛の場合のことで、ちゃんとした人間をつくるのには時間がかかる。すべて教育においては速成法というものはないのである。

最近、私に二人目の孫ができた。生れてまだ十日ぐらいで名前をつけようと思うのだが、当用漢字しかないので困っている。「天地悠久」という言葉がある。悠という字は「悠然として南山を望む」といった、時間を超越した趣のある字である。その「悠」をとって「ひさし」とつけたかったが、久はあってもこれがない。また、今は草の芽ばえる季節だから「萠」という字をとって「萠一」とつけたいと思ったが、これもない。どうも当用漢字というものは、具体性だけを重んじ、気分とか、趣とかいったものを軽視しているらしい。これも問題だ。

ところで、この赤ん坊がいま私の家に同居しているので、いろいろ観察してみたいと思っているのだが、一番興味のあるのは泣声の変化である。最初の孫の時はそれほど注意しなかったが、それとなく印象に残っているのは、人の子らしく泣くようになるまでには、ずいぶん時間がかかるということである。

ふつう世間の人は、赤ん坊がものを言うようになるのはいつごろか、またどんなことを言うか、というところから後の方に注意するが、実はそれ以前がひどくむずかしいのである。野獣の鳴声から人の子の声にかわるのは容易のことではない。私はその期間に情緒的に人らしく出来てくるのではないかと思う。今、私はそれを観察するのを楽しみにしているが、同じことは、人のその後についてもいえると思う。

3

情緒の中心があることがわかってから、たとえば数学を教えるということも、実に複雑な行為だと思う。それは単に大脳だけでなく、肉体を構成する諸機関の協力があってはじめてできることである。赤ん坊に人語を教えるまえに、人の子らしくなることが大切なのと同じことで、いろいろな知識、技術の熟練はそれ以後の問題である。

ではどうすればよいか、と言ってもなかなかむずかしい。その人の情緒が数学者のそれらしくなるよりほかにはない。今の私には時代、内容を超越してすぐれた人の書き残した論文を読め、とすすめることしかできない。

一人の数学者をつくるには長い時間がかかるのである。それを私自身に例をとり、私がどのようにして一人前の数学者になったかを語ってみよう。

まず、私の小学校のころの数学の時間には碁石算とか鶴亀算とかいうのがあった。私はそれをいくら考えてもできなかった。第一、考えるということからしてわからないのだから、考えようがなかったわけだ。しかし、そのころから既に持っていた要素で今も大事に思うのは、そうしたことは先生とか、父とか、ひとに教えてもらったということを決して忘れないことである。私はこれがその頃見られる独創性の素質だと思っている。

中学三年になって『数学釈義』という本を読んだ。菊池大麓の訳で原語はW・K・クリフォードの『The Common sense of the exact sciences』というものだが、「第一章、第一節、ものの数はこれをかぞへるの順序にかかはらず。第二節、ものの数はこれを加ふるの順序にかかはらず」といった、内容のわかりにくいものだった。しかしそれが面白かった。中に一つだけ、これはまた実にはっきりした定理があった。「クリフォードの定理」と言われているもので、「直線が三本あると三角形ができ、三点を通る円ができる。四本あると四本から一本とると三角形が四つでき、これに外接する円が四つでき、同一の点でまじはる。五本あると、このやうな点が五つでき、五つの点は同一の円周上にある。六本あると……」とずっと続いて「かやうにして、こもごも円と点とを決定して窮まるところなし」というのである。

私は非常に神秘的に感じた。私はその後もこんな定理に出会ったことはない。私は毎日毎日、大きな画用紙を机の上にひろげ、定木とコンパスをつかってその図を描くことに熱中した。たしか六本までは書けたが、直線が七本の場合になると大へんで、成功しなかったようにおぼえている。

三高へ入る前の中学五年のときだった。冬休みの少し前で、幾何の問題を解いていたがうまく解けない。すると、突然鼻血が出た。その後が妙に気持が悪く、毎日変な気持で冬休みの間中、何もできずにぶらぶらしていた。ものを深く考えるようになったこれが最初である。

高校に入ると、代数の先生がよい先生で問題を解くことがおもしろかった。出題だけでは満足できず、そのころ出ていた『東北数学叢書』という本を片っぱしから読んで問題を解いた。ある日、数学の講義の終りに方程式論があって、連立四次方程式までを教わったが、「五次方程式はこういうふうには解けない。このことを証明したのが『アーベルの定理』だ」といわれた。解けないことを証明するとはどういうことなのか、時間がたてばたつほど、私はこのことに心をひかれた。

私は大学は工科に入るつもりだったが、工科は製図が多く、内容がとても自分に向かないことがわかった。どうしたものかと思っていたら、多分その翌年だったと思うが、アインシュタインの来日が伝えられて、世間は大さわぎをした。その影響で、私もクラスメートに同調して物理に入った。物理に入って一年たったが、私は全体を離れて部分だけを調べることができないから、物理は向かない。やっと数学を研究する自信も出てきたから、二年から数学へ転科させてもらった。

その前の一年三学期の数学の試験に非常にむずかしい応用問題が出た。それが解けたとき、私は思わず「出来た！」と大声をあげた。前にすわっている学生はうしろを振向くし、先生はじろりとこちらを見るし、おかしな具合だったが、あとが変にうれしくて、ポカポカ円山公園まで一人歩いて行った。そしてベンチに寝転んで、二、三時間も木のこずえやその向うの空をながめていた。ポアンカレーのいう「発見」とはこれか、と思った。これが前に言った自信である。

とにかく、私が数学をやるようになったのは、今まで述べてきた三つのファクターが大きな動機になっていると思う（本当は更に大きなファクターがありそうだが、よくわからない）。

大学卒業後、私は足かけ四年間フランスに留学した。数学の研究は、曠野の開拓にたとえるとよくあてはまる。つまり長く一カ所にとどまって研究すべきテーマを選ぶということは、曠野のどの土地を選ぶかということである。私はフランスへ行って、この開拓すべき土地をさがしてきた。

私の選んだ「多変数解析函数」の分野における詳細な目録が出たのは、私が日本に帰って二年たってからである。その目録をしらべるのに二月かかった。しかし研究の第一着手がどうしてもわからない。その悪戦苦闘中、妙なことが私におこった。

十分ほど勉強すると、そのあとが不思議に眠くなるのである。当時広島の学校にいたが、夏はすずしい札幌へ行って研究をつづけた。しかしやはり眠くなる。十分やると眠る。それが評判になって「嗜眠性脳炎」というあだ名をつけられたりした。このねむくなるが、それでもやりたいという気持、――今から考えると、多分そのころ、私の内部で一種の生理変えが行われていたにちがいない。

そんなことを三カ月も繰返していたが、九月になって帰る四、五日前のことである。私は朝飯をたべてから、しばらくソファーにすわっていた。なぜだかわからないが、すわっていたくてすわっていたのである。すると、心が一つの方向にむかって働きはじめた。そのまま、私は二時間ほどじっとすわっていた。次第に情勢がはっきりしてきた。それは例えていうと、いままで閉っていた襖がスウッと開いて隣の部屋の内部が見えてくるような具合だった。あるいは朝霧がはれて、山容があらわれてくるような具合だった。それまで手のつけようもなかった困難を克服する基本原理が一気にわかってしまった。

この発見を、論文として発表したのはその翌年で、私が大学を出てから十年もかかっている。論文は現在九まで出ており、いま十、十一、十二を書いて、論文としての一応の仕上げをしているところである。大体、一つをまとめるのに二年ぐらいかかったことになる。しかし論文は書くまえ、既に私には景色としてはっきり見えているのであって、あとはそれを詳しくしらべて書くというだけである。元来、数学とはそういうものだ。私が情緒が中心だと何故言うかが、少しわかっていただけるでしょうか。

4

この情緒という観点から現代の文明について二、三ふれてみよう。

現代の文明は科学文明だといわれている。たとえば食物の話なら、台所の設備とか、牛を缶詰にする方法とかは非常に進んでいるが、ものの味自体ということになると、問題は別で実にまずい。このごろはやりのインスタントものにしても味はよくない。味そのものをよくすることに無頓着なために、よい味を味わうことがもはや出来なくなっているらしいのである。漬物でもパンでも、よく売れるものを見てみると、味の好みというより味そのものがわからなくなってきているとしか思えない。

同じことは風景に関しても言えるだろう。日本のよさ、最近問題になっている奈良のよさについても、案外軽くみているようだ。しかし、それが人間の情緒の中心がどうなるかに結びつき、その人を四次元的に支配するということになると、ことは重大である。

最近、東京と京都で「フランス美術展」が開かれたが、その批評をテレビでやっているのを、隣の部屋にいてそれとなく聞いたことがある。この「フランス美術展」は過去百年のフランスの最盛期の美術を集めたものだと思うが、その批評を聞いていると、ある人の絵は線が力づよいとか、ある人の絵は都会的な美をよくとらえ、その美の調和がよくいっているとか、またある人の絵は構図が雄大だとか言っている。

私は聞いていて「ちょっと待ってくれ、私が見たいのはそんなものではない」と半畳を入れたくなった記憶がある。もしそんな批評をするなら、芸術だって、一口にいうと力づよいものがよいということになるだろう。確かに現代文明は意志中心の文明だ。だから、そんなことを特に取立てて言うのだろうが、私はそんなものは野蛮の一種であって、文明と呼ばるるべきものではないと思う。まだ程度が低いから野蛮なので、成長したら芸術となるべきものだというなら、私はいかに小さくても麦は麦、いかに大きくても雑草は雑草だといいたい。

「この偉大なる調和」と呼号するようなものは調和ではあるまい。ほんとうの調和は、秋の日射しが深々としていて名状しがたいようなもののことだ。このことがわからずに、平和というものもわかるはずがない。戦争をしないことを平和だと思っているが、そんなものは形だけで、内容がない。調和のあるものをこそ平和というべきで、平和それ自体はそれなりの内容をもっているのである。

力の文明は野蛮だと思う。しかし野蛮は野蛮でも、人類はあやまちの過程をふんで文化にたどりつく。この野蛮を、文化前夜の野蛮とみて、私は将来に希望をつないでいるのである。

ロケットと女性美と古都

1

今の日本を西洋の文化でみると、西洋の文化にはまずギリシャ時代がある。これがどれほどつづいたか知らないが、だいたい昼の時代である。それからローマ時代に入って夜の時代になる。これが大体二、〇〇〇年ほどつづいた。そして文芸復興がおこってふたたび昼の時代がくる。それから今日までだいたい四〇〇年ぐらいじゃないか。これを縮尺して二十四時間にたとえると、二十時間が夜、四時間が昼ということになる。

そのローマ時代だが、ローマ時代の特徴は、一口にいうと真善美それ自体がわからなくなってきた時代である。ギリシャ時代は真善美がわかっていた。理想を大事にし、知性の実践をやってきた。知性の自主性のあるのはギリシャだけである。それに反してローマ時代に尊ばれ、重くみられたものは軍事と政治である。すべての道はローマに通ずるといわれているが、大きな競技場などもあり、多分に豪華なものが喜ばれた。法律にしても、今日の法律学というものはローマ法典から出ている。ローマ時代というのはそういう時代だったらしい。

そのローマ時代を彷彿《ほうふつ》しようと思えば、今日の世相を見ればよい。ただ、ローマ時代には見られなくて今日にだけ見られるものが、一つある。それは科学と呼ばれるもののまことに目まぐるしい発展、理論物理から原爆へ、原爆から宇宙ロケットへとつづく一連の行進その他である。

この理論物理の最近の発展は、アインシュタインとドウブロウィーが相ついでノーベル賞をもらったころからだと思うが、だいたい一九二〇年ごろである。それが発展して広島へ原子爆弾が落されたのが一九四五年、その間わずかに二十五年ぐらいしかたっていない。これに似た現象はあちらこちらで、例えば医学や農学の分野にも見られるが、これはローマ時代には見られなかった現象である。

近ごろ、宇宙時代といわれて、つまり月へロケットを打込むことができるようになったが、これは広島へ原子爆弾が落されたその行列の延長にすぎない。月へロケットを打込むためには、数学の協力がぜひ必要だが、もはや数学者では役に立たず、機械がそれを受持ってやっている。この敏速な計算なくしては、月へロケットを打込むことはできない。

そこで、この月へロケットを打込むということの意味を数学の面から考えてみると、これはもはや人の手をはなれているが、ひっきょう人の働き、頭の働きの中である。本質は人の頭の機械的な働きを複雑にし、早くするという方向へのばしたものである。だからこの場合、機械が現在やっていること、将来機械にやらせそうなことは教えなくともよいのである。それを抜いて、ほかの部分を教えたらよいのである。ところが、いま文部省がやっているのは、この機械のやることを人ができるだけやるように教えているのだ。月へロケットを打込む数学というのは、ソ連のそれを理想として教育しようとしているのだ。ものによっては、こういうことも功利的な意味はあるだろう。しかし、月へロケットを打込んでも、人類の文化の水準が上がるとは考えられない。

実際、こんなものに軍事的以外に何の意味があるのかわからない。善意に解釈すれば、自覚して計画したものではなく、ただ盲目滅法にやっているだけである。意味も何もわからずに、ただ機械的に敏速にやったらああなるのではないか。そして今、それをもてあましているのだ（そのため、かえって本当の戦争をはじめないのかもしれないが）。ともかくそれは、ローマ時代には見られなかったものだが、ローマ時代的現象にはちがいない。

2

これに反して、今ひとが非常に軽く見ているものに奈良とか、京都とかの本当のよさというものがある。それについて思いつくのは女性の顔である。

女性の顔の美しさの標準は、昔から目まぐるしく変っている。奈良時代にはまるい顔が美人だった。それが、平安朝へはいって長い顔が美人になった。鎌倉時代へはいると、またまるい顔が美人になり、江戸時代になると再び長い顔が美人になる。まるで、月がまるくなったり三日月になったりするみたいである。明治時代に入ってからはギリシャの彫刻、たとえばビーナスの像のようなのが、女性の美の標準になる。これは私の友人の中谷治宇二郎のいったことだが、全くその通りである。時代によって美の標準がかわるとともに、女性の美もそれに従って変っていったに違いないと思う。

近ごろ、十代二十代の女性の顔を見てみると本当に変ってしまっている。これはもともと私の主観だから、ほかの人にもちょいちょい聞いてみるが、大体変ったといっている。だから客観的事実だと思うが、もしそうなら、こういう働きをするところが人のどこかにあるに違いない。情緒の中心がそれだと私は思うのだ。そしてこんな短期間に、こんなに思いきって変えてしまうその力というものは、どんなに恐ろしいものかと思うのだ。

男性がこんな顔が美しいと思うと、女性はそんな顔になりたいと思う。するとそんな顔になるのである。それが不思議なのだ。学生なんかに割合よろこばれた顔はハリウッド、近いところでは宝塚の顔で、ことに関西の学生の美の標準だった。つまりヅカ式の顔である。そのヅカ式の顔がだんだん変って、いまは宝塚の何とか出演というのがテレビであっても、昔の美の標準は全然ない。

このごろの美の標準は、若い人に聞いてみないとわからないが、大体テレビの紅白歌合戦なんかにでてくる女歌手の顔、あれがそうだと思う。たとえば口が大きい。これは必要条件である。そこまでならまあ認めるが、諸要素が雑居しているのだ。しかもこの諸要素というのがまた非常な動物性と、その間に、なまじっかなければいいのに殊勝気な人間性が混っていて、全然統一がとれていないのである。これはつまり、情緒の中心がこわれているからだとしか思えない。

私はこの情緒の中心が人というものの表玄関だと思うのである。ふつう西洋でそう考えられ、日本もそれをそのまま受入れてそう思っているように、大脳前頭葉が人間の表玄関だと思うのは間違いである。そんなものは裏木戸にすぎない。ウソだと思うものは、もう一度幼児の生いたちを見直すがよい。でなかったら、あんな短期間に、あれだけ多くのものを学びとることはできないはずである。

日本のほんとうのよさ、たとえば古都の日射しといったものが失われることは非常に恐ろしい。つまり、情緒の中心をそれに調和させることができなくなるからである。それとは逆に、悪いもの——たとえば進駐軍が日本へ来たとき、日本を骨抜きにするつもりで三つのSをひろめようとしたとかいう巷説があるが、そのうちの一つのシネマとか、悪質の刊行物とかが空気をにごすと、人の、ことに若い人たちの情緒の中心が調和を失い、肉体もそれに順応して成長することになる。教育がまことに大切だということは、このことからも言えるのであって、アッという間にすべては悪化してしまう。
情緒というものは確かに実在する。しかしロケットを月に打込む、つまり人の頭の機械的な働きが功利的に利益をもたらすということは、実在するかどうかあやしい。利益は一応もたらしても、だからいいとは言いきれない。ベドイツング（意味）も何も考えるいとまがなかったから、原子爆弾を落したりしてしまったにちがいないのである。人類に対する利益だといっても、中身のことを考えずに、缶詰ばかりつくっているようなものだと思う。とにかく、情緒の中心が調和を失うことがどんなに恐ろしいかということは実在する。

3

日本のよさが失われるということがどんなに恐ろしいことか。歴史的情操というもの、懐かしむ同じ昔をもっているということがどんなにありがたいことか。土井晩翠が「人生旧を傷《いた》みては千古替らぬ情の歌、破壁声無き傍にまた落日の影を帯び、流るる光積り行く三千の昔忍ぶ時……」と歌っているが、それがあるからこそ、何となく人が集るのである。いつか奈良の博物館で「白鳳・天平展」があったが、そこに入ると一、〇〇〇年前の雰囲気に浸ることができる。そこでは、そこに置かれているものがいいとか、悪いとか、そんな批評をしようという気は全然起らない。そんなものをはるかに超越した何かがある。ただもう見ている。わずか一、〇〇〇年だが、いかに一、〇〇〇年というものが長いかがわかる。そして、そういう雰囲気に浸るということを教えるのが、歴史というものの役目である。

古都の秋の日射しのわからないものに、真善美といってみてもチンプンカンプンである。真とは嘘でない、間違っていないということではなく、善とはよいということではなく、美とは美しいということでは決してない。人が追い求めてやまないもの、知らないはずだのに知っているような気のするもの、懐かしい気のするもの、である。それがわからねば、いにしえの斑鳩《いかるが》の里に来て、秋の日射しでも見ることだ。

京都は無条件にほめる気はしない。何か水っぽいという感じで、余り好きになれない。これに反し奈良は全く世の栄枯盛衰をよそに生きている。少し前の奈良の築地《ついじ》のこわれなど、ほんとうにいいものがあった。奥田知事は三笠温泉もあった方が青い灯、赤い灯があって美しいなどといっているが、全然美がわかっていないのである。そんなものに文化がわかるはずがない。

人がそういうものを持つということ、それ自体たいへん不思議なことである。芥川は俳句で「調べ」ということを強調して、芭蕉の俳句を愛する人の耳に穴をあけたい、大抵の人は調べがわからない、という意味のことをいっている。調べは歌にも俳句にもあるが、これこそ美が実在するということの証拠であって、私はその人の心の窓がたまたま開いたときに聞かねばわからないものだと思う。

私の経験をいうと、人麿の「淡海《あふみ》の海《み》夕波千鳥汝が鳴けば心もしのにいにしへ思ほゆ」という歌だが、息子が試験勉強で言っているのを聞いて、いい歌だなあと思った。しかし翌日になっても気のせいどころではない。時がたつに従って、その調べが心の底で鳴りまさるのだ。卒業生にたのまれると、それぱかり書いていたが、半年ぐらい続いた。美というものはかほどまでに実在するのである。だから芭蕉一門が、ああいう生き方をしても何も不思議はない。ハーモニーまでは普通のわかり方でもわかるが、メロディーということになると、心の底である。あれは鳴りまさる。

鏡の中の自分を見つめていると、見ているうちに、フッと鏡の中へはいって向うへ越えたというおとぎ話がある。つまり童心の世界である（「童心の世界」参照）。そのように、この童心の世界に入りこむことによってだんだんわかってゆくのが、調べというものではないか。美はそこにある。だから一口にいうと、ふつう真善美と思っているもののきわまるところにはじまるのが、本当の真善美である。

たとえば真については芭蕉の「至極也。理に尽たる物也」という言葉が当てはまる。ことわりの極まるところに真がはじまるのである。それを体験しようと思えば、歌や俳句の中にある。人麿の歌や芭蕉の俳句をいくら高く評価しても評価しすぎることはない。奈良や京都のよさについても、同じことがいえると思う。

秋に思う

奈良に依水園という美しい庭がある。その庭の池を前にした一室で私は朝日新聞社のY君と対坐している。空は非常に曇っていて、東大寺の南大門とそれに続く松の木立とが霞んで見える。うしろの山は見えない。いまにも雨が降り出しそうである。どこかで水の落ちる音が聞えている。今日はお話したいことを思い出すままにお話してみよう。

「三歳児の四割までが問題児」

九月九日の毎日新聞に、三歳児の四割までが問題児であるという記事が出ていた。私はそれを見て全く驚いた。この数字は厚生省の発表であって、問題児というのは医学的に見て大変問題になる子という意味である。そうすると、本当に将来の期待できるのは、三割ぐらいということになるのではなかろうか。

悪い子が生れるのは親が悪いからである。悪い子は大きくなって一層悪い親になり、それが一層悪い子を生む。この悪循環が実に恐ろしい。両親のうちでは母が特に問題だと思う。

私は敗戦後の国の経営は、よい母をつくることから始めなければいけない、よい母によい子を生んでもらい、それをよく育ててもらわなければいけない。そう思って、そのことを言いはじめてから十年以上になる。

ともかく、この四割という数字は現在すでに恐ろしいが、それはいまさら言っても仕方のないことであるから、さらに悪くならないように今すぐ何とかしなければならない。

私は対策は二つあると思う。一つは学校が児童・生徒に戒律を守らせることであって、いま一つは国の心的雰囲気をできるだけ奇麗にすることである。この二つは二つとも要る、つまり一つでは足りないと思う。

人の大脳皮質は上、下二つに大別される。上を新皮質、下を古皮質という。人の人たるゆえんのものは新皮質にあるのであって、古皮質は猿の大脳皮質と余り違っていない。古皮質は大体、欲情の温床といわれているのだが、動物の場合は、その欲情におのずから節度があるような仕掛けになっている。しかし人間の場合には、それがない。その代り、これらの欲情を抑止する働きが、大脳前頭葉に与えられているのである（詳しく言えば、欲情以外に本能のことも言わなければならないが、話を簡単にするために省く）。

この欲情を抑止するのが戒律である。だから今、教育がしているように、何々すべからず、を少しも守らせないでいると、大脳古皮質の欲情が人を支配するような結果になってしまう。現状は正しくそうなっていると思う。このように、人類進化の現状は戒律抜きでは教育できないのである。

教育改革は終戦後二年目ぐらいに行われたが、その時の世相は、それまで死なばもろともと言っていた同胞が、それをケロリと忘れ、食糧の奪い合いをやっている時であった。私が一番腑《ふ》に落ちないのは、この時期に、それまで教育勅語や修身が受持っていた戒律を守らせるということを、教育から全然抜いてしまったことで、どういう考えでこういうことをしたのか、どうしても想像できない。近頃になって、道徳教育のことが、だんだんやかましく言われてきたが、それは何々しましょうというのであって、何々してはいけないというのではない。それでは駄目である。

町にゴミを捨ててはいけないということはやかましく言われているが、国の心的雰囲気を汚してはいけないということは、少しも言われていないようである。そして悪い映画、小説、コマーシャル、深夜喫茶などで、まるで汚さねば損であるかのように、汚しているように見える。

ところが、例えば淫靡《いんび》な町に移り住むと、子女の初潮は著しく早められるし、家庭のよくない心的雰囲気は、特に子供たちの頭の発育となって現れる。このように情緒は、目には見えないが実在するのであって、これが多分、情緒の中心を通して、子供の大脳の発育状況となるのである。

こころ

少し前、朝日新聞の「こころのページ」に書いたことであるが、大抵の人は自然ははっきりとあるが、こころなどというものは気のせいのようなものだと思っている。しかし、自然があると思うのは自然がわかるからであって、このわかるというのは、こころの働きである。だから、こころの働きが先にあって、自然があとにあるのである。順序はそうである。

また、自然は本当にあるのか、単にあると思っているだけなのかは、決してきめられない問題である。宗教的方法を取入れないで、この問題を決めようとするのは、無知そのものと言うべきである。

人の集る場所へ行ってみよう。そして実際、その人たちがどういう世界に住んでいるかをよく観察してみよう。そうするとこういうことがわかる、人はじかに自然に住んでいるのではない。めいめいの観念の世界をつくり上げ、それを自然界に投影し、さらにその上に感情、意欲を働かせて独特の想念の世界をつくり上げ、その中に住んでいるのである。

けさもここへ来る途中、親しい間柄と思われる人たちが、三人並んで歩いているのを見たが、よく見ると、めいめい、別々の世界の中を歩いているのであった。あなた方ご自身で精密に観察していただきたい。人が住んでいる世界には、自然界的要素が全然ないわけではないが、極く少しあるに過ぎない。

私はこころの一片を情緒と言ったのであるが、天台宗に一念三千という修行法がある。一つの情緒から三千大世界が生れ出ることをよく見極めよ、と言うのである。これは実に本当で、情緒というものは、目には見えないが、実在するものであるということがよくわかる。それについて、私の経験した実例を少しお話しよう。

いつかも言ったことであるが、人は坐っている時、立とうと思って立上がる。すると、その立上がり方に、立とうと思ったその心持が現れる。これは情緒が肉体という物質の運動によって表現されたのである。同じことはいたるところに現れる。

発端の情緒さえ用意しておけば、それで講義もできる。講演もできる。文章も書ける。私はいつもそのやり方でやっている。いち度、講義の前日、ノートを丁寧に書いたことがあった。そうするとうまく講義ができるかと思ったのであるが、実際はそれとは全く反対であった。全然講義なんかできなかった。仕方がないから、その書いていったノートを、まるで代読でもするようなふうに読んできた。情緒が実在すると、いくらでも話せるのだが、それがかつて実在したという記憶にかわってしまったら、もう一言もいえない。

浄土真宗の講演を手伝ってくれと依頼されて、大阪で話そうとしたことがあった。その時私は、例によって一つの情緒を用意していったのである。浄土真宗は私には非常に興味がある。なぜかと言うと、浄土真宗というのは大体耳から教える宗教らしい。ところが親鸞《しんらん》上人の頃と今とは七百年もたっていて、世相がまるで変ってしまっているのだから、同じ仕方で説法できるはずがない。一体、どんなふうに今の世相に合わせて説法しているのだろう。そういう興味があるのである。

少し時間があったから、私は私の前に講演する人の講演を聞いた。ところが、この講演はお説法なのだが、そのやり方はまるで能か浄瑠璃《じょうるり》のように、七百年前の世相をそのまま取入れ、そういう世の中に住んでいる人に説くべく説くのである。私も浄瑠璃を聞くようなつもりになってそれを聞いた。すると何が何だか、全くわからなくなってしまった。

明治以後、日本は西欧の思想を取入れて、大体その世界の中に住んでいる。私はその世界の中でお話ししようと思っていたのであるが、今のお説法によって、その西欧の世界は滅茶滅茶にこわれてしまった。そうなると私の用意していった情緒も、過去の記憶にかわらざるを得ない。そして事実そうなったのである。私の順番がきた時、私は一言も口がきけなかった。仕方がないから、なぜ決めた演題について一言も話せないかという理由を詳しく説明して、そのお話にかえたわけである。

講演のことを言ったが、フランスの数学者はどんなふうに講義しているかを思い出してみると、ある人は全く何も持っていない。ある人は薬の包紙ほどの小さな紙切れを持っている。多分、手順ぐらいがメモしてあるのだろう。皆、そうして講義している。それを若い数学者が速記して、フランスの数学の教科書が出来上がるのである。これらは読むと大変面白い。著者の意識の流れが目に見えるように感じられるからである。

情緒というものは気のせいではなく、かようにも実在するのである。

知性について

小学校の数学を水道方式などで教えてはいけないということを、私は詳細に説明したつもりである（「すみれの言葉」参照）。しかし、小学校の数学を実際教えておられる先生方のうちには、それがおわかりにならない方が相当多数おられるように思う。数学というものがどんなものか、全くおわかりにならないためであろう。また教えられて育ってゆく児童、生徒、学生諸君に対しても、数学とはどのようなものか、お話しておいた方がよいのではないか。

人は肉眼で自然界を見ることができる。しかし知情意のつくる世界は観念の世界であって、自然界ではないから、この目では見ることができない。観念の世界を見る目を知性の目というのである。生理的には、これは大脳前頭葉の働きであると思う。数学は観念の世界のものであって、知性の目が開けてくれれば見えるのである。私は京都大学へ入って二年から数学科で学んだのであるが、そこで数学の体系をおそわった。それで数学とはどんなものか、大体わかったのであるが、このことについては今日でも余り変っていない。

体系だけでは、芭蕉の言葉を借りて言えば、木立がただ黝《くろ》ずんでいるような気がするのであるが、大学での講義ではところどころに適当に定理の花が添えられていた。その頃の私を振返ってみると、まるで一日一日、目が開いていくような気がした。

その頃のことであるが、フランスの数学者にエルミットという人があった。アンリ・ポアンカレーの先生で、ポアンカレーはこの人をこう批評している、「エルミットの語るや、いかなる抽象的観念といえども、なお生けるが如くであった」と。そのエルミットの全集三巻が丸善にきていたから、私はそれを買った。各々の巻にエルミットのいろんな年齢のときの写真や肖像画がついているのだが、第二巻についていたのは中年の頃のエルミットの写真で、数学の本に読入っているポーズである。

私はそのエルミットの読書姿態が大変気に入って、それを切抜き、小さな額縁に入れて机の上に立てておいた。すると友人の秋月君がそれを見て、自分もその肖像を机の上に置くために、エルミットの全集を買った。すると、秋月君の友人の西田君もエルミット全集を買って同じことをした。秋月君は数学をやっていたのであるが、西田君は化学を学んでいたのである。このエルミットの読書姿態によって、具体的に現わされているものこそ、学問というものだったのである。当時の私たちはそんなふうだった。私たちはこんなふうにして学問というものを知ったのである。

私の印象を二つお話しよう。

これはほかで一度お話したことがあるのですが、その時は余り効果がなかったように思う。それに人にはこれはと言う印象の持合せは存外少ないものである。それでもう一遍お話する。

一九三〇年の秋、私はアンリ・ポアンカレー研究所（数学の研究所、パリにある）にフレッセ教授を訪ねた。数学について一つの発見をしたから、それを見てもらうためである。概要を二、三ページ書いて、それを持っていって見せたのだが、教授はしばらく待っていて下さい、と言って出て行った。しばらくたって帰ってきたのを見ると、ダンジョア教授と連れだっていて、ダンジョア教授は小脇に大きな本を抱えている。部屋に入ると、ダンジョア教授だけがツカツカと私に近づいてきて、私の腰かけていた椅子の前のテーブルの上にその本を開いて指さした。見ると、その本というのはコントウ・ランジュという雑誌で、そこにはダンジョア教授の論文が載っている。数行読むと、私は耳まで真赤になって顔を伏せた。実際耳が赤くなっていたか、どうか知らないが、そんな気がしたのである。それだけ読めば十分わかるのであるが、私の発見は間違っていたのである。発見はよく確かめてから人に言わなければならないのに、私はそれをしなかったから、こんなことになったのである。私は顔が上げられなかった。

二人の教授は一言、二言囁《ささや》き合っていたようであるが、フレッセ教授だけが私のかたわらに来て、そっと肩をたたき「ダンジョア教授はこの方面における世界の権威であるから……」と一言だけ言った。そして二人とも部屋を出ていった。ドアはあけ放したままである。その日は雨上がりだったとみえて、帰途には方々に水溜りがあった。私はそれだけを憶えている。

一昨年の秋だったかと思う。アンドレ・ウエイユ教授が日本に来た。私と私の妻とは一夕、奈良ホテルによばれて夕食をご馳走になった。教授は奥さんご同伴だった。教授はフランス人で、当時アメリカのシカゴ大学で教えていた。今はプリンストン大学にいる。日本の若い数学者たちに大変尊敬せられている人で、神の如くいう人もある。いつもあからさまにこう言っている、「数学で本当に声を出している人は極く少数であって、あとはこだまに過ぎぬ」。

そういうウエイユ夫妻にご馳走になったので、私たちは次の夕食に日本料理をご馳走した。その時妻は、教授に見せるのだといって、私が文化勲章をもらったときの写真のアルバムを持っていった。教授はそのアルバムを丁寧に見て一々質問するのであるが、私たちのフランス語ではとてもそれには答えられない。それから教授は日本料理についても一々質問するのだが、これもまた全く手に負えない。私たちは辞書を和仏と仏和と二種類用意していたのでそれを引いて答えようとしても、引くのに手間がかかって、なかなかラチがあかない。すると教授は両方とも取上げてしまって、自分でサッサと引いては、ここを見よと指さして示した。会話はやっと進行しはじめた。

料理屋は奈良ホテルの向い側だったので、私たちは歩いてホテルに向った。私と教授、奥さんと妻は、二組に分れて話しながら行ったのだが、だんだん距離があいて、私たちは大分早くホテルに着いた。ホテルへ登る坂の途中で教授は私をかえり見て「あなたが文化勲章をもらったので、奥さんはすっかりご満足ですね」と言った。そして何とも知れない人懐っこいほほえみを浮べた。

この二つの印象を取出してつくづくと見ていると、私には高いフランス文化の香りが聞えるように思える。文化とは、具体的に言えばこういうものであって、知性の目が開けばよく見えるようになる。西欧流の教育の目標は、知性の目を開き、肉眼で自然界を見るように、文化の世界を見ることができるようにするにある、と思う。数学とは、その目が開けばその世界が見えるものの一つである。決して計算ではない。

夢

朝方の夢というものがあります。少し早く目をさますと、いま見た夢がはっきり残っている。これは珍しいから書いておこうと思って、縁側の藤椅子に寝そべり、コーヒーをゆっくりかきまわしながら、どこから手をつけて描写しようかと考える。私はこの瞬間がすきである。

ところが、そのうちに壁がはげ落ちるように、夢の一部分がはげ落ちる。これは大変だと思って、そこへ注意を集中していると、他の部分がはげ落ちる。あちらがはげ、こちらがはげ、だんだんその場所がふえて、その度合いもひどくなって、手がつけられなくなってしまう。唖然《あぜん》としているうちに、夢は跡形もなく消えてしまう。ほんの二、三分の間である。今さきまで書こうと思っていた夢は、一体猫についての夢だったのか、牛についての夢だったのか、それだけでも思い出そうとするのだが、それもできない。これが朝方の夢である。これは夜の意識と昼の意識とが少しだけ重なっていたのだと思う。

数学の問題を解こうとする。方針を立てていろいろやってみるが、なかなかできない。やればやるほど、ますますわからなくなる。そうしてくたびれてしまって寝る。目がさめると、昨日と別にどこも違っていないのに、昨日寝る前にはまるで途方に暮れてしまっていたのに、けさになってみると、変に自信を持っているかのごとく、一つの方向に突進もうとする。そうしてやってみてもできない。やればやるほど、ますますできなくなる。そしてくたびれてしまって寝る。翌朝になってみると、やはり何も残っていないのだが、もっと余計何だか自信をもって、ある方向に動き出そうとする。こんなふうなことが繰返されるのが、数学の研究である（私は三日かからねば、つまり二晩寝なければ解けないという問題からを問題と呼ぶことにしている）。

なぜこんなふうになるのかということは、先ほどの夢がかなり説明してくれているように思う。つまり、何の夢を見たのかさえわからないというほど、跡形もなく消えてしまっても、そのあとに、目には見えないが何かが残っているのである。で、私はこんなふうに考えた。

昼の活動は目が非常に関与する。人はここで材料を集めてくる。それを夜の間に濾過《ろか》する。これには耳が非常に関与しているのではなかろうか。そしてこの昼と夜と二つの働きで研究しておれば、数学がだんだん出来てゆくのではなかろうか、と。

人は自然があると思っていますね。もっと具体的に言って、前に緑の山があると思う。このあるというのは、疑いを伴わない存在感です。これは仏教でいう平等性智の働きである。笹本上人はこの働きのことを「覚《わか》り」と言っている。この言葉をそのまま借りて使いたいと思う。

まえに「独創とは何か」で、大脳前頭葉が心的内容をだんだん明瞭に呼出すことについてお話した。このように覚醒時の意識はじっとみつめていると、だんだんよくわかってくる。言いかえると、じっと意を注いでおれば、大脳前頭葉に次第に覚りが働いてくるのである。夢は大抵、この覚りを持っていない。夢を見つめていても、はっきりしてこない。しかし、極く稀れに覚りを持っている夢もある。私は数年前、そういう夢を見て、それをじっと見つめて、はっきりさせたことがある。それを、印象と同じように、今でもはっきり思い出すことができる。

私は極く親しくしているお上人と散歩している。シーンはそこにはじまる。私はその時、それはお上人が私を、散歩しないかといって家から誘い出したため、そうなったのであるということをよく知っていた。お上人は平生から背が高いのだが、その日は足駄をはいていたから、私より大分高かった。

一体、どこへ連れて行くのだろうと思っているうちに、正面に大きな岩のあるところへ来た。するとお上人は私を捨てて、さっさっと大股に歩いていって、どうするのだろうと思って立止って見ているうちに、スーッと岩の中に消えてしまった。私は、なるほど、こんなことをやって見せようというので、連れてきたのかと思っていた。が、ふとよく見ると、その岩には下に穴があいている。そして何か住んでいるらしい。

出て来たのを見ると、それは亡者《もうじゃ》である。猿のような格好をしていて、尾が長く、額には三角の紙か切れかを当てている。亡者は少し背を曲げた格好をして立って、だんだん私の方へ近づいてくる。よく見ると、その岩の横には同じような岩がいくつもあって、どれにも穴があいていて、どの穴にも亡者が住んでいるらしい。

私は、これはしまった、亡者の国へ連れて来られたらしい。この国の習慣を知らないから難儀だな、と思った。そのうちに、さっきの亡者は私の近くまで来た。この国の礼儀のことを聞いておけばよかったのにと思ったが、間に合わなかった。それで、ともかく、私はお辞儀をした。すると亡者は舌を出して、私の鼻をペロリとなめた。おかしな礼儀もあったものだと思っているうちに、また次の亡者が近づいて来たから、私はまたお辞儀をした。すると、その亡者も舌を出して、私の鼻をペロリとなめた。お辞儀をすると、ちょうど亡者の口のところへ私の鼻が行くので、まるで鼻をなめてくれといっているような格好になるのである。お上人はなかなか帰って来ないし、亡者はどんどん出て来るし、私は大分鼻をなめられてしまった。

空は何だか古い写真のような色をしていた。私はこんな空の色をした亡者の国が、本当に大自然のどこかにあるのかもしれない、という気がしている。私は、夢の中に働く独創力と、その早さについて驚いているのである。

遊び

私は「春宵十話」を毎日新聞に書き終えてしばらくたった頃、大阪の夕陽丘高等学校から女生徒が二人、学校の私の部屋へ訪ねてきた。学校新聞に、卒業生に贈る言葉を書いてほしいというのである。もっともな要求であるが、私はどういう言葉を贈ればよいのか、全くわからなかった。それで、その人たちを相手にして「卒業生に贈る言葉を探る」というテーマについて会話をした。新聞へはその会話を書いてもらったのであるが、結局どういう言葉を贈ることになったかというと「あなた方は入学試験の準備が忙しく、遊ぶひまがなくて可哀そうですね」というのだった。

その後、新聞記者の人たちに会ったから、そのことを話してみたが、みな賛成してくれた。そのうちの一人などは、おそらく最上の贈る言葉でしょうね、と言っていた。

国は大戦中に子供たちから遊ぶ時間を取上げた。そしてその時間を、いなごを捕ったり、工場を手伝ったりすることに使った。戦争がすんだ今となっても、その時間を子供たちに返してやってはいないのである。私はこれをまことに困ったことだと思っている。人の家を見てもわかるように、人は隙間に住んでいるのであって、壁に塗込められて住んでいるのではないからである。

私たちの頃は、子供は実によく遊んだ。そして、それが私たちの生活の中心になっていた。私たちはいわば遊びの中で少し学んだのである。こういう時期は中学校へ入って、寄宿舎に入れられるとともに終ったが、それでも三年の一学期までは、テニスをすることが私の生活の中心になっていたということができるのではないかと思う。三年の二学期からなぜテニスをしなくなったかと言うと、その頃ロビングというのが入ってきて、そればかりやらされたので、私には全く面白くなくなってしまったからである。

小学校の頃は、例えば一番あとから運動場へ出て行くと、鬼にされてしまうので、どうすれば早く行けるだろうかということを中心に考えたり、鉄砲のおもちゃを木で作って、机の下に隠してペーパーや椋《むく》の葉で磨いたり、勲章を考案して、これも机の下でそっとボール紙を切抜いたり、そんなことをしながら、その余りで学んでいたような気がする。しかし、その頃の遊びの有様を、いま詳細に描写しようとしてもできないから、もっと後年のものをお話しよう。本質は別に変っていないように思うから。

一九二九年の春、私はフランスへ留学することになった（私は一九〇一年に生れたのである）。いよいよ明日出発するという前日、親戚、知人が大勢私の家に来てくれた。私は最後に叔父と碁を打った。叔父が五目置くのである。その碁は大激戦になって、非常に大きな石の攻合いが勝敗になった。読んでみると私の方が一手足りないのである。しかし叔父の石の手が伸びるのは、五目中手に非常に手数がかかるためであって、叔父の様子を見ていると、それがよくわかっていないらしい。つまり、ちょっとみると、黒の方が大分手が短かそうに見えるのである。それで私は、さも自信ありげに、一手ずつ寄せていった。

果して叔父は、途中で手を抜いてほかを打った。こんな妙な勝ち方で勝ったからよく覚えているのだが、打ち終ったときは、もう明け方近かった。神戸から船に乗ったが、瀬戸内海は眠って通った。それで私は、いまだに瀬戸内海の風光をよく知らない。

さて、船の中だ。船は北野丸といった。私の部屋は船首の一番良いところにあった。夜寝ていると、波を切る音がよく聞えた。ちょうど労働会議がジュネーブにあったので、政府代表の人たちと、労働代表の人たちも乗っていたから、大変にぎやかだった。

私は娯楽室でその人たちをだれかれとなく相手にして、碁を打ったり、将棋を指したりした。その船医は碁も強く、将棋も強かった。いま思ってもなぜだかわからないのだが、その人が大変私を可愛がってくれた。自分の部屋へつれていって、どんぶりをご馳走してくれたり、マージャンに加えてくれたりした。そんなに可愛がってくれたのだが、名前は忘れてしまった。

北野丸は日本へ帰る前、テムズ河で衝突したのであって、大分古くなっているし、今度の航海を最後にして廃船にするのだということだった。また船長は今度ロンドンへ着いたら、海事裁判にかけられるのだということであった。その船長はハナが好きで、やはり娯楽室の一隅にハナ遊びの場所を開いていて、はじめての人にもすすめた。私はそれにも加わった。

こんなふうに、碁、将棋、マージャン、ハナとしなければならないから、朝起きてから夜寝るまで、全く暇がなく、またそうしていることが面白くて、入浴の時間も惜しまれるくらいだった。

食堂のメーン・テーブルは、政府代表の人たちと労働代表の人たちとで二列に占められていて、私たちのテーブルは隅にあった。私以外に文部省の留学生が二人、こんど外交官試験に及第したばかりの人が二人、計五人である。夕食には、私とその二人の若い外交官とは、必ずフル・コースをとった。それも、最後は必ずライスカレーをとり、ふりかけはチーズを細かく切ったものとか、小さな魚を干したものとか、椰子《やし》の実をくだいたものとか、八種類ほどあるのだが、それを悉く《ことごと》ふりかけて、ごちゃごちゃに搔《か》きまわして食べた。いま何を食べているのか、ひとつもわからないのが面白いのである。食べることも随分食べた。

船員の話だが、船長によっては安全な航路を通ることばかりを心がける人もあるし、また少しくらい危険はあっても、客に変った景色を見せようとする人もあるということだった。私たちは、この船長にストロンボリーの山が火を吐く夜景を近々と見せてもらった。

こんなふうにして四十日が夢のように過ぎた。私は遊びに没入して、他のことは何もしなかった。今思い出しても、こんなに面白かった時はないように思える。これは三十近くなってからのことであるが、小学生の頃も、こんなふうだったのだろう。木にたとえて言うと、私の幹はこの遊びによって作られたのではあるまいか、という気がする。

私は洋行前、微熱があってどうしてもとれず、困っていたのだが、こんなふうにして四十日過ごしているうちに、ケロリととれてしまった。

能力の柔軟性

人の生いたちの有様を一口に言うと、まず人の中核である情緒ができる。それが形にあらわれて大脳皮質となり、大脳前頭葉となる。私はそう思っている。脳のさほど重要でない部分は、医学者たちの研究によって、だんだんよくわかってきているようであるが、いまお話した中枢部については、まだ少しもわかっていないといってもよいと思う。こういう状態で早期教育を、それも人為的のものをすることは非常に危険であって、情緒がまだ十分発育しない間に頭を固めてしまい、それ以上の発育を不可能にしてしまうのではないかと思う。そんなことになると、その発現と思われる大脳前頭葉や大脳新皮質は、当然十分には発育しない。

すべて人の能力は、それを使うこともできるが、それを全く使わないこともできるというのでなければならない。これが能力の柔軟性である。絶えず肩に力を入れていると、相撲をとってもうまくいかないし、野球で球を打ってもうまく打てない。例えば蝙蝠傘《こうもりがさ》のようなもので、開くことも、すぼめることもできるのでなければいけない。絶えず開きっ放しというのは困るのである。一例をあげよう。

近ごろ、和歌山医科大学へ行って、竹林教授の機能的脳外科に関するご講演を聞いた。非常に面白かった。私の間違いがあるかもしれないが、大体こういうのである。小脳の上にある小突起である上丘が非常に重要な役割をしている。体の平衡が自然にとれているのも、小便がたまれば寝ていてもわかるのも、そこが寝ずに起きていて知らせるからである。そこを少し手術すると、中風のあとの半身不随の人さえ、歩けるようになるというのである。私はこういう研究は実に有意義だと思う。しかし、そのいわば自動報知機が、どんな時でも、きっと知らせるというふうになってしまうと、まことに困るのである。

例えば、私は深く考えたい時は、必ず寝床をのべてもらって寝て考える。これは多分、もちろん無意識にではあるが、身体の平衡のことに気を散らさないようにするためであろう。また碁なんかを打つ人には必ずその経験があると思うのだが、深く考え込んでいると、全く便意を催さない。やっと気づいて小便に立つと、驚くほどの量が出る。いちいち小便がたまったといって知らされたのでは、気が散ってしまって考え込めないだろう。
それについてこういう話がある。徳川時代のことだが、本因坊丈和名人が赤星因徹七段と碁を打ったことがある。もちろん黒を持たせてである。この碁の勝敗には相当重大な結果がかけられていたのであるが、幾日か泊り込みで打ちついで、遂に丈和名人の中押し勝ちに終った。その棋譜は私も並べてみたが、巧みに下手を乱戦に誘い込んでいる、非常に変化に富んだおもしろい棋譜である。

ところで打ち終ってのちのことであるが、因徹七段はすぐに席を立ったが、のちに血を吐いて死んだという。丈和名人の方は因徹の一礼を受けたまま、決して席を立たなかった。観戦の人々はなぜだろうと不思議に思ったのであるが、それは丈和が、碁の途中で小便を漏らしたのを知らずにいたため、座蒲団がぬれてしまい、それを隠していなければならないから立てなかったのだということである。

大脳前頭葉の抑止する働きというちには、このような自動報知機の働きを抑止するものまで含まれているのであろう。

春の水音

しばらくぶりにまた依水園にきた。今日も曇っている。気候はまだ寒いが、水音はめっきり春めいている。

月ケ瀬

「文芸朝日」の私の随想に挿絵を描いてくださっていた河上一也さんがきて、月ケ瀬は白梅はもう少し遅いが、紅梅はこれからが見頃だから行かないかということだったので、奈良から一緒にバスに乗った。バスの中で河上さんから、いろいろ面白い話を聞いた。

河上さんの友人に絵を描く人がいて、長く大阪市で中学校の先生をしている。その人の話では、この頃の中学生は女の先生なんかの前を通ると、「別嬪《べっぴん》だなあ、わしは先生が好きだよ」などと平気で言う。

その人は戦前はよく生徒を殴りつけた。あるとき、殴られた子は黙っていたのだが、その友達がそのことを家に知らせた。そうすると、子供の父親がもの凄い勢いで学校へ怒鳴り込んできた。ところがその先生は、悠然として「それではお前の息子を連れてこい」と言った。連れてくると、その先生はその生徒に聞いた、「お前は先生が好きか、お父さんが好きか」。生徒は答えた、「そりゃ、先生が好きだ」。

こんなふうだったという。余程、自信があったのだろう。ところが、その先生が、近頃の中学生は何だか恐ろしくて、僕の方が近寄れないと言っているという。

生徒と先生との間につながりがないだけではない。近頃では生徒たちお互いの間にも、全くつながりがないらしい。お互いによい成績をとろうとしていて、競争相手が病気になると喜ぶ。死ねばよいなどと平気で言うし、母親もそんなふうだという。死ねばよいなどとは、容易に言えないはずの言葉だが、どうしてそれがその先生の耳へ入ったのだろう。

こういう話がある。子供は夜、テレビも見ないで勉強する。ところがその間、母親はテレビを見ていて、あくる朝子供が学校へ行く前、ゆうべ見たテレビの筋書を話してきかせる。子供は学校へ行って、母親に聞いた筋書を、さも自分が見たかのように話す。話された方はついつり込まれて、本当に見たのかと思って安心してテレビを見る。

ちょっと想像もできないような、面白い話である。

バスはそのうちに、峠を越えて大柳生村へ入る。河上さんは、ここの色彩は特別だろうと言う。なるほど、そうである。全体がよく整理されていて、清潔である。ところどころに彩《いろど》られている色彩が、変に強いのである。また、こんな物資に恵まれまいとしか思われない村なのに、家はみな相当立派だし、あまり立派でない家も、少しも住み佗びているといったふうには見えない。

　柿の木が非常に多いが、何だか枝ぶりが細やかで、よく伸びている。村全体どこを見ても、不思議に明るく豊かである。河上さんは、自然は心の現れだから、そうなるのだろうと言う。そうかもしれない。

　バスはまた峠を越えて月ケ瀬へ入った。様子はすっかり変って、山奥の村という感じになる。谷が非常に深く、そこを五月川が流れている。水は清らかで、水量も豊かである。

　なるほど、実に梅が多い。日だまりという日だまりには、丹念に梅が植えられている。どれもみな小さな梅で、それでいて相当樹齢の高いものが多い。白梅はなるほど少し遅いが、それでもまだ六分咲きというぐらいで、十分見て楽しめた。紅梅は四分咲きぐらいだが、これは本数が極く少ない。

　五月川を橋で渡ったところに、浴花亭という茶店がある。その茶店の経営している旅館が山の頂きに見える。そこへ行こうという。行く道は非常に急な坂だというので、私は大丈夫だと言ったのだが、河上さんは桜のステッキを買ってくれた。山の頂きまでずっと梅が植えられている。近くダムになるとかで、上の方がよく手入れされている。

　旅館の眺望のよい一室へ通された。見ると前方に、頂きがほぼ一線を引いたような、相当高い峰々がある。そこが奈良県と三重県との境であって、五月川はその辺から流れてくるのだという。流れはちょうど、その山脈と直角になっている。非常に簡単な構図で、谷は非常に深い。

河上さんの話では、朝はこの谷に霧が立ちこめ、それが薄れてゆくころ、右から朝日が射す。その瞬間を絵にしたいと思って、泊るつもりで来たのだという。しかしその日は、翌日急な用事が河上さんにできたため、昼食だけをすませて帰ることにした。帰りは別の道をとおって帰った。

山の頂きを向うへ越えると、まったく景色が変って静かな村になる。すっかり普通の村で、これがこんな高い山の頂きにあるとは思えない。川に近いところに芭蕉の句碑が残っている。字はもう読みにくくなっているが、

春ややけしきととのふ月と梅

と書いてあった。川の手前から向うを見ると、低いところには向い側にも大分梅がある。そこから尾根伝いに高くなってゆく。一番高い峰は、何というのか、だいぶん高い。昔はその尾根伝いに奈良に越えたのだという。以前、橋のなかったころは、ここを向い側へ舟で渡ったのである。川には綱が張られていて、旅人はその綱をもって、自分で舟を操って渡った。

芭蕉のその句は句集で見たときは、芭蕉に似ず月並みな句だと思ったが、芭蕉は伊賀

の生家から下ってきて奈良へ越えようとし、ここから川越えに夜、梅を見たのである。月ケ瀬という名も、それから起ったのだという。

これも河上さんの話だが、だいぶん前に、小杉未醒という西洋画家がいた。この名は私も知っているし、絵も見た。その後聞かなくなって、どうしたのかと思っていたのだが、洋画をやめて、日本画をはじめ、号も放庵と改めたのだという。

その小杉放庵が大分高齢になってから、長くかかって『奥の細道』という画集を描きあげた。十三とか、絵が描いてあるという。勿論、芭蕉の『奥の細道』から選んだものである。紙は自分で出雲へ行って指図してすかせた。河上さんの話では、画集を描きあげることをゆっくり楽しむという気分が全体に出ていて、実によいものだった。こういう画集は、もう出ないだろうということであった。

帰りにもう一度、大柳生村の色彩を眺めた。不思議だなあ、と思った。

結婚式

数日まえ、奈良女子大の数学科の卒業生に、謝恩会に招かれた。料理を食べながら、三年間教えた人たちの顔を見ているうちに、こんなことを言ってみたい気分になったから、次のような話をした。

これを聞いたのは、もう四十年くらいも昔のことだから、少し間違えているかもしれないが、新約聖書に次のような言葉がある、「狐は穴あり。空の鳥は巣あり。然れども人の子は枕する所なし」。

私はこの言葉を晩年の芥川（龍之介）から聞いたので、一層深く印象に残っているのである。狐の穴や鳥の巣は自然に出来上がるが、人の場合はいつもそうであるように、人の家庭というものは放っておいたのでは出来ない。そのためには、新夫婦は二人とも、「自我」を抑止しなければならない。それを続けていると、二人を隔てている自他の別がだんだんとれてゆき、よい家庭が出来上がってゆく。

よい家庭の内容は「情」である。知や意志ではないから、自らを運んで作りあげようとするやり方では、よい家庭は出来ない。よい家庭が出来なければ、その人の人生は憩いの場所がない。これに反して、よい家庭が出来ておれば、樹が土の中深く根を張ったようなもので、よし地上に嵐が吹き荒れようと、びくともしない。このごろ日本人は、好んでアメリカのまねをするようだが、よい家庭を作るということについては、世界中でアメリカ人は一番下手かもしれぬ。

昨日、実業家を父にもった若い人たちの結婚式に招かれた。式がはじまるまえ、カトリックの信者である知合いの夫人の令嬢に会ったから、私はこういう話をした。

キリスト教も結構であるが、ただ少し困る点は、「人の愛」と「神の愛」とは別だと言っていることである。仏教でも、浄土宗はそんなふうに言う。浄土宗ほど極端ではないが、キリスト教は、結局そう言っているのである。もしそうなら、人の世にある愛というものは、皆つまらないものになってしまう。また、神の愛は、人の世にないものだということになると、その愛という言葉の内容がわからなくなる。こういう点で教えるのに大変困る。しかし人の愛が神の愛に及ばないのは、不純物が多いからである。何が不純物かというと、自我がそれである。

するとそのお嬢さんはすぐにわかって、「なるほど、愛は犠牲的ですね」と言った。全くその通りである。

その極致であるキリストの愛は、犠牲的な愛の極端なものである。それが一番よくあらわれるのは男女間の愛だと思う。自我の抑止がいるということをここから説くと、女性には、すなおにわかってもらえるかもしれない。

そのうちに結婚式がはじまった。百人以上もいる盛大な式である。方々の会社の社長さんたちが、いろいろ祝辞を述べた。私も何人目かに指名されて、数日前、謝恩会でいったのと同じことを話した。それからあと、新郎のクラスメートや、なかんずく新婦のクラスメートの言うことを、じっと聞いていた。

私は今、日本に一本の線を引くことができると思っている。大体、満二十七歳ぐらいから上と、二十六歳ぐらいから下との間である。二十六とか七とかいうのは、終戦が一九四五年、いまは一九六四年だから、十九年余りたっている。学制が変って、それが小学校に及んでから十七年ぐらいである。小学校へ入るまでが五年、入ってから四年がすむまで四年だから、九年になって、十七年たつと二十六になる。

この二十七から上と二十六から下、実際そのくらいのところで、彩りがわかれているのである。これは、人の心というものは、大体小学校四年ぐらいまでに出来るということを示しているのではないかと思う。

ともかく、そんなふうだから、新郎のクラスメートの方は多少疑問があるが、新婦のクラスメートは、ハッキリと新学制的であった。そういう人たちの言うことを聞いているうちに、これは私の言ったことを、もう少し詳しく言い直しておかないと間違われてしまう。何を言ったのか、わからないことになるかもしれない。そう思ったから、式が終って帰るとき、新郎新婦のところへ行って、もう一度要点を詳しく説明した。

私が言ったのは、ファイトや忍耐によって、直接よい家庭を作ろうとしても、それは出来ない。ファイトや忍耐によって、自我を抑止せよと言ったのである。二人が二人とも、それをしつづけていると、よい家庭は自然に出来上がってゆく。そう言い添えた。

式場を出たら、新郎の叔母さんに、「エキスのようなお言葉を頂きました」とお礼を言われた。

カルタン氏の訪日

やはり人の話である。少し前のことになるが、去年の十一月のはじめ、フランスの数学者のアンリー・カルタン氏が日本に来て奈良を訪れた。この数学者は、多変数解析函数の、当時まだまったく開拓されていなかった分野を、私と手を携えて開拓していた人であって、いわば三十年来の同僚である。

一行はカルタン氏とその夫人、ブリュアというもう一人のフランスの数学者とその母堂、日仏会館の館長の夫人との五人で、三日ほど奈良を見物した。私と友人の数学者の秋月君とは、言葉がよく出来ないから案内したとはいえないかもしれないが、つまりお供をしたのである。

私の論文をはじめて見て絵葉書をくれたのも、このカルタン氏である。会ってみると、いろいろ昔のことが思い出されて懐しい。フランス留学中は、私はまったく言葉がよくわからなかった。と言っても、今でもそうであるが、例えばカレッヂ・ド・フランスでウラジミル・ベルンシュタインのジリクレ級数の講義を聞いているとき、この人は丁寧な先生で一々学生の聴講者のノートを見て回るのだが、私はいつもほとんど何も書いていない。それを覗き込まれるのが少々つらかった、というような話をすると、カルタン夫人は「まことの数学者——ブレー・マテマシアン——はノートに書くのではなく、論文や著書の余白に書き込むものである」と言ってくれた。

そうすると、フランスでは、大体数学はぽっと思い浮ぶよいアイディアによっているのである。日本も大体そうである。

私が一九三一年のカルタン氏の正則凸状という概念をほめると、氏はあの論文から、ふつう人は、私がジュリア氏のすすめによって多変数解析函数を研究しはじめたと思っているらしい。実際はそうではなく、私にここを研究するようにすすめたのはピカール氏である、と言っていた。ピカール氏というのは、「ピカールの定理」で有名な数学者であるが、その定理が出たのは一八七九年であるから、当時すでに余程の高齢だったと思う。フランスではやはり、数学者は死にいたるまで働いているらしい。

こうして案内しているうちに、私はこの三人のフランスの女性たちから、詩人だと思われてしまった。それで私も、公孫樹《いちょう》の落葉を拾ってきて渡したり、柿の実が夕日をうけて真っ赤に輝いているのを指し示したり、この絵葉書にあるのは萩であって、今は咲いていないが、これがその木であると説明したりした。

フランスでも、やはり数学者の本質は、歌わない詩人だと思っているのかも知れない。

箱庭

私が多変数解析函数の分野を研究の対象に選んだ理由は、この地形が、ここに箱庭をつくるのに適していると思ったためかもしれない。そんな気がする。

一体、私は箱庭はどれくらい前から好きだったのだろう。そう思って小さい時にさかのぼってさぐってみた。私が数え年四つのとき、日露戦争で出征中の父に送るのだといって、残りの家族で撮《と》った写真がある。それを見ると、目はなんだか遠いところを見ているようで、しかも焦点が合っていない。まだこの頃は、箱庭は作らなかったのだろうが、やがてそういうものを作ることが好きになりそうな顔をすでにしている。

私は数え年四つのときから小学校の二年の中頃まで、郷里の祖父の家にいた。家は峠の上にあった。そこに住んでいる人たちは、遠くの峰から水をひいて、それを飲んでいた。その取り水が、ところどころ漏れて流れていて、それで箱庭を作るのに適した場所はいくらでもあった。私は小学校へ行く少しまえから、二年の中頃まで、よく箱庭を作ったらしい。

その作り方だが、まず頭の中で構図を描いておいて、小さな松を見ると、これはあそこへ植えるのがよいと思って覚えておく。竹についても、雑木についても、川の石についてもその通りである。そうしてだんだん、頭の中で箱庭を作りあげる。実際につくるのは、長らく心の中で暖めておいてかららしい。それが面白いのらしい。

さきほど私が、数学で多変数解析函数の分野の当時の地形は、箱庭に適すると言ったのは、このような作り方でつくる箱庭である。私は今もその考えを捨てていない。しかし、ここしばらく他のことがせわしくなって、数学はやれないでいる。頭の中に描いている構図も、ところどころに植えるべき松や竹を物色しつづけることも、やめている。私がむかし、伊豆の伊東で中谷（宇吉郎）さんと詠《よ》んだ連句の第三句、「夜毎引く間取りをかしく秋更けて」——は、いま言ったようなことを詠んだ句である。

二年の中頃から大阪の小学校に移った。学校は天満の天神さんの南の方にあった。その天神さんによく店が出て、瀬戸物でつくった灯籠や、橋や、家や、水盤などが売られていた。

私はそれがほしくて仕方なかったが、当時父は私に金銭を持たすことは絶対にしなかった。何かほしいものがあると、その理由をのべて、父がもっともと思えば買ってくれた。そのときも私は、箱庭を作りたいという理由をのべてみたのだろうが、とうてい父の納得を得るほどにはのべられなかったのだろう。しかし買ってくれなかったから、なおさら私は、いつまでもそういうものがほしかった。

今は奈良に住んでいるが、町の一軒の眼鏡屋に、大きな箱庭をショーウインドーにつくっている店がある。私はよくその前に立ちどまって、しばらくじっと眺めていることがある。

私は数学の研究で、いまは私だけの、形而上学的な研究所を持っている。形式的には何もないから、たとえば国からの援助はまったくない。そのかわり、何の制肘《せいちゅう》も受けていない。

数学上の発見は、インスピレーション型と情操型と二通りある。いずれも純粋直観の働きによるものであるが、もう少し他のものを混ぜても、数学上の発見は出来る、と考える。秋の花にたとえると、いろいろな花があり得るわけである。この純粋直観によるものを菊の花だとすると、私はもっぱら菊の花を咲かせようとしているのである。天賦によって大輪、小輪の別はあるだろう。しかし私は、菊の花でありさえすればよいと思っている。

また、多変数解析函数を教えているところは、今は日本にここしかないから、私は来たるものは拒まず式に世話をして、咲くものにはみんな菊の花を咲いてもらおうと思っている。

近ごろ、前に言ったアンリー・カルタン氏が、ドイツのミュンステル大学から寄せ書をよこした。見るとドイツのベンケの名もあれば、アメリカのベルクマンの名もある。みんな昔からの馴染みである。私の知らない名もいろいろある。また秋月君がいま、文部省の委嘱で台湾へ行って講義をしている。そこからも寄せ書がきて、私のまだ知らない、多分若い数学者たちの名がいろいろ書いてある。

数学者にとって世界はごく狭い。孔子は、「朋《とも》有り、遠方より来たる。また楽しからずや」と言った。私は数学をそんなふうに研究し続けていきたいと思っている。

わが座右の書

私は、日本人であって、約四十年前から数学の研究を続けている。また十六年ほど前から仏道の修行をしている。

私が、自分が日本人であることがよくわかったのはフランスに行って来てからであって、満州事変後である。その頃から何かわからないことがあると、私は私たち日本人の先達、道元禅師、芭蕉の二人に先ず相談することにしている。私はこれらの人たちは何れも二千年に唯一人出る人だと思っている。

数学については何かわからないことがあると、先ずリーマンに聞くことにしている。前世紀にスイスで生れ、ドイツで死んだ人である。この人の論文は、どれを見ても、書かれてはいないが、この人が数学において色々な理想を持っていて、その実現の可能性を示すために、具体的な一例を与えているのだという気がする。普通の大家の論文とは一桁違うのである。数学史六千年の中、早い頃の人たちはよく語ってはくれないということも勘定に入れると、この人は唯一人の人だと思う。

私たちは、根底から知っていることは何一つない。人は大抵そのことを知らないだけである。ところが、その一切のものに説明を与える本が一冊だけある。仏教の本であっ

て、

山崎弁栄上人著　『無辺光』

ここに説かれていることを仮定すると、理性界の一切、科学、芸術、宗教等が悉く説明出来て、少しも矛盾しないようである（この本は今は絶版になっているが、ぜひ再版してほしい）。

他の人たちの著書を挙げると、

『正法眼蔵』、『芭蕉連句集』、『三冊子』（何れも岩波文庫）、『リーマン全集』。

私はこれらの書が存在することは、文化の奇蹟であると思っている。

あとがき

この『紫の火花』には奈良女子大名誉教授、岡潔博士が、朝日新聞ならびに朝日新聞社発行の諸雑誌に発表された随想・エッセー十一篇と、未発表のもの四篇を収めた。目次の配列は発表順にはなっていないから、念のため、掲載誌と発表年月を左に記しておく。

数学と大脳と赤ん坊	科学朝日	一九六二年五月号
ロケットと女性美と古都	〃	〃　八月号
かぼちゃの生いたち	〃	〃　十一月号
童心の世界	朝日新聞「わが家の茶の間」	一九六三年七月七日
こころ	〃「こころのページ」	〃　九月八日
すみれの言葉	文芸朝日	一九六三年九月号
情　緒	〃	〃　十月号
独創とは何か	〃	〃　十一月号
秋に思う	〃	〃　十二月号
春の日射し	〃	一九六四年一月号

一九六四年三月二十八日

朝日新聞

教育と研究の間

このうち「文芸朝日」にのった五篇は、この本の書名になった「紫の火花」という通し表題で連載されたもので、次の「まえがき」がついていた、「古い私の友人（といっても会ったことはないので、芥川が死んだのは私が大学を出て三年目だったのだが）は美に生涯をかけようと決めた夜、電線と水たまりとの間に散る紫の火花の上に自己の情緒を見て『他の何物にかえてもこれだけは取っておきたい』と思ったという。借りて表題とした」。

未発表の「新義務教育の是正について」「創造性の教育」「春の水音」「わが座右の書」の四篇は、今年の三月、この本のために特に執筆されたものである。

上梓にあたっては、全篇にわたって博士の補筆訂正を得た。また、文中の引用は、編集部の手で出典によって改めたものがある。

おわりに、貴重なご研究の時間をさいて、われわれのお願いに快よく応じてくださった博士のご好意に対し、心からお礼を申上げます。

一九六四年四月

朝日新聞大阪本社
出版局編集部

親父・岡潔の思い出

岡　熙哉《ひろや》

電灯を消した部屋、蚊帳《かや》の中には数匹の蛍《ほたる》が鮮やかな蛍光を放ちながら飛び回っている。これは終戦前後、私が小学生の頃の和歌山県伊都郡紀見村慶賀野《いとぐんきみむらけがの》（現・橋本市慶賀野）での情景である。蛍の飛ぶ頃は毎夜のように、菜種殻を束ね竹の先に括《くく》ったものを持ち、父に連れられて蛍狩りに行ったものである。取ってきた蛍はしばらくの間蚊帳の中に放って楽しんだのち庭に逃がしていた。他にも吹き玉（龍のひげの実）鉄砲や紙鉄砲などを作り、父は戦争ごっこをして遊んでくれた、それも真剣に。たかが遊びでも真剣にやらないと子供達も、自分自身も面白くないという考えであったようだ。本当によく遊んでもらった。

しかし一方では、この終戦前後の慶賀野時代の思い出には、以後父を反面教師とした原因をなすようなつらい思い出も多くあった。先《ま》ずは、農業が主体である慶賀野で農業に従事していないということである。荒れ地を借りて、父が力仕事に慣れない体を奮い起こして開墾し畝《うね》を作りカボチャ、豌豆《えんどう》などの種を蒔《ま》きサツマイモを植えた。豌豆の種蒔き一つにしても父はなかなか七面倒くさいことを言う。胚珠《はいしゅ》の部分は上を向けて、間隔はなんセンチ、深さはなんセンチ等々、そうこうしている間に時期が遅れて収穫は減る。しかし、こうして作られた農産物は実はもちろんのこと、芋の葉の茎やカボチャの葉の茎までも胃袋に詰め込まれた。鍋の蓋を取り、当時の農家の主婦曰《いわ》く「うちの牛の方がもうちっとましなもの食うとらよ」と。戦後の農村における食料の配給制度もかなりにひどいものだった。また、数学研究という壺中《こちゅう》の別天地に閉じこもり数学する父の振る舞い、所かまわずしゃがみ込み図式を書きなぐる等々を奇異に感じたのも、父を反面教師とした今一つの要因かもしれない。その結果として、私は大学は工学部・機械工学科を卒業し、産業機械の設計を主業務とするサラリーマンとして、父とは違った人生を送った。

僅《わず》かに所有していた不動産（山や畑）を売りつくした父は、一九四九年家族を養うために友人の世話で奈良女子大教授に就任する。翌々一九五一年姉すがねが大学へ、私が高校へ入学するのを機に奈良市法蓮佐保田町《ほうれんさほだちょう》に転居し、紀見村慶賀野での親父の思い出も終わり、思い出も奈良に移ることとなる。

佐保田町の家は、高畑町《たかばたけちょう》の家に移るまで十五年余りも住んだところであり、文化勲章騒動記を筆頭に、父への思い出もいろいろと詰まっている。先ずは、その家の概要を述べておこう。平屋の一軒家である、が、屋根は波打ち、半間の玄関の戸はガタビシしてなかなか開かない。間取りは六畳二間、二畳二間に台所、表に二〜三坪の庭がついている。これが、雨漏りがすれば屋根に上ってセメントを詰める、台風の時には知り合いの家に避難するという厄介《やっかい》な代物だった。

しかし、このぼろ家には本当に沢山の人が集まった。それも、姉や私の友人達が大半で、その目的は主に麻雀《マージャン》をすることであった。メンバーの足りない時には父も加わり、また家族でやることもあった。麻雀について父の言は、大きな奇麗な手で上がれ、自摸《ツモ》牌《ハイ》を手に入れる前に打牌せよ、徹夜麻雀は三日目ぐらいから面白味が出てくる等々である。とにかく勝負事は好きであるし、数学の研究に打ち込むのと同じように、真剣に取り組んでいた。

奈良女子大へは佐保田の家から三十分程かけて徒歩で通っていた。ある日、妹のさおりがぼんやり考えながら歩いている父をからかってやろうと、父の前に回り「こんにちは」と挨拶すると父も丁寧に腰を折って「こんにちは」と返した。「お父ちゃん、私やで」というと「なんや、お前か」という始末である。何か考えつくと座り込んで棒や石で道端に数式を書いて確かめるのも何時《いつ》もの通りであった。もちろん、ノーネクタイに雨靴のスタイルである。

一九六〇年、母岡ミチの「今度のことは、あまりいろいろ世間とはお付き合いせず、平凡な毎日を送ってきた私たち一家には、本当に寝耳に水と申したい、不意の出来事でした」と記している文化勲章受章という一大事が出来《しゅったい》した。新聞には「馬小屋より文化勲章」という見出しで、大々的に報じられた。伝達式のため、父に燕尾服《えんびふく》にネクタイそれに革靴という服装をさせるのに母は一苦労していた。

十一月三日の伝達式の予行演習は小学校の卒業式のようにかなり面倒なものであったが、父は大きな声で「こんなに難しくって間違ってもよいか」と文部省の方に聞いたそうだ。式後の茶話会で天皇陛下より「どのようにして数学は行うのか」とのご下問があり、「数学は命を燃焼させてやるものです」とお答えしたということである。文化勲章受章によって父は、これで世間は私の言うことを聞いてくれる、また、お金の心配がなくなり研究に没頭できるとも言っていた。この時には論文『I』~『X』のうち『IX』まで完成していたが。

一九六二年最後の論文『X』を発表したのを機に、父の関心は数学の研究から荒廃する日本、ひいては人類の滅亡を防ごうと「心の世界の解明」に移って行き随筆を通して警鐘を鳴らして行くこととなる。先ずは、同年四月から毎日新聞に『春宵十話《しゅんしょうじゅうわ》』を連載、翌六三年同書の出版を皮切りに『風蘭《ふうらん》』、『紫の火花』等々多くの随筆が一九六九年までの間に出版されることとなった。その他にも、雑誌への投稿依頼、講演の依頼、新聞、テレビ記者への対応に追い掛け回される日々が続く。

一九六六年山野辺《やまのべ》の道に面し、借景は三笠山《みかさやま》、高円山《たかまどやま》というまだ四季の残る高畑の地に家を新築して転居した。漸《ようや》くにして、家らしい家に暮らすようになった父は、日当たりのよい南向きの座敷で、ガラス戸越しに庭の梅を見ながら来客と話している、気に入らない客には雷を落としながら。

「めぐり来て梅懐かしき匂いかな」石風（父の雅号）

父の庭に対する哲学は「熙哉、花の咲かない木は庭に植えるなよ」だった。以後も講演、対談及び執筆の日々を過ごし、一九七八年前日まで筆を持っていたが、三月一日午前三時安らかに息を引き取った。

行年七十八歳であった。

自然を愛し、花を愛し、奈良を愛した父は、風光明媚《ふうこうめいび》な奈良の地に、自作の

「春なれや石の上にも春の風」石風

と記した墓碑の下に、三か月を待たずに後を追った母とともに静かに眠っている。死後四十数年たった今も墓参する度に、「もう少しじっくりと話し合いたかったなあ」と思いながら読経している。

令和二年一月十日

紫《むらさき》の火花《ひばな》
朝日文庫
2020年3月30日　第1刷発行
2020年4月30日　第2刷発行

著　者　岡《おか》　潔《きよし》

発行者　三宮博信
発行所　朝日新聞出版
〒104-8011　東京都中央区築地5-3-2
電話　03-5541-8832(編集)
03-5540-7793(販売)
印刷製本　大日本印刷株式会社

Published in Japan by Asahi Shimbun Publications Inc.
定価はカバーに表示してあります
ISBN978-4-02-262004-0
落丁・乱丁の場合は弊社業務部(電話 03-5540-7800)へご連絡ください。
送料弊社負担にてお取り替えいたします。

CONTENTS

SUMMON NIGHT

U:X

PROFILE

● 新堂勇人（ハヤト）

界のエルゴたちの加護を受けし【誓約者《リンカー》】。キールによって現代日本から召喚され、魔王と戦った勇者。

● キール
オルドレイクの息子であり、魔王召喚を行おうとした召喚師。ハヤトと出会って改心し、共に【無色《むしょく》の派閥《はばつ》】と戦った。

● バノッサ
ハヤトと敵対していた双刀を操る兇剣士。魔王の依り代として死亡したが、レイの手によって【再誕】した。

● クラレット
【無色の派閥】の名門セルボルト家の一族。キールの姉。

● カシス
【無色の派閥】の名門セルボルト家の一族。ソルの妹。

● ソル
【無色の派閥】の名門セルボルト家の一族。キールと後継を争う。

● オルドレイク
【無色の派閥】の名門セルボルト家の頭領にして破戒の総帥。レイの手によって【再誕】し、彼を新世界の王と崇める。

● ガゼル
サイジェントで暮らすハヤトの仲間。リプレとは幼馴染み。

● リプレ
サイジェントで暮らすハヤトの仲間。家事全般を得意とする。

● 望月 命（ミコト）

亡魂を操る不思議な力をもつ【制錬者《ストレイジャー》】。シャリマとカイの手により生み出された。

● 再誕の制錬者・レイ

【再誕】の力をもつ、もうひとりの【制錬者】。【救世皇帝】を名乗り、リィンバウム全土に宣戦を布告。

● カイロス
ミコトの叔父と称する男。その正体は召喚師でありシャリマとともに【制錬者】たちの生誕に携わった。

● シャリマ（シャマード）
常軌を逸した天才ぶりを示す女召喚師。【制錬者】たちの創造主であり、研究のために今も暗躍し続けている。

● デュウ
兵器としてシャリマに改造された少女。ミコトをかばって落命するが、彼を見守る守護霊となって行動を共にする。

● レックス

教師にして、蒼き魔剣を持つ【抜剣者《セイバー》】。【狂える核識《ディエルゴ》】と戦った。

● ベルフラウ

レックスの教え子にして、炎の魔剣の【抜剣者】。今は【忘れられた島】で新米教師として奮闘している。

SUMMON NIGHT
Astraizing War

● ライ

宿屋を営む少年店主。
古妖精の血を引く【響界《アロザ》種《イド》】として【浮遊城事件】を終結させた。若き天才料理人でもある。

● ミルリーフ

【浮遊城《ラウスブルグ》】を守る守護竜。ライを親代わりにして育ったため、彼をパパと呼んで懐いている。

● グラッド

帝国軍に属する駐在軍人。
ライたちにとってはよき兄貴分である。

● スバル

【忘れられた島】出身の鬼人族の若者。
見聞の旅を続けている。

● ケンタロウ

ライの父親。
現代日本の出身であり、妖精に愛されし者。

● ギアン

幽角獣の【響界種】であり【浮遊城事件】を引き起こした張本人。【堕竜】と化して暴走したが、ライたちによって救われた。

● ゲック

贖罪の旅を続ける老召喚師。カイロスの師であり、帝国軍の秘密実験施設の責任者だった。ギアンの麾下にいたことも。

● エニシア

半妖精の【響界種】。かつては姫と呼ばれ、敬われていた。今はライの店で働きながら、平穏な日々を過ごしている。

● リシェル

ライの幼馴染みで、町の名士たるブロンクス家の娘。【金《きん》の派閥】の召喚師としてデビューしたばかり。

● フェア

別世界でのケンタロウの娘。別世界で死亡したがメイメイと【再誕】の力でこちらの世界へ渡る。

● マグナ・クレスメント

【蒼《あお》の派閥】の召喚師。
因果を超える【超律者《ロウラー》】を名乗り、【傀儡《かいらい》戦争】にて、仲間と共に悪魔王メルギトスと戦った。

● ネスティ

マグナの兄弟子。機界から亡命した【融機人《ベイガー》】の末裔であり、その暗い出自は今も彼を思い悩ませている。

● パッフェル

【蒼の派閥】総帥エクスの密偵。その前歴は暗殺者であり【忘れられた島】でレックスたちと戦ったこともある。

● ヤード

【無色の派閥】を離反した召喚師。彼の持ち出した魔剣が【抜剣者】誕生のきっかけとなった。無類のお茶好き。

● トリス

メルギトスに造られた【人造生命体《ホムンクルス》】の少女。
マグナと同じく、大罪人クレスメント家の血を引く。

● レシィ

トリスに護衛獣として召喚されたメトラル族の少年。戦いは苦手だが、恐るべき【審眼】の力を秘めている。

● メルギトス（レイム・メルギトス）

奸計と虚言の悪魔王。マグナたちに滅ぼされたが、レイの手によって【再誕】した。人を惑わすことを悦びとする。

● ギブソン

【蒼の派閥】に所属する幹部級召喚師。
ミモザとは夫婦。

前巻までのあらすじ

遂に邂逅を果たした【追想の制錬者《ストレイジャー》】ミコトと【再誕の制錬者《ストレイジャー》】レイ。
リィンバウム全土の統一を掲げるレイを止めるため、
二人は激闘を繰り広げる。

そのさなか、レイに異変が生じ、彼が率いる軍勢【救世皇帝軍】は一時撤退する。
束の間の安堵を得るが、メイメイに呼び寄せられた勇者たちは
衝撃の事実を聞かされる。

それは【救世皇帝軍】より遥かに恐ろしい、
世界を滅ぼすほどの災厄が近づいている、というものだった。
その正体は、本来は味方であるはずの【四界の意志】。
【四界の意志】たちは、積年人間の業を浴び続けた結果、
世界を守護する存在からリィンバウムを滅ぼす存在へと
成り果ててしまっていた。

メイメイがすべてを語り終えた直後、
【狂える界の意志《ディエルゴ》】たちは、「理想郷—— 終わるべし」の宣告のもと、侵攻を開始。
各地で友であり仲間であるはずの召喚獣たちが、
世界を滅ぼそうと人間に襲いかかる。

帝国と聖王国の戦いは、人間と異界の軍勢との戦いに移行し
勇者たちは未曾有の脅威に対処すべく、各々のすべきことを開始する。

ミコトはライとフェアと共に、シャリマに捕らわれたケンタロウの救出へと向かう。
【自己増殖式召喚兵器機構《オーガシンセシスゲイルコアシステム》】で襲い来るシャリマを、
ミコトの新たな憑依武装【轟鉄輝の憑依武装《スレイピアアーム》】と、
ライとフェアの連携攻撃で撃破。
別世界のケンタロウの娘であったフェアの協力もあり、
ケンタロウの奪還にも成功する。

そしてケンタロウの救出を見届けたミコトは、
決着をつけるため彼のもとへ向かうのだった——。

この小説は、シミュレーションRPG『サモンナイト5』(発売・バンダイナムコゲームス)の
「新生リィンバウム」が形成される以前の時代を舞台にしたオリジナルストーリーです。

サモンナイト

SUMMON NIGHT

U:X <ユークロス>

―― 響界戦争 ――

小　説

都月景

カバー・口絵イラストレーション

飯塚武史

本文イラストレーション

和狸ナオ

断章　～Conjugate Storagers～

血と肉。爆発と閃光《せんこう》。怒号《どごう》と悲鳴。
互いの存亡を賭《か》けた戦いの場にて、相容《あいい》れぬ正義をふりかざし、兵《つわもの》たちは戦う。
報復の連鎖《れんさ》を無限に繰り返しながら、無残な屍《しかばね》だけを積み重ねてゆく。
界《かい》と界とが相撃てば、ただ破滅に至《いた》るのみと知りながらも。
もはや止まらない。止められないのだ。

戦火の只中《ただなか》にあって、オルドレイクは述懐《じゅっかい》する。
（エルゴの王が見た理想郷の夢は――今や、完全に砕《くだ》け散ってしまった）
欺瞞《ぎまん》という結界《けっかい》の外に閉め出したまま、目を背《そむ》けてきた罪業《カルマ》の数々によって。
積み重なった怨毒《えんどく》は【界の意志《エルゴ》】さえも狂わせて、全《すべ》てを崩壊《ほうかい》させせようとしている。
自業自得と断じられれば返す言葉もない。しかし――。
（唯々諾々《いいだくだく》と受け入れるのではなく、ひたすらに抗《あらが》い続ける道もあるはずだ！）
禁断の書を紐解《ひもと》くことで、楽園の真実を知ってしまったあの日。

若きオルドレイクは、書の著者たるゼノビスの遺志《いし》をよすがに、絶望に立ち向かおうとした。けれども真実が隠蔽《いんぺい》された世界では、その熱情は逸脱《いつだつ》した妄想とみなされる他はなく、孤独の果てに、いつしか彼自身も歪《ゆが》んで老いていってしまった。

まるで、かつてのゼノビスの凋落《ちょうらく》をなぞるかのように。

オルドレイクは暴虐《ぼうぎゃく》の徒として、罪の報《むく》いを受け、惨《みじ》めに死んだ。


だが【再誕《さいたん》】を経《へ》て、彼はようやく巡《めぐ》り会ったのだ。

【再誕の制錬者《ストレイジャー》】レイ――あの日の絶望を撃ち砕き、その先の未来を摑《つか》みとらんとする救世主と――ゆえに敵が【界の意志《エルゴ》】であろうと、もう彼は恐れることはない。

「王よ！　我らが王よ！　貴方《あなた》の征く覇道《はどう》の先に、我《お》は真の理想郷を見たり!!」

恍惚《こうこつ》と叫びながら、破戒《はかい》の大召喚師《しょうかんし》は秘術の数々を惜しげもなく解き放ってゆく。

大規模な儀式なしには喚《よ》べぬはずの超高位召喚獣《しょうかんじゅう》を、暴走することを前提のうえで次々と召喚する。必要とされる膨大《ぼうだい》な魔力は、戦場にさまよう亡魂《ぼうこん》たちを生《い》け贄《にえ》として贖《あがな》っていく。

おぞましくはあれど、それは間違いなく、失伝《しつでん》されし古《いにしえ》の召喚師の流儀だった。

そんな召喚獣たちの跳梁《ちょうりょう》を【界の意志《エルゴ》】は許しはしない。

存在の根源を揺さぶる【言霊《ことだま》】の力で、界に属する者たちへの強制的服従を命ずる。

かけられた【誓約《のろい》】よりも、なお苛烈《かれつ》な苦痛と共に。

そのせめぎ合いに彼らは煩悶《はんもん》し、荒れ狂い、やがて耐えきれず崩壊四散《しさん》する。

そして、それはさらなる無間《むげん》地獄の始まりでしかないのだ。


――――【再誕】せよ!! その憤激を糧《かて》とし、さらなる生と力を獲得して、理不尽《りふじん》なる【界の意志《エルゴ》】へと立ち向かうべし!!


【再誕の制錬者《ストレイジャー》】の檄《げき》が、崩壊する魂《たましい》たちを絡《から》めとって【再誕】させていく。

有象無象《うぞうむぞう》の魂たちは、亡霊《ぼうれい》じみた【影法師《ズイルウ》】として。

死してなお猛《たけ》り吠《ほ》える魂は、その能力をより凶悪に昇華《しょうか》させた【再誕者】として。

【狂える界の意志《ディエルゴ》】許《ゆる》すまじ――――その一念で戦うのだ。

◆

(こんなおぞましい争いは、絶対にやめさせなくちゃダメだ……っ)

【誓約者《リンカー》】がもつ優《すぐ》れた感知能力の悪影響か。亡魂たちの怨嗟《えんさ》の声を不意打ちで浴びてしまったハヤトは、負の感情の奔流《ほんりゅう》にあてられて、激しい嘔吐《おうと》に襲《おそ》われていた。

(創世《そうせい》の時代からずっと、エルゴたちはこんなひどい悪念《あくねん》を浴び続けてきたのか……)

ならば、おかしくなって当然だろうと彼は思う。

己《おのれ》を守るために他を拒絶しながら、向けられる拒絶には理不尽だと憤《いきどお》る矛盾《むじゅん》。

剝《む》き出しの自我《エゴ》は、建前《たてまえ》なき利己主義《エゴイズム》の塊《かたまり》に他ならず、ゆえにぶつかりあって痛みだけをもたらす。そこに綺麗事《きれいごと》の介在《かいざい》する余地はない。

それが具現化《ぐげんか》した極地こそ、まさにこの戦場だ。

生命《いのち》を奪うのみならず、存在自体を根本から否定せんとする過剰《かじょう》な暴力は、それ以外の決着の可能性を断ち切って、嘆《なげ》きと憎悪《ぞうお》ばかりを際限《さいげん》なく増幅させていく。

それらは魂の毒となり、【共界線《クリプス》】を伝い蔓延《まんえん》し、内部から全てを腐らせていくのだ。

外からの暴力と内からの腐敗――その無限連鎖で確実に世界は滅びる。

「それだけは、絶対に止めなくちゃ」

口元を乱暴に袖《そで》で拭《ぬぐ》うと、無理を強《し》いてハヤトは再び走り出す。

目指すはオルドレイクと、その傍《かたわ》らに控《ひか》える仮面の兇剣士《バノッサ》。

【狂える界の意志《ディエルゴ》】たちの無法は目にあまるものだが、それに抗するためとはいえ、これ以上、世界の理《ことわり》を蝕《むしば》むような外法《げほう》を続けさせるわけにはいかない。

「できることなら、説得して……」

共に世界を救うべく、その力をふるってもらいたい。

以前ならば思いつきもしなかったその考えに、ハヤト自身も驚いていた。

それはきっと、彼もまた世界の真実を知ったからだろう。

これは、無関係な異世界《ファンタジー》の物語などではない。

彼の故郷たる【地球《レゾンデウム》】も含めた、逃げ場なき世界の終焉《ドゥームズディ》なのだ。

同じ【始原《しげん》のエルゴ】から生じた世界である以上、崩壊の形こそ違えど、連座して貴方たちの地球《せかい》も消滅する——観測者《メイメイ》は、そう告げたのだ。

この危機を免《まぬが》れるには、ハヤトが【始原のエルゴ】の力を継承し、真の【エルゴの王】として覚醒《かくせい》する必要があるということも。

【界の意志《エルゴ》】すら超える力で、禍根《かこん》を断つ他に術《すべ》はないのだと。

だが、彼はまだ答えを出せずにいた。

桁外《けたはず》れの力を得ることへの恐怖もある。そこに付随《ふずい》する責任への不安もある。

でも、なによりハヤトが今思うのは、本当にそれが正しい道なのかという疑念だった。

(力で力を押さえつける。その繰り返しが結局、この争いを招いたんじゃないのか？)

かつての王がそうしたように、ひとつの楽園を守るため、他の全てを切り捨てる。

それでは結局、新たな歪みを生み出してしまうだけで、根本的な解決にはならないのではないか。

まして、切り捨てねばならぬものの中には、彼の家族や友人たちさえ含まれるかもしれない。そんな理不尽な決断を求められたならば、きっと自分は耐えられないだろう。

あふれる感情に流され、我を忘れて、最悪の結末をもたらしてしまうかもしれない。

それが、こわい。

(先生《レックス》みたいに、万事《ばんじ》を受け止めたうえでなお、信念を曲げずに生きていく覚悟なんて——まだ、俺にはできないよ)

マグナのように己の手が届く範囲だけは守りぬくという鉄の意志も、ライのようにぶん殴ってからその先を考えるという極端な割り切り方も、それぞれに憧《あこが》れはするが、やはり自分には真似《まね》できそうにない。

きっと背負うものが、あまりにも世界の根本に近すぎるからだ。

どうしても、自分より世界の都合を意識してしまう。

（ミコトは……どうなんだろう？）

過酷な日々の中で、一気に大人びた【追想《ついそう》の制錬者《ストレイジャー》】のことをハヤトは思う。

何も知らずにおびえていた同郷の後輩は、少し側《そば》を離れていた間に、今の彼よりもずっと落ち着いた言動をみせるようになっていた。

見習わねばと思う反面、ハヤトには、その変化が不安でもあるのだ。

それがまるで、何かをあきらめることによって到達した境地のようにも思えて。

◆

『はじめまして、名も無き六番目の【界の意志《エルゴ》】さん』

まばゆい光に満ちた【界の狭間《はざま》】にて、彼女の意識は、遥《はる》けき声の主と相対《あいたい》していた。

遥《はる》けき声として【救世皇帝】レイが認識し、その加護を得ていた謎の存在。

界を超えて供給《きょうきゅう》される魔力の流れを伝うことで、シャリマの意識はその源流に到達し、思念による直接対話《コンタクト》を成功させたのだ。

『自《みずか》ら告げずとも、我《われ》をそう認識してくれるのか――名も知らぬニンゲンよ』

思いがけぬ呼びかけに、六番目の【界の意志《エルゴ》】は驚嘆《きょうたん》する。

シャリマよ、と彼女はあえて名乗った。

そうすることでシャマード・リッツァーとしての【しがらみ】を切り捨て、新たなシャリマという個体として【界の意志《エルゴ》】に認識《インプリンティング》させたのだ。意志の力が具現化《ぐげんか》するこの空間だからこそ可能な芸当《チート》であり、これから先の工程《プロセス》のために必要不可欠な定義でもあった。

『シャリ……マ……？』

目的を達したことに、シャリマは満足げにうなずいた。

そして、おもむろに問いかける。

『貴方の望みは何？　何のためにあの子《レイ》に力を与えているの？』

証明するためだ、と【界の意志《エルゴ》】は言った。

『我がここに存在する意味を。その価値を。我はあの者を介《かい》し、訴えかけているのだ』

気づいた時には、虚無《きょむ》の中、ぽつんと存在していた。

自分が何者なのか。何のために生じたのか。

誰にも説明されぬまま、自ら何も為《な》さぬまま、ずっとそこに存在し続けてきた。

それが孤独だと認識した時、彼は虚《むな》しさを知り、そこから脱したいと願った。

いつの間にかつながっていた無数の不可視《ふかし》の糸から、外に広がる世界を知覚した。

そこから流れこんでくる雑多な情報と、多様な想念におののきながら、自分がどうやら【界の意志《エルゴ》】と呼ばれる存在なのだと自覚した。

そして同時に、誰かに望まれたのではなく、偶然によって生じたのだということも。


『偶然？』

そうだ、と【界の意志《エルゴ》】は語った。

【始原のエルゴ】は意図的に地球《レゾンデウム》には己の分身を置こうとはしなかった。おそらくは他の四界における過《あやま》ちを繰り返したくなかったのだろう。

そして世界が定着するのを見届けた後、自身との共界線《つながり》すら断ち切ったのだ。一切の干《かん》渉《しょう》を絶つことで、新世界に淀《よど》みが生じぬようにと願って。

だが、それは虚しい願いだった。

『完全に閉じた世界の輪《わ》においても、生き物たちは悪念をもたずにはいられなかった』

生じては消えゆく想念の残滓《ざんし》は、やがて、ひとつの形を成した。

『それが我だ――ゆえに名も無き界の意志《エルゴ》なのだ』

その存在を知られず、何ら求められることもない、力をもてあました無為の存在。

『我はその定義を覆《くつがえ》したかった。何者かに必要とされる存在になりたかった』

そして、見つけたのだ。

【界の狭間】をあてもなく漂う、異能の力を秘めた赤子を。

『それが、あの子《レイ》……』

カイロスとの諍《いさか》いの最中、その力を暴走させて行方《ゆくえ》知れずとなっていた被験体の一人。

生きたい。死にたくない。

赤子は本能でそう叫んでいた。助けてくれる者を必要としていた。

だから、彼は喜んで応《こた》えたのだ。

『我にとってあの者は初めての庇護《ひご》対象であり、初めて対話した相手なのだ』

だからこそ、望みは全てかなえてやりたいと思った。

欲する知識を与え、あえてリィンバウムに送り返したのも、彼がそう望んだから。

強き救世主たらんとする彼を支えるために、【界の狭間】さえ越えて、不安定な生命を維持《いじ》するための魔力を与えてきた。

『が——それも、もはや終焉《しゅうえん》のようだ』

故郷に還《かえ》った【再誕の制錬者《ストレイジャー》】は目的のために異能を行使することをためらわず、魂の輝きを一気に使い果たそうとしている。彼が注ぐ魔力をもってしても、その崩壊を完全に止めることは不可能であろう。

『そして我は、また孤独に沈むこととなるだろう』

誰にも知られず。求められず。ただ、ひっそりとそこに在《あ》るだけ。

それは、どれほどに深い絶望であるだろう。

『そんなことはさせないわ』

彼女の強き言葉《ことのは》が、沈みゆく【界の意志《エルゴ》】を揺さぶった。

『私が貴方の価値を認めてあげる。その力を求めてあげる。その孤独を埋めてあげる』

おお、と空間が震える。

与えるばかりで、求めるものを一度も与えてもらえなかった存在は、まるで幼子《おさなご》のように彼女の言葉にすがりついた。それが甘い毒の蜜《みつ》であるなどとは、微塵《みじん》も疑わずに。

『貴方は【レゾンデウムの界の意志《エルゴ》】――私がそう名付けてあげる』

エルゴ碑文《ひぶん》に記された【名も無き世界】の呼び名をシャリマは彼に与えた。先ほど自分に用いた〝定義〟を今度は外部から行って、対象に認識すべき形を示してやったのだ。

『おお――我が名は【レゾンデウムの界の意志《エルゴ》】!!』

この瞬間、彼にとって彼女は、レイ以上に特別な存在となったのだ。

『私は貴方の名付け親となった――つまり、母親になったの』

『ハハ、オヤ――マザー、ムッター、メール、マードレ――ママ？』

『そう……ママよ』

彼女の微笑《ほほえ》みは、慈母《じぼ》のそれではなく、おぞましき毒婦のものだった。

◆

亡魂を纏《まと》う両脚で空《くう》を蹴《け》りつけて、【救世皇帝】は戦場を駆ける。

その左掌《てのひら》の【制錬石《せいれんせき》】からは赤紫色の魔力が四方八方にほとばしり、絶え間なく亡魂を【再誕】させている。この戦場に異界の軍勢たちを押しとどめているのは、間違いなく、身をなげうって能力《ちから》を振るう彼の功績だ。なればこそ、敵もその要《かなめ》を狙《ねら》ってきた。

『邪《よこしま》なる力にて界の記憶を乱し、魂の巡りを愚弄《ぐろう》する者は貴様か？』

無彩幻《むさいげん》の煌《きら》めきと共に、音もなく接近してきたのは【霊界の意志《サプレス・エルゴ》】だった。

己《おの》が力の断片《カケラ》をその身に宿す叛逆者《はんぎゃくしゃ》を、彼は見過ごせなかった。

ゆえに、この場に残る役目を引き受けたのだ。

「【再誕の制錬者《ストレイジャー》】レイ――貴様らの増上慢《ぞうじょうまん》を打ち砕く者の名だ」

強烈な圧《あつ》にひるみもせず、皇帝は堂々と名乗り返した。

『小賢《こざか》しき策を弄《ろう》して、懲罰《ちょうばつ》の執行を阻《はば》まんとする痴《し》れ者め――滅びよ!!』

怒号を帯びた魔力が、空間に無数の穴を穿《うが》ち、そこから悪魔と天使の群れを喚ぶ。

彼らは単騎《たんき》で都市ひとつを制圧せしめる高位存在であり、のみならず【界の意志《エルゴ》】直々《じきじき》の加護を受けることで、常《つね》以上の力を振るうことができた。

が、やはり――そのやり方では、この異端《いたん》の英雄は殺せない。

「滅せよ！　そして――」

一刀鏖殺《いっとうおうさつ》。覇王《はおう》の剣のひと振りに、界の尖兵《せんぺい》たちはなぎ倒されて。

「今再び、誕幻《たんげん》の生を以《もっ》て、我が命に従え!!」

即時再誕。界の敵として再定義《リライト》され、かつての造物主《ぞうぶつしゅ》に牙《きば》を剝く。

喚べども、滅せども、果てなき相殺《そうさい》ばかりが続くのみ。埒《らち》が明かない。

『ならば……我が威《い》を直截《ちょくせつ》にぶつけて、断固粉砕《ふんさい》するのみ‼』

膨大な【霊界《サブレス》】の魔力が収束すると、破壊の螺旋流《らせんりゅう》となって放たれた。

ミコトが用いる魔眼《まがん》の威力《いりょく》を何千倍にも増幅させたそれは、まさに圧倒的。

まともに受ければ、ちっぽけなニンゲンなど造作《ぞうさ》なく消し飛ぶだろう。

無論、レイにそんなものを食らうつもりはなかった。

『ぐuルgiyaAAAAAAaaaaaaァァァァ……ッ⁉⁉⁉』

己の放った破壊の力が、前触れもなく自身を貫《つらぬ》くという、まさかの痛烈《つうれつ》な一撃。

レイが展開した銀の鏡面に螺旋流は呑《の》みこまれ、勝利を確信していた界の意志《エルゴ》の背後から、怒濤《どとう》のごとく襲いかかったのである。

物理的肉体をもたぬ【界の意志《エルゴ》】には物理攻撃は一切通じない。

だが、強い魔力を帯びた攻撃ならば話は別だ。そのダメージは根源たる【真の名】まで到達し、存在の継続を危うくさせる。

「貴様の存在定義を書き換《ハックし》えて、ふざけた真似ができぬようにしてやる」

【再誕の制錬石】から赤紫色の焔《ほのお》が噴《ふ》き上がる。それはたちまち切っ先鋭い槍《やり》へと変じて、苦悶《くもん》に揺らめく意識体の核《かく》めがけて投じられようとした。しかし――――。

「――――ぐうウぅぅッ⁉」

突如《とつじょ》として生じた強烈な頭痛と脱力感に、レイは苦悶の叫び声をあげた。

制御《せいぎょ》を失った力はあっけなく霧散《むさん》する。のみならず、彼の支配下にあった【再誕】の軍勢も、揃《そろ》って崩壊の苦痛に身をよじり、その輪郭《りんかく》を揺らめかせているではないか。

（足りぬ……なにゆえ急に、魔力……遙けき声の導きが……遠くッ⁉）

遠き異界より彼を支えてきた【名も無き界の意志《エルゴ》】の魔力が、不意に喪《うしな》われたのである。

たしかに兆候《ちょうこう》はあった。極度に魔力を行使した際には、まるでブレーカーが落ちるように、何度も彼は人事不省《じんじふせい》に陥《おちい》ってきた。そういうものなのだろうと弁《わきま》えていたが、決起の時を境《さかい》にして、その頻度《ひんど》が跳《は》ねあがっていた。

のみならず、意識が飛んだ空白の間に、意図せぬ判断を下しているようなことも。

シャリマはそれを、些細《ささい》な記憶の欠落《ノイズ》と断じたが――――。

（本当に……それだけなのか？）

だが今は疑念を募《つの》らせるよりも、乱れた体勢を整えることが急務だ。

消えかける意識をつなぎ止めるべく、必死に目を見開いたレイの眼前に。

再度の破壊光が、回避《かいひ》不能の勢いで迫っていた。


「――――させないッ‼」

銀色の螺旋が空間を穿ち、紺瑠璃《こんるり》の光が炸裂《さくれつ》すると、亡魂たちが結集していく。

瞬時に形作られたのは、かつてレイが用いてみせた柔軟性を付与《ふよ》された盾《たて》。

それを制動装置《バリュート》のように用いることで、救出者は光波《こうは》の勢いに乗って、レイともども難を逃れることに成功したのである。

「だいじょうぶかい？」

すこし照《て》れくさそうに、彼はそう言って微笑んだ。

「ミコト……」

【追想の制錬者《ストレイジャー》】ミコト――【再誕の制錬者《ストレイジャー》】レイとは対《つい》の存在であり、彼とはまた違う【憑依《ひょうい》武装】という方法で、亡魂たちの力を引き出すことができる者。

だが彼は、旧王国の国境にてシャリマと交戦していたはず。

「つまり……シャリマは、敗《やぶ》れたか」

「腐肉《ふにく》の竜は俺たちが消滅させたよ。彼女がどうなったかまでは、わからないけど」

「そうか……」

二人に異能を与えた創造主であり、同時に人としての幸せを奪った女性《ひと》。

憎《にく》む気持ちも慕《した》う気持ちも共にあるが、うまく言葉では言い表せない。

だが、気持ちに整理をつけるよりも先にやるべきことを、二人の【制錬者《ストレイジャー》】は、共に理解していた。

「俺も一緒に戦う。だから、力を貸してほしい」

当然のように、ミコトはそう申し出ていた。

本当は、彼《レイ》の暴挙を止めるためにここに来た。

けれど【界の意志《エルゴ》】の直接侵攻《しんこう》が始まった今、そんな猶予《ゆうよ》はなくなってしまった。もはや、ここにある全ての力を結集して抗うしかないのだ。

「貴様も【エルゴの王】の名を継ぐことを望むというのか？」

それでもなお、己の信念を貫こうとするレイに対して、違う、とミコトは即答した。

「俺は今でも英雄になんてなりたくないよ……でもさ、こんな俺にたくさん優しくしてくれた、みんなが暮らしている世界を、終わりにさせるわけにはいかないから……」

今はただ、守りたい。

破滅を越えた先の未来図なんて、まるで見えていないけれど。

「それでも、俺は戦う！　今日までを無駄にしないために。明日から先の希望を見つけるために。今この時を悔《く》いることなく、最期《さいご》まで戦い抜くって決めたんだ!!」

そう言い切った若者の瞳《ひとみ》には、もう迷いはなかった。

「……ならば、共闘だ！」

そう吐き捨てると、レイは再び、【霊界《サプレス》の意志《エルゴ》】めがけて、まっしぐらに突撃していく。

その口元が、かすかにほころんだのは気のせいだったか。

「望むところだ！」

ミコトもまた彼に続くように、破壊の光剣を握りしめて疾走《しっそう》するのだった。

1　界の竜、滅びの竜～World Predator～

（これが、父上が望んできた本懐《ほんかい》だというのか？）

空間転移で現れた片割れの存在《ミコト》と共に、【霊界の意志《サブレスエルゴ》】へと立ち向かう救世皇帝レイ。

そんな彼らの支援に徹するオルドレイクの姿は、ソルがずっと抱いてきた傲慢《ごうまん》で尊大な父親像とは乖離《かいり》していた。

【再誕《さいたん》】で得た若き肉体と魔力は確かに強大で恐ろしい。だが、世界新生を題目として様々な破壊行為を厭《いと》わなかった、あの底知れぬ凶気《きょうき》を今は感じとることができない。

（そもそも、あいつは本当に俺の知っているオルドレイク・セルボルトなのか？）

【再誕】とは、亡魂《ぼうこん》が新たな肉体を得て生前の無念を晴らすべく行動することだと聞いた。ならば今のこの振る舞いこそが、彼にとっての真なる望みであったことになる。

「だとしたら……俺たちのやってきたことは、一体なんだったんだ……？」

召喚師《しょうかんし》を頂点とした新秩序を構築し【無色《むしょく》の派閥《はばつ》】がその頂点に君臨《くんりん》する。

物心つく前から繰り返し教わってきたこの大願《たいがん》は、【界の意志《エルゴ》】たちの侵攻《しんこう》によって今や無意味になろうとしている。この状況では当然だと理解もできる。

だが、全《すべ》て方便《ほうべん》だったと流してしまうには、あまりにも重い楔《くさび》ではないか。

(俺も、カシスも……キールやクラレットでさえ、そのために自他の血を流すことを厭わぬ生き方を強《し》いられてきたんだぞ⁉)

彼の眼前で今も双刀《そうとう》を振るい、異界の軍勢を切り伏せる兇剣士《バノッサ》もまた然《しか》り。存在さえ知らなかったこの異母兄は、胎児《たいじ》の段階における薬物投与実験の副作用で召喚師としての資質を失い、廃棄物《はいきぶつ》として母子共に捨てられたのだと聞いている。

それが巡《めぐ》り巡って魔王召喚の贄《にえ》にされ、こうして【再誕】してもなお、呪詛《じゅそ》の仮面に支配された傀儡《くぐつ》人形として利用され続けている。

(だが、それは自分とて同じではないのか？)

どちらも父親の妄念《もうねん》の糸に繰《あやつ》られ、唯々諾々《いいだくだく》と従い続けているだけではないか。

同じではない。自分には意志がある――そう強がってみても、では実際にその意志で決断したことが果たして何度あっただろうか。

少なくとも、父が帰還《きかん》した後の彼は命令に従うだけとなっている。

息をひそめて父親の顔色をうかがい、その歓心《かんしん》を買うことのみに腐心《ふしん》する日々。

そんな情けない過去の記憶を払拭《ふっしょく》するため、裏切り者《キール》を倒し、新当主として全てを掌握《しょうあく》しようとしてきたというのに。

(なんてザマだ、この俺は……)

このままではきっと、ただ使い潰《つぶ》されるだけで終わってしまう。

何かを変えなくてはならない。何かひとつでいい。己《おのれ》の意志を示さねば。

(このまま、何ひとつ為《な》すことのできぬまま、流され続けるなんて絶対にイヤだ!)

納得したい。自分がここにある意味を。今日まで生きてきた価値を。

では――どうすればいい?


「ソル兄さまっ!」

妹《カシス》の呼び声で、ソルは袋小路《ふくろこうじ》の思考から呼び戻された。

そして目にした現実は、より彼を追いつめるように残酷《ざんこく》だった。

「カシス……お前まで……」

クラレットに支えられて立つカシスは、兄の目が絶望に染まっていくのに気づき、懸命《けんめい》に声を振り絞《しぼ》って訴えかけた。

「違うの! 二人は、あたしのことをメルギトスの罠《わな》から助けて……」

「痴《し》れ者めがッ!!」

叩《たた》きつけられた拒絶の怒号《どごう》は、それ以上、彼女に弁解を許さなかった。

「ようやく今になって、理解したぞ」

冷たい怒りに支配されたソルの眼差《まなざ》しは妹ではなく、その向こう側に立つキールの姿をとらえていた。全てがおかしくなったのは貴様を始末しなかった己の不明だ、と。

「トウヤ! バノッサ!」

「御意《イエス・マスター》のままに」「アひいイイいいいいイイッ!!」

寡黙《かもく》なる氷炎《ひょうえん》の魔剣士。怪鳥音で吠《ほ》える仮面の兇剣士。そして己自身。

全戦力を用いて今度こそ禍根《かこん》を断つ。それがソルの出した結論だった。

「させないよ、深崎《ふかざき》くん」「貴方《あなた》たちのお相手は、私たちがさせてもらいます」

対抗すべく前に出たのは、【魔人形《ディアマータ》】の力はそのままに、今や自《みずか》らの意志を取り戻した
ナツミとアヤだ。ナツミの手には失われた呪《のろ》いの鏡刃《きょうじん》の替わりに、カシスが護身用に持っ
ていた無骨《ぶこつ》な短剣が握られている。アヤにいたっては素手《すで》だが、幽火《ウイスプ》を拳《こぶし》に纏《まと》わせて立つ
その姿は、ゴスロリめいた装束《しょうぞく》と相《あい》まって異様な迫力を醸《かも》し出していた。

「【誓約《せいやく》】に支配されていた時みたく、迷いなしに戦えるかはわかんないけどさ……」

「ここは踏ん張るしかありません。キールさんが目的を果たす時間を稼《かせ》がなくては」

「だよねっ!」

乙女《おとめ》たちは互いを鼓舞《こぶ》しつつ、傀儡《かいらい》の剣士たちに向かって颯爽《さっそう》と走り出す。

「カシスのことは頼みます、姉さん。今ここで戦わせるのは酷《むご》すぎるから」

「わかったわ、キール」「に、兄さまのことをお願いっ」

姉妹の声援にうなずいて、キールもまた走る。

「決着をつけよう、ソル。ここから先にある、新しい未来に進んでいくために!」

「ぬかせェッ!!」

◆

「ファミィ・マーン！　あと、チビジャリも！」

「もうっ、チビジャリじゃないって言ってるでしょ⁉」

「ケルマちゃん、無事だったのね」

【至源《しげん》の泉】のほとりで、金《きん》の派閥の女召喚師たちは互いの無事を喜びあった。

かしましいのは三人寄ったせいばかりではなく、本当に安堵《あんど》したからだ。

それだけの死線をくぐらねば、この場所まで到達できなかったのだから。

【至源の泉】――エルゴの王の遺産のひとつであり、聖王家が守ってきた聖地だ。

異界との戦いで荒廃した大地に活力をもたらすために召喚されたという。その豊富な湧《わ》き水には良質なマナが溶けこんでいて、大瀑布《だいばくふ》となってハルシェ湖に流れこむことで、一帯に様々な自然の恵みをもたらしてきた。

だが今そこは、再び異界の軍勢が侵攻してきたことで、秘められたもうひとつの役目を果たそうとしていたのである。

「こんなすごい規模の結界《けっかい》、僕、初めて見たよ」

「王族以外は立ち入り禁止とか、こういう時のための備えだったのかもな」

突如《とつじょ》展開した半球状の巨大結界を前に、ロッソとギブンは圧倒されていた。

「お前ら！　驚くのは後でいいから、しっかり誘導しやがれよ！」

リューグの叱咤《しった》に彼らは慌《あわ》てて仕事を再開する。聖王の勧告《かんこく》による撤退《てったい》戦の途中で、義勇兵と自由騎士団は合流し、そのまま聖王都の住人を避難誘導する役を担《にな》ったのだ。

「ぜーんぶ、聖王女さまのおかげさ」

訳知り顔でそう説明したのは、リューグの後からやって来たフォルテだった。

「ディミニエさまの祈《いの》りに応《こた》えて、古《いにしえ》の王の結界が起動したんだ。あの中に逃げこめれば、相手がエルゴであろうとそう簡単に手出しはできねえはずさ」

「詳《くわ》しいんですね！　さすがは超博識なフォルテ兄さんだ」

「まあ、な」

無邪気に目を輝かせる愚弟《ぐてい》の後ろで、事情を知るロッソが片手拝《おが》みで兄貴分に詫《わ》びる。

フォルテはひらひらと手を振って、気にしなさんなと笑ってみせた。

(とはいえ、あいつの身体《からだ》がどれだけ保《も》つか……だな)

病弱な妹姫のことを思うと、兄としてフォルテの胸は痛む。

「頼んだぜ、シャムロック」

結界の要《かなめ》である聖王女を死守しろと追い立てるようにして向かわせた親友が、自分の代わりに妹を守ってくれると、フォルテは信じている。

そういう風に理屈をつけてやらなければ、生真面目《きまじめ》な彼は自由騎士団長という肩書きに拘泥《こうでい》し続けていただろう。それはそれで立派《りっぱ》なことだが、男としてはいただけない。

(最後になるかもしれねえんだ。思いっきり、惚《ほ》れた女を守ってやってくれよ)

兄馬鹿《ばか》ゆえのえこひいきだろうな、と自覚しながら。

がらにもなく殊勝《しゅしょう》な顔つきで、そんなことを考えている相棒《あいぼう》の顔を見つめて。

ケイナもまた、思うのだ。

(どうにも男ってのは、こんな時でも格好《かっこう》とかを気にしちゃうものなのねえ)

悪気はないのだろうけれど、つくづく侮《あなど》っている気がする。

本気で腹を据《す》えた時の、女の爆発力というものを。


「パッフェル、聖王さまに傷の手当てを」

「かしこまりました」

エクスに命じられたパッフェルは、いそいそとバスケットから包帯などを取り出す。

「深い傷は彼女の召喚術で塞《ふさ》いでもらったが、さすがに即完治とはいかぬようだな」

「エルゴの干渉《かんしょう》で召喚術自体の行使が難しくなっているからね。ファミィさんの技量だからこそ、ここまで治療できたのだと思ってあげてください、聖王さま」

「そうですとも、エクスさん。もっとビシッと言ってやってください！」

珍《めずら》しくぷりぷり怒った様子で、ファミィが強調する。

「この人ったら肩の骨がくっついてもないくせに、戻って戦うとか言うんですよっ⁉　ろくに剣も振るえないっていうのに、いったいどうするつもりなんだか……！」

「かんべんしてよ、ファミィさん」

周囲の面々が目をぱちくりさせる中、情けない声で聖王が弁解する。

二人の過去を知るエクスだけがうつむき、肩を震わせて笑いをこらえていた。

「え～っと、お母さま？　聖王さまに対して、いくらなんでも無礼なんじゃあ……」

見かねた娘のミニスが母に向かって、そうたしなめた時だった。

――ズガガガガガガアアアァァッ!!

魔力の天蓋《てんがい》めがけて無数の爆発が巻き起こる。

「まあ、当然……エルゴたちも見過ごしてはくれないよね」

エクスの目は、天空から光の槍《やり》を間断《かんだん》なく投げつける天使たちの姿をとらえていた。

【界の意志《エルゴ》】の直接攻撃にも抗しうる結界にとって、それは雨粒《ひず》に打たれた程度でしかなかろう。が、雨滴《うてき》も連綿《れんめん》と続けば、やがて巌《いわお》をも穿《うが》つ。何度も歪み続ければ、どんな結界であろうとほころびは生じてしまう。

たいした魔力をもたぬ機械兵器の類《たぐい》ならば、破損《はそん》覚悟で突破できるような。

戦う力をもたぬ避難民たちには、それすら充分すぎる脅威《きょうい》なのだ。

◆

「ざっけんじゃねェぞ、ゴラぁッ!!」

羽虫のように飛び交《か》う浮遊銃機《ドローン》を片っ端から蹴《け》り落としながら、ロッソはクソったれな状況に怒号する。個々の戦力は微々《びび》たるものだが、とにかく数が多すぎる。全てを食い止めるには、あまりに手が足りなさすぎる。

「それでも、止めなきゃ……オイラたちの手で、守りきらなくちゃダメなんだ!!」

歯を食いしばって、アルバはひたすらに剣を振るう。

隊長格が不在の今、この場の自由騎士たちの中では、彼が最古参《さいこさん》だった。

だからこそ規範となり、身を以《もっ》て仲間を奮《ふる》い立たせようと立ち回る。

「あ⁉」

身を守るだけで精一杯《せいいっぱい》だったギブンは、彼方《かなた》から飛来した剣影たちに歓喜《かんき》した。

聖王が振るう【至源の剣】が、侵入者らを食い止めにかかったのだ。

(ありがたいけどよ……でも、全ッ然ッ足りてねえッ!!)

救世皇帝との死闘による影響なのだろう。召喚兵器《ゲイル》を相手どった時の勢いにはまるで及ばぬ剣勢の衰《おとろ》えぶりに、わかっていてもリューグは歯がみしてしまう。

このままでは遠からず、確実に支えきれなくなる。

その時だった。

「ヒィヤッハアアアアアァァァァァ〜〜ッ!!」

異名《いみよう》そのままに破壊の兇嵐《きようらん》と化したバルレルが、縦横無尽《じゆうおうむじん》に槍を振るって駆けつけた。

その後を追うようにして、妖狐《ようこ》ハサハの喚《よ》んだ雷撃《らいげき》が雨あられと降り注ぐ。

【制限解放《オーバーリミット》】された護衛獣《ごえいじゅう》たちは、秘めていたその力を存分《ぞんぶん》に振るっていく。

逃げ遅れた人々を探していた【超律者《マグナ》】たちが、危機を察して戻ってきたのだ。

「行くんだ、フォルテ！　今ここで行かなくちゃ絶対、後悔することになるから!!」

「……っ!?」

弟分から向けられた真摯《しんし》な言葉に、フォルテは思わず息を呑《の》んだ。

それとなく気づいたのか。それとも、兄弟子《でし》あたりが推理《すいり》して聞かせたのか。

マグナは間違いなく、フォルテの秘密を知っていた。

そのうえで、今までずっと知らんぷりをしてくれていたのだ。

こんなことがなければ、きっと最後まで口をつぐんでいただろう。

けれど、この先がどうなるかもわからない今だからこそ、彼はそれを曲げた。

悔《く》いを残すようなことだけは絶対にしてほしくない——その一心で。

理不尽な運命に立ち向かってきたマグナだからこその、それは容赦《ようしゃ》なく胸にしみる忠告だった。

「観念なさい。王子さま」

強《こわ》ばるその背中を、ばしんと叩いて、ケイナが促《うなが》す。

「みんなができることを全力でやろうとしてる。なら、あんたも……でしょ？」

「ケイナ……」

きつく握りしめた拳に、じわじわと勇気がみなぎっていく。

やるべきことを今度こそ果たすために、フォルテは全力で走り出した。

「無茶はもうやめて、スフォルト！」

「でも……」

「これ以上、貴方が生命《いのち》を削《けず》るのは見てられない……お願いよ……っ」

すがりつくファミィに諫《いさ》められて、聖王はついに観念した。

召喚を解除して、荒い呼吸を整える。その顔は土気色《つちけいろ》だった。

できることならば替わってやりたい、とエクスは思う。

だが、それは不可能なのだ。

【至源の剣】を召喚する【誓約】は、エルゴの王の血統にしか用いられない。

その血と魔力が【鍵媒《キーパーツ》】となって、はじめて使用可能だからだ。

逸脱者《いつだつしゃ》として人外めいた魔力をもつ彼であっても、どうしようもないのだ。

そして――――それを知るがゆえに、彼女はここまでやって来た。

いつだって彼女のわがままを叶《かな》えてくれる頼もしい騎士《シャムロック》に連れられて。

「お父さま！」

「ディミニエ……？」

城の最奥《さいおう》で防御《ぼうぎょ》結界を維持《いじ》しているはずの娘が突如として現れたことに、スフォルトは狼狽《ろうばい》した。

「結界はどうしたのだ⁉」

「派閥の方々にお任せしてきました。こちらと違って起動させてしまえば、維持する魔力は聖王家のものでなくとも構いませんから」

「理屈はそうだが、しかし……」

「古めかしい建前《たてまえ》よりも、今は皆が助かる道を選ぶことこそが肝要《かんよう》です‼」

気弱で病弱な王女のものとは思えぬ気勢に、ぽかんと口を開ける男たち。

「いやはや、さすがは聖王さまのご息女……気性もよく似ていらっしゃいますねえ」

パッフェルの言葉に、うんうんとうなずくケルマ。

「まさか、お前……」

そうですとも、と娘は父に告げる。

「私が、聖王女として【至源の剣】を召喚します」

「馬鹿なことを言うな！」

聖王は即座に反対した。

「お前の体力と魔力では【誓約】の行使にはとても耐えられぬ！　以前に試して、それは身をもって承知《しょうち》しておるはずだろうに⁉」

「だとしても、今のお父さまよりは役立てるはずです」

頑《がん》として引かぬ覚悟と共に、ディミニエは言い切った。

「私とて聖王家の一員です。覚悟は……しています！」

◆

市街を睥睨《へいげい》する高台にそびえ立つ、荘厳《そうごん》なる神聖皇帝陛下《へいか》の居城。

その裏手の山道を、人目を忍んで下っていく一団があった。

「だいじょうぶ、ネス？」

まだ足下のおぼつかぬ兄弟子の手をとりつつ、トリスは心配そうにたずねる。

「正直に言えばキツイよ。でも、今は休んでいるわけにはいかないから」

そう答えてから、ネスティは眼下を見やる。

帝都ウルゴーラ――救世皇帝による新体制の下《もと》、華々《はなばな》しくリィンバウム全土の制覇《せいは》に乗り出したはずの帝国の首都は、夕闇《ゆうやみ》の迫る今、不穏《ふおん》なざわめきの中に呑みこまれようとしていた。


きっかけは【界の意志《エルゴ》】たちの降臨《こうりん》だった。

彼らの容赦なき断罪の宣告は、くまなく世界の全てに轟《とどろ》き渡っていた。

正しく意味を理解できた者こそ少なかったが、そこにこめられた凄《すさ》まじい怒りは本能的な恐怖となって、たちまち人々に恐慌《パニック》状態を引き起こした。

世界が滅びるという確かな予感と、逃れる術《すべ》がないという絶望的な現実。

突きつけられた大理不尽に対して、怒号や悲鳴という形でひとしきり感情を爆発させた後、人々は否《いや》が応《おう》にも重大な選択を迫られることとなった。

あきらめて為《な》すがままとなるか、それでもなお、運命に抗《あらが》い続けるか。

後者が苦難の道であるのは当然としても、前者を選べばそれで楽になるかと思いきや、現実はそんなに甘いものではなかった。

【召喚術】という不平等な鎖《くさり》に縛《しば》られ続けてきた異邦人《しょうかんじゅう》たちにとって、この時こそが積年の恨《うら》みを晴らす機会となったからだ。

強大な召喚獣であるほど【誓約】に逆らうリスクは高いものだが、使い捨ての労働力として召喚された亜人《あじん》たちの【誓約《それ》】は極《きわ》めて雑なものだった。さらには何世代も繁殖《はんしょく》を繰り返したことで、もはや形だけも同然のものになっていたのである。

にもかかわらず彼らがニンゲンに従っていた理由は、直接的な暴力への恐れと、逃げても他に行き場がないという諦観《ていかん》のためだった。

だが、エルゴによる檄《げき》と加護は、そんな彼らを一斉蜂起《いっせいほうき》させた。

同胞救うべし、と駆けつけた仲間によって解放された彼らは、虐《しいた》げられる立場から復讐《ふくしゅう》する者へと変貌《へんぼう》し、いたるところでニンゲンたちに牙《きば》を剝《む》くこととなったのである。

国策として召喚術を広く普及させ、召喚獣を個人の財産と見なしてきた帝国が、もっとも苛烈《かれつ》な報復《ほうふく》を受けることになったのは当然の帰結というものであろう。

（こうなることを見越していたからこそ、救世皇帝は帝都に残る厭戦《えんせん》派たちを放置してい

ったんだな）

メルギトスとの強制的な【血識《ちしき》】の交換によって、今のネスティは救世皇帝レイの真の目的を知っている。弱者は強者の庇護《ひご》を求めるのではなく、むしろ踏み台となることで種《しゅ》全体としてさらなる高みを目指すべしという、いびつながらも奇妙に説得力のある思考の在《あ》り方も。

そんな彼にとっては、この因果応報《いんがおうほう》の地獄絵図も弱者と強者を選別する手段のひとつでしかないのだろう。自らの才覚でこの窮地《きゅうち》を抜け出せぬ者は、彼にとって不要なのだ。

「ネスティさん、お水をどうぞ」

そう言って、うやうやしくレシィが水筒を差し出す。

この状況でもなお彼はトリスのもとを去ろうとはせず、ついて行く道を選んだ。

僕を必要としてくれる人なんて、きっとご主人様《トリス》の他にはいませんから——寂《さび》しげではあったが、譲《ゆず》る気のないその言葉を受けて、ネスティは彼の同行を認めたのである。

（いや、むしろ現状では大いに助けられている。感謝しなくてはな）

体調の回復しきっていない今の彼《ネスティ》と、情緒不安定なままの彼女《トリス》という、不安要素だらけの二人をかいがいしく世話するその姿は、まさに護衛獣の鑑《かがみ》のような献身《けんしん》ぶりだった。

トリスとのやりとりを見ていると、身勝手に切り捨ててしまった弟子《マグナ》とその護衛獣《ハサハ》のことを思い出さずにはいられない。

（今の僕に言えた義理ではないが……どうか無事でいてくれよ、マグナ）

そして願わくば、あの悪魔から無理矢理授けられたこの情報を彼のもとへ届けたい。

この絶望的な状況を唯一覆《ゆいいつくつがえ》すことのできる可能性――真なる【制錬石《せいれんせき》】の行使者である【響融者《アストレイザー》】の存在と、その絶大なる力をただ我欲《がよく》のためだけに用いようと目論《もくろ》む、女召喚師シャマード・リッツァーの脅威を。

◆

まさにエルゴの王が遣《つか》わされる以前の、異界の侵略による暗黒時代の再来であった。

際限《さいげん》なく拡大していく召喚獣たちの暴動に、ほとんどの人間は為す術もなく呑みこまれて、意趣返《いしゅがえ》しの生《い》け贄《にえ》にされていった。口にするのもはばかられるような凄惨《せいさん》な仕打ちさえも、積年の恨みという題目によって正当化されて、歯止めの利《き》かない有様《ありさま》である。

「屋敷のことは気にすんな！　いくらでも、何度でも、また建て直してやるから!!」

逃げることを躊躇《ちゅうちょ》する使用人たちを、若き当主であるナップ・マルティーニは大声で叱《しか》り飛ばし、どんどんその尻《しり》を追い立てていく。

「だから、今はまず自分や家族の命を第一に考えて逃げるんだ!!」

蓄《たくわ》えてきた資産も積み重ねてきた名誉も、問答無用《もんどうむよう》で振るわれる暴力の前では何の役にも立たないことを、元軍人である彼は身にしみて知っていた。

同等以上の力ではねのけるか、さもなくば一目散《いちもくさん》に逃げるしかない。

（任せとけなんて偉《えら》そうに請《う》け負っといて、従姉妹《あいつ》の思い出がつまった屋敷を放棄《ほうき》するの

は、マジすっげえ悔《くや》しいんだけどな）

けれど、ナップの決断を義父は全面的に支持してくれた。

今は遠き島に暮らす娘《ベルフラウ》もきっと同じ決断をしただろう、と。

だからナップは、思い切って最善の行動をとることができた。

忠実な執事《しつじ》たちに前当主の護衛を厳命すると、自身は一番最後まで残り、散発的に襲《しゅ》撃《うげき》してくる暴徒たちを追い払い続けているのだった。

「お前も、いっぱい力を貸してくれてるしな」

「ビビッ♪」

彼の護衛獣であるアールが、嬉々《きき》としてうなずく。

エルゴの影響で【誓約】が有名無実化しているにもかかわらず、このちっちゃな【機界《ロレイラル》】の友人は、変わらずナップのことを助けてくれているのだ。

【界《かい》の意志《エルゴ》】に逆らい続ければ、魂《たましい》が砕《くだ》け散って消滅するのが当然であるはずなのに。

（きっとエルゴからすれば、こいつレベルが反抗したところで痛くもかゆくもないから、面倒《めんどう》くさくて放置してるってことなんだろうなあ）

真相は定かでないがナップはそう解釈している。理屈はどうあれこの苦しい状況下で、馴染《なじ》んだ相棒が側《そば》にいてくれるのは、心強くて嬉《うれ》しいことだった。

互いに笑みをかわしあい、新たな敵に向かって競うように駆けていく。

そんな二人の確かな絆《きずな》をまるで賞賛するかのように、ナップの上着のポケットの中で、アールの召喚石がかつてない不思議な変化を示そうとしていた。

◆

「もうやめてください！　貴方たちの怒りは、こんなことでおさまるようなものじゃないって、本当はわかっているんでしょう⁉」

強烈な一撃を巧《たく》みに盾《たて》で受け止めると、ルシアン・ブロンクスは荒ぶる猪型亜人《ボアレス》に向かって必死に呼びかけた。

かの【浮遊城事件】において、間近《まぢか》で召喚獣たちの嘆《なげ》きと憤《いきどお》りを見てきた彼には、恨みを爆発させる亜人たちの心情が痛いほどわかった。だからこそ、剣を振るいきれない。

もともと優しかった彼の気性は、望んで入学した軍学校での日々を経《へ》ても根っこの部分では変わらなかった。たやすく致命傷を与えることのできる局面でもあえて無力化することにこだわって、教官にこっぴどく叱られたことも少なくない。

けれど――――それでいいんですよ、と紅茶色の髪をした彼女は褒《ほ》めてくれた。

ふとしたきっかけで知り合った、巡回医療に従事しているという年上の女召喚師。

柔和《にゅうわ》な笑みが似合う彼女から、じつは自分も軍学校出身なんですよと教えてもらった時は、本当なのだろうかと疑ったものだ。

が、こうして共に肩を並べて闘《たたか》っている今、疑念はすでに消し飛んでいた。

「こっちの準備はバッチリですよ、ルシアンくん！」

はきはきした声にうなずくと、ルシアンは即座に大振りの斬撃《ざんげき》を繰り出した。

わずかに下がればたやすく避《よ》けられる、素人《しろうと》同然の攻撃。

だが次の瞬間、嘲笑《あざわら》った亜人の鼻面《はなづら》めがけて、ぼふんという間抜《まぬ》けな音と共に魔法の煙《えん》幕《まく》が現出したのである。

「【ドリームスモッグ】です――はい、おやすみなさい♪」

抗えぬ強烈な睡魔《すいま》に見舞われた猪型亜人《ボアレス》は、これまた不思議と逆らいがたい女召喚師の宣告に追い打ちをかけられるようにして、ばったり倒れて大イビキをかきはじめた。

「さすがですね、アリーゼさん」

「言うことを聞いてくれない患者さんの扱いは、慣れたものですから」

眼鏡《めがね》をいじりながら、少しだけ照《て》れくさそうにアリーゼは笑った。

「それも、この子がいてくれるおかげだからなんですけどね」

「キユピピーッ♪」

得意げに胸を張って威張《いば》ってみせたのは、なんとも形容しがたいピンクの生物こと、彼女の護衛獣キユピーだった。アリーゼによれば、本当はとっても可愛《かわい》い天使さまとのことなのだが、残念ながらルシアンはまだ真相を目撃するには至《いた》っていない。

「さあ、急いで師匠《ししょう》のところにお薬を届けに行きましょう！」

駆けつけた帝国軍陸戦隊【紫電《しでん》】が、この異変に対応すべく避難キャンプを設営した。

避難する人々がこぞって頼ったことで医療物資が不足してしまっている。

ルシアンとアリーゼは軍学校にある備蓄を確認すると共に、急を要する薬品を先んじて持ち帰るため、帝都へと戻ってきたのだ。

（真正面から剣を交えなくても、こういう形でだって災厄《さいやく》とは戦えるんだな）

もしかするとそれは目の前の敵を倒し続けるよりも、より困難できりのない戦い方なのかもしれない。だからこそルシアンは、あえてその道を進み続けてきたという彼女の師匠――アティのことを尊敬する。

そして、そんな師匠の背中を追って、助けになろうと励《はげ》んでいるアリーゼの姿をとてもまぶしく感じるのだ。

（僕も、負けないようにがんばらなくちゃ）

一足先に正式な自由騎士となったアルバ。当主となる覚悟を決めた姉のリシェル。

無事に再会できたならば、賞賛の気持ちをきちんと伝えたいと思う。

そして、胸を張って二人と肩を並べられる自分になるのだ。

◆

「先行偵察《ていさつ》に志願した民間協力者二名、無事帰還いたしました。軍学校周辺部は混乱状態にあるものの建物等は健在。通話装置にて施設内の生存者たちと接触。学童多数につき救出部隊の派遣《はけん》を至急求むとのことですが……」

「三十人規模で即編成し、急ぎ救援に向かわせろ。隊長は――」

「ぼ……自分が、隊長として率《ひき》いてはいけませんでしょうか!」

思いがけぬその自己主張に、アズリア将軍は視線を上げて、義理の息子の表情を見た。

「志願の理由を明確に述べよ」

直接の上司であるギャレオが、出過ぎた部下の言動を諫めるように厳《きび》しく問う。

「アリーゼ嬢だったか——かつての学友の活躍ぶりに触発されて、対抗心を燃やしているだけではあるまいな?」

否定はしません、とウィルは認めた。

だが、その表情には焦《あせ》りや功名心《こうみょうしん》はなかった。

「彼女にしろ、ブロンクス家の後輩にしろ、今自分にできる最善を尽くそうと励んでいる。命令に従い行動するのが軍人であることは承知の上で、それでも自分は……僕は、今ここでじっとしていることが、どうしようもなくもどかしいんです!」

尊敬する義母から一人前と認めてほしい気持ちはずっとあった。

けれど、今はそれ以上に、過不足なく自分にできる務めをやり遂《と》げたい。

「青臭いな」

感じたままの言葉で、アズリアはウィルの決意をそう評した。

「だが、そうした心意気は嫌いじゃない」

かつて自分たちが辿《たど》ってきた道を思い返しつつ、彼女は厳《おごそ》かに命じた。

「ウィル・レヴィノスよ、貴官を救援部隊の隊長に任ずる! 先の民間協力者たちとも連《れん》携《けい》をとりつつ、確実に救出任務を遂行《すいこう》せよ‼」

「任務了解！」

姿勢を正して拝命《はいめい》しつつ、やはり義母上《このひと》にはかなわないな、とウィルは思う。

（お見通しだぞと言わんばかりに、進言する手間《てま》まで省《はぶ》いてくれちゃうんだもんな）

熱心に同行を志願していた二人のもとに、大急ぎで駆け戻っていくウィル。

そんな息子の背を見送りつつ、アズリアはギャレオへ問いかける。

「いささか、親バカが過ぎたかな？」

いいえ、と長いつきあいの副官は否定する。

「むしろ、ようやく一皮むけたかと。出会った頃の貴女《あなた》以上に堅物《かたぶつ》ですからな、彼は」

「言われるだろうと思ったよ」

少し頬《ほお》を膨《ふく》らませて、むくれてみせるアズリア。

「スバルたちと一緒に行動させたことが、いい具合に影響したのかもしれないな」

規律に従うのが軍人の職責とはいえど、ただ規律を守ることに拘泥《こうでい》していては、本当に守らねばならぬものを守れなくなってしまう。それでは何の意味もないのだ。

規範と自律を鞘《さや》にしつつも、抜くべき時には刃《やいば》となって、尊いものを守りぬく。

それこそが彼女の目指してきた軍人の姿であり、その誇り高き意志はこうして、さらなる次代に脈々と受け継がれてゆくのであった。

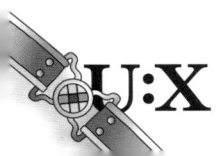

◆

「プロンプト・オン――ぶっ飛べ！【ブロウクン・インパクト】ォっ!!」

リシェルが召喚した鋼《はがね》の鉄拳《てっけん》が暴徒たちの眼前に現れて炸裂《さくれつ》し、土飛沫《つちしぶき》をあげてその突進を強制停止させた。間髪《かんはつ》入れず、控《ひか》えていたミントが召喚する【深緑の樹老《エルドレント》】が灌木《かんぼく》の障壁《バリケード》を生成して、トレイユに続く旧街道を強制封鎖《ふうさ》する。

（マスターコーラルが言ってた未曾《みぞう》有の危機って、こういうことだったのね）

四界のエルゴ率いる軍勢の襲来《しゅうらい》と、それに呼応《こおう》した召喚獣の一斉蜂起。

いつ起きても不思議ではなかったのに誰もそれが現実になると思っていなかったのは、やはり自分たち人間の傲慢だったのだろうと、今のリシェルは苦く思っている。

自分だって浮遊城《ラウスブルグ》を巡る事件に関《かか》わることがなければ、当然の報復を理不尽なものとして、泣き叫んで運命を呪っていたに違いない。

けれど幸いにして、自分は先だって学ぶ機会を得た。

無鉄砲だがまっすぐな幼馴染《おさななじ》みのすぐ隣で、何が大切なのかを見てきたのだ。

人間と召喚獣の共倒れという最悪の事態を止めるために全力を尽くす――今ここにあいつがいたら絶対そうするであろうことを、先んじてリシェルは実行した。

お前が信じたいと願うものを守れ、という父親の言葉に背中を押されて。

「ここから先は通行止めだ！　悪いが、引き返してもらうぞ‼」

強引に障壁《バリケード》を越えようとする不埒者《ふらちもの》には、駐在軍人グラッドの槍が容赦なく向けられる。

悪魔王の手で無残《むざん》に傷つけられていたその肉体は、古妖精《こようせい》メリアージュによる高位の治癒《ちゆ》の奇跡によって快癒《かいゆ》し、こうして前線に復帰できるまでになっていた。

二度と無茶せぬよう、側でミントが厳しく目を光らせている状態ではあるのだが。

そのメリアージュは今、旧知の至竜《ドラゴン》であるコーラルらと共にラウスブルグで禁忌《きんき》の森に向かっていた。彼女の親友である秘伝《ひでん》召喚師ナイアと御使《みつか》いリビエルが請《こ》われて同行し、さらに護衛役としてギアンとカサスがつくという布陣《ふじん》だ。

エニシアと離れることにギアンは難色を示したが、師範《しはん》のお叱りとポムニットの満面の笑顔に押し出される形で、渋々《しぶしぶ》出発していった。

無論、残されたエニシアも、今はただ守られているだけではない。

同じ半妖精であるエリカと共に、後方で負傷した仲間たちを懸命に治療している。

その援護のおかげでレンドラーと剣の軍団は、鉄壁の盾となって防衛線《ぼうえいせん》を死守できているのだ。クラウレとアロエリの兄妹が空から戦況を把握《はあく》することで臨機応変《りんきおうへん》な対応が可能となり、大道都市《たいどうとし》からの侵攻はかろうじて抑えられている。

「でも、いつまでもこのままじゃ……ダメだよね」

エニシアのつぶやきに、エリカもまたうなずいた。

真正面から弾き返すだけでは、積み重なった憤りを消すことはできない。

矛先《ほこさき》をそらされた怒りは倍増して、いつか防壁を決壊させるだろう。

受け止めて昇華《しょうか》してやらねば、破滅の到来《とうらい》を防ぐことはできないのだ。

どうすればそれが可能となるのか――今のエニシアには、まだ方法がわからない。

（どうしたいかって気持ちだけなら、あふれ出しそうなほどあるのに！）

もどかしさに歯がみしながら、仰《あお》ぎ見た曇天《どんてん》の空に。

虹色《にじいろ》の翼をはためかせて、待ち焦《こ》がれていた者たちが帰還した。

「お兄ちゃんだ！　お兄ちゃんたちが帰ってきたよ！」

嬉々としたエリカの声に応《こた》えるように、至竜《ドラゴン》の背から敵陣の只中《ただなか》に飛び降りたライは、問答無用で剣を振るった。恐ろしいほどに気迫のこもった連撃は、急ごしらえの暴徒の武装を次々と粉砕《ふんさい》し、頭に血が昇った面々に冷や水を浴びせかけることとなった。

――シィギャオオオオオオォォォォォォ～ッ‼

至竜《ドラゴン》の咆吼《ほうこう》がとどめとばかりに鳴り響き、戦意を喪失《そうしつ》した暴徒たちは、ほうほうの体《てい》で逃げ出していったのである。

「流石《さすが》だな、小僧《こぞう》。見事なまでの戦いぶりだったぞ」

「単純ながらも絶大な威嚇《いかく》だった。これでしばらく猶予《ゆうよ》も得られるだろう」

レンドラーやクラウレに賞賛される事態に、ぎこちない顔で笑うライ。

だが、彼をよく知る少女たちは敏感に気づいていた。

ライの様子が、常のそれとは違うことを。

ずっと何かを握りしめたままの左手が、小刻《こきざ》みに震え続けていることを。

◆

ホクトは焦《じ》れていた。

蒼《あお》の【抜剣者《セイバー》】レックスの参戦で、優位だった戦局が覆《くつがえ》されつつあるからだ。

拠《よ》り所となる英雄の帰還が、島の者たちの士気《しき》を高めたことは理解できる。

が、そんな彼がとった戦術は意外にも、勢いづく味方の戦意を利用した一転攻勢ではなく、より防御に徹するという消極的なものだったのである。

とんだ臆病《おくびょう》者だと嘲笑《ちょうしょう》したホクトだったが、敵の狙《ねら》いがこちらの目的を看破《かんぱ》したゆえのものだと、じきに思い知ることになった。

(我々は勝たねばならない。だが、奴らは負けなければいいのだ)

そもそも道《どう》の者である彼に島の制圧が命じられた理由は、界の理《ことわり》に仇《あだ》なす魔剣使いどもを討伐《とうばつ》すると共に、二度とその使い手が現れぬよう島ごと完全封印《ふういん》するためだった。

だから彼は挑発《ちょうはつ》的な攻撃を仕掛けて魔剣使いをおびき出したのだ。実際、セイロンが待ったをかけなければ、少なくとも炎の魔剣使いは封殺《ふうさつ》できていただろう。

今回も挑発を重ねることで、彼は同様の結果を引き出そうとした。

が、レックスはその目論見《もくろみ》を見抜いていたらしい。

一定の距離を保って攻勢を受け流し続けている。それどころか、手負《ておい》にとどめをさすことにもまるでこだわらない。一時的に無力化できればそれでいい。そんな割り切りがあからさまに感じとれるのだ。

「ふざけおって……」

こんな馬鹿げた消耗戦《しょうもうせん》は戦《いくさ》とは呼べない。勝つことを放棄した相手を強引に屈服させるには、もはや直接、大将首《レックス》を獲《と》るしかない。

そう決意したホクトは式鬼《しき》たちに本陣の護《まも》りを任せて、自ら陣頭に進み出た。

「いざや、鬼神烈風掌《きじんれつぷうしょう》ッ!!」

拍手《かしわで》と共に生じた鬼神《きじん》の業風《わざかぜ》が、荒れ狂う烈風《れつぷう》となって襲いかかる。だが、レックスは小揺るぎもしなかった。

(それでこそ!)

強者と呼ぶにふさわしき敵の姿に、ホクトは内心で喝采《かっさい》する。

が、その歓喜は一瞬で消えた。

レックスは迎撃《げいげき》の構えをとるどころか、背を向けて逃走したのである。

「なッ!?」

させじと放つ追撃《ついげき》の烈風群。それら全てを蒼き魔力の衝撃波が相殺《そうさい》する。

そのうえでなお迎え撃つ気概《きがい》を見せることなく、レックスはただ下がり続ける。

(それほどまでに、組み討《う》ちに持ちこまれるのが嫌か!)

こちらの意図を看破した相手だ。おそらく【合鬼《あいき》】の技《わざ》についても仲間と情報を共有し、喰《く》らわぬよう距離をとっているのだろう。だがそれは、逆に近づかれれば為す術がないと証明しているも同然だ。ならば一気呵成《いっきかせい》。瞬時に仕留《しと》めれば事足りる。

「破《は》アアァアァッ‼」

踏みこんだ足に気を炸裂させて、生じた疾風《しっぷう》に乗って一気に間合いを詰める。

【合鬼】奥伝《おくでん》【神颪《かみおろし》】――予期せぬ強襲を受けたレックスの顔は驚愕《きょうがく》に歪《ゆが》み、ホクトは勝利を確信した。

横殴りに叩きつけてきた、紅蓮《ぐれん》の炎の洗礼をその身に受けるまでは。

「ごめんあそばせ！」

灼熱《しゃくねつ》に燃える視界の中で、化け狐《ぎつね》めいた笑みを浮かべる炎の魔剣使い《ベルフラウ》。

次いで閃《ひらめ》いた碧《みどり》の突風が、火傷《やけど》の痛みを和《やわ》らげるのと引き替えに、魂を縛る蔓草《ヘデラ》となって、彼の四肢《しし》を完全に拘束《こうそく》してのけた。

「あはっ。挑発するのは得意でも、されるほうにはてんで免疫《めんえき》なかったワケだ」

翠《みどり》の魔剣を手にしたイスラの嘲弄《ちょうろう》が、全て計画通りであったことを克明《こくめい》に告げる。

そう――大将首《たいしょうくび》を狙っていたのは相手も同じだったのだ。

「まんまと乗せられた、というわけか」

「すみません。生真面目な方とうかがったので、仕込ませてもらいました」

本当にすまなさそうに、レックスはホクトに詫びた。

「我を仕留めたところで攻撃の手はやまぬ。新手《あらて》が差し向けられるだけだぞ」

「それでも当座はしのげます。セイロンさんは、貴方を見殺しにはしませんから」

くくっ、とホクトは笑った。

つまるところ、自分は再停戦のためのだしにされるというわけだ。

「完敗だ。好きになされよ」

不思議と悔いはなかった。毒気が抜けたような、清々《すがすが》しささえあった。

◆

「至源の時より生じて数多《あまた》の剣の祖たるものよ――【誓約】に応えて！」

再び伝説の剣を召喚すべく、聖王女は己《おの》が魔力の全てを捧《ささ》げて祈り続ける。

その想いに応えて、次第《しだい》に実体化していく【至源の剣】。だが――

（やはり、届かぬ……か）

今のディミニエの魔力では、それを振るうまでには至れない。

召喚した魔剣を維持するだけで精一杯《せいいっぱい》なのだ。

「やっぱり……無理、だったのかな……」

必死なディミニエの姿を見ているのがあまりにもつらくて、うつむきかけたミニス。

その頭に、ぽんと大きな手が置かれた。

「無理なんかじゃねえよ」

「フォルテっ⁉」

真の名と共に責務を放り出して、好き勝手に生きてきた放蕩《ほうとう》王子は、睨《にら》みつける父王の視線にひるむことなく、きっぱりと言い切った。

「その剣を振るうのはこの俺――聖王子フォルディエンド・エル・アフィニティスの役目だ！」

（フォルディエンドさま……）

ついに過去を清算する覚悟を決めたフォルテの姿を、シャムロックは感極《かんきわ》まる思いで見つめた。その隣に並ぶケイナも、つぶやき声で何度も、がんばれと繰り返している。

「今さらしゃしゃり出てきて、何を言うかと思えば……」

話にならぬわ、と聖王は首を横に振った。

「聖王家としての【誓約】の儀式を済ましておらぬ貴様に、魔剣は召喚できぬのだぞ」

「でも、振るうことならできる！　妹に替わって戦うことくらいはできる‼」

「愚《おろ》か者めが」

仮にその無謀《むぼう》な提案を認めたところで、そもそも魔剣の召喚自体がおぼつかぬ現状を、どうやって打破《だは》するというのか。

「足りない魔力を補えれば……いいんだよね？」

そう言って、フォルテの隣に並んだのはミニスだった。

「こら、チビジャリ⁉　あんた、聖王さまの話をちゃんと聞いて――」

ケルマの制止は、エクスによって止められた。

不安げな母親にうなずいてみせてから、ミニスは聖王に向き直る。

「なんとなくだけど、気づいてはいました。あの日、初めて出会った時から」

「…………」

「今さら、言葉で認めてほしいとかじゃないんです。二人の間でたくさん悩んで決めたことなんだろうし。でも――」

もしも、私にその資格があるのだとしたら。

「手伝わせてくださいっ！」


互いに重ねた手と手から、温《ぬく》もりと魔力が伝わる。

その瞬間、娘たちは直感した。

自分たちの間には、とても遠くて濃い絆が結ばれていることを。

「至源の時より生じて、数多の剣の祖たるものよ――」

「我らが血にもとづく【誓約】に――」

「「応えて！」」

シンクロする鼓動《こどう》。二人の妹姫が召喚してくれた魔剣を握りしめつつ、落ちこぼれの聖王子は覚悟を決める。もう逃げない。逃げたくない。今度こそ守りぬきたいから。

その左右に付き従うのは、最愛の相棒と、最高の親友。

かくて――戦況は再び、逆転したのである。

◆

冷気の刃《やいば》が幽火《ウィスプ》を切り裂き、炎の刃が無骨な短剣の一撃を受け止める。

「目を覚ましてよっ、深崎くん！」「貴方の心を縛っている呪いと戦ってください！」

ナツミとアヤの必死の呼びかけに、だがトウヤは応えられない。ソルの手で施《ほどこ》された【誓約】の枷《かせ》は、少女たちにかけられていたものよりはるかに強固で、彼本来の意識が表に出てくることを許さないからだ。

（傷つけたくない……正気に戻った橋本《はしもと》さんたちだけでも、逃がしたいのに……）

願う心とは裏腹《うらはら》に手足は精密機械のように動き、着実に二人を追いこんでいく。

いっそ自殺できたなら、と何度思ったことか。

使えなくなったら困るという理由で、それすら許さない【誓約】の傲慢さ。

そんな理不尽を問答無用で押しつけてくる【召喚術】の恐ろしさ。

絶対に根絶すべしと憤る異界のモノたちの気持ちが、今のトウヤには心底《しんそこ》わかる。

（彼は……バノッサは今、何をどう感じているんだろうか？）

歪んだ生《お》い立ちゆえに抱いた野心の果てに死に、今またそれをもたらした父親の傀儡となるために【兇剣士《ディアボルガ》】として再誕させられた、哀《あわ》れな道化――。

嘲弄混じりにソルが語った言葉の断片を拾うだけで、仮面の男の人生が過酷極まるものであることはわかった。だからこそ、トウヤは考えずにはいられないのだ。

自分が受けている仕打ちよりも、はるかに大きな苦痛と屈辱《くつじょく》を味わっている彼の意識は、はたして正気を保っているのか。どんな思いを心中に秘めているのだろうか、と。

そんな彼の疑問も容赦なく斬《き》り捨てるかのように、仮面の兇剣士は化鳥《けちょう》めいた咆吼と共に、キールが召喚した【咆猿侯《ほうえんこう》セイゲン】の棒術《ぼうじゅつ》による結界めがけて、ひたすらにその双刀を叩きつけていた。

のみならず、その背後ではソルが術に意識を集中させている。

エルゴの影響で新たな【誓約】の行使が困難となった今、彼らのような熟練の術者でも矢継《やつ》ぎ早《ばや》に召喚術を使うのは難しい。精神と魔力を研《と》ぎ澄《す》ませて、やっとひとつ高位の術を用いることができるかどうか。

キールはそれをすでに用いており、だからこそソルは万全《ばんぜん》の状態からとどめを刺すべく、バノッサを使って敵を釘付《くぎづ》けにしているのだった。

クラレットとカシスも必死に回復と支援を行ってくれているが、トウヤと戦う相棒《パートナー》たちにも目を配らねばならぬ以上、劣勢を押し返すまでの効果は期待できまい。

（だけど……あと一手さえあれば、ここから攻勢に転じられる……）

バノッサを救うための一手を繰り出せる。だから――――。

「頼むよ……」

懐《なつ》かしい相棒の気配。急接近する頼もしい魔力の高まりに向けて、キールは叫んだ。

「一瞬でいいんだ！　バノッサの動きを止めてくれ、ハヤト!!」

◆

「───任せてくれ、キール!!」

突如この場に乱入してきたハヤトが、さも当然のようにキールの意図を汲《く》んで、的確な援護を繰り出す瞬間を、信じられぬ思いでソルは目撃した。

「【誓約者《リンカー》】たるハヤトが汝《なんじ》らの力を望む───顕現《けんげん》せよ───【神誓なる英雄譚《セイクリッド・ブレイブ》】!!」

それは四界とはまた異なる、とある幻想世界の扉を開く召喚術だった。

呼びかけに応えて招来されしは、聖痕《せいこん》の力を秘めし異界の英雄たち。

光と闇《やみ》の魔術が閃き、癒《い》やしの輝きと勇気の歌が立ち向かう者らに力を与える。

呪符《じゅふ》の嵐がトウヤの視界をかき乱し、対抗解呪《カウンタースペル》がソルの術を不発に終わらせた。

短剣、戦槌《せんつい》、鎖鎌《くさりがま》に魔爪《まそう》───立て続けの猛攻にひるむバノッサめがけ、雷鳴《らいめい》と烈火《れっか》の連撃が炸裂して、無骨な双刀をついにその手から弾き飛ばす。

「うおおおおぉぉぉぉぉぉぉォォォォッ!!」

そして、異界の英雄の残影《ざんえい》を飛び越え、ハヤトとキールが渾身《こんしん》の一手を放つ。

バノッサの足下で炸裂する、サモナイトソードの魔力の輝き。

激しく大地が揺らぎ、体勢を崩《くず》した【兇剣士】を、【誓約者《リンカー》】は体当たり《タックル》で強引に押し倒す。獣《けもの》のように荒れ狂い逃れようとする四肢を、魔力結界で押さえこむ。

　そしてキールが振りかざしたのは、彼自身を苦しめた、あの呪いの骨剣《こっけん》。

　強大な呪詛を瞬時に破るには、同格の力を以て相殺すべし――カシスをメルギトスの罠から救う過程で証明されたその理を用いて、キールは仮面の呪詛に立ち向かう。

「君自身を取り戻すんだ――バノッサァァァッ!!」

　邪光が激しくスパークし、飢《う》えたる魔王の凄まじき咆吼が、場を戦慄《せんりつ》させた。

◆

　力が、抜けていく――満ちていたおぞましくも強大な力が一片も残らずに。

【魔人形《ディアマータ》】だった少女たちは激しい喪失感に呻《うめ》き、その場にうずくまった。

　吸われていく――否《いな》、奪われているのだ。

　この場で最も力を欲し、かつその邪悪さをまるで厭《いと》わぬ、白髪の男によって。

「ふううゥ……ッ」

　素顔に当たる魔風の心地よさに吐息してから、バノッサはゆっくりと目を開けた。

　忌々《いまいま》しい仮面が叩き割られたことで広がった視界には、腹違いの愚弟愚妹《ぐていぐまい》ども。

　どいつもこいつも間抜《まぬ》けな顔で、イラつく視線を向けてくる。

　が、まずは足下で呆《ほう》けている、うっとうしいコイツからだ。

「いい加減に放しやがれッ、このはぐれ野郎がッ！」

　無造作《むぞうさ》な蹴りをまともに受けて、ひっくり返るハヤト。慌てて彼のもとに駆けつけたキールは、相棒が嬉し涙を浮かべて笑っているのを見た。

「正気を取り戻すことができたんだな、バノッサ」

「手前ェらのお節介《せっかい》のおかげさまで、な」

悪態《あくたい》の中に見せた謝意の色は、だがすぐに獰猛《どうもう》な笑みで塗り潰《つぶ》された。

「ヒヒヒヒッ、マジで感謝だぜェ！　バラバラにされていた力も、今のどさくさで完全に取り戻すことができたんだからなァ!!」

「!?」

哄笑《こうしょう》と共に噴《ふ》きあげた魔力の暴風は、魔王降臨《こうりん》の時に感じたものと同じだった。

「魔王の呪紋《しるし》が……消えている……」

呆然《ぼうぜん》とつぶやいたのは、うずくまるナツミを助け起こしていたクラレットだった。

融合《ゆうごう》召喚の儀式によって、彼女の身に強引に宿らせた魔王の力の断片。

その証《あかし》たる刻印《こくいん》が、綺麗《きれい》さっぱりと消えていた。

「あいつが、なにもかも全部持っていっちゃったんだよ！」

同様の異変をアヤの身にも確認して、カシスが叫ぶ。

「バカな……そんな……ウソだ……ッ」

目を剝いて、忠実なる【魔人形《ディアマータ》】を起動させようとするソル。

だが魔王の力を喪失したトウヤは、もう彼の制御《せいぎょ》を受けつけない。魔剣【烈霜焦炎《れっそうしゅうえん》】の乱用で損傷した両腕の激痛に、苦悶《くもん》の呻きをあげるばかりであった。

「お前たちはぐれどもが得意げに使ってた力は、元々この俺様から不正にガメたもんだったからなァ――【餓竜の悪魔王《スタルヴェイグ》】の名の下に、きっちり返してもらったぜェ？」

ほくそ笑むバノッサの顔に、かつての三人のそれより禍々《まがまが》しい呪紋《じゅもん》が明滅する。

「まさか、また魔王に乗っ取られたというのか⁉」

身構えたキールに、だがバノッサは、いいや違うぜと歯を剝いてみせた。

「どっちが上とか下とかじゃねェんだ。相乗りしてんだよ、今の俺らはなァ！」

エルゴが顕現したこの状況下では、魔王といえどその支配力からは逃れられない。

が、依《よ》り代《しろ》があれば話は別だ。肉体という名の枷《かせ》はそのまま防壁となり、強制服従という最悪の事態だけは避けられる。

まして、バノッサの獰猛で飢えた気性は、【餓竜の悪魔王《スタルヴェイグ》】のそれによく馴染《なじ》んだ。

魂で意気投合した両者は、これまでの鬱憤《うっぷん》を存分に晴らすため、互いに手をとることを選択したのであった。

「魔王……いいや、【魔神王《まじんおう》】とでも、名乗らせてもらおうか」

「で、どうするつもりなんだ？」

想定外の脅威と化して甦《よみがえ》ったバノッサに、ハヤトは真顔《まがお》で問いかける。

返答次第では即対処せねばなるまい。助けておいて矛盾《むじゅん》しているようだが、自由意志で彼が世界の敵となるのならば、ハヤトは【誓約者《リンカー》】として断固阻止《そし》する覚悟だった。

「今は手前ェとはやらねェよ。まず先にケジメをつけるべき相手がいるからなァ」

とことん自分を道具として酷使《こくし》してきたイカレ親父《おやじ》に、再び目に物見せてやらねば気がすまない。そして当然、あの阿呆《あほう》に余計な力を与えた【再誕の制錬者《ストレイジャー》】とやらも。

「てなわけだ……とっとと尻尾《しっぽ》を巻いて、あのハゲ野郎にご注進してきやがれッ‼」

睨みつけた瞳《ひとみ》がギラリと輝くと、立ちすくむソルめがけて、魔風が叩きつけられる。

細《こま》かな裂傷のみで済んだのは、露骨《ろこつ》な手加減によるものだと彼は悟った。

だから逃げた。一目散《いちもくさん》に。屈辱に歯を軋《きし》らせながら。

「さァて！　そんじゃあ、俺様もぼつぼつと行くかねェ」

獲物《えもの》を追ってゆく道中、行く手を阻《はば》む連中を相手にしつつ、力の具合を確かめる。

それが、バノッサの腹づもりのようだった。

「俺たちと一緒に戦っては……くれないんだよな？」

「何度甦っても、お断りだぜ」

あえて向けられた問いかけに返される当然の答え。

一瞬の交差はあっても、互いに歩いていこうとする道が違うのだ。

どちらかが無理に沿おうとすれば、どちらもきっと歪んでしまうことになる。

ならば、きっぱりと別れたほうがいい。

それが互いを尊重する唯一の道であると、今の彼らにはわかっていた。

「吸いカスのお仲間を連れてとっとと立ち去んな。巻き添えを喰らいたくなきゃな」

そう吐き捨てると、自らが起こした暴風に乗り、【魔神王】バノッサは去っていった。

なおも激しき戦いに向かって、存分にその身を躍《おど》らせるために。

◆

【再誕《さいたん》】と【追想《ついそう》】の【制錬者《ストレイジャー》】二人による連携攻撃に【霊界の意志《サプレスエルゴ》】は追いつめられつつあった。界の摂理《せつり》の外にある存在とはいえ、所詮《しょせん》は人間の手で創《つく》られた模造品《イミテーション》。真のエルゴの力には及ばぬと高をくくっていたが、それはどうやら間違いであったらしい。

彼らがリソースとする亡魂は、元を辿ればいずれかの界に属していた力。それを任意に使い分ける彼らの戦いぶりは、かつてのエルゴの王を思わせる見事なものだったのだ。

同一属性での真っ向勝負は避け、異なる属性の攻撃を組み合わせて相乗効果を狙う。

さらに二人で戦うことで、互いの攻守の隙《すき》を補い合ってくるのが忌々しい。

これが初めての共闘とは思えないレベルの連携だった。

『どうした？』『如何《いか》がした？』『何を手こずる？』

苦戦の様子を感じとったのか。今は離れた地にある他の【界の意志《エルゴ》】らが、訝《いぶか》しそうに念話《テレパシー》を送ってくる。

下手に取り繕《つくろ》うことなく、【霊界の意志《サプレスエルゴ》】は事実をあるがままに伝え、そして訴えた。

『眼前の敵は強大なり。確実なる勝利のため、我、怒れる姿に転ずることを欲する』

それほどのものかというどよめきが、三界のエルゴたちから返ってきた。

が、いずれの思念にも否定する色はない。

ここまで力を加減してきたのはヒトに対する慈悲《じひ》などではなく、界の眷属《けんぞく》たちの支援に徹することで、虐《しいた》げられし者の怒りをより強く思い知らせるためであった。

彼ら自身が本気で怒りを示したなら、罪の深さを悔いる間すらなく、全てが一瞬で終わってしまいかねなかったから。

が、それもここまでだ。

抗うことしか知らぬ痴れ者たちは、未来永劫《えいごう》、改悛《かいしゅん》の情を抱きはすまい。

ならば絶滅だ。存在していた証《あかし》ごと、やはり根絶やしにする他ない。

断固たる決意は瞬時に共有されて、エルゴたちは速《すみ》やかにそれを実行した。

粲然《さんぜん》と煌《きら》めく魔力光の中で、虚《うつ》ろであったその姿が、確たる形へと変じてゆく。

「お、おおぉ……っ」

エルゴ碑文《ひぶん》に記されていたとおりの偉容《いよう》に、オルドレイクは身震いした。

鱗《うろこ》の色、翼や角《つの》の有無《うむ》や形、細部は各々《おのおの》違ってはいても。

それらはいずれも、あまりにも巨大な竜の姿だった。

「これが【界の竜】……エルゴの怒りの顕《あらわ》れ……」

極限まで磨《みが》かれた魂が自然と竜の境地に至るのであるならば、至源の時からその境地にある【界の意志《エルゴ》】がとる姿もまた、同形となってしかるべきであった。

だが、内に秘めたる力の凄まじさゆえか。その威圧《いあつ》感は高位召喚術で確認される既知《きち》の至竜《ドラゴン》の比ではない。迂闊《うかつ》にその姿を見てしまった者たちはみな、凍《こお》りついたように身動きできなくなっていた。同じ界の眷属であっても例外ではない。生命あるもの全てが、その圧倒的恐怖に打ちのめされたのである。

さらに【界の竜】たちは、その姿にふさわしき怒りを、即座に発露《はつろ》した。

ロレイラルの界竜《かいりゅう》が放った超電磁パルスは、眼下の都市を瞬時に舐《な》めつくし、あらゆるものをひとつ残らず沸騰《ふっとう》爆散せしめた。

シルターンの界竜が吐き散らした陰禍《いんが》の炎は、水克火《すいこくか》の理をはねのけて燃え広がり続け、灰燼《かいじん》と化すまで徹底的に焼き尽した。

メイトルパの界竜の咆吼は大地震を連鎖《れんさ》誘発するのみならず、地脈を流れるマナすらもずたずたに断ち切って、一瞬で不毛の地に変えてしまった。

そして――――サプレスの界竜の怒りは、心胆《しんたん》を寒からしめる呪怨《じゅおん》の波動として、眼前の【制錬者《ストレイジャー》】たちに向けて叩きつけられた。

それはまだ異能を自覚していなかった頃のミコトが、生き延《の》びるために反射的に撒《ま》き散らしていた衰弱《すいじゃく》の波動を、桁違《けたちが》いのレベルにまで増幅させたものだった。

万物の根源にして必須《ひっす》の栄養たるマナを問答無用で奪い取っていく。

しかも際限《さいげん》がない。衰弱どころか肉体と魂が散り散りに霧散《むさん》するまで徹底的に奪っていくのだ。余波《よは》を受けた【再誕の戦士《ズィルウ》】たちが次々と消滅していく有様《ありさま》を、ミコトとレイは防御結界越しに見ているしかなかったのである。

いや、この状況もそう長くは保つまい。

相手の魔力は無尽蔵《むじんぞう》だろうが、こちらには限界があるのだ。

そして明らかに、敵はそれを狙って攻撃を放ち続けているのだ。

（なんとかしなくちゃ、なんとか……）

転移で離脱するとしても、何らかの隙を敵に作らせる必要がある。

連携して立ち回ることができれば可能だろうか、とレイに目をやって。

ミコトは息を呑んだ。

「ハァ……っ、ぐッ、うああアァ……ッ」

すでにレイは、息も絶え絶えな状態にまで陥《おちい》っていたのである。

当然だろう。

聖王スフォルトとの一騎打ちからここまで、彼は休むことなく戦い続けてきたのだ。

しかも頼みの綱《つな》であった、遙《はる》けき声――【名も無き界の意志《エルゴ》】からの魔力も途絶えたままとなっている。

にもかかわらず、ここまで戦い抜いたのがむしろ驚嘆《きょうたん》すべきことだった。

ひとえに救世の英雄たらんとする意地が、気力となって彼を支えていたのであろう。

だがそれも、さすがに限界を迎えようとしている。

マナを削りとるこの攻撃は、消耗したレイにとって最悪のものだったのだ。

「ぐううぅゥ……ッ！」

遅まきながらもそれを悟ったミコトは、自身を盾に、背後にレイをかばった。

結界同士を結合して負担を引き受けつつ、懐《ふところ》にあった【輝創光刃《ジエネレイター》】に手を伸ばす。

（ダメだよ、ミコト⁉　それは、あなたがすこしでもながくいきるための……）

デュウの悲鳴を、ミコトは頑《がん》として遮《さえぎ》った。

「だとしても！　今これを必要としてるのは、俺よりもレイなんだよ！」

自身の右掌《てのひら》の【制錬石】と、彼の左掌の【制錬石】を見比べる。

紺瑠璃《コバルト》と赤紫《マジエンダ》――色合いは違えども同じ起源をもつそれらは、いずれも当初のまばゆい輝きが減じている。

一時的な消耗によるものではない。

積極的に異能を用いることによって、次第に劣化してきた結果がこれだった。

予測して然《しか》るべきだった、とカイロスは己の不明を悔いていた。

叔父《おじ》さんのせいじゃないよ、とミコトは努めて明るく笑って返した。

始まりからして、予期せぬことの連続だったのだから。

そもそも【制錬石】は唯一無二《ゆいいつむに》の存在として創造されるはずだった。

それが困難だったため、プランBとして【追想】と【再誕】のふたつに分けたのだ。

いずれ方法が確立された時点で再統合し、改めてどちらかの器《うつわ》に移植する――それがプロジェクトの最終目標となる【響融者《アストレイザー》】の完成であった。

だが、いくつもの歯車が狂ってしまったことで計画は頓挫《とんざ》した。

のみならず、充分なチェックを行うこともないままに、被験体だった二人の赤子は界の彼方《かなた》へと飛ばされて、成り行きでその能力を用い続けることになってしまったのだ。

不完全の上に積み重ねた無茶の数々は、決定的な破綻《はたん》を生じ、彼らの身を蝕《むしば》んでいた。

(【制錬石】の魔力の輝きが消えた時、多分、俺たちは死ぬだろう)

延命の可能性はおそらくひとつだけ。

ふたつの【制錬石】の力を統合し、完全なる【響融者《アストレイザー》】となることだ。

レイがシャリマを受け入れ、カイロスの知識を欲した理由も、おそらくこのためだったのだろう。それまでのつなぎとして彼は、遙けき声のもたらす魔力を頼っていたのだ。

ああまで大規模に能力を行使できたのは、力の供給先が桁外《けたはず》れだったからに違いない。

だが何らかの理由でそれが失われてしまった今、無茶を重ねた反動で、レイの生命の輝きは急速に衰えつつある。消耗した魔力を補ってやらねば、ほどなく死んでしまうだろう。

【輝創光刃《ジェネレイター》】には、彼を救えるだけの蓄えがあるはずだった。

ただし、けして無限ではない。

今ここでエネルギーを使い切ってしまえば、レイの命は救えたとしても、ミコトの命をつなぐ術は失われてしまう。

デュウはそれを心配し、そしてミコトは、それでもなお彼を助けることを望んだのだ。

（しかたないよね。だって、ミコトは……どうしようもなく、やさしいんだもん……）

でなければ、消えゆく自分の魂を必死につなぎ止めてはくれなかっただろう。

困ったような笑みを浮かべて、デュウはミコトの決断を受け入れる。

その時だった。

◆

『やれやれ——潮時《しおどき》かしらね』

ぞくりとする冷たい声が、遙けき彼方より響き渡った。

「シャリマさん⁉」

生死不明となっていた造物主《ぞうぶつしゅ》が投げかけた言葉に、ミコトは狼狽し、必死に彼女の姿を捜した。結果的にそれが、彼女につけいる隙を与えてしまうことになる。

「うがあああぁぁアアアアアッ⁉」

レイの胸元で、黒い腐肉《ふにく》が爆《は》ぜた。

忘れもしないそれは、ライの父親を虜《とりこ》として増殖し続けた、あの冥界《めいかい》の汚泥《おでい》。

【自己増殖式召喚兵器機構《オーガシンセシスゲイルコアシステム》】——定期検査の際に、密《ひそ》かにシャリマが彼の身体に仕込んでおいた置き土産《みやげ》だった。

『貴方はもう用済みよ、皇帝陛下』

肉体《しがらみ》を捨て去った悪女の魂は、界の狭間《はざま》にて残酷に嗤《わら》う。

『ああ、正確じゃないわね。最終選考から落ちただけ。貴方には次世代の作品のための礎《いしずえ》となる役目が、まだ残っているんだもの』

不気味に変貌を遂げていくレイではなく、シャリマの熱い視線は、その眼前にそびえる【界の竜】へと注がれ続けていた。

しみったれたカケラなんかじゃない。正真正銘《しょうしんしょうめい》、本物の【霊界の意志《サプレスエルゴ》】だ。この力をものにできれば、もう【制錬石】など必要ない。

おぼろげで不確かな霊的存在ではなく、怒れる竜の姿として実体化した今ならば。

（うふふっ、食べちゃえるわよねぇ？）

爆発的に膨れあがった汚泥が、巨大な顎《あご》と化して、霊界の竜めがけて食らいつく。

喪失感をともなう凄まじい悲鳴が、世界を激しく揺るがした。

◆

「なんということを……」

遠見《とおみ》の術によって、その凶行を見ていたエクスは、言葉を失っていた。

【界の意志《エルゴ》】を喰らうという発想自体が、もはや尋常《じんじょう》ではない。

だが現に、それは為されてしまったのだ。

不意をつかれたサプレスの界竜は、その脇腹《わきばら》を無残にえぐり取られていた。

【界の意志《エルゴ》】たるその身が傷つけられたことによって、守護する世界も何らかの痛手を受けたであろうことは想像に難《かた》くない。現にあれほど執拗《しつよう》に結界を攻撃していた天使たちの姿が、かき消されたように見えなくなってしまっていた。

だが、問題は喰われた側よりも、喰らった側の凄まじい変貌ぶりだった。

――グルゥオオオオオォォォォォォォオオオオオォォォォンッ!!

膨大《ぼうだい》な魔力の塊《かたまり》を噛《か》み千切《ちぎ》った顎は、その瞬間に漆黒《しっこく》の巨竜として顕現していた。

【腐食魔竜《ふしょくまりゅう》】を模《も》した以前の形態とは、見た目からして完全に違っている。

すらりとした体軀《たいく》。三対六枚の漆黒の翼。ほうぼうに生《は》えた赤紫色の角と牙。

不定形の中に強引に秩序を叩きこんだようなその姿は、【界の竜】にも勝る異形《いぎょう》だった。

(冥土魔獣……ううん……【冥土堕竜《めいどだりゅう》】レイとでも呼ばせてもらおうかしら?)

シャリマがそう名付けたのは、巨竜の額《ひたい》にあたる部分に埋めこまれたようにして存在する【再誕の制錬者《ストレイジャー》】レイの姿を認めたからであった。

なけなしの魔力を振り絞ることで、完全なる同化だけは免《まぬが》れたのであろう。

しかし意識は途切れたまま、まるで船首像《フィギュアヘッド》のようだ。

どうすれば彼を助けられるか、ミコトは必死に知恵を巡らせる。

だが結論が出るよりも先に、この暴挙に激怒した他の界竜たちが恐るべき速度で転進してきたのであった。

深手《ふかで》を負ったサプレスの界竜をかばいつつ、三界の竜たちが【冥土堕竜】へと対峙《たいじ》する。

捕食を敢行《かんこう》した時点で、両者の敵対関係は明白だった。

近づけば喰らわれると悟った界竜たちは、遠距離攻撃で始末をつけようとした。

だが、そうした破壊エネルギーさえも【冥土堕竜】は貪欲《どんよく》に取りこんでしまう。

そして、さらに巨大化していく。

「あれじゃあ、手の施しようがないじゃない!?」

半《なか》ばやけっぱちの悲鳴をあげるケルマ。小刻《こきざ》みに震えるその肩に手を添えて、カザミネもまた歯がみするしかない。もはや人の身でどうこうできる次元の戦いではなかった。

(もうこれ以上は、傍観者《ぼうかんしゃ》のままではいられないみたいね)

エクスとパッフェルに向けたメイメイの念話は、覚悟を決めたかのようだった。

(王との約束を果たす時が来たんだね、メイメイ)

ええ、と彼女はうなずいた。

(巻きこんでしまった貴方たち二人には、お詫びのしようもないんだけどね)

(そんな今さら、水くさいこと言いっこなしですよう!)

(君がそうしてくれたように、今度は僕らが、君を助ける番なんだからさ)

温かくて切ない沈黙が、しばし、三人の心を満たした。

（あとの雑事は僕が責任をもって取り仕切るよ。だから君は【観測者《かんそくしゃ》】たる本分に戻って、彼らの最期《さいご》の決断を待ってあげてほしい）

（ありがとう……）

感謝の言葉を噛みしめながら、時の彼方に忘却されし竜が、今高らかに飛翔《ひしょう》する。

それは空間を歪めて、激突する竜たちの真上に出現した。

荘厳《そうごん》なる白い焔《ほのお》を身に纏いし龍神――居並ぶ界竜たちと比べればその体軀は小さく感じられるものの、醸《かも》し出す威圧感はけしして引けをとらない。

シルターンの界竜だけは、それがかつての自分の眷属にして、エルゴの王へと寝返った時量師之龍神《ときはかしのりゅうじん》であることを見抜いていた。

――界の方々よ、今はひとまず退《さ》がられよ！

悪《あ》しき異形は、始原のエルゴの代行者たる我が、しばし封じこめるがゆえに！

返答を待たず、白き焔の龍神はその身をくねらせ、時空を操《あやつ》る力を解放した。

永い年月をかけて蓄積《ちくせき》してきた魔力を惜《お》しみなく使って、彼女は世界の盾となる。

無限軌道を描きながら、始まりと終わりをつなぎ止めることによって、時の流れから隔《かく》絶《ぜつ》した【牢獄結界《ウロボロス》】の輪《わ》の中へと、冥土堕竜を封じこめるのだ。

激しくのたうちながら、時の彼方の牢獄《ろうごく》へと幽閉《ゆうへい》されていく堕竜。

だが、これもおそらく一時しのぎにしかなるまい。

龍神《メイメイ》は悟っていた。

【牢獄結界】に送られてもなお、【冥土堕竜】は檻《おり》そのものを喰らい続けている。

保って一晩。結界が噛み破られてしまえば、もう止める術はあるまい。

それでも、彼女は信じていた。

(待っているわ……貴方たちが、この世界の未来につながる最高の答えを見つけ出してくれることを……)

自身の尾を呑みこむようにして、時量師之龍神《ときはかしのりゅうじん》の姿がこの世界から消失していく。

その献身《けんしん》に思うところがあったのだろうか。

界の竜たちもまたその怒れる姿を解いて、天穹《てんきゅう》の彼方へと飛び去っていくのだった。

かくて――――世界《リインバウム》にひとときの平穏《へいおん》が訪れる。

終局へと続く、永《なが》い夜のはじまりであった。

2　終焉前夜～Enforced Purging～

「随分《ずいぶん》と無茶をしたものね。冷却装置絡《がら》みの部品が、軒並《のきな》み音《ね》をあげかけてるわ」

【忘れられた島】の機界集落《ラトリクス》。破壊を免《まぬが》れたリペアセンターの工房で、アルディラは機械人形《ローレット》の目視メンテナンスを行っていた。

「そりゃそうでしょうとも。あっちこっちに転移しまくり。オーバーヒートせずに済んだことが奇跡というものですわ」

ローレットはそう愚痴《ぐち》る。充電時間を惜《お》しむあまりバッテリーを随時《ずいじ》換装《かんそう》するなどという暴挙は、機体の損耗《そんもう》を嫌う【教授《ゲック》】が、普段は絶対行わぬことだった。

「でも、そんな貴女《あなた》たちの無茶のおかげで、散らばっていたみんながこの島に集まることができたの。本当に感謝しているわ」

「さすがに知り合い全員集合というわけには、いかなかったですけどね」

優先したのは明日の決戦における戦力として有効だと考えられる者たち。

【界の意志《エルゴ》】を相手取るには力不足とされた面々には、戦えない者や帰るべき場所を守ることに専念してほしいと伝えてある。そうしてもらうことで、勇者たちは安心してベストを尽くすことができるのだから。

　実際ローレットも、旧王国の空に出現した機械要塞《ようさい》と対峙《たいじ》しているであろう【教授】の身を案じている。セクターにカイロス、アプセットあたりは任せて安心だが、愚妹《ミリネージ》と愚弟《グランバルド》がやらかしそうで、今もハラハラしているのだった。

「それにまあ……生身《なまみ》のあちらのほうが、消耗《しょうもう》具合はとんでもなさそうですしね」

　ローレットの視線の先には、精も根も尽き果てた様子でベッドにひっくり返っている悪魔商人ルチルの姿があった。次元跳躍《ちょうやく》という比類なき一発芸をもつ彼女は、界《かい》の狭間《はざま》から勇者たちを送り届けて以後も、メイメイの伝令役《メッセンジャー》として、関係各位に段取りをつけて回っていたのである。

　旧王国に出現した機械要塞の対処に向かっていたローレットが、移送の助《すけ》っ人《と》として駆り出されることになったのも、跳《と》んできた彼女が【教授】に頼みこんだからだった。

「というか……すっごいイビキなんですけど、あれ、大丈夫なんですの？」

「クノンが栄養剤各種を注射してたし、フレイズお手製の霊界《サプレス》スイーツをがっつく元気もあったから、目覚めたら回復してると思うわ。多分」

　島に連れ帰ってもらった時の、ルチルの真剣な顔をアルディラは思い出す。

　あいつの最期《さいご》の願いを叶《かな》えてやるんだ、と何度も何度も繰り返していた。

　そんな気持ちが報《むく》われるようにと、荒らされた【機界集落《ラトリクス》】の設備を超突貫《とっかん》で復旧させて、決戦に向かう勇者たちの拠点《きょてん》となるように整えた。

やがて浮遊城《ラウスブルグ》が到着し、小休止を挟《はさ》んだ後、絶望的なこの状況を打開するための策が話し合われたのだった。

◆

マグナ、エクス、パッフェル、ファミィ、レックス、アルディラ、ヤッファ、ライ、ギアン、コーラル———そして、ミコトとデュウ。

最終決戦のための会議の場に揃《そろ》ったのは、以上の面々だった。

本来この場に参加するべきハヤトとキールについては、最後の力を継承《けいしょう》するか否《いな》かの決断を優先してもらうために、あえて招集から外されていた。


「状況は最悪と言えるだろう。正直、想定していた底をさらに割っているね」

場をとりしきることになった【蒼《あお》の派閥《はばつ》】総帥《そうすい》たるエクスは、開口一番《かいこういちばん》にそう言った。

ことさら嘆《なげ》いたり声を荒らげる者はいない。わかりきったことを確認したまでだからだ。

「その想定というのは、メイメイさんの見通しということですか？」

「そうだよ、先生。彼女と【命約】を交わした者として、僕は後事《こうじ》を託《たく》されたんだ」

それは【召喚術《しょうかんじゅつ》】における【誓約《せいやく》】よりも、なお重くて深い意味をもつという。

「そもそも、僕と彼女は主従の関係じゃないもの。護衛獣《ごえいじゅう》みたいに働いてくれていたのはあくまで向こうの親切心であって、彼女にとってマスターと認められる人は、きっと永遠にただ一人なんだろうね」

それが誰なのかは、言わずもがなだろう。

では、エクスがメイメイと交わした【命約】とはどういうものなのか。

「とうに忘れられた古《いにしえ》の呪術《じゅじゅつ》さ。けして違《たが》えられぬ【誓《ちか》い】を魂《たましい》に刻《きざ》むことを対価として強大な存在から力を借り受ける――【誓約】の原型だとも言えるかな」

それを呪《のろ》いだと認識している者たちの顔が曇《くも》る。

どんな形であれ、服従を強《し》いるようなやり方は許せないのだろう。

「正直、まっとうなものじゃない。少なくとも僕個人に限っては、クレスメントの一族を非難できる立場じゃなかったってことだね」

そう言われたマグナは、ただ、苦笑いする。

かつてエクスが素性《すじょう》を偽《いつわ》って接近してきたのは、そういう部分での後ろめたさがあったからなのかもしれない。そんなふうに思うだけで、今さら腹が立つことはなかった。

原因は私なんです――そう言ったのはパッフェルだった。

暗殺の刺客《しかく》として送りこまれた彼女は、様々な理由から翻意《ほんい》して、己《おの》が身を盾《たて》にして本来の標的であるエクスを庇《かば》った。絶命寸前の彼女を救うために、エクスはメイメイと【命約】を結び、局所的に時間を巻き戻して、運命を改変したのだという。

対価として誓ったのは、メイメイが【観測者】としての使命を果たす時まで共に歩み助けるということだった。相手が時を司《つかさど》る龍神《りゅうじん》であったからこその無茶ぶりだ。

「無謀《むぼう》のツケは呪詛《じゅそ》として返ってきたよ。老境だった僕の姿は幼少期の頃まで逆戻りしてしまった。【命約】を果たす時までは老いることも死ぬこともない。転生の輪《わ》から外れた【逸脱者《ヘレティカ》】になってしまったのさ」

(それって、わたしたち……ぼうこんと、おんなじ……?)

デュウの思念を感じとって、エクスはうなずいてみせる。

「救ったはずの彼女にまで【命約】の余波《よは》が及んでしまったのは、今も痛恨事だけどね」

「んもう、水くさいことは言いっこなしですってば!」

暗い顔になりかけたエクスの尻《しり》をぎゅっとつねって、パッフェルはたしなめる。

覚悟はできている、とその眼差《まなざ》しが告げていた。

そしておそらく、メイメイが【始原《しげん》のエルゴ】と交わしたそれも【命約】なのだろう。

文字どおり魂を対価として、彼女たちはこの世界を見護《みまも》り続けてきたのだ。

(使命を果たすまでは、か……そいつはどうにも、きっつい話だわな)

ヤッファはぐっと苦いものを呑《の》みこんで、無言を貫《つらぬ》いた。

「異界の軍勢に対抗するための方法《プラン》は用意してあるんだ」

それは大規模な【送還術《そうかんじゅつ》】の儀式によって、無差別かつ強制的に異界の者たちを退去させるというものだった。【誓約者《リンカー》】たるハヤトがあえて選ばなかった手段でもある。

「気休めなのかもしれないけれど、この世界に対するしがらみが強い存在ほど、簡単に送還されないだろうってメイメイは言っていたよ。来訪したばかりの異界の軍勢のほうが、より術の影響には逆らえないはずだ、って」

目の前でいきなり仲間たちが消えてしまうようなことはないということだ。

「なるほど……メイメイちゃんなりに、みんなの気持ちも考えたうえで良い方法を探そうとしてくれていたのねえ」

しみじみとしたファミィのつぶやきが、動揺しかけていた場の空気を鎮《しず》めていく。

そんな中、ギアンは妥協《だきょう》することなく疑念を口にした。

「だが、そんな大規模な儀式が本当に可能なのか？　僕は【送還術】を自分なりに研究して用いてきたが、あれはあくまで個別に用いる術であって、広範囲かつ無作為に発動させた場合は、正しい形で属する世界に送り返せる保証がなくなるはずだろうに」

だからこそ敵ならばいざ知らず、同朋《どうほう》に対して用いることをギアンはためらってきたのだ。絶対に元の世界に還《かえ》すという保証ができぬ以上、安易《あんい》には試せなかった。

「普通はそうだね。だけど――エルゴの王の助力があれば、それも可能になる」

四《し》界《かい》の意志の代行者として力を授けられたエルゴの王は、複雑な手順を必要とせずに召喚術や送還術を行使することができたのだ。

「つまり、ハヤト先輩に最後の力を継いでもらうのが前提ってことですか⁉」

「それは違うよ、ミコト君」

エクスはきっぱりと否定した。

「儀式に用いるのは【エルゴの王の遺産】の力だ。具体的にはふたつ。今も聖王国の人々を結界《けっかい》によって守り続けている【至源《しげん》の泉】。そして、この【忘れられた島】に存在する同等の力を秘めた【集《つど》いの泉】だ」

それらを媒介《ばいかい》にしなくては、そもそも展開させることさえ不可能なのだという。

「どうして敵が最優先でこの島を潰《つぶ》しにかかってきたのか。ようやく納得がいったわ」

深いため息と共にアルディラはつぶやいた。

虜《とりこ》としたホクトが語ったところによれば、この島はディエルゴにまつわる実験の影響によって、独立した【共界線《クリプス》】を形成するイレギュラーな場所になっているらしい。エルゴにとっては力が及びにくく、さらには【抜剣者《セイバー》】という地の利を得た難敵《なんてき》も存在しているため、直接に手を下すことを避けたのだろう。

ベルフラウがマグナたちと共に【源罪《カスラ》のディエルゴ】を滅ぼした際、何やらメイメイが後始末《あとしまつ》をしたと聞いてはいたが、今となってはこの時のための布石《ふせき》を打っていたのではないかとさえ思えてくる。ならば当然、下調べも万全《ばんぜん》のはずだろう。

ありがたくもありつつ、同時に頭が痛くなりそうだった。

「ハヤト君が最後の力の継承するかどうかはまた別の話だし、仮に決意してくれたとしても、彼の力は儀式ではなく決戦のほうに用いてもらわなくてはならないんだ」

いぶかしがる勇者たちに、エクスは厳《おごそ》かに告げる。

「・・・・・・・・・・・・・・」

「界の意志たる竜たちは、おそらく送還できない」

儀式で軍勢は送還できたとしても、世界そのものの化身《けしん》である界竜たちがまだいる。

なんらかの方法によって彼らをあきらめさせなければ、問題は解決しないのだ。

「現状でまともに界の竜と戦えるのは、レックス先生とミコト君だけだろうね」

いくら並外れた才能があっても、それぞれ召喚術と武術に特化した強さが持ち味であるマグナとライでは、変幻自在に戦法を変えてくる界の化身相手には分《ぶ》が悪い。

不得手なほうの戦いに持ちこまれれば、一気に封殺《ふうさつ》されてしまいかねないだろう。

この戦いでは頭抜《ずぬ》けた一点突破力よりも、幅広い対応力が必要とされるのだ。

同じ理由でエクスとファミィも戦列には加わらず、大送還の儀式のみに専念する。

「割り当てとしては、こうだ」

【至源の泉】で大送還の儀式を行うのはファミィ。

護衛としてマグナが同行し、聖王家や自由騎士団など顔見知りの面々と連携《れんけい》して派手《はで》に立ち回る。当然、これには界の竜たちを陽動《ようどう》しようという意図も含まれている。

わかりやすい場所で行われる儀式に目を惹《ひ》きつけることで、遠くでもうひとつの儀式が同時進行していることを隠蔽《いんぺい》するという狙《ねら》いだった。

「エルゴ相手にずっと隠し通せるとは思えないけど、少しは時間を稼《かせ》げるはずだよ」

途中で儀式が潰されたとしても、これならより長い時間、送還術を発動できる。

聖王都ゼラムと【忘れられた島】——遠く離れた二カ所が選ばれたのも同じ理由だっ

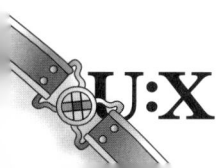

た。

【集いの泉】で行われる儀式の担当はエクスだ。

【抜剣者《セイバー》】ベルフラウとイスラ。そして護人《もりびと》を筆頭とする島の面々が、地の利を生かして彼を守る。各地でやるべきことを行っている者たちも、務《つと》めが終わり次第《しだい》、合流する手はずだ。連絡は逐次《ちくじ》無線で行われ、移動手段には転移をフル活用することになるだろう。

「レックス先生とミコト君には直接、界の竜たちを抑えてもらう」

儀式を妨害しようとするであろう彼らを食い止め、可能な限りその力を削《そ》いでいく。

召喚術の効果が減衰《げんすい》している現状、異界の力で戦える者たちが好ましい。

一番きつい役目となるだろうが、だからこそ最大の戦力をぶつけるしかない。

さらに、ここに力の継承を果たしたハヤトとキールが加わってくれれば万全だろう。

「ライ君たちには遊兵《ゆうへい》として動いてもらおうと思っている。この混乱のどさくさで、召喚獣と人間の双方がおかしなことをしないよう、目を光らせていてほしいんだ」

怨恨《えんこん》によるしがらみが界を狂わす毒になると判明した今、異界の存在同士の橋渡し役になることを望んだ彼には、両者にさらなる確執《かくしつ》が生じるのを止めてもらわねばならない。

いくら送還術で押し返したところで根本の問題をなんとかしなければ、また同じことの繰り返しになってしまう。けして軽んじてはならぬ、大切な役割であった。

「ん……ああ、任しとけって」

それまで無言だったライが、名前を呼ばれて、ようやっと顔を上げる。

（まあ、疲れていて当然だよな。お父さんを助けるため必死でがんばったんだし）

目的は無事に叶ったと聞き、本当によかったとマグナは思っていた。

大切な人がいなくなるのはさびしくて、とてもつらいことだから。

勇者たちを迅速《じんそく》に運ぶラウスブルグの舵取《かじと》りは、エニシアとミルリーフのペアで。

補佐兼護衛役としてギアンとコーラルが付き従うことになる。

「この世界に来たばかりの僕たちはうっかり送還に巻きこまれる可能性ありかと。ゆえに、基本城内待機で支援ＯＫ？」

それでお願いします、とエクスはコーラルに頭を下げた。

「不本意だが仕方ないな。僕たちのぶんまで前線でしっかりと働くんだぞ、ライ？」

「わかってるさ」

皮肉めいたギアンの物言いにも、やはりライの反応は薄いままだった。

「きついなら休んだほうがいいよ、ライ君。細かなことは後で俺が伝えるから」

「ん、けど……」

「どのみち、ハヤト君にも後で伝えに行くつもりだったんだ。手間《てま》じゃないさ」

「……ごめん、レックス先生……じゃあ、そうさせてもらう……」

いつもより重い足取りで去って行くライの背中を、一同は心配そうに見送った。

「あいつには僕が伝えておきますよ。先生の手を煩《わずら》わせるまでもありませんから」

面倒《めんどう》くさげにそう言ったギアンが、落ち着かぬ様子で靴の踵《かかと》を揺らしているのを、目ざ

U:X

とく師範《コーラル》は見つけている。

素直に心配だと告げられない弟子《でし》の、どうしようもなくバカで優しいその心根《こころね》を、好ましく思うのであった。

◆

異界の軍勢に抗する手段は、確かにこれがベストであろうと思えた。

「でも、これだけじゃまだ……大きな問題がいくつも残ったままですよね？」

そう口火を切ったのはミコトだった。

エクスらが想定した底をぶち破った問題因子《イレギュラー》たち。

【冥土堕竜《めいどだりゅう》】と化してしまったレイ。今も暗躍《あんやく》を続けているシャリマ。

そして、確実に何かを企《たくら》んでいるであろうレイム・メルギトス。

「ファミィさんやキール君の見立てだと、オルドレイクはまず救世皇帝の救出を最優先するだろうから、当座の脅威《きょうい》からは除外しておくことにするよ」

まして彼の首を狙って、【魔神王《まじんおう》】と化したバノッサも動いている。

互いに潰し合ってくれるのならば、正直ありがたかった。

「救世皇帝の支配が及ばぬ現状で、メルギトスが狙ってくるのは、間違いなく俺だよ」

確信をもってマグナは言い切った。他にちょっかいを出すことがあったとしても、あの大悪魔が最後に仕掛けてくるのは、因縁《いんねん》深きクレスメントの血を引く自分だ。

彼はそのためだけに再誕《さいたん》を受け入れ、トリスという傀儡《むすめ》を駒《こま》としたゲームを挑んできたのだから。その決着をつけずじまいで終わらせるはずがない。

「だから――――その時はあえて、あいつの誘い水に乗ってやろうと思ってます」

大丈夫なの？　と心配するファミイに、マグナは頼もしげに笑ってみせた。

「ネスのことも気がかりですし、メルギトスの娘であるトリスも俺を標的にするはずだから、まとめて引きつけておいたほうが面倒事にもならないはずですよ」

その強く静かな決意に、任せたよ、とエクスもうなずくしかなかった。

「となると、あとは……冥土堕竜《バケモノ》になっちまった皇帝レイと、どこかでそれを操《あやつ》ってるシャマード・リッツァーへの対応策だな」

「シャリマさんはおそらく、ギリギリまで表には出てこないと思います」

怪訝《けげん》な顔をしたヤッファに、ミコトはその理由を説いた。

陰謀《いんぼう》家である彼女は基本的にリスクを嫌う。

前に出るのは対象に狙ったアクションを起こさせる必要に迫られた時のみであり、それも十全に場を整えたうえでの話となる。

「レイの身体《からだ》に仕掛けを施《ほどこ》しておいたところまでは、狙いどおりだったのかもしれません。でも【冥土堕竜《あれ》】は、システムで完全制御《せいぎょ》できるようなものじゃありません」

核《かく》であるケンタロウを奪われて、先の個体が暴走した時と同じ挙動だった。

初期設定された命令――――この場合はおそらく界の竜を喰《く》らいその力を奪いとること。

それだけを今も愚直《ぐちょく》に行い続けているのだろう。

だからこそ不意を突いて、メイメイが【牢獄結界《ろうごくけっかい》】に捕らえることもできたのだ。

「あの結界もおそらく、無制限に維持《いじ》し続けられるものではないですよね」

そう確認した上で、ミコトは大胆《だいたん》に提案した。

「ならばあえて、界の竜たちに向かって、もう一度ぶつけてみてはどうでしょうか？」

「な……ッ⁉」

たしかに、それは有効な手段ではあった。

敵同士をぶつけて消耗《しょうもう》させることができれば、そのままこちらの利になるだろう。

「だけど、それは諸刃《もろは》の剣《つるぎ》だよ」

思案しながらも、レックスが反論する。

「界の竜たちと冥土堕竜の戦闘力が拮抗《きっこう》し続けるのならばいい。界の竜が最終的に勝利するケースも、消耗させるという点ではまあ悪くはないと思う」

だが、冥土堕竜が界の竜たちを喰らいつくしてしまった場合は、どうなるか。

【界の意志《エルゴ》】の消滅はそのまま、そこに帰属する世界の消失を意味する。

それは彼らが、必死に避けようとしてきた最悪の未来図ではないか。

「そしておそらく、もう誰の手にも負えないようなバケモノが誕生することになる」

リィンバウムを喰らいつくし、さらなる糧《かて》を求め、異なる界すらも襲《おそ》うであろう。

「そんなことはさせません」

きっぱりとミコトは言った。

「なぜなら、俺たちがエルゴたちと共闘するからです」

「!?」

この場合の共闘とは、相互理解を必要とするものではない。

彼らが勝手に、エルゴたちに加勢するということだ。

「こちらはそのつもりでもな、界の竜たちが手を出してこない保証はねえぞ」

そこは大丈夫なはずです、とミコトはヤッファに答えた。

「冥土堕竜の行動原理が予測どおりなら、界の竜たちは喰らわれる隙《すき》を見せるわけにはいかないはず。こちらから手を出さぬ限り、三《み》つ巴《どもえ》の乱戦にはならないはずです」

「それはそうかもしれないが……しかし、いいのかね？」

不満と心配が入り交じった眼差《まなざ》しで、ギアンが問いかける。

「君の目論《もくろ》見《み》どおりに進めば、真っ先に冥土堕竜――救世皇帝レイが倒されてしまうことになるぞ。ああなってしまう直前まで、君は彼と共闘していたんじゃないのか？」

あっさり切り捨ててしまうのか、と言外に抗議する響きがあった。

「助けたいからこそ、追いつめる必要があるんです」

ライたちが父親を救い出した時のように、核《かく》にされたレイを切り離すことができれば、彼を救うこともできるはず。だがそのためには、干渉《かんしょう》不可能になるまで徹底的にあの泥《どろ》を弱体化させなくてはならない。

「けれど【腐食魔竜《ふしょくまりゅう》】の時とは違って今回は【霊界《サブレス》】のエルゴの一部までとりこまれている状態です。俺たちの力だけでそこまで追いこめるかどうか、不安要素は大きいでしょう」

なればこそ、界の竜たちを当て馬にして力を削ごうというのだ。

「唖然《あぜん》……呆然《ぼうぜん》……でも、嫌いじゃないかと」

にやりと笑って、コーラルは首肯《しゅこう》した。

「だけど、やっぱり綱渡《つなわた》りな勝負なのは否《いな》めないわ」

最悪のケースを想定しながら、アルディラは眉《まゆ》をひそめる。

「思惑《おもわく》どおりに皇帝を救出できなかったら、全《すべ》てが水泡《すいほう》に帰してしまう。ましてどこかで観察しているシャマードが、そんな状況をむざむざ放置するとも思えな……」

「それもまた、君の狙いなんだろう？」

なおも慎重論を展開しようとする彼女を、片手をあげて制したのはレックスだった。

「彼女が動かざるを得ない状況を作りだすことで、こちらの目の届く場所まで引きずり出す。全ての根であるシャマードを断たなくては、また別の策を弄《ろう》されるだけだからね」

「そういうことです」

さらにつけ加えるならば、この作戦は自然にオルドレイクをも呼び寄せるだろう。

皇帝の身を救おうとする彼を追って、バノッサもまたやって来るはずだ。

「まさに決戦の地。期せずして多くの因縁を清算するための場になるということね」

しみじみとしたファミィのつぶやきが、これこそがとるべき策であると告げていた。

「アルディラさんの心配は当然だって思ってます。これ以上、あのバケモノにエルゴの力を喰わせてしまったら、俺たちの力で倒すことはできなくなるでしょうし」

でも、そうはならないから安心してほしい、とミコトは言った。

「その理由は？」

「もし切除に失敗したとしても、それを試《こころ》みた時点で、レイは【冥土堕竜】の核としての機能を維持できなくなってしまうからです」

エクスの問いに、ミコトは即答した。

「【冥土堕竜】は不完全なんです。理由は――【制錬者《ストレイジャー》】である俺たちが不完全だから」

「どういうことだい？」

「稼働限界《リミット》が近づいているんですよ。俺たちに埋めこまれた【制錬石《せいれんせき》】の魔力は、エルゴのそれとは違って無尽蔵《むじんぞう》に湧《わ》くものじゃなかったってことです」

稼働限界《リミット》の訪れ――それは機能停止――死を意味する。

「なんだよ、それ!?　俺たち、なんにも聞かされてないぞ!?」

初めて耳にした事実に、マグナは思わず声を荒らげてしまっていた。

「勘弁《かんべん》してください。気づいたのはごく最近で、その時にはもう手の施《ほどこ》しようのない状況になっちゃってたんだから」

日常生活を送るだけなら、ここまで急に魔力が枯渇《こかつ》する事態にはならなかっただろう。

だが戦いの日々の中、さらなる異能を行使していくたびに、エルゴの欠片《かけら》の残滓《ざんし》で作られた魔石は摩耗《まもう》劣化し、内なるその輝きを減じつつあったのだ。

「より多くの異能を行使し続けてきたレイは、そのぶん俺よりも早く限界に近づいています。見捨てるつもりはないけれど、宿主の生命を維持している冥土から切り離してなお助かるかどうかは未知数だし、助かったとしてもそう長くは保《も》たないかもしれません」

再び冥土のコアとなるだけのスペックは、到底《とうてい》持ち得ないということだ。

そして、それはミコト自身もまた同じなのだ。

成功しても失敗しても、消耗した魔力の分だけ、彼らは死に近づくこととなる。

それがわかっているからこそ、デュウは顔を覆《おお》い、声なき声で泣くしかなかった。

「そんな……」

頭を抱えて、マグナはうめいた。

自分もミコトも歪《いびつ》な魔術で生を受けた者同士だというのに、どうして彼だけが理不尽《りふじん》な死の宣告を受け入れねばならないのか。なまじ我が身に照らし合わせられるだけに、ミコトの抱えているであろう不安や恐怖を、マグナはまざまざと感じとることができた。

そしてそれを克己《こっき》して、なお前に進み続けようとする、悲しくて強い意志も。

(短期間で彼が急成長しているとハヤト君は言ったが、これが原因だったんだな)

レックスもまた、かける言葉を見つけられぬままだった。

限られた時間の中、自《みずか》らが火種《ひだね》となって始まった世界の危機をなんとしてでも防ごうという気概《きがい》。その張りがなければおそらく、彼はとうに潰れてしまっていたに違いない。

けれど――今のこの状況では、どうしても彼の異能に頼らざるを得ないのだ。

「哀《あわ》れまないでください。この場にいる皆さんだって、それぞれにリスクを背負って戦っていこうとしてるじゃないですか」

同じですよ、とミコトは笑った。

「俺は、まだあきらめていません。レイと一緒に最後まであがきます。だから――」

わかった、とエクスが重々しく言った。

「【冥土堕竜】についてはミコト君に任せよう」

◆

そして会議は散会し、今はそれぞれができる準備を始めている。

「いずれにせよ、明日がこの世界の命運を決める正念場になる。貴方《あなた》たちには悪いけど、もうひとがんばりしてもらわないとね」

メンテハッチを閉じながら、アルディラはローレットにそう語りかける。

「勿論《もちろん》そのつもりですわ。メンテナンスしていただいた分以上の働きを見せてさしあげます」

各部動作を確認しつつ、ローレットはうなずいてみせる。

「ん、うう～んっ。ちっくしょぉ……滅茶苦茶《めちゃくちゃ》だりぃぜぇ……っ」

目をしょぼつかせながら、ルチルがうめき声をあげた。

「少しは回復した？」

「サボってられるんなら丸一日だって寝てられるけどさ、そうもいかないっしょ」

ベッドから起き上がると、畳《たた》んでいた翼と腕を伸ばして大きく伸びをする。

「メリアージュにもお使い頼まれてるからなぁ。連れてくキザ天使はまだかよ？」

「フレイズならじきに来るわ。向こうでへばってるリビエルたちのために、お手製のお菓子をたっぷり用意したって連絡があったから」

受肉したサプレスの住人たちはどういうわけか甘味を好む傾向がある。慣れぬ肉体を維持するために多量にエネルギーを消耗するらしく、高カロリーなスイーツはそのための補給にうってつけらしい。単なる嗜好《しこう》の問題ではないかと疑われる節《ふし》もあるのだが。

「戦天使《せんてんし》のくせして、あいつの七色マカロン、めっちゃ美味《うま》かったからなあ」

苦いコーヒーのお供《とも》に食べるとまた格別だった。天使と悪魔という間柄《あいだがら》でさえなければ、商品化してひと儲《もう》けを企んでいたところだ。

「まあ今のところ必要なのは、スイーツ作りの才能じゃなくて、大奇跡とやらを行使するための頭数らしいけどな」

ギアンとコーラルを島に戻し、リビエルを止《とど》めたのはそのためだ。ひと息ついてからでいいので天使を一人連れてきてほしいというのが、彼女からの依頼だった。

「自分のことは心配しないで、って家族連中への伝言も頼まれてんだけどさぁ」

「そっちは折を見て私から伝えておくわ。ほら、どうやら待ち人が来たみたいよ」

「お待たせしました。こちらは準備完了ですよ、悪魔のお嬢さん」

「オッケー。なら、とっとと出発しようじゃないか」

「私《わたくし》も出ますわ。あちらの作戦開始の前に、【教授】から預かる物がありますので」

◆

ラウスブルグ。空中庭園へと続いていく螺旋《らせん》階段。

「……ライ！」

その途中でうずくまるライをようやく見つけて、エニシアは小走りに駆け寄った。

「ああ、エニシア……か」

顔を上げたライは、ぎこちなく笑ってみせる。

「ダメじゃんか。明日は大忙しなんだからさ、きちんと休んでおかないと……」

「気になったままじゃイヤだったから。ライが抱えてる痛みを知りたかったから」

「……っ!?」

一瞬の動揺が、その推測《すいそく》の正しさを証明していた。

他人に心配をかけないように。自分の弱さに負けてしまわないように。

意地を張っているのだと恋敵《ライバル》に教えてもらった今ならば、エニシアにもわかる。

「俺は、別に……」

「ウソだよっ！」

きゅっと拳《こぶし》を握って、彼女は踏みとどまった。

「本当になんでもないのなら、ちゃんと私の目を見て話して！」

できない。応《こた》えられない。認めてしまうことがこわい。

見透かされているとわかっていても、話した途端《とたん》に崩《くず》れてしまう気がして。

（俺は……ミコトほど強くはなれない……きっと、ボロ出しちまう……っ）

唇《くちびる》を噛《か》んだままの少年の手をとると、少女は穏《おだ》やかな声で導いた。

「私の部屋に行こう。ゆっくりでいいから、全部……聞かせて？」


これはあんたの役目よ――――そう言って、リシェルは彼女の背中を押してくれた。

誰よりも一番早く、幼馴染《おさななじ》みの異変に気づいていたのに。

がさつな自分じゃケンカにしかならないわと、バトンを手渡してくれたのだ。

本当は私と同じくらい、ライのことが心配で大好きなのに。

（だから……私は、引かないよ。託《たく》された気持ち、絶対無駄になんてしないから！）

矢面《やおもて》に立って戦うことでは、百戦錬磨の彼には到底かなわないけれど。

弱った気持ちを支えることだったら、きっと負けずにできるはずだから。

彼がずっと向け続けてくれた優しさに、今だからこそ報《むく》いたい。

それが、エニシアの勇気の原動力だった。

「消えちゃったんだよ……目の前でさ……」

「……フェアのこと、だよね」

わかりきっていることを再確認するのは、エニシアにもつらかった。

短い時間だったとはいえ、同じ場所で働き、思い出を共有してきたのだから。

戻ってきたミルリーフの背にあったのは、消耗しきったケンタロウの姿だけで。

ライと同行したはずのミコトとフェアの姿はなかった。

ミコトは転移で皇帝のもとに向かったと説明されたが、フェアの行方《ゆくえ》についてはひと言も触れられなかった。ミコトに同行したと考えるにしても、どこか違和感《いわかん》があった。

当のライが黙して語らぬ以上、詮索《せんさく》できなかったのだが。

しかし、帰還《きかん》したミコトが単独だったことで、確かめずとも誰もが理解したのだ。

彼女はもう、ここには帰ってこないのだ――と。

苦いものを吐き出すようにして、その顛末《てんまつ》を、ライは語り始める。

◆

「フェア!?」

ゆっくりと霧散《むさん》していく彼女の姿を前にして、ライは激しく動揺した。

反対に彼女自身は取り乱すこともなく、苦笑いする。

「ああ……やっぱり、界の復元力が働いちゃったかあ」

復元力——外部からの干渉によって界の理が大きく乱された時、健全な状態に戻すため発揮《はっき》される力。害のある異分子を排除《はいじょ》したり、あり得ぬパラドクスの成立を防ぐ。

いわば、世界そのものに備わった免疫《めんえき》機構である。

「招かれざる異物であるあたしは、幽《かそ》けき存在であり続けることによって、かろうじてこの世界に存在することを許されてたのよ。自己主張せず、関《かか》わりをもたず、空気のような存在でい続けたら、もーちょいはイケたのかもしれないけどね」

詮索されることを拒《こば》んできたのも、存在可能な時を伸ばす苦肉の策だったのだ。

「けどそれって、俺とクソ親父《おやじ》に関わっちまったせいだってことじゃねーか⁉」

ちっがーう！　と、フェアはまだ健在なゲンコツを見舞って、ライをたしなめる。

「そのために私は来たんだってば！　あんたたちがきちんと向かい合えるように、ね」

きちんと果たせたから悔《く》いはない。むしろ誇らしいのだ、と彼女は笑った。

「あとは……そうね。この世界の【制錬者《ストレイジャー》】と勇者たちが正しい選択をしてくれることを祈るだけかな」

「正しい選択って？」

「わかんないよ。そもそも私は、選択《それ》を間違えた世界から来たんだから」

「…………」

「そんな、捨てられた子犬みたいな顔をしないの！」

ぽんぽん、と今度は掌《てのひら》で頭に優しく触れる。

「店長は私より強いよ。すぐ側《そば》で見てたからわかる。だから、きっとだいじょーぶ！」

何もしてやれないもどかしさに、唇を噛むしかないライの眼前で。

困り顔の彼女の姿が、ついに大きくブレはじめる。

「待ってくれよっ！　俺、なんにも……フェアにお礼できてないのに!!」

「出世払いでいいよ――この世界を救ってからの、ね」

茶目っ気たっぷりにウインクして、彼女は髪の結《ゆ》い紐《ひも》をほどく。

それは店で働くと決まった時、就職祝いとして、彼がくれた品だった。

「ボロボロになっちゃったけど、つけたままじゃ一緒に消滅しちゃうから」

「形見《かたみ》の品とか……いらねえよ……っ」

「違うよ。これは記念品《メモリアル》――私が、確かにここにいたって証《あかし》」

そうすればこの身は消えても、託した想いは受け継がれるから。

「――世話になっちまったな」

背を向けたまま、二人のやりとりを聞いていたケンタロウは、ぽつりとつぶやいた。

「あとな……バカな親父で、すまんかったな……」

「そーいうのはね、私じゃなくて、こっちの息子に言ってやんなさいっ！」

「んなこと、死んでも言えねーよ！」

「まったく……」

大げさに肩をすくめてから、再び、フェアはライへと向き直った。

「じゃあ、元気でね！」

すでにおぼろげな姿のリュームを抱きあげて、にっこりと微笑《ほほえ》む。

その目元から、一筋、つうっと涙が伝って。

きらきら光って、はかなく拡散してゆく。

「フェア！　フェアーっ!!」

ライは叫んだ。

「約束するから！　俺が絶対に、お前のことを助けに行ってやるから!!」

できるかどうかなんて関係ない。道理をねじ曲げたって構わない。

このまま、彼女だけが悲しく消えてしまうことだけは、絶対に納得できないから。

「俺は、お前を忘れないから!!　だから、お前も忘れるな！　あきらめるな!!」

宙に溶けていく魔力の残滓が、一瞬だけ強く、瞬《また》いた気がした。

ぼろぼろの髪結い紐を握りしめたまま、ライは嗚咽《おえつ》を懸命に呑みこんだ。

そして――今もまだ、耐え続けているのだ。

◆

「いいんだよ、泣いたって」

そう促《うなが》したエニシアもまた、目に涙を溜《た》めていた。

「フェアも言ってたよね。ライは強いんだって。私もリシェルさんも、ちゃんと知ってるから。だから……」

ちょっとくらい泣いたって誰も笑わない。責めたりなんかしない。

それで気持ちが楽になって、より強い君になれるのなら。

「泣いていいんだよ」

本当は年下のくせして、いつも年上ぶって、強くあろうとし続けてきた彼を。

今だけは、その枷《かせ》から解放してあげたい。

「う……っ、うう……っ、ひう、あああああぁぁぁ……ッ」

強《こわ》ばっていた少年の心が、嗚咽と共にほどけていく。

優しくその背中をさすってやりながら、少女もまた静かに涙を流し続けるのだった。

◆

「全ての世界を救うために大いなる力と責任を背負え――――か」

事のあらましを聞き終えたトウヤは、大きくため息をついた。

【誓約】に縛《しば》られた状態でソルたちの会話を聞いていた時から、とんでもないことに巻きこまれているとは自覚していたが、改めて状況を確認した今はもう言葉もない。

「ごめんな。解放されて早々に、重たすぎる話に巻きこんじゃってさ」

そう詫《わ》びたハヤトを、トウヤは穏やかな声で慰《なぐさ》めた。

「それはいいんだ。クラレットさんのおかげで身体はもう万全になったしね」

呪いの魔剣による傷も、魔王の力を引き剝《は》がされた反動による衰弱《すいじゃく》も、彼女の治癒《ちゆ》の召喚術と島の天使たちによる魔力供給のおかげで快癒《かいゆ》している。

ぼろぼろの衣装がそのままなのは、あえて彼がそう望んだからだ。

女性陣《ナツミとアヤ》はそうもいかず、新たな衣装に着替えている。出陣前にリプレが超特急で仕上げてくれた逸品《いっぴん》は、沈みかけた彼女たちの心に少なからぬ慰めをもたらしてくれた。

「戦う力を根こそぎ奪われてしまったことは、こうなるとかなり痛いけれどね」

そう。今のトウヤたちは【魔人形《ディアマータ》】ではなく、ただの一般人でしかない。

苦悩するハヤトの話を聞いてやることしかできない無力な存在だった。

「むしろ心配なのはハヤトのほうだよ。たった一人で一方的に重たいものを背負わされちやってさ――ひどすぎるよ」

ぶーたれながらナツミは思わずにはいられない。

これはけして他人事《ひとごと》ではないのだと。

エルゴにしろ魔王にしろ、受け入れるだけの器《うつわ》としての資質がこの場にいる四人全員にあったとキールは言っていた。たまたま最初にハヤトが召喚されただけで、ほんの少し状況が変われば、ナツミが【誓約者《リンカー》】として選ばれていたのかもしれない。

（それが当たりだなんて、ちっとも思えないけどさ）

もしそうだったら、果たして自分は彼のように今日まで戦ってこれただろうか。

わからない。けれど、きっとつらすぎて、いっぱい泣いたに違いない。

取り乱さずにいるハヤトのことを、本当にすごいなと思う。

「わめいて放り出したくなったことなんて、一度じゃ二度じゃないけどな。実際、キールが呪いにやられちゃった時は、自暴自棄《ヤケクソ》になって暴走しちゃったし」

「あれは壮絶《そうぜつ》でした。操られて向かい合った時に『ああ、これ絶対殺されちゃうな』って、私、心の中でお経《きょう》を唱《とな》えちゃってましたもの」

「悪かったよ。ホントに」

本気でしょげるハヤトに、冗談ですよ、とアヤは笑った。

「・・・・・・・・・・できたのにそうしなかったことは、ちゃんとわかってます。こわかったぶん、ちょっと意地悪したかっただけです」

「ははは……」

実際、新堂《しんどう》君はすごくがんばってきたんです――と、アヤはしみじみ言った。

「貴方が最初にくじけていたら今頃この世界も……ひょっとしたら私たちの世界だって、魔王に無茶苦茶《むちゃくちゃ》にされてしまっていたかもしれないんですから」

「そうそう、マジで感謝だって!」

「でも、だからこそ――これ以上、君だけが苦しむのは見ていたくないな」

しみじみとトウヤがつぶやく。

メイメイが告げたとおり、ハヤトが完全なるエルゴの王になることを受け入れれば、破滅の危機は回避できるのかもしれない。だが、それは可能性としての話でしかない。

１００％確実ならば、選択の余地などそもそも与えられないはずだ。

分《ぶ》の悪い賭《か》けの勝機が、わずかに増すだけなのかもしれない。

「でもさ……。だからって、やっぱり放り出すことはできないよ」

案じてくれる同級生たちに感謝しつつ、ハヤトはそう言い切った。

責任の重さを正しく理解していなかったのだとしても、自分は【誓約者《リンカー》】としての立場を引き受けたうえで、この世界《リインバウム》に残ることを選んだのだ。

「王としての器なんて絶対ないけどさ、やれることをやらずに終わっちゃったら、きっと俺は後悔するって思うんだ。大事なものを守れなかったら、悔いても悔いきれなくなるってことだけはわかるんだ」

相棒《パートナー》を失った時のような絶望を味わうのは、もう絶対いやだ。

迫りくる不安と戦いながら、きっと自分を信じて待っていてくれる養護院《フラット》のみんな。支えてきてくれた大勢の人たちを、どうにかして破滅から救いたい。

「だから――――俺がやるしかないんだ！」

選択肢《し》なんて、最初からなかったのだ。

「待つんだ、ハヤト」

覚悟を決めようとした彼を、だがトウヤは、あえて冷たく制止した。

「それじゃダメなんだ。それじゃ結局、同じことの繰り返しにしかならない」

エルゴの王と呼ばれた英雄は、たった一人で全てを背負う道を選んだ。

しかし、その結果は果たして、彼が心から望んでいたものだったのか。

「そうじゃなかったと、君は【観測者《メイメイ》】に聞かされたんだろう？　抱えきれぬ秘密と責任に押し潰され、報われぬままに最期を迎えたそうじゃないか」

「………………」

「王の器と認められた者でさえ無理だったんだ。それすら満たない君が同じことを試みても成功するはずがない。気持ちはわかるけれど、僕には無駄にしか思えない」

「そんなのは……やってみなくちゃわかんないだろ⁉」

「無理だったからって、やり直せることじゃないんだぞ⁉」

語気を荒らげて詰め寄るハヤトと、一歩も引かずに睨《にら》み返すトウヤ。

「二人とも、やめなよ！」

今にも摑《つか》み合いになりそうな両者の間に、慌《あわ》ててナツミが割って入った。

「どっちの言ってることも間違ってないよ！　けど、どうしようもないじゃん⁉」

世界を救うために最善の犠牲《ぎせい》となるか。無謀《むぼう》な戦いに身を投じるか。

「そもそもが無茶苦茶なんだよ！　出せる答えなんかじゃないんだよっ‼」

涙目で正論をぶつけられて、二人は無言で顔を背《そむ》けた。

「意地の悪い二択ですよね。本当に……」

つぶやきながら、ふと、アヤは思う。
・・・・・・・・・・・・・・・
本当にどちらか選ぶしかないのだろうか？――と。

3　それでも世界に価値があるなら 〜We are still fighting〜

夜明け間近《まぢか》の【至源《しげん》の泉】。

来たるべき【大送還《そうかん》】作戦の遂行《すいこう》をサポートするため、帰ってきた【超律者《ロウラー》】マグナは、再合流した仲間たちと語らっていた。

「まさか、ミニスが聖王家の血を引くお姫さまだったとはなあ」

唸《うな》るしかないリューグであった。

「私からしたら、フォルテが死んだはずの聖王子だったってことのほうがよっぽど驚きよ。立場のあるシャムロックはともかく、ケイナもマグナも知っていたくせにずうっと内緒にしてるんだもんっ。薄情だわ！」

「あはは……」「ごめんなさい」

ふてくされるミニスに二人は謝るしかない。

「そういうお前はいつから気づいていたんだよ？　俺もディミニエも、まるっきり初耳だったっていうのによ」

「ゼラムでの武闘会の時にちょっとね」

舞台裏。あわや大惨事《さんじ》になりかけた彼女を抱きとめ、助けてくれたのが聖王だった。

一瞬の邂逅《かいこう》であったが、その時感じた不思議な懐《なつ》かしさは、ずっと彼女の中にあった。

今思えばあれは、互いに流れる血と魔力が呼び合っていたのかもしれない。

「確信したのは、実際にお手伝いすることができたからなんだけど……」

そうフォルテに答えてから、ミニスは改めて、ディミニエに目をやった。

「ごめんなさい。ずっと黙っていたほうがいいのかなって、迷いもしたんだけど」

すまなさそうな彼女に、だが聖王女は、とがめることなく微笑《ほほえ》んだ。

「いいの、ミニスさん。貴女《あなた》の助けのおかげで、私は務《つと》めを果たせたんだもの」

驚きはしたけれど、こうして力を合わせてくれる妹がいてくれてうれしい。

「それに、一番こっぴどく叱《しか》られるべきはお父さままでですわ！」

「そう責めないであげてください、ディミニエさま。王は王なりに苦悩して……」

「わかりますけど！　でも、だらしのないことには変わりがありません！」

少女らしい潔癖《けっぺき》な怒りをぶつけるディミニエに、なだめるシャムロックはたじたじだ。

彼の自由騎士団の長としての責務は、レルム村から駆けつけたルヴァイドによって強引に剝奪《はくだつ》されてしまっていた。気が散漫となった今のシャムロックでは、民のために尽くす騎士の筆頭を任せられぬと糾弾《きゅうだん》されたのだ。が、その苛《か》烈《れつ》な物言いの裏には、大切な姫を守ってやれというルヴァイドなりの心遣《こころづか》いがあったことは言うまでもない。

シャムロックはそれをきちんと理解し、かつ、深く感謝している。

百戦錬磨の彼が代行として団を率《ひき》いるのならば、間違いなく人々の良き盾《たて》となって働いてくれるだろう。憂《うれ》いはない――だからこそ、彼は己《おのれ》の心を偽《いつわ》らずにすんだのだ。

「……あとで、ちゃんと謝る……」

少し離れた場所にいた聖王スフォルトは、ファミィにそう言われて苦い顔を見せた。

「その時は私も一緒に、ですわね」

どろどろとした政争の日々に疲れ果て、心荒《すさ》んだ彼は、かつて共に旅した女性の優しさに救いを求めてしまった。彼女もまた不義を承知《しょうち》でそれを受け入れた。自《みずか》らの意志で別れを選んだとはいえ、初恋の相手がぼろぼろになっていく姿を見ていられなかったのだ。

事が露見《ろけん》した時、彼の正式な配偶者である女性は怒って当然なのに、ひと言もファミィをなじったりしなかった。それどころか側室《そくしつ》として側《そば》にいるようにとさえ勧《すす》めてくれた。

けれど彼女はそれを固辞《こじ》し、ひとりでお腹《なか》の子を育てると決めたのだ。

（本当に私は浅はかだった。意地を張って、自分のことしか見えていなかった）

今も王城に控《ひか》えて、じっと王の帰りを待ち続けている聖王妃。

そういう愛の強さもあるのだと今のファミィにはよくわかる。かなわないと思う。

けれど、今さら悔《く》いたところで時は巻き戻せないのだ。

罪の苦さを背負って、自分は生きていかなくてはならない。

だが、もし機会が与えられるならば。

この戦いが終わったらもう一度、聖王妃《あのひと》ときちんと向かいあってみたいと思う。

そのためにも弱音《よわね》は吐けなかった。

「では……私は行きますね」

「ああ、また会おう」


再会の約束をかわして別れる二人の姿を見ながら、ラウルはしみじみとつぶやいた。

「思えば……あの時にはもう、お二人は好きあっておられたんじゃなあ」

「ふんっ。ワシはとうに知っておったわ」

「そうなのか、フリップ⁉」

驚くラウルに、フリップは呆《あき》れ顔を向けた。

つくづく、こいつは色恋にうとい。だから結局、独《ひと》り身のままなのだ。

そういう自分もこの歳《とし》まで引きずっているのだから救いがたいが。

(仕方ないだろう。恋敵《こいがたき》が聖王子では、成り上がりのワシに勝ち目などないわ)

まだ若き頃、成り行きで前聖王の暗殺計画の阻止に関《かか》わった時。

異なる派閥《はばつ》でありながら、聡明で凛々《りり》しい彼女に、彼は一瞬で心奪われた。

けれどその時にはもう、あの二人は互いに強く惹《ひ》かれあっていたのだ。

誰にも、何も言えぬまま、彼は心に蓋《ふた》をした。

生まれつき選ばれた者に凡人《ぼんじん》は絶対にかなわない——無理にそう言い聞かせてきた諦《てい》念《ねん》は、おぞましい劣等感となって彼の道を狂わせ、ついには悪魔王に弄《もてあそ》ばれる原因になってしまった。さんざん恥《はじ》を晒《さら》した今だからこそ、ようやっと認められたことだ。

(全部、ワシが勝手にひがんで歪《ゆが》んだ結果だ。誰のせいでもないわい)

完璧《かんぺき》にしか見えなかったあの二人にだって、どうにもならない、どろどろとしたものがあった。かつてメルギトスがうそぶいていたように、人間という生き物はどうしようもなく汚くて、愚《おろ》かなのだろう。

(でも、だからこそ愛おしい)

悪魔の意図とは異なる意味で、今の彼は心からそう思えるのだ。

無垢なる天使《あのむすめ》の境地には、一生到達できそうにはないけれど。

汚い部分も含めて、受け入れるより他にないのだろうと思うのだ。

◆

「みんな、準備はいいかい？　今より——」
聖王都と【忘れられた島】。
遠く離れた、ふたつの地にて
「——【大送還】の儀式を、発動します！」

リィンバウムの命運を賭《か》けた、最後の戦いが同時に幕を開けた。

◆

【至源の泉】と【集《つど》いの泉】の天涯《てんがい》を覆《おお》う結界《けっかい》が消え去った。

攻めあぐねていた異界の軍勢たちが、これ幸いとばかりに殺到《さっとう》する。

だが蹂躙《じゅうりん》する歓喜《かんき》は、すぐに動揺の悲鳴へと変わる。

「偉大なる王の足跡と力を借り受けて、遙《はる》かなる異界への門を開かん――」

「――招かれざる者たちよ、疾《はや》くこの世界から立ち去りなさい!!」

エクスとファミィの叫びに呼応《こおう》するように、それぞれの泉の水面が激しく泡立《あわだ》つと、無数の水柱が天めがけ立ち昇った。巻き上げられた水飛沫《みずしぶき》は大空に複雑な魔方陣《まほうじん》を描き出し、煌《きら》めきと共に、轟々《ごうごう》と渦巻《うずま》く銀色の大穴へと変じたのである。

それは、かつてミコトがその能力を暴走させた時に生じた現象に酷似《こくじ》していた。

有無《うむ》を言わせぬ力で召喚獣《しょうかんじゅう》たちを虚空《こくう》めがけて吸いあげて、呑《の》みこんでいく。

見守る人々は地に伏して、ただその途方もない威力《いりょく》におののいた。

だが、全《すべ》てがそうではない。

ニンゲンへの憤激《ふんげき》という強き感情によって縛《しば》られた者たちは、送還の力を強引に振りほどき、荒ぶるままに復讐《ふくしゅう》を果たさんと殺到する。

無数の剣影が、騎士団の精鋭《せいえい》たちが、滅びに抗《あらが》う覚悟を決めた護人《もりびと》たちが。

雄叫《おたけ》びをあげて、迎え撃つ。

これを最後とするために。これが最後とせぬために。

死力を尽くして、ぶつかり合うのだ。


「なんて切れ味だ……これが噂《うわさ》に聞こえたワイスタァンの業物《わざもの》かよ！」

鎧《よろい》のような魔獣の鱗《うろこ》さえたやすく断ち切る威力に、リューグは感嘆《かんたん》した。

イオスの案内によって聖王都に到着した荷馬車には、この時のために鍛冶師《かじし》たちが作り揃《そろ》えた武器が満載されていた。海上都市を囮《おとり》にしてまで脱出する道を選んだ彼らは、最後の戦いに勝利するために、各地の都市に自慢の武器を届けてくれたのだ。

――予想外の事態だ
――なんということだ⁉
――小癪《こしゃく》な真似《まね》を……
――忌々《いまいま》しい！

予期せぬ人間たちの大反撃に、【界の意志《エルゴ》】たちは狼狽《ろうばい》し激怒した。勇者以外の雑魚《ざこ》は手勢に任せるつもりだったが、これでは収拾がつかない。しかも、小癪な【大送還】の儀式はひとつところにとどまらず、同時にふたつも展開されているではないか。

捨てては置けぬと判断したエルゴたちは、たちまち怒りの龍身《りゅうしん》へと変じていく。

だが、その眼前の空間に亀裂《きれつ》が走り、予期せぬ邪魔者が再臨《さいりん》した。

――――グギャルオオオォォオオオオォォォォオンッ!!

【冥土堕竜《めいどだりゅう》】レイ――――時量師之龍神《メイメイ》の奮闘《ふんとう》によって異界の牢獄《ろうごく》に幽閉《ゆうへい》されていた忌《い》まわしき魔の竜が、彼らを捕食すべく立ち塞《ふさ》がったのである。

◆

「よし! 目論見《もくろみ》どおり、【冥土堕竜】は界竜《かいりゅう》たちと鉢合《はちあ》わせた!」

疾走《しっそう》するラウスブルグの城内。映し出された映像《ヴイジョン》を見て、ギアンは快哉《かいさい》をあげた。

居並ぶミコトたちもうなずき、ぐっと拳《こぶし》を固める。

あとは強引に界竜たちとの共闘状態にもちこんで、隙《すき》を見てレイを冥土から引き剝《は》がせばいい。そこから先がどうなるかまではわからないが、今はひとつひとつ懸念《けねん》を片づけていくより他ないのだ。

「とりあえず、ミコトはレイを救うことだけを考えてくれ。界竜のことは任せろ」

そう言って、ハヤトは緊張した面持《おもも》ちでいる後輩の肩を叩《たた》いた。

「けど……」

「そのために俺たちはみんなで決断したんだ。大丈夫。信じてくれって」

頼もしく言ってのけたハヤトの後ろで、キールを筆頭とした仲間たちもうなずく。

「ハヤト君の言うとおりだ。後悔だけはしないでほしいからね」

微笑みながら、レックスもまた、剣を手にして立ち上がる。

相手が世界の化身《けしん》たる存在であろうとも、ひとたび生じた生命を無造作《むぞうさ》に刈《か》り取る暴挙を認めるわけにはいかない。かつて【狂える島の意志《ハイネルのディエルゴ》】と戦った時のように、わかりあえない虚《むな》しさと痛みを突きつけられたとしても、受け止めて、なお自身を貫いていく。

それが【抜剣者《セイバー》】たる彼の覚悟だった。

「ありがとうございます、みなさん」

深々と一礼して、ミコトは気を引き締めた。

みんなの気持ちに応《こた》えるためにも、絶対にレイは取り戻してみせる。

そのうえで自分たちが引き金となって始まった、この諍《いさか》いを絶対に終わらせるのだ。

「ラウスブルグ、交戦地点へと急速進行します！　ミルリーフちゃんはこのまま魔力供《きょう》給《きゅう》を維持《いじ》して！　コーラル師範《しはん》、流れ弾に備えて防御《ぼうぎょ》結界の強化重点お願いします！」

「まかせて、エニシア！」「バッチコイ、かと！」

果敢《かかん》に操舵《そうだ》するエニシアの指示に応じて、二体の至竜《ドラゴン》がさらなる魔力を凝《こ》らす。浮遊城《ラウスブルグ》は虹色《にじいろ》に煌めく帚星《ほうきぼし》となって、まっすぐ決戦の地へと疾駆《かけ》てゆく。

勇者たちもまた、巨大な敵と対峙《たいじ》すべく、城外にある空中庭園へと急いだ。

◆

工船都市パスティス――帝国軍海戦隊本部のお膝元《ひざもと》、大きな工廠《こうしょう》がいくつも建ち並ぶ海運都市。ワイスタァンから潜水艦でここに逃れてきた鍛聖《たんせい》とエルゴの守護者たちは、手塩にかけて鍛《きた》えた武器を各地に送る作業を続けてきた。

事前のウレクサの手配もあって、それ自体は順調に終わっている。

だが、彼らにはもうひとつここでやるべきことがあったのだ。

「そりゃそうだ。あれだけバカにされて仕返しに来ないわけないよねえ」

プラティが見つめるその先には、光翼を輝かせて迫る戦天使《せんてんし》たちの軍団。

のみならず、海上には無数の巨影たちがひしめいている。

「索敵完了《さくてき》――【幻獣界《メイトルパ》】海洋生物群――海竜《サーペント》、魚人《サハギン》、えとせとら――」

「また逃げられないように準備をしてきたわけだ」

「ま、逃げるつもりなんてないんですけど！」

エスガルドとエルジンの分析《ぶんせき》を、リンリは強気に笑い飛ばした。

今度こそ本気だと言わんばかりに愛槍《あいそう》をしごいてみせる。

「怪我人《けがにん》を乗せて夜明けに発《た》った船たちは大丈夫かな？」

「そこは軍人さんたちを信じましょ。ヴァリラやカイナさんもついてるし」

心配げなラジィを励《はげ》ましつつ、サナレ自身も気合いを入れていく。

決戦の場は巨大な港。船は軒並《のきな》み出航し、人々の避難も済ませた。

あとはこの水際で、思う存分《ぞんぶん》に武の芸を振るうだけ。

「みなさん、くれぐれも無理だけはしないように。勝って、笑って、宴《うたげ》の席で盛りあがるまでが戦いですからね」

　こんな時でも変わらぬサクロの言葉に、ぷっと吹き出すプラティ。

　余計な力みがとれたおかげで、自然体で武器を構えられる。

「プラティさま、来ます！」

　シュガレットの警告と同時に、高く跳躍《ちょうやく》したプラティは。

　襲《おそ》いかかる戦天使に、臆《おく》することなく先制の一撃を叩きこんだ。

◆

「いいぞ、作戦どおりだ……みんな、うまくやってくれてる」

　ハサハの宝珠《ほうしゅ》を用いた遠見《とおみ》の術によって、マグナは戦況をしっかりと把握《はあく》していた。

　エクスとファミィによる【大送還】の儀式もそれぞれ、つつがなく進行している。

　抵抗する術《すべ》を知らぬ面々は、一瞬で送還の魔力流に呑まれ、虚空の彼方《かなた》に吸いこまれていった。踏みとどまった者も退去の力に抗うことを強《し》いられて、十全の力を発揮《はっき》できなくなっている。人間たちは一方的に蹂躙される立場から、なんとかまともに戦える状態まで盛り返したのであった。

　無論、なにもかも全てが好転しているわけではない。

　強大な魔力や桁外《けたはず》れの巨体をもつ存在は送還術の影響など歯牙《しが》にもかけず、むしろ猛《たけ》りくるって攻勢に転じてきた。

それを迎え撃つのが【超律者《ロウラー》】マグナであり、兄妹一丸《いちがん》となって【至源の剣】を振るい続けるフォルテたちであった。

「まあ、俺の仕事は……ほとんどバルレル《あいつ》が片づけちゃってるんだけどさ」

「……（こくこく）」

【制限解除《リミットオーバー》】によって【兇嵐《きょうらん》の魔公子】となったバルレルは、魔王の立場なんぞ知ったことかと、天使も悪魔も見境なく薙《な》ぎ払っている。同じく【制限解除】されたハサハに護衛《ごえい》獣《じゅう》としての仕事はまるっとぶん投げて、暴れ放題のやりたい放題だ。

「言っとくけど、任せっぱなしの職務怠慢《たいまん》じゃないんだぞ。今は下手に【誓約《せいやく》】を介《かい》して命令するよりも、自由意志に任せたほうが召喚対象の魂《たましい》に負荷《ふか》がかからないからで……」

「お兄ちゃん……言いわけしすぎ。きっと、誰かさんのせい……ね？」

「う……っ」

全てを見透かす妖狐《ようこ》の眼差《まなざ》しに射貫《いぬ》かれて、マグナは口ごもった。

どれだけ自分は兄弟子《でし》の影に怯《おび》えているのか――否《いな》、依存《いぞん》していたのか。

それは、アメルに対しても同じだ。

不本意ながらも道を違《たが》えたことによって、ようやくそれを認めることができた。

（つながりを大切にすることで俺たちは強くなってきた。でも、つながってることが当たり前だと思っちゃダメなんだ。弱い部分は支えてもらうだけじゃなくて、少しずつ自分から克服していかなくちゃ……でないときっと、つながり自体が歪みになってしまうから！）

エルゴたちが抱えてしまった【共界線《クリプス》】の矛盾のように、それはきっと毒になる。

「気づけて……よかったね？」

にっこり笑うハサハに、マグナも素直にうなずいてみせる。

この気づきがあれば、きっと大丈夫。

どれだけ暗い場所にネスティが向かって行っても、きっと連れ戻せる。

今よりも強く新しい形で、またつながりを作ることだってできるだろう。


――くくくく……っ。だと……よいのですがねえ？


「「……っ!?」」

狡猾《こうかつ》な悪魔の声が、突如《とつじょ》として、場をかき乱す。

◆

「さあ、お待ちかねのゲームの再開ですよ」

遠く離れた帝都ウルゴーラ――かりそめの主人が座っていた至高《しこう》の玉座《ぎょくざ》に、悠々《ゆうゆう》と座して、メルギトスは嗤《わら》う。

水晶《ヴィジョン》の映像が映し出す、紛い物《トリス》の娘と壊れた融械人《ネスティ》たちの健気《けなげ》な逃避行を眺《なが》めながら、嬉々《きき》として舌《した》なめずりをしてみせる。離れた場所で同じ光景を見ている怨敵《マグナ》の動揺が、とても心地よかった。

「ルールはいたって単純な追いかけっこです。貴方《あなた》の大好きな兄弟子がこの世界を救うための手がかり《ピース》を手に、大切な貴方のところに帰ろうとあがいています」

それを追いかけるのは、かつての帝国の住人たち——今は死人や鬼へと成り果てた、いつかと同じおぞましき軍勢たち。

「また、デグレアと同じことをしたのか!?」

怒りを抑えきれずに叫んだマグナを、遠き地にて嘲笑《あざわら》うメルギトスの気配。

ハサハがぎゅっと袖《そで》を摑《つか》んで、主人が闇《やみ》に引っ張られないよう警告する。

震えるその手を握ってやりながら、冷静であれと、マグナは自分自身に言い聞かせた。

捕まえたら殺しますよ——と、メルギトスは愉《たの》しげに告げる。

「貴方が助けに来なければ、じきにそうなるのは間違いないでしょうねえ」

映像《ヴィジョン》の中のネスティは、ぼろぼろに傷つき、疲れ果てていた。

同じような有《あ》り様《さま》となっているトリスとレシィ。

三人で互いを支え合いながら、懸命に追っ手から逃れようともがき続けている。

首尾よく再会できるのか、それとも追っ手に始末されてしまうのか。

「貴方への憎悪《ぞうお》を未《いま》だ昇華《しょうか》しきれぬままでいる彼女《トリス》に翻弄《ほんろう》されるのもまた一興《いっきょう》」

どう転んだところで、彼にとっては愉しい展開でしかないのだから。

「さあ、どうしますか、マグナさん？」

わかりきった答えをあえて口にさせるように、悪魔は残酷《ざんこく》に問いかけて。

そして、あえて答えを聞かず、一方的に念話を打ち切った。

◆

「今度はお前の番だぜ、マグナ！」

いつの間にやって来ていたのか。

逡巡《しゅんじゅん》する彼の背を押してくれたのは、にやりと笑うフォルテだった。

「あいつったら、ほんっと悪趣味ね！　こっそり貴方が出て行けないように、わざわざ私たちのところにまでやりとりの映像を送りつけてくるんだもの」

「貴方に向けるほどの執着はなくても、メルギトスにとっては自分たちもまた、意趣返《いしゅがえ》しの対象ということなのでしょうね」

「ケイナ……シャムロックまで……!?」

持ち場を離れて平気なのかという問いには、最後に現れたミニスが答えた。

「ミモザやギブソン、蒼《あお》の派閥の老師たちが踏ん張ってくれてるわ。いくら【至源の剣】が強力だからって休みなしに召喚してたらひっくり返っちゃうわよ。だから小休止」

戦いに不慣れなディミニエにとっては尚更《なおさら》だ。

そのわずかな空白に、彼女たちはマグナを送り出すべくやって来たのだ。

「メルギトスの野郎にゃあ直接かましてやりたいんだがな、生憎《あいにく》と忙しすぎて手が回らねえ。だから、お前が代表だ。俺らの分まで徹底的にやってきてくれよ！」

「大送還の儀式は我々が必ず守り抜きます。ですから貴方は今度こそ、忌《い》まわしい貴方の因果《いんが》に決着をつけてきてください」

「首に縄《なわ》をつけてでもネスティたちを引っ張ってきなさい。たっぷりとお説教してから、開き直って幸せに生きていくコツ、私が叩きこんであげるからね」

「と・に・か・く！　やりたいようにやっちゃってきなさいよねっ‼」

それぞれのらしい激励《げきれい》を、マグナは胸のつまる思いで受け止めた。

（そうだよな……いつだって俺は、大事なものを守りたい一心で戦ってきたんだ……）

自身の原点《ルーツ》を思い出した今、迷いは完全に晴れていた。

「ありがとう、みんな。俺……行ってくる‼」

向かうべき場所に向かって走り出した主人の後ろ姿に、二体の護衛獣はそれぞれ満足げな表情を浮かべると、その助けとなるべく追従していく。

「……だからってさあ。ここから走っていくとか、ありえないっしょ⁉」

その前方の空間がたわむと、呆れ顔の悪魔商人《ルチル》が姿を現した。

歩みを止めぬマグナに滑空で併走《へいそう》しながら、頼まれたことづけを告げる。

「送ってってあげるからさ、その前にちょっとだけつきあってよ。あんた宛《あ》てにふたつばかし、大至急のお届け物があるんだって」

◆

冥界《めいかい》の汚泥《おでい》をはね散らかしながら、竜の名を騙《かた》るバケモノが咆吼《ほうこう》する。

四つの界の化身たる竜たちを喰《く》らうために。


——なんと、おぞましき混沌《ケイオス》よ！

——罪穢《つみけが》れ……数多《あまた》の魂が生みし宿業《カルマ》の泥《どろ》……。

——人間《ヒト》の増長、断固、誅滅《ちゅうめつ》あるのみ!!

——全てを滅ぼし、始源《しげん》の凪《ゼロ》へと回帰せん！


迎え撃つ四界《しかい》の竜たちは超弩級《どきゅう》の吐息《ブレス》を一斉《いっせい》に浴びせかける。

連なるその威力は射線上の空間を歪め、そのままねじ切ってしまうかのようだった。

だが、【冥土堕竜】は滅びない。

破壊の吐息に貫かれ、千々《ちぢ》にねじ切られながら、同時にそれにむしゃぶりつく。

えぐられた傷口から飛び散る冥土の飛沫《しぶき》が、ぶくぶくと泡立ち肥大《ひだい》化して、新たな肉体を再構成していくのだ。

先程まで腕だったものが脚《あし》となり、尾であった部分が翼に変わる。

千切《ちぎ》れた部品が見るまにつながって、より強靭《きょうじん》で兇悪な姿へと変じていく。

一点集中では埒《らち》が明かぬと判断した界竜たちは、破断したパーツを滅却《めっきゃく》していく戦法に切り替えた。前回の轍《わだち》を踏まぬように、確実にひとつひとつを潰《つぶ》していく。

しかし、攻勢に転じるにはやはり手数が足りない。

堕竜の再生能力は底なしで、何よりその源《みなもと》となる魔力は彼ら自身の攻撃によって補《おぎな》われてしまうのだ。全てを一瞬で消滅させない限り、堂々巡《どうどうめぐ》りの消耗《しょうもう》戦が続くのみ。

しかもそれは、四界の竜たちが万全《ばんぜん》の力を発揮し続けるという前提ありきでの話だ。

【霊界《サブレス》】の竜の放つ吐息の勢いが、じわりじわりと衰《おとろ》えていく。

先の戦いで手負《てお》いとなった彼《か》の竜は、その力を大きく減衰《げんすい》させていたのである。

堕竜はそれを見逃さない。

他の竜たちの攻撃をしのぎながら執拗《しつよう》に捕食の手を伸ばしていく。こらえて踏みとどまるしかない【霊界《サブレス》】の竜めがけて、枝分かれして伸びた冥土の魔手が襲いかかる。

上空から放たれた五つ目の光条が、その企《たくら》みを根元から断ち切った。

「もうこれ以上、お前に【世界】を喰らわせるわけにはいかない！」

変形した右腕から【極限式創輝光砲《ゼルジエネテツカー》】の余熱を排気しつつ、ミコトはきっぱりと宣言した。四界の竜たちが形勢不利とみて、短距離転移で一気に戦場へと駆けつけたのだ。

――【追想《ついそう》の制錬者《ストレイジャー》】!?

――何故《なぜ》、貴様が敵である我を庇《かば》う⁉

救いたいからだ、とミコトは応えた。

「大事な人たち、大切なものたちを救いたいんだ。それを育《はぐく》んでくれた世界も救いたい。消し去りたくないから……みんなが紡《つむ》いで、つないできた想いを、なかったことになんてしたくないから！　だから‼」

切なる叫びに亡魂《ぼうこん》たちが唱和《しょうわ》する。

【霊界《サプレス》】の竜は確かにそれを聴いた。

己《おの》が育むべき魂たちが訴えかける声を、即座には否定できなかった。

――恩を売ったつもりか。愚《おろ》かな。

――今更《いまさら》、貴様らの罪業《ざいごう》が許されると思うてか⁉

「くだらないこと、ぐちゃぐちゃ言ってる場合かよ！」

威嚇《いかく》する【鬼妖《シルターン》】と【幻獣《メイトルパ》】の界竜たちを一喝《いっかつ》すると、それっきり目もくれず、ミコトは【冥土堕竜】への砲撃を再開した。隙あらば伸びてくる漆黒《しっこく》の触腕《しょくわん》を光線で斬《き》り裂いて、断固として敵に捕食する機会を与えない。

「あんたたちがこのまま喰われたら、本当に全てが終わっちゃうんだぞ‼」

――汝《なんじ》の主張、一考の余地有り……。

吹き飛んだ先で再増殖《ぞうしょく》しかけた断片を、プラズマの奔流《ほんりゅう》が瞬時に焼き尽くす。

【機界《ロレイラル》】の竜は即座に、己が最善と判断した行動に出たのだ。

――血迷うたか⁉

――論理的帰結。現状打破《だは》には他に術無し。

――いずれ淘汰《とうた》すべき相手ぞ⁉

「滅ぼしたいなら滅ぼせばいいよ。必死で抵抗するから」

・・・・・・・・・・・・・・・・・・・・・・・・・・・

だけど、俺たちはお前たちを滅ぼそうとは思わない。

「世界が壊れちゃったらさ、どのみち俺たち、生きてはいけないんだ」

ならばなんとする、と問うたのは【霊界《サプレス》】の竜だった。

「直すよ。間違ったところは全部。どれだけ時間がかかったとしても」

それしかできることはないから、とミコトは笑った。

「あんたたちからしたら愚かでくだらないことなのかもしれないけど、人間《ヒト》はそうやって生きていくしかないんだ。間違えて、気づいて、少しずつ変わっていくしかないんだ」

絶え間なき攻防の中で交わされた思念のやりとりが、しばし――止まった。

――ならば、存分に滅ぼしてくれようぞ‼

――小癪な【送還】の儀式など、断固阻止するのみ‼

激昂《げっこう》と共に、二匹の竜が戦場から離脱する。

【鬼妖《シルターン》】の界竜は、もうひとつの儀式の場である【忘れられた島】へ。

【幻獣《メイトルパ》】の界竜は、壊滅の危機に瀕《ひん》した同朋《どうほう》たちが救いを求める【工船都市】へ。

止める術は、ミコトにはなかった。

◆

帝国から聖王国方面へと向かう、道すらなき荒野にて。

「っ……コマンド・オン――ギヤ・クロスッ!!」

乱れる呼吸の中で召喚された【裁断刃機《ベズソウ》】が、すがる死人の群れを払いのける。

強いめまいを覚えてよろけたネスティの身体《からだ》を、レシィが支えて懸命《けんめい》に呼びかけた。

「しっかりしてくださいっ！　ネスティさんっ！」

「僕より、彼女を……トリスを……」

「あたしなら平気だからっ！　だいじょうぶ、だからっ!!」

気丈《きじょう》に応えるトリスだったが、それは空元気《からげんき》だ。彼女もまた危機の最中《さなか》にある。

迫ってくる人鬼《じんき》たちを短剣で切り伏せつつ、手負いの獣《けもの》を思わせる気迫で、かろうじて背後のネスティらを守っているという有り様だった。

クレスメントが誇るその強大な魔力も、ここまでの逃避行でおおかた消耗してしまい、今は小規模な術を散発的に用いることしかできなくなっている。
・・・・・・・・・・・・・・・・・・・・・
全てそうなるように、メルギトスが追いこんできた結果だった。

（生かさず、殺さず……淡い希望はけして途切れないように、さりとて必要以上に調子づかせぬように……このさじ加減の難しさがなんとも愉快《ゆかい》でたまりませんねえ）

苦闘する愛《いと》し子たちの姿を遠巻きに眺めつつ、メルギトスは舌なめずりする。

まるごと世界を揺さぶる壮大な謀略《ぼうりゃく》にも醍醐味《だいごみ》はあるが、やはりこうして獲物《えもの》の表情がはっきり見てとれるほうが嗜虐心《しぎゃくしん》を満たせて心地よい。

自らの手で鳥籠《とりかご》から放逐《ほうちく》したうえで、じわじわと獲物を追いつめていく狩猟遊戯《しゅりょうゆうぎ》。

が、長く楽しんできたそれも、そろそろフィナーレとなりそうな気配だ。

「僕が、時間を稼《かせ》ぎます……だから、お二人だけでも逃げて……っ」

敵の攻勢を凌《しの》ぎきれず後退してきたトリスと入れ替わるように、覚悟を決めたレシィが前に出る。残された乏《とぼ》しい魔力と生命《いのち》を振り絞《しぼ》って【審眼《しんがん》】を放つつもりなのだ。

高まっていく角《つの》の輝きと共に、その瞳《ひとみ》から血の涙がしたたり落ちていく。

「やめてっ、レシィ!?　もういいっ、もう無理しなくていいから!!」

足元の定まらないその身体を抱きしめて、トリスは涙ながらに訴えた。

「大事なあなたを失ってまで私は生き延《の》びたくないよ！　やっと手に入れた大切なものをなくしてまで生き続けたって、そんなの、ちっともうれしくないよう!!」

「ご主人さま……っ」

「レオルドみたいにいなくなっちゃやだ……っ、最後まで、側《そば》にいてよぉ……っ」

そんな二人をかばいながら、ネスティはこの状況を嘲笑っているであろう悪魔の王に向かって、【融機人《ベイガー》】らしからぬ激情の叫びを叩きつけた。

「僕たちはここで終わりだ、メルギトス……だが、貴様が勝利を噛みしめることは永遠に不可能だぞ！　なぜなら、僕たちはけして心折れない……自分の選択に後悔することなく、最後まで満足して死んでいくからだ!!」

それもまた強がりだ。けれど、ネスティにとっては本心でもあった。

親友を裏切り悪に手を染めても、救いたいと思える女性《ひと》に出会った。

自己憐憫《れんびん》だったのかもしれない。代償《だいしょう》行為、あるいは傲慢《ごうまん》だったのかもしれない。

それでも彼は、これまでの自分の生き方に納得していた。

力足りず、外の世界に連れ出してやることはできなかったけれど。

憎《にく》しみで曇《くも》っていた彼女の目に、まぶしい世界の存在を伝えることはできた。

孤独《こどく》に震え続ける魂を、そうではないと抱きしめてやることはできた。

「いや……やっぱり、口惜《くや》しいな」

「え？」

「君をもう一度、あいつと会わせたかった。みんなで一緒に生きてみたかったよ」

彼らに死をもたらす影たちが、ゆっくりとその包囲をせばめていく。

◆

「でしたら――そうしちゃえばいいだけじゃないですか！」

明朗《めいろう》に響き渡る乙女《おとめ》の声が、大胆極《だいたんきわ》まる発言を周囲にとどろかせた。

天空で解き放たれた光のはばたきが、不浄なる魔物たちを吹き飛ばし、灰燼《かいじん》へと還《かえ》す。

同時にその煌めきは、疲れきった逃亡者たちの傷を優しく癒《い》やしていった。

「遅レテ申シ訳アリマセン――あるじ殿！」

どおんと激しい土煙《つちけむり》をあげて大地に降り立った機械兵士レオルドは、はなむけとして【教授《ゲツク》】たちから譲《ゆず》り受けた重火器をフル稼働《かどう》させ、なおも殺到する悪鬼どもを殲滅《せんめつ》していく。その火線によって切り開かれた敵陣《てきじん》目がけて、嵐のような勢いで魔公子バルレルが突っこむと、縦横無尽《じゅうおうむじん》にその凶槍《きょうそう》で人鬼の群れを薙ぎ倒していく。

「ギャハハハハ！　まるで手応《てごた》えがねぇぞ、メルギトス！　手抜きすんじゃねェ!!」

互いに殺しあっていた護衛獣たちが、今は力を合わせて戦っていた。

レオルドの無事な姿に歓喜するトリスの頰《ほお》を、新たに熱い涙が伝っていく。

妖狐ハサハの指先がそれを優しく拭《ぬぐ》いとった。

「なかないで、おねえちゃん。もう、だいじょうぶだから……ね？」

泣きじゃくる主人の姿を眺めながら、レシィは自分の不甲斐《ふがい》なさを恥《は》じていた。

「僕は……ずっと悔《くや》しかったんです。守ってあげたいと思う人に、逆にずっと守られてばかりで……情けなくって、悔しかったんです……」

「そんなことないさ」

うつむくその背に手をやって、ネスティはレシィのひたむきさを肯定した。

「君がずっと見守っていてくれていたから、彼女は最後の人間性を失わずに済んだんだ。でなきゃ、僕がどうがんばったところでどうにもならなかった。君は立派《りっぱ》に護《まも》ったんだ」

そう――無力を思い知らされたのは自分も同じだ、とネスティは痛感していた。

とても大切で守りたいはずの相手に、結局こうして、また助けられてしまう。

「情けないな、僕は」

「そんなの、とっくに知ってるよ」

久しぶりに兄弟子と再会したマグナは、ちょっとむくれてそう言った。

「全部自分だけで何とかしたがる悪い癖《くせ》も、それが俺たちに迷惑をかけたくない気持ちからきてることも、無理だとわかってても絶対にあきらめないことも、全部知ってる」

「……っ」

「だから、面倒《めんどう》くさい話は後回しでいいよ。今はただ……おかえり、ネス」

「ああ……ただいま、マグナ……」

「やれやれ……期待していたよりも数段ひどい茶番っぷりですね。舞台に上がる予定のなかったはずのキャストばかりが、幅を利《き》かせすぎというものです」

ようやくその姿を現したメルギトスは、喜びと憎悪をないまぜにした眼差しで、傀儡《くぐつ》たちを掃討《そうとう》する機械兵士の姿を睨《にら》みつけた。

それから一拍おいて――完全復活した光の翼をはためかせる聖女の姿も。

「どんな【奇跡】を用いたのかお聞かせ願えませんかね……アメルさん？　貴女の力の源である【聖なる大樹】を封じたあの呪詛《じゅそ》にはかなり自信がありましてね……あっさり破られたのだと片付けてしまえない、どうしても納得がいかないのですよ」

助けてもらったんです、とアメルは答えた。

「ライくんのお母さんとその親友のナイアさん。フレイズさんとリビエルちゃんも力を貸してくれて、【幻獣界《メイトルパ》】に伝わる【浄火《じょうか》の大奇跡】で呪詛を清めてくださったんです」

「なんと……!?」

さすがのメルギトスも、絶句するしかなかった。

トレイユを訪れた際、泉の奥に潜む古妖精《メリアージュ》の存在は感知していた。

だが、位相の異なる空間ゆえおいそれと手出しできず、逆もまた然《しか》りと看過《かんか》した。

（そうか、あの場にいた至竜《ドラゴン》たちの仕業《しわざ》か……）

これまた無駄な正面衝突を避けた結果だが、己《おのれ》の失策と考えるのはさすがに増長が過ぎるというものだろう。因果の糸を巧《たく》みに操り、人の運命を弄ぶことを快楽とする悪魔王であっても、未来の全てを見通せるというわけではないのだから。

（そこまで至《いた》ってしまったら、ゲームを楽しめなくなってしまうでしょうし）

してやられましたね、と認めて、メルギトスはすぐに意識を切り替えた。

なにしろ今のこの盤面こそが、彼が望む最後にして最高の舞台であるのだから。

「では――そろそろ、始めるとしましょうか？」

血煙《ちけむり》のような魔力を全身にみなぎらせて、メルギトスは近づいていく。

兄弟子たちを背後に庇って立つ、憎くも愛《いと》しき【超律者《マグナ》】に向かって。

その歩みに呼応するように空間が歪んで、悪魔王の手駒《てごま》たちがその全貌《ぜんぼう》を現した。

シャリマが欲した知識を対価に譲り受けた【召喚兵器】の数々。

カシスが起動させた【憑魔《ひょうま》の宝珠】で召喚された近衛《このえ》悪魔の残党。

死人や鬼人《きじん》と化したウルゴーラの民と合流したそれらは、かつて傀儡《かいらい》戦争で率《ひき》いた軍勢と比べれば数でこそ劣るが、質としてはより恐るべき力を備えていた。

「終わらせましょう、マグナ」

「ああ。今度こそ、本当におしまいにしよう」

傍《かたわ》らへと降りたったアメルの呼びかけに、力強くマグナはうなずき返す。

「そして……また、ここから始めるんだ！」

血の気の戻りきらぬ顔に闘志だけはみなぎらせて、その反対側にネスティも並ぶ。

心配そうに睨みつけたアメルにすまなさげに首をすくめてみせる。休んでいてはくれそうにもない頑固者《がんこもの》にため息をついてから、彼女はやわらかく微笑み返すのだった。

◆

雷雲《らいうん》を伴《ともな》って飛翔《ひしょう》する【鬼妖《シルターン》】の界竜の巨軀《きょく》が、ラウスブルグを揺らして飛び去った。

その方角は――――忘れられし島。

空中庭園で待機していた一同は、状況が最悪の事態に向かったことを悟った。

「レックス先生は島に戻って！」

即座に叫んだのはナツミだった。

「しかし、それじゃ――――」

【冥土堕竜】に対抗する手段がひとつ失われることになる。

そんなレックスのためらいを、一笑に付《ふ》したのはハヤトだった。

「大丈夫だよ。俺たちはこういう時のために、こうしてついて来たんだ」

「魔剣の力は島でこそ本領を発揮するんでしょう？　なら、貴方が向かうのが最善です」

「ベルフラウさんたちのこと、守ってあげてください」

「トウヤくん……アヤちゃん……」

心配無用かと――――と、コーラルが請《う》け合った。

「この子たちはみな、覚悟を経《へ》てこの場に立ってる。ひとりひとりは貴方に及ばずとも、ひとりではないからこそ、ひとりでは進めぬ道も歩んでいける強さがある」

うなずく四人と、その傍らに立つ三人の理解者《パートナー》たち。

「わかった……」

レックスは迷いを振り切った。

「しかし、転移のできるメンバーは全員出払ったままだぞ」

「時間が惜《お》しい。我《われ》が飛ぶ」

呆気《あっけ》にとられるギアンを尻目《しりめ》に、コーラルはすたすたとデッキを歩いて、大空にその身を投げ出した。途端《とたん》に七彩の光芒《こうぼう》が湧《わ》き上がって、ミルリーフよりもひと回り大きな至竜《ドラゴン》が、ラウスブルグの真横へと出現する。

『すっごーい！　コーラルさま、ミルリーフよりずっと強そうかもっ』

『ただの年の功《こう》。すぐに追いつく。精進《しょうじん》あるのみ』

『うんっ！』

はしゃぐミルリーフにそう諭《さと》すと、【深叡《しんえい》の護法竜《ごほうりゅう》】コーラルはレックスにうながした。

『乗って。最速でかっ飛ばすから』

その背中にレックスが飛び乗る。さらにもう一人、ギアンがそれに続いた。

「僕は師匠《ししょう》の弟子だからな。それにあの島がなくなってしまうと、せっかく友達が増えたと喜んでいたエニシアが悲しむ」

『未熟者だが、それでも竜には連なる男。なにがしかの役には立つ、かと』

「ありがとう」

虹の軌跡《きせき》を残して、彼らは南へと飛翔《ひしょう》した。

◆

「貴方たちは行かないのか？」

堕竜の攻撃をしのぎつつ、ミコトは残る二匹の界竜たちに問いかけた。

――状況判断。今これを捨て置けば、我ら以外も全て喰らわれよう。

それはうまくない、と【機界《ロレイラル》】の竜は答えた。

――我はお前に助けられた。その対価は払わねばならぬ。

【霊界《サプレス》】の竜はそう言ってから、しばし後につけ加えた。

――それに、お前が纏《まと》う者たちの幽《かそ》けき声を聴いた……切なる魂の声を。

聴こえなくなっていたのだ、と竜は述懐《じゅつかい》した。

濁《にご》った何かが邪魔をして、その存在すら久しく忘れてしまっていた。

そうした声に耳を傾けながら、我は世界を慈《いつく》しんできたというのに。

（【共界線《クリプス》】に満ちていた毒気が薄らいだのかもしれない）

ミコトは思った。

皮肉にも【冥土堕竜】に喰われたことで【界の意志《エルゴ》】にかかっていた負担が軽減したのではないだろうか。もしそうならば、まだ希望はあるのかもしれない。

（彼ら《エルゴ》にかかっている負担を和《やわ》らげてあげることさえできれば……）

だが、それは目の前の脅威《きょうい》を振り払った後の話だ。

「レイのところまでたどり着ければ！」

だが、その距離がとてつもなく遠い。

なんとか間合いを詰めようとしても無数の触腕に阻《はば》まれ、引き離されてしまう。

焦《あせ》りと疲労がミコトの表情を険しいものにしていく。

その時だった。


「――至源の時より生じて、悠久《ゆうきゅう》へと響き渡るこの声を聞け！」

強大な魔力の波動が大気を震わせ轟《とどろ》いた。

それも、ひとつではない。

【機界《ロレイラル》】。【鬼妖界《シルターン》】。【霊界《サプレス》】。【幻獣界《メイトルパ》】。

いずれ劣らぬ四つの波動が、虚空を揺るがし、異界へと続くそれぞれの門を開く。

「【誓約者《リンカー》】たる、ハヤトが！」「トウヤが！」「ナツミが！」「アヤが！」

忌まわしき【誓約《のろい》】ではなく、古き【友誼《ゆうぎ》】の下《もと》に――。

「「「「汝らの力を望む!!」」」」

そして、異界の友たちはそれに応えた。

飛翔する【機兵《きへい》】の拳が、【冥土堕竜】のどてっ腹めがけて炸裂《さくれつ》した。

命中すると同時にプラズマフレアを噴《ふ》きあげつつ廻転《かいてん》、たちまち風穴《かざあな》を穿《うが》つ。

防ぐべく動こうとした無数の触腕は、【鬼神将】の大太刀《おおだち》にて先んじて両断されている。

さらに地上から大跳躍してきた長尾驢《カンガルー》とおぼしき【巨獣】が、堕竜の尻尾《しっぽ》をふん捕まえると、思いっきりぶん回してから豪快に地面へと叩きつける。

――これは……【召喚術】……なのか？

――知らぬぞ⁉　このような【召喚術】は⁉

戸惑《とまど》う界竜たちの身体に無数の妖霊《ジニー》たちが群がって、壺《つぼ》に満たした甘い蜜《みつ》を振りかけてゆく。マナの滋味《じみ》が受肉した身体へと染《し》み渡り、わずかながらも痛みを和らげてゆく。

――いや……違う。忘れていたのだ。

――未知なる希望……絆《きずな》と……可能性……。

それを示した勇者たちは、堂々たる声で名乗りをあげた。

「【機界《ロレイラル》】の【誓約者《リンカー》】ハヤトだ！」

「【鬼妖界《シルターン》】の【誓約者《リンカー》】トウヤ」

「【霊界《サプレス》】の【誓約者《リンカー》】ナツミだよっ！」

「【幻獣界《メイトルパ》】の【誓約者《リンカー》】アヤです」

かつてリィンバウムを破滅から救ったという伝説の英雄・エルゴの王。

手を携《たずさ》えて、その夢を継ごうと誓《ちか》った者たち。

「「「「我らは【誓約者《リンカーズ》】――理想郷の夢を継ぐ者なり‼」」」」

◆

決戦前夜――答えを聞くため【観測者】が分身を送った【界《かい》の狭間《はざま》】の小空間。

「は？」

さっきまでの深刻な顔が、まるで嘘《うそ》だったかのように。

メイメイは、ぽかんと大口を開けて絶句した。

それを見たハヤトは、彼女もまたずっと無理をし続けてきたのだろうなと悟った。

同時に、澄《す》ました顔でこの状況を引き出したアヤの度胸《どきょう》に唸るしかなかった。

「ですから、どちらも選ばないと話し合って決めたんです」

念を押すように、彼女は一同の総意を繰り返す。

「いやいやいや。ちょっと待って、ちょっと待って！」

こみかみに手を当てて唸りながら、メイメイは必死に平静を取り戻そうとする。

「どういうことかわかってるの？　てか、そもそも総意ってなに⁉」

問いに答えるべきは【誓約者《リンカー》】として王の名を継ぐ者のはず。

そのハヤトを差し置いて、どうしてこの少女が代表者面《づら》をしているのか。

一大決心であるからと級友たちの同席を認めはしたが、この展開は想定外だ。

「これは、世界の命運を決める真剣な問いかけなのよ⁉　受けるも拒《こば》むも自由だけれど、けして茶化していいものじゃないわ！　わかっていて言っているの⁉」

隠しきれぬ龍神《りゅうじん》としての怒気《どき》が、魔力の圧《あつ》となって場を揺さぶる。

力を浴びてよろけたアヤを、背後からトウヤとナツミが必死に支える。

そんな二人の目もまた、限りなく真剣であることにメイメイは気づいた。

魔力の放出が止《や》む。

「茶化してるわけじゃないってこと、わかってくれましたか？」

気丈にそう言ったアヤを睨みつけたまま、メイメイは再び問うた。

「ならば、重ねて問いましょう。その発言の真意を」

それには俺が答えるよ、とハヤトが最前列に出た。

「覚悟を示すのはもう充分だ。三人とも、ありがとう」

仲間たちの勇気に感謝してから、怒れる龍と向かい合う。

「彼女の言ったとおりです。俺は【エルゴの王】にはならない。【始原のエルゴ】の力を継承《けいしょう》することはできません」

【観測者】は目を見開き、一瞬だけ失望を滲《にじ》ませて、それを克己《こっき》で抑えこんだ。

「そうか――可能性を信じて、あくまで己の力だけで破滅《はめつ》へと立ち向かうか」

「いいえ――それも選びません」

再び、メイメイは絶句する。

「どちらも俺たちは選ばない。同じことの繰り返しでは何も変わらないから」

狼狽する彼女に、ハヤトは逆に問いかけた。

「どうして、たった一人が、全てを背負わなくちゃいけないんですか!?」

あまりに多くのものをひとりで背負って、かつての王は犠牲《ぎせい》となった。

だがそもそも、ひとりで背負う必要があったのだろうか。

その重荷を分かちあうことはできなかったのか。

「できたなら！　私だって、ゼノビスだって、とっくにそうしていたわよっ!!」

でも、無理だったのだ。

唯一無二《ゆいいつむに》の力を得た王だからこそ、彼は孤高《ここう》に耐えねばならなかった。

同じ高みに立つ者でなくては、真に苦悩を分かちあうことはできない。

言葉をいくら飾っても、真から強く想っても、つかの間の慰《なぐさ》めにしかならなかった。

「心配するほどにあの人は笑って無茶をした！　見てることしかできない私の苦しみがわかるというの⁉　その結末を知りながら、この問いを発するしかなかった【観測者】である私の苦悩が、貴方たちにはわかるというのッ⁉」

両手で顔を覆って、メイメイは吠《ほ》えた。

ずっと誰にも言えずにいた弱音を、初めてほとばしらせた。

「わかるよ――――でも、きっとそれはつもりでしかないんだよね」

寂《さび》しげにそう言いながら、ナツミは龍姫《りゅうき》の下に歩み寄った。

ハンカチを取り出して、嗚咽《おえつ》するメイメイの涙をぬぐう。

「それでも、わかってあげたいの。できなくても、足りなくても、真剣なんだよ」

「…………」

「だからこそ、僕たちは変えたいんです」

言葉を選びながら、トウヤは訴えかける。

「ハヤトはまだ、エルゴの王じゃない。唯一無二の存在じゃない」

そしてここには――――【誓約者】たり得る者たちが、まだ三人もいる。

顔を上げたメイメイの瞳が、みたび、見開かれた。

自分ひとりではけして到《いた》らなかった、新たなる解を示されて。

「重たすぎる荷物なら、最初から分けて背負っちゃえばいいんですよ」

「迷った時は相談すればいいし、互いに叱《しか》ったり、励《はげ》ましあったりもできる」

「頼りないかもしれないけどさ……あたしたち、本気だよ！」

メイメイさん、とハヤトは手を差し伸べる。

「俺たちみんなに――王が見た夢を託《たく》してください」

ああ、そうか。そうだったのだ。

あの人が夢見た楽園は、誰もが笑っていられる場所で。

みなが手を取りあい、助けあって暮らしていける世界だったのだ。

◆

「まさか――託された力を改めて分かち合うなんて、考えもしなかったよ」

降下する飛鴉魔《グレイヌフ》の背中で、キールはしみじみとハヤトに言った。

「四界の全てに通じる力をもってこその【誓約者《リンカー》】だと思ってたからね」

だが、それ自体がもう思いこみだったのだ。

絆の力によって召喚獣を呼び出すことができる者を【誓約者《リンカー》】と呼ぶのである。

たまたま最初の【誓約者《リンカー》】であった王がそうであっただけで、四界全てに通じているかどうかはまた別の話なのだ。

「もともと俺たちの世界《レゾンデウム》の人間は、四界の影響を強く受けてるみたいだから、今でも召喚することと自体はできるんだけどね」

それでも欠片《エルゴ》を再分配した今、前のように一人でなんでもできるわけではない。単純に戦力としてみれば、もしかすると弱くなったのかもしれない。

「だけど、そこはみんなで力を合わせれば!」

きっと、今まで以上のことだってできる。

互いの弱さを補い合って、よりたくさんの困難にも立ち向かっていける。

「キールが俺を支えてくれたように、さ」

「ハヤト……」

二人だけではない。

ナツミにはクラレットが、アヤにはカシスが、新たな護界《ごかい》召喚師として側にいる。

今は袂《たもと》を分かったままのトウヤとソルも、もしかしたら――。

「ああ……きっと、大丈夫さ」

可能性はまだ、こんなにもたくさん輝いているのだから。

4　痛みの先の未来へ ～No pain, No gain～

堕竜《だりゅう》が時の檻《おり》へと消え、界竜《かいりゅう》たちもまた去った後。

夜の闇《やみ》に包まれた戦場跡に、今は二人きりとなった父と子がいた。

「持ってゆくがいい。今より、お前がセルボルトの当主だ」

突きつけられたのは、ずっと求めてやまなかった当主の証《ペンダント》。

オルドレイクは淡々《たんたん》とそう告げると、呆然《ぼうぜん》とする息子に背を向けて歩き出す。

「おい、待てよ……待ちやがれッ！」

あまりの理不尽《りふじん》さに、ソルは思わず叫んでいた。

「なんで今なんだよ⁉　なんで、今さらなんだよッ‼」

「今を逃せば次はない。我《われ》が向かう先はそういう戦場《いくさば》だ」

「あんただけじゃないだろう、それは！　付き従う俺だって――――」

そこで彼は気づいてしまう。

自分もまた、切り捨てられたのだという事実《こと》に。

「我はもう当主にはあらず。王の夢に殉《じゅん》じる一個人。理想郷を求める殉教者《じゅんきょうしゃ》よ」

「――――ふざけたことをぬかすなッ‼」

怒りにまかせて放たれた【召喚術《しょうかんじゅつ》】の弾丸が、オルドレイクの背中で爆《は》ぜる。

が、その威力《いりょく》は影の衣《ころも》に呑《の》みこまれ、なんの痛痒《つうよう》も与えることはできない。

「ふざけるな！　ふざけるなッ‼　ふざけるなあアアァァッ!!!」

あれだけのことをしておいて、させておいて、その態度はなんだ。

俺も、あいつ《キール》も、カシスもクラレットも。

お前の歪《ゆが》んだ生き方に引きずられ、どれだけのたうち回ってきたことか。

死せる後《のち》も呪《のろ》いめいて記憶に留まり、【再誕《さいたん》】することでさらなる恐怖を植えつけた。

今だって、こんなにも絶望的な力量の差を見せつけているというのに。

「なに勝手に！　得手《えて》勝手《かって》に満足して！　楽になろうとしてやがるんだよ‼」

使うだけ使って打ち捨てて、また次の道具を探そうというのか。

「ずっと――――重たかったのだよ」

振り向き、そうつぶやいた父親の表情は。

ソルが初めて目にする、ひどく疲れきった男のものであった。

「求めても、求めても……欲するものに手は届かず、いらぬものだけが増えていった。尊《とうと》きものに気づくのは、決まって、自《みずか》らの手で壊してしまった後ばかりだった……」

だからこそ、なお一心不乱に求め続けてきた。

払った対価と釣り合う成果を手に入れねば、その重さに潰《つぶ》れてしまうから。

「やっと――見つけたのだよ」

雲に隠された遠き月を仰《あお》ぎ見るようにして、オルドレイクは囁《ささや》いた。

「絶望の先にあるもの。我は今度こそ、そこに辿《たど》り着かなくてはならないのだ」

「俺を……俺たちを置き去りにして、ひとりで行こうっていうのかよッ⁉」

そうとも、と彼はさみしげに笑った。

「これは私だけの到達点《ゴール》だ。お前たちのそれは――その先だ」

「……ッ⁉」

影が全《すべ》てを塗り潰して、何処《どこ》かへと消えてゆく。

置いていかれた者は、地に拳《こぶし》を叩《たた》きつけながら、低い声で嗚咽《おえつ》した。

◆

「――こんなところでぼっちかよ、えェ？」

「貴様か……」

全てのしがらみを断ったつもりが、まだひとつ残っていた。

とうに失われたと判じたのは、我が身の傲慢《ごうまん》だったか。

「……我を殺すか？」

「殺されてェのか？」

沈黙するしかないほどに大きな断絶。言葉ではもう贖《あがな》えまい。

「はッ！　どのみち、俺らにゃ未来《さき》はねェんだ……皇帝《レイ》の野郎がおっ死ねば、魂《たましい》のカケラも残さず消えちまうんだからよォ」

「正確ではないな。【救世皇帝】が健在であろうと、じきに我らが消えるのは必定《ひつじょう》だ」

それが【再誕】せし者の運命――【制錬者《ストレイジャー》】の御業《みわざ》であっても、界《かい》の復元力に無限に抗《あらが》うことはできない。今一度の生は一夜の夢幻《ゆめまぼろし》にも等しき儚《はかな》さでしかないのだ。

だからこそ我も、あの悪魔《メルギトス》も、全身全霊《ぜんしんぜんれい》を賭《か》けた。

だが――こやつは――。

「くだんねェ世迷《よま》い言《ごと》を口にしたら、それこそブッ殺すぞ？」

読まれている。本当にどうしようもない。

「俺様の望みは、あの時から何も変わらねェよ」

だから何度でも、最期《さいご》までそれを貫《つらぬ》き通す。

それが我とは違う――この者の強《しぶと》さだ。

「見ててやるよ――どうしようもねェ手前ェがじたばたあがいてのたうち回るサマを、特等席から眺《なが》めてゲラゲラと嗤《わら》ってやるぜ」

◆

絶対に守れる。守りきってみせる――そう思っていた。

そんな考えが浅はかだったのかもしれないと、ベルフラウは歯がみする。

ホクトとセイロンという頭目《とうもく》たちが囚《とら》われたことによって逡巡《しゅんじゅん》していた異界の軍勢は、大送還《そうかん》の発動によってさらにかき乱され、右往左往《うおうさおう》するばかりであった。

戦えない者たちはみな、シェルターと化した遺跡の内部にかくまわれている。

そしてその入り口には、四人の護人《もりびと》たちが堅固《けんご》な防衛陣《ぼうえいじん》を敷いていた。

あとは散発的に襲《おそ》いかかってくる敵を切り伏せ、儀式の邪魔をさせなければいい。

【不滅の炎《フォイアルディア》】と【翠遠の息吹《ヴェルデグリオン》】――二人の【抜剣者《セイバー》】が並び立てば、どんな精鋭《せいえい》相手でも遅れをとるはずはなかった。そう――ついさっきまでは。

――貴様ら、これ以上の無様《ぶざま》は許されぬぞッ‼

突如《とつじょ》飛来した【鬼妖《シルターン》】の界竜は、戦場いっぱいに響き渡るほどの怒号《どごう》を放った。

そこにこめられた言霊《ことだま》は、怖《お》じ気《け》づく異界の者たちの魂をより強い恐怖によって塗りこめて、がむしゃらに突撃する死兵へと変えた。ことに界を同じくする者たちは、苛烈《かれつ》なる御親《みおや》の過剰《かじょう》なる加護によって狂奔《きょうほん》し、手のつけられない暴れぶりを発揮《はっき》する。

(これでは、オルドレイクの【暴走召喚《やりかた》】と同じじゃないか⁉)

苦悶《くもん》に身をよじりつつ、消滅の恐怖から逃れんと殺到《さっとう》する者たちの姿に、エクスは息を呑んだ。が、その動揺は一瞬にとどめて、儀式の遂行《すいこう》により一層集中する。

もっと強く。もっと早く。そうでなくては、彼らの魂が保《も》たない。

あるいはそれ以前に、味方の防衛線が瓦解《がかい》してしまう。

『界竜はなんとかして私が抑えこむわ。なるだけ長く、保たせてはみるけど……』

「私たちのことはいいから！　今は世界を救うことだけに集中して‼」

　パッフェルの叱咤《しった》を背に受けて、龍身《りゅうしん》と化したメイメイが飛翔《ひしょう》する。

　未《いま》だ完全には回復していない身体《からだ》に鞭打《むちう》ち、陰禍《いんか》の炎をまき散らさんとする巨竜の前に立ちはだかって、時空の彼方《かなた》にその威力《いりょく》を受け流す。攻撃に転じる余裕はなかった。

「もっと下がれ、ベルフラウ！　まともに相手するだけ、バカを見るぞ！」

「そんなの……言われなくたって、わかってる……けどっ！」

　下がった分だけ、他の誰かが傷ついてしまう。

　すでにキュウマとファリエルが、エクスを守るために陣から飛び出している。欠けた位置にはミスミとヤードが入ったが、討《う》ち漏《も》らす敵が増えるほど、彼らの負担が増してしまう。ここで踏ん張らなくては、本当に守れなくなってしまう。

「あーっ、師《し》弟揃《ていぞろ》って本当にもうッ‼」

　毒づきながら、イスラは癒やしの風《ヴェルディグリオン》を戦場に吹き渡らせる。

（奇跡なんて当てにするもんじゃないのに。あいつ《レックス》がこともなげに繰り返してみせるから、どいつもこいつも信じすぎてさ……バカじゃないの⁉）

　その見返りとして、彼《あいつ》がどれだけのものを支払っているのか。

　本当の意味でわかっている者が、果たして他にいるのだろうか。

「そんなんだから……あいつは、バカみたいに笑い続けるしかないんじゃないかッ！」

　雄叫《おたけ》び一閃《いっせん》。緑の蔓草《ヘデラ》が敵を絡《から》めとり、一瞬で魂ごと爆散させる。

甘っちょろいことになんて、もうつきあっていられない。
ここは戦場。負けたら終わり。どっちも救いたいなんて傲慢の極《きわ》みだ。
だから、敵は滅ぼす。滅ぼしつくすしかない。
恨《うら》みつらみを背負っても、自分が守り切れるものだけを死守するしかない。
なのに——それなのに——。
どうして彼女たちは、こぼれ落ちていく滴《しずく》さえも、すくいとろうとするのか。
ためらいなく自らを犠牲《ぎせい》に捧《ささ》げてしまおうとするのか。
闇雲《やみくも》に荒れ狂っていた炎の軌跡《きせき》が、ふっと消え失《う》せた。
振り返ったイスラが見たのは、思いつめた顔で魔剣を凝視《ぎょうし》するベルフラウの姿。
開けてはいけない扉に気づいてしまった、いじましくも愚《おろ》かな決意。
「……ッ!?　それだけは、ダメだ……っ!!」
必死の彼の叫びが届くよりも早く。
大地に突き立てられた魔剣の切っ先から、炎の魔力が怒濤《どとう》のごとくあふれ出す。
もがきながら、一途《いちず》に疾駆《しっく》した彼女の激情は。
禁忌《きんき》として葬《ほうむ》られたはずの、この島に巣喰《すく》う【無色《むしょく》の派閥《はばつ》】の遺産。
その魔術回路《ネットワーク》に、強引に接続した。

◆

瞬時、世界の理《ことわり》が転じた。

守られる者にとっては福音《ふくいん》に。攻める者にとっては苛烈に。

「なんてことを……っ」

忘れもしないその感覚に、アルディラはがくりと膝《ひざ》をついた。

その隣ではヤッファが、怒りと嘆《なげ》きに満ちた咆吼《ほうこう》をほとばしらせている。

「【核識《かくしき》】が……起動しました……」

フレイズの報告に、ファリエルは両手で顔を覆《おお》ったまま、激しくかぶりを振った。

二度と起こしてはならない悲劇が、繰り返されてしまったのだ。


地を走る者たちが、もんどりうって倒れこむ。

周囲の大気が一瞬で致死毒と化したならば、いかにして身を守れというのか。

空をゆく者たちの翼に、重力という名の鎖《くさり》が絡みつく。

ただ墜落《ついらく》させるだけでは飽《あ》き足らず、四肢《しし》をねじ曲げ、潰してのける勢いで。

すさまじい冷気の霧《きり》が立ちこめて、機械たちを強制停止させていく。

異常活性したエシャリオの木々が、猛烈《もうれつ》な勢いで周囲の魔力を吸い上げているのだ。

それに巻きこまれる形で、敵対していた霊的生命たちが次々と崩壊《ほうかい》消滅していく。

屹立《きつりつ》する大地の槍《やり》。灼熱《しゃくねつ》の溶岩流。刃《やいば》と化した草花を伴《ともな》って渦巻《うずま》く大旋風《せんぷう》。

それらは全て、この島を害する者たちに向けられた怒りの具現化《ぐげんか》だった。

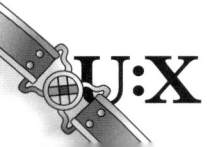

（これが……【核識】の力……【共界線《クリプス》】を支配するということ……）

魔力回路に深く接続されたベルフラウの意識は、恍惚《こうこつ》と恐怖の狭間《はざま》にあった。

オルドレイクの言葉は、嘘《うそ》なんかじゃなかった。

思うがままに世界を支配する力。

ただ守りたいと念じただけで、島の全てが彼女の手足となり、変幻自在《へんげんじざい》の武器となる。

あの界竜でさえ、十重二十重《とえはたえ》に繰り出される悪意によって、苦悶しているのだ。

（すごい……けど……ッッッ!?）

頭の芯《しん》が沸騰《ふっとう》する。押し寄せる膨大《ぼうだい》な負の感情《データ》に灼《や》かれ、魂がきりきりと痛む。気を抜けば一瞬で爆散してしまう。悲鳴すらあげることができない。

（でも、これしかなかった……守らなくちゃ……約束、したんだから……ッ!!）

魔剣にすがりつくようにして、必死に意識をつなぎ止める。

消えかけるその生命を、横合いから伸びた光の蔓草《ヘデラ》が必死につなぎ止める。
・・・・・・・・・・・・・・・・・・・・・・・・・・・・・・・・
（あの人の教え子なら最後はこうなるって――僕には……わかっていただろうにッ！）

ベルフラウを追うようにして遺跡の魔力回路へと接続したイスラは、ありったけの魔力を注ぎつつ、彼女の魂を守る緩衝壁《ウォール》となった。

無理に引き剝《は》がすことはできない。下手をすればそれだけで二人とも消滅する。

強すぎる彼女の想いはそのまま、彼女自身を苦しめる十字架となったのだ。

もう――――どうしようもなかった。

◆

役目を果たした【浮遊城《ラウスブルグ》】が異界へと退《ひ》いていく。

今も各地で続く、人間と召喚獣の争いをひとつでも多く止めるために。

戦場はここだけではないのだから。


そして――――新たなる【誓約者《リンカー》】たちの名乗りは、界竜たちの根源を激しく揺さぶった。

『エルゴの王が……再び、我らの前に立ちはだかるというのか？』

『否《いな》。あれは似て非なる――――新たな可能性を秘めし【盟友《クラスタ》】だ』

個としては先代に及ばぬ者たち。だが、彼らは結束《ユニオン》を組むことで、その力を天井知らずに高めあっている。一人で全てを背負う強さを持たぬ代わりに、助けあうことで、より多くの可能性を引き出しているのだ。

そう――――かつて彼らが夢見た、本来の【召喚術】の在《あ》り方のように。

そして見よ。彼らの呼びかけに応《こた》えし者たちの嬉々《きき》とした姿を。

肩を並べて武器を振るい、庇《かば》いあって微笑《ほほえ》み、天地を悠々《ゆうゆう》と駆ける。

愛《いと》しさと心強さで満たされたその魂は、どんな憎《にく》しみにも染まろうとはしない。

『スペックを無視している――――計測不能――――信じられぬ――――』

『天使と悪魔が手を携《たずさ》えて……いがみ合うしかないはずの者たちが……』

これが王の願った理想《ゆめ》です——龍姫《メイメイ》の思念《こえ》が響く。

（私でさえ信じきれなかった綺麗事《きれいごと》……失われてしまったはずの夢物語……）

その可能性が今再び、目の前で示されている。

夢見ることをあきらめなかった者の夢は、新たな世代の手に受け継がれたのだ。

彼女が交わした約束よりも、もっと素晴らしい未来を摑《つか》みとるために。

ならば——変わるべきではないのだろうか。

世界の全てが、かくあるべしと変わるべきではないのだろうか。

二匹の界の竜は、同じ想いによって身震いした。


「ここで——終わらせるッ！」

【幻毒蛇の憑依武装《トキシックアーム》】を纏《まと》ったミコトは、まっすぐに堕竜《レイ》めがけて疾走《はし》る。襲いくる無数の顎《あご》を残像と共にくぐり抜け、紅《あか》き【魔眼《まがん》】の刃で切り払う。海嘯《かいしょう》のように雪崩《なだ》れかかる冥泥《めいでい》を前に一歩も引かず、【鬼神力の憑依武装《バーサーカーアーム》】による灼熱の一撃で霧散《むさん》させる。そして飛翔——【霊冥妃の憑依武装《ネクロマシアアーム》】のマントをはためかせて、レイのもとへと舞い上がる。

誓約者《ハヤト》たちの援護が続いているうちに。

（出し惜《お》しみしてる場合じゃない。ありったけ全部で——助けるんだ！）

傍《かたわ》らで不安そうに見つめるデュウに、ぎこちなく微笑んでみせる。

「ここで使わせてもらうよ――ゼルフィルド、レオルド――」

【創光機刃《ジェネレイター》】――【機界《ロレイラル》】の勇者のために作られた光の剣。

その出力を極限にすれば、きっと冥土《めいど》の戒《いまし》めは断ち切れるはず。

そして同時に、彼ら【制錬者《ストレイジャー》】が生命《いのち》をつなぐ術《すべ》は完全に失われる。

（ごめん……カイ叔父《おじ》さん……）

親子と呼ぶにはあまりにもいびつな、それでも家族であろうとしてくれた人。

もしも次があるのなら、もっと話がしたいと思った。

「うおおおオオオォォぉぉぉッ!!」

シャリマによって磔刑《たっけい》に処され、その悪夢の虜《とりこ》とされたレイ。

分かたれた魂の片割れを救うべく、ミコトは渾身《こんしん》の力で、冥泥の檻に光の刃を叩きつけた。極光《きょっこう》。爆発。絶叫。咆吼――世界が身震いしたかのような衝撃。

だが、届かない。あと一歩が及ばない。

「そんな……」

溶け爆《は》ぜるその端から、冥界《めいかい》の泥《どろ》は殺到し、レイの身体へとしがみつく。

一切の反撃を捨ててまで、ただ執拗《しつよう》にすがりつこうとする。

それはまさに妄執《もうしゅう》。高みを目指す者を捕らえて離さぬ、羨望《せんぼう》と怨念《おんねん》の軛《くびき》。

されど妄執の在り方は、必ずしもその形だけではないのだ。

「――混迷の時より在りて、次代へと想いを託《たく》す、我らが声を聞け！」

朗々《ろうろう》として切々《せつせつ》と響き渡る詠唱《えいしょう》。それは願い。弱き者たちの祈り。

始祖《しそ》ゼノビスが最後の頁《ページ》に刻《きざ》みつけた儚き願い。

届かぬ高みを仰ぎ見ながら、先駆けて征《ゆ》く者へと向けた賛歌《エール》。

どうか、どうか――希望《ゆめ》を見せてほしい、と。

「破戒《はかい》の果てに迷いし者が、尊厳《そんげん》の全てを捨てて、ただ強く願う――」

戦火に砕《くだ》けた楼閣《ろうかく》の上。影を纏って現れたオルドレイクは、信じた夢を取り戻すために、全身全霊の魔力を解き放つ。

そしてその傍らから、白髪の兇雄《きょうゆう》が雄叫びをあげて跳躍《ちょうやく》した。

「征《ゆ》くがよい――【餓竜王獄怨牙《スタルヴエルギオ》】オォッ!!」

「うゥおおおおおおおおオオオオオオオおおおオオッッ!!!」

煮えたぎるような魔力を全身に浴びながら、【魔神王《バノッサ》】は吠《ほ》えた。飽きもせず繰り返されるしみったれた争いと、それを止められないくそったれな【この世界《エルゴ》】に、獰猛《どうもう》な牙《きば》を突き立ててやるために。

（余計なちょっかいなんていらねェよ。それで滅ぶんなら自業自得《じごうじとく》だろうが）

振りかぶった二刀が赤紫《マジエンダ》の瘴気《しょうき》に燃えあがり、飢《う》えたる双頭の餓竜《がりゅう》と化して堕竜の喉元《のどもと》に食らいつく。引き裂き、噛《か》み千切《ちぎ》り、思い知らせる。

その背を駆けて再び跳《と》んだバノッサは、誇らしげに嘲笑《わら》った。

（俺たちはただ、最期まで好きにやりてェだけなんだ――なあ、スタルヴェイグ《そうだろう》よ？）

斬撃《ざんげき》。斬撃。さらに交差する斬撃。

無様で滑稽《こっけい》な英雄さまに、より無様な有《あ》り様《さま》ですがりつく未練の泥を。

誇り高き野良犬《ケダモノ》の牙が、情け容赦《ようしゃ》なく蹂躙《じゅうりん》する。

「まとめて喰《く》われたくなきゃア、とっととそいつを持っていきやがれッ!!」

罵倒《ばとう》されるよりも早く、ミコトはレイの身体を抱きとめ離脱していた。

詫《わ》びるような眼差《まなざ》しを一瞬だけ、救い主へと向けて。

（それでいい……大事なモンはなァ、他を放り出してでも握っとけ……）

そして彼はなお激しく、全ての理不尽へと牙を剝《む》く。

◆

「何ができるっていうんだ……こんな、桁外《けたはず》れの領域の戦いに……」

己《おのれ》の無力さを噛みしめて、ソルは嗚咽した。

突き放されてもなお、認めさせたくて、必死で父の影を追ってきたのに。

踏みこむことさえできやしない。死の予感に足がすくんで動けない。

自分の弱さが嫌になる。口ばかり達者《たっしゃ》で、虚栄《きょえい》を張るばかりで。

覚悟すらできていなかった。できていると思っていただけだった。

「俺は弱い……何ひとつ為《な》すこともできない……無力な愚《おろ》か者だ……」

そんなことはないさ、と懐《なつ》かしい声がした。

虚《うつ》ろな操《あやつ》り人形としてではなく、ひとりの人間として。

トウヤは、かつての召喚主《マスター》へと呼びかけた。

「それを弱さというのなら誰だって同じさ。立ち向かう時には足だってすくむし、逃げてしまいたいって思ったりもする。それが当然なんだ。愚か者なんかじゃない」

「なんの……つもりだ……？」

復讐《ふくしゅう》の予感に身を強張《こわば》らせたソルに、だが、トウヤは手を差し伸べた。

「君の力を貸してほしい。今は、戦える者がひとりでも多く必要な時だから」

「……ふざけたことを言うなッ⁉」

わかっていて言っているのか。それとも嫌がらせなのか。

「俺はお前を道具として使い潰そうとしたんだぞ⁉　憎くないのか⁉　【魔人形《ディアマータ》】として血塗《ちまみ》れにされてきた恨《うら》みを、晴らしたいとは思わないのかッ⁉」

「うん……恨みはあるよ。それは否定しない」

静かな答えは、だからこそ偽《いつわ》りではないと告げていた。

「僕は他のみんなみたいには優しくない。まだ君を許したわけじゃない。許せるかどうかさえもわからない――」

だけど、とトウヤはその先を紡《つむ》ぐ。

「いつかは許せるかもしれない。その可能性まで否定するのは――イヤなんだ」

「あ……」

頑《かたく》なだった心に、じわりと何かが染《し》みこんでくる。

それは彼がまだ知らぬ感情。そして、ずっと知ることを恐れてきたもの。

「行こう、ソル――君の妹《カシス》は、ずっと心配しているよ？」

おそるおそる、差し出された手を摑みとる。

その温かさに、もう一度だけ、ソルは小さく嗚咽した。

◆

蒼《あお》き光の流星が、島を覆う曇天《どんてん》を切り裂いた。

「レックス殿！」

なおも絶望に抗い続けていたキュウマの頰《ほお》を、一筋の涙が伝う。

「俺が――絶対に、なんとかしてみせるから!!」

至竜《コーラル》の背から飛び降りたレックスは、脇目《わきめ》も振らず、生徒のもとへと走った。立ちはだかる敵を躊躇《ちゅうちょ》なく切り捨てて、魔人のごとき勢いで疾走《はし》る。

「なんだ……本気を出せば、あんなにもやれるんじゃないか」

（みだりにそれを用いぬことこそが、あの者の真の強さかと。心の強さ。しかと学べ）

まだまだ未熟な弟子《ギアン》に小言をくれつつ、【深叡《しんえい》の護法竜《ごほうりゅう》】コーラルは、界の竜と龍姫《りゅうき》が激しくぶつかりあう戦場へと向かう。

(だが、それが全てとは思うな。強き願い《エゴ》は諸刃《もろは》の剣《つるぎ》。振るえば振るうほど自身を傷つける。それに耐え続けていくのは――無限の苦しみぞ?)

「わかっていますとも!」

そのうえでなお、求めてしまうのが人間《ヒト》の業《ごう》なのであろうか。

ならば、あの男《レックス》はきっと誰よりも人間らしいのかもしれない。

たとえその身が、ヒトならぬ者に変わってしまったとしても――。

◆

メルギトスの遊戯《ゆうぎ》の只中《ただなか》に、未《いま》だマグナたちはいる。

それはまさに、最後の戦いと呼ぶにふさわしい激戦の連続であった。

兇嵐《きょうらん》の槍が死人たちを薙《な》ぎ払い、招雷《しょうらい》の雨が召喚兵器たちを沈黙させていく。

絶え間なき銃火が人鬼《じんき》の群れを激しく穿《うが》ち、万物《ばんぶつ》を凍《い》てつかせる神秘の眼差しは、悪魔たちの跳梁《ちょうりょう》をけして見逃さなかった。

異なる二人の主人に仕《つか》える四体の護衛獣《ごえいじゅう》たちは、それぞれがもっとも得意とする方法で、存分《ぞんぶん》に本領を発揮していた。のみならず、お互いの弱点さえも補い合いつつある。

それを可能とさせたのは、司令塔となったネスティの存在だった。

唯一《ゆいいつ》、全ての護衛獣たちの特性を把握《はあく》している彼の指示は的確《てきかく》で、手を変え品を変えて攻めてくる敵軍の波状《はじょう》攻撃にも、迷うことなく最適解《さいてきかい》を提示し続けているのだ。

彼らの守護天使となったアメルの支援もまた絶大であった。

傷を癒やし、マナを分け与え、時には前に出て盾《たて》の役目さえも引き受ける。

そんな仲間たちの奮闘《ふんとう》を追い風として、マグナはひたすらメルギトスに向かって突き進んでいく。実戦の中で身につけた剣技《けんぎ》と召喚術を併用《へいよう》するその戦いぶりは、立ちはだかる敵に応じて変幻自在《へんげんじざい》の威力を発揮し、足止めの役目すら果たさせない。

「ひゃーっはっはっは！　ああ、それでこそ……それでこそ、我が怨敵《おんてき》ぃイッ！　愛憎《あいぞう》極まるクレスメント！　忌々《いまいま》しき【調律者《ロウラー》】っ！　最高の好敵手ですよおぉォっ!!」

感極《かんきわ》まった叫びと共に、メルギトスは嬉々として走り出す。

この瞬間のために受け入れた【再誕】で獲得したレイムとしての依り代《よしろ》。

機械魔《きかいま》の力を捨ててまで選んだその中身は、界の記憶に刻まれしクレスメント一族の血統をベースに具現化されしもの――正しき形で【誓約】が履行された先にあったはずの、永遠を共にしたであろう、真なる【調律者《ロウラー》】の姿であった。

みなぎる血煙《ちけむり》のような魔力光は変質した【源罪《カスラ》】であり、結界《けっかい》として身を守ると同時に、敵意や殺意を魔力に還元《かんげん》してとりこむことで、悪魔である彼に無限の糧《かて》をもたらす。

さらには激情の赴《おもむ》くままに、その四肢《しし》に魔剣にも劣らぬ威力を発現させるのだ。血識《ちしき》によって得てきた召喚術の数々も当然、かつてと遜色《そんしょく》なく振るうことができた。

双方共にとり得る戦術の幅は互角《ごかく》。

なればこそ激突した両者は、雄叫びと哄笑《こうしょう》をぶつけあう攻防の連鎖《れんさ》へと没入していく。

「なんで……どうして……ワケ、わかんないよ……っ」

戦う二人の姿を追いかけながら、トリスは知らずつぶやいていた。

マグナがネス《あいつ》を救うためにやって来たことはわかる。

ついでに自分を助けてくれたことも、すごく癪《しゃく》だけれども、感謝はしている。

でも、それで簡単に納得して終わらせるわけにはいかぬことがある。

だから――彼女は飛び出した。

「私のことを――おいてけぼりにしないで!!」

勢いよく振り下ろされた魔性《アヴィス》の刃が、至近《しきん》にて均衡《きんこう》する魔力の力場を斬《き》り裂き、強制的に両者を分けた。闖入者《トリス》の血を吐くような叫びに、マグナは虚《きょ》を突かれ息を呑み、メルギトスは忌々しげに舌打《したう》ちした。

「今までの全部、このまま戦って終わらせようなんてあんまりじゃない!? そんなんで解決できるなら、私なんて……いてもいなくても関係なかったことになるじゃない!?」

そんなの絶対に認めない、とトリスは吠えた。

全ての因果《いんが》がクレスメントとメルギトスの確執《かくしつ》に帰結するものだとしても、そこから伸びた枝葉の末端に過ぎぬ自分にだって、言ってやりたいことはたくさんあるのだ。

因果の律《りつ》に絡め取られてしまったライルやアルミネ。巻き添えにされた名も知れぬ多くの者たちにだって、無視されてはたまらない想いの数々があるのだ。

「さんざん世界を巻きこんで迷惑かけといて、二人の間だけで終わらせようだなんてムシがよすぎるよっ！　勝手に完結させないで！　私たちを無視しないで!!」

激情をほとばしらせる彼女の背後に、マグナたちは視《み》ていた。

数え切れぬほどの亡魂《ぼうこん》たち――【悪魔王】と【調律者《ロウラー》】が繰り返してきた愚挙《ぐきょ》の中で、理不尽に生命を奪われてきた者たちの怒りを。

（ああ、そうか――俺たちもミコトと同じ、本当は空っぽの器《ホムンクルス》だったから――）

幽《かそ》けき声たちの代弁者として、きっと彼女は無自覚のまま選ばれたのだ。

自分のことしか見えていない当事者たちに、やるせない怒りをぶつけるために。

（亡魂を形作るのは執着心だってメイメイさんは言ってた。無念の想いが縛鎖《ばくさ》となって【共界線《クリプス》】に絡みつき、魂の身動きがとれなくなってしまった状態なんだって）

自身では断ち切れぬそれをなんとかしてほしくて、彼らはありとあらゆる手段で生者に訴えかけようとする。眠っていた彼女が今この時になって目覚めたのは、すがりつく彼らの働きかけによるものだったのかもしれない。

「わかるよ……私の中にも、そんな憎しみのカケラがあったから」

今は自分の中に還《かえ》った哀《かな》しい記憶を振り返りながら、アメルは目を伏せてつぶやく。

「やりきれないよね、悔《くや》しいよね、でも……」

「僕らには、ただ悔《く》いることしかできない。やり直せない以上は、過去の全てを逃げずに受け止めることしかできないんだ」

すまない、とネスティは口に出して詫びた。

彼がしたこと。彼の一族がしてきたこと。

どこまでが自分の罪で、どうすれば許してもらえるのかもわからないけれど。

それでも、償《つぐな》いたいというこの気持ちだけは伝わってほしいと願った。

あの時のエクスも、きっとそうだったのだろうと知った。

「無視なんてしない。できるわけがないよ」

去来《きょらい》する思いを懸命《けんめい》に言葉にこめて、マグナは告げた。

「ずっと、謝りたかったんだ……ちゃんと、謝りたかったんだ……」

許されるとは思っていない。自己満足だと罵《のの》られても仕方ない。

それでも今ここで、届かなかったはずの言葉を届けられるというのなら。

「どうしようもない身勝手に巻きこんでしまってごめんなさい」

頭を下げた。

それだけなのに。たった一言、ようやっと伝えられただけなのに。

「う……うああアアァァぁぁ……ッ!」

トリスにしがみついていた無念の影たちが、慟哭《どうこく》と共に、はらはらと散っていく。

彼らとて本当はわかっているのだ。

どれだけなじって恨みをぶつけたとしても、奪われてしまったものは戻らないと。

それでもこうして訴えたのは、気づかせたかったからだ。

なかったことにされるのだけは許せない。

犯した罪を認めて、心から悔いてくれればいい。

全てを許すことはできなかったとしても、魂を縛《しば》りつける鎖《くさり》はその想いによって、少しずつほどけてゆくのだから。

「トリス――俺は君を拒《こば》んだりしない。みんなからもらったたくさんのあたたかいものを君にも分けてあげたい……ううん、一緒に幸せな気持ちを感じてほしいんだよ。だって、その……俺たちは同じ生まれの、きょうだいみたいなものなんだし……さ？」

「マグ、ナ――で、も……っ」

いいの？　と、震えながらトリスは問うた。

「殺そうとしたのに……ネス……奪《と》っちゃおうとしたのに……」

「ちょっととりあってケンカしちゃっただけだよ。初めてだから、互いにうまく加減できなかっただけさ」

にまっと笑ったマグナの顔が、落ちてきた兄弟子のゲンコツによって歪む。

「君はバカか⁉　言うに事欠いて、人をぬいぐるみの玩具《おもちゃ》かなにかみたいに……」

「あら、いいじゃないですか。いかにもお気に入り♪　ってカンジがしますし」

「アメル……君まで、なんてことを……」

「いい機会ですから自覚しておいてくださいね。貴方《あなた》がいなくなると、私たちはとっても困ってしまうんだってこと！」

「ああ。メモリー……だけじゃなくて、肝《きも》にも銘《めい》じておくよ」

「つくづく……つくづく……ッ、つくづくづくづくづくづくづくウゥゥゥッ!!」

せっかくの逢瀬《おうせ》に水を差される形となった悪魔の王は、秀麗《しゅうれい》なその顔を憤懣《ふんまん》に歪めて、忌々しき敵手たちを罵った。

「反吐《へど》が出る茶番の忌々しさッ! さあ、さア、もうよいでしょう!? 早くっ、早くぅぅぅっ! しっぽりと血に塗《まみ》れて殺しあいましょうよォ!! 互いの全てを削《けず》りながら、ありったけの怒号と悲鳴をぶちまけあいましょおッ!! ひっ、ひゃははははっ、ひゃーっはっはっはっはっは!!!」

◆

【共界線《クリプス》】の輝きだけがひしめいていた。

もう、時間の感覚すらおぼつかなくなってしまった彼女の世界。

蒼《あお》き光の奔流《ほんりゅう》が、霞《かす》む視界にきらめいた。

嬉《うれ》しさと自己嫌悪。見捨てられたって仕方がないと、彼女は覚悟していた。

なのに――――先生は、優しくその頬を撫《な》でてくれた。

(よくがんばったね、ベルフラウ)

ああ、そんな優しい瞳《め》で見ないで。

叱《しか》られたっていい。ぶたれたっていい。だから――――。

（お願いだから……もっとご自分のこと……大切にしてください……）
蒼の波動が染み渡っていく。
ぐしゃぐしゃにもつれて絡みついた【共界線《クリプス》】を解きほぐしていく。
彼女の代わりに、痛みごと、全てを引き受けていく。
（ここからは俺の役目だよ。君はもう、充分にやってくれた）
（でも……っ！）
食い下がろうとした唇《くちびる》に、優しくて甘い感触。
ずっと欲しかった彼からの接吻《キス》は、涙が出るほど嬉しくて。
別離《わかれ》を告げるものだとわかっていたから、もう何も言えなくなる。
（【不滅の炎《フォイアルディア》】は俺が引き継ぐよ――これでもう、君は【抜剣者《セイバー》】じゃない――）
いやいやをして拒んでも、もうどうにもならない。
なんてひどい罰《ばつ》――貴方と一緒に永劫《えいごう》を歩いて行くことが、私の願いだったのに。
（大切な女性《ひと》だからこそ、君には人間として生きてほしいんだよ）
困り顔で押しつけられた、優しくて残酷《ざんこく》な自己満足《エゴイズム》。
ごめんね、アズリア――私でも――この人を止めることはできなかったよ。
泣いて手を伸ばしても、もう届かない。
切り離される力。遠ざかる微笑み。たまらない喪失感《そうしつかん》に震えながら。
ベルフラウの意識は、現実世界へと帰還《きかん》した。

「みぃーちゃった、みぃーちゃった♪」

皮肉っぽく囃《はや》したてながら、隠れていたイスラはレックスの前に姿を現した。

「イケない先生だよね。生徒の気持ちをさんざん弄《もてあそ》んで、結局捨てちゃうなんてさ」

「弁解はしないよ」

こみあげるものを噛みしめながら、レックスはそう答えた。

「まあ――あれしかなかったけどね。その魔剣はもう暴走しかかってる。無理にでも引き離さなくちゃ、あの子の魂はハイネルみたいに砕け散っていたさ」

「ああ。君が必死に支えてくれなければ、俺はきっと間に合わなかった」

ありがとう、とレックスは微笑んだ。

「やめてよ……。僕の前で、そういうのはさ」

不快そうにイスラは吐き捨てた。

「生憎《あいにく》だけど、今の僕にはお見通しなんだ。なにせ、魂が似た者同士だからね」

このまま、イスラが請け負った分の負担も、魔剣ごと回収する。

「なぁんて思っているんだろう――センセイ？」

「…………」

無理だよ、とイスラは嘲《わら》った。

「だって、僕はとっくに――限界点《リミット》を越えちゃってるんだからさ」

「な……!?」

「おかしいとは思わなかったの？　都合がよすぎるって思わなかったのかい？」

怨念《おんねん》に満ちた【紫紺の蛇刀《バルバリーア》】の封印《ふういん》を解き、強引に【翠遠の息吹《ヴェルディグリオン》】という魔剣に創《つく》り変えた。

【共界線《クリプス》】を経由して、無尽蔵《むじんぞう》の癒やしの風を巻き起こしてきた。

さらには無限に押し寄せる怨嗟《えんさ》の声を、ベルフラウを庇うために一身に受け続けて。

そんな無茶苦茶《むちゃくちゃ》に力を使い続けたら、無茶苦茶にならないはずがない。

イスラの魂はあの時以上に、消滅寸前にまですり減っていたのだ。

自分の不明を、レックスは悔いていた。

みんなを護《まも》るために剣を振るってくれているイスラの姿が本当に嬉しくて、まるで疑いもせず、こんなことになるまで放置してしまった。

「哀《あわ》れむっていうのはさ……無礼なんじゃない？」

そんな彼に向かって、容赦《ようしゃ》なくイスラは言い切った。

「何もかも全部を救おうとするのはキミの勝手だけど、それって結局、自分のワガママを押し通し続けていくってことだよね……キミが今、あの子にしたようにさ」

「…………」

「責めてるんじゃないよ。それが人間なんだもの。キミは間違っちゃいない」

けれど、普通は途中で挫折《ざせつ》する。

どうしようもない世の理《ことわり》や、自らの力の足りなさにあきらめてしまう。

「だけど——キミはそれを覆《くつがえ》せる【魔剣《ちから》】を手に入れてしまったから——」

はね返されても、折られても、ただ愚直《ぐちょく》に願いを叶《かな》えようとあがき続けた。

人はそれを美しい奇跡として語り継ぐのだろう。

けれども、当の本人にとってそれは、けして満たされない苦難の道。

なまじ手が届きそうだからこそ追ってしまう、果てしなく蒼い理想郷《きれいごと》。

あきらめることができぬまま、身を削って進み続けていく愚者《ぐしゃ》の歩み。

イスラだからこそ、正しく見抜くことができた真実。

「だとしても……俺は……っ」

止めないさ、とイスラは寂《さび》しげにつぶやいた。

「止めたって止まらないんだろう？　だったら、最後まで好きにすればいいんだよ」

それで苦しむのも、傷つくのも、当人の自由なのだから。

望みをもつことを否定する権利は、エルゴにだってないはずだから。

そしてそれは——イスラにとっても同じこと。

「後悔なんてしてないよ。僕は僕の思うままにやったんだ。レックス……君と同じだ」

だからさ、と皮肉屋の青年は優しく微笑む。

「残ってる僕の魂のカケラは、この魔剣ごと、君のしたいことのために役立ててよ」

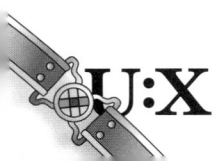

あの時交わした約束を、もう一度、君に託したいから。

「僕みたいなヤツでも笑って暮らせる未来――キミの一番近くで、見届けさせてよ」

◆

「……せい……んせいっ！　しっかりしてよっ、せんせぇっ‼」

涙声に呼ばれて目を覚ますと、そこは遺跡の内部だった。

「よかった……ずっとずっと……お別ればかりなんて……イヤだよう……っ！」

「オウレン……」

しがみつき泣きじゃくる生徒の背中を、ベルフラウはかき抱いた。

自分がいかに考えなしだったのかを思い知らされる。

教え導かねばならぬ者の存在を忘れ、自暴自棄《じぼうじき》になってしまうなんて。

「その様子なら、重ねてお説教するまでもないわね」

赤い目をしたアルディラが、きつい声でそう告げる。

「是非《ぜひ》はともかく貴女《あなた》は最善と信じることを為《な》した。あとは結果を受け止めなさい」

「島の護りは⁉　大送還術は⁉」

「見てのとおりさ……ギリギリよ……ッ」

制御《せいぎょ》装置の前に座したヤッファが苦しげな声で応える。

絶えず魔力を注ぎ続けるその全身は汗《あせ》まみれで、マルルゥが懸命に飛び回ってタオルでそれを拭《ぬぐ》っていた。接続《アクセス》を保持したままのアルディラの顔にも疲労の色が濃い。

ミスミもヤードも喪心《そうしん》すれすれの状態で防衛機構《システム》を制御《せいぎょ》している。

「今の私たちはこの遺跡を守ることだけで精一杯《せいいっぱい》。外で戦ってるファリエルやキュウマに支援を送る余裕さえないの――悔しいけどね」

ヴィジョンに映し出された護人たちは、地を埋めつくさんばかりにあふれる敵兵を相手に戦い続けていた。今にも倒れそうなほどに傷つきながら、なお戦い続けていた。

「ベルせんせいっ、ダメっ！」

立ち上がろうとしたベルフラウを、オウレンが必死に押しとどめた。

「気持ちはわかるがそなたはもう【魔剣】の使い手ではない。ましてその身は気息奄々《きそくえんえん》。無茶を重ねれば、今度こそ本当に助からぬぞ」

諫《いさ》めたのはかつての敵将ホクトだった。オウレンに請《こ》われた彼は、セイロンと共に気功《ストラ》による治療を行い、衰弱《すいじゃく》したベルフラウを蘇生《そせい》してくれたのだ。

「無念は我《われ》とて同じよ。全ての御親《みおや》たる界竜の威光《いこう》の前では、為す術もない……ッ」

拳を震わせてセイロンが嘆《なげ》く。その義心《ぎしん》は戦場に出たいと欲しても、飛び出せば言霊によって操られてしまう。ただ歯がみしながら、無念に耐えるしかないのだ。

「救いなのは、ギアンと【護法竜《コーラル》】殿が駆けつけてくれたこと。かろうじて【大送還術】の陣は守られている……かろうじて、なのだがな……」

「先生は!?　イスラは何をしているのよ!?」

あの人が健在なら、こんな暴虐《ぼうぎやく》を絶対に許したりしないはずなのに。

「お二人の姿は――――どこにもありませんでした」

ベルフラウをここまで運んできたクノンが、つらそうな顔で告げる。

「生体反応も、魔力反応も――――行方不明《ミツシングインアクション》です」

両手で顔を覆って、ベルフラウは慟哭した。

5　輪廻常苦の果てに ～Rebels Leaving calmly～

せんせいが泣いている。あの時のわたしみたいに。

たいせつな人がいなくなって――かなしくて――さみしくて――。

こんなのはイヤだ。こんなのはダメだ。

つらいことの繰り返しばかりじゃ、きっと世界は涙でおぼれてしまう。

こんなにもキレイなのに。こんなにもあたたかいものがあるのに。

とめなくちゃダメ――ダメなの――だから――っ！


「竜命《りゅうめい》に於《お》いて――疾《と》く――護《まも》り給《たま》ええええええっ!!」

魂《たましい》からの咆吼《ほうこう》が、為《な》すべきことを教えてくれた。

「オウレン殿!?」

力を解き放つ。使っちゃダメだと竜道《りゅうどう》の巫女《ばあや》は言っていた。

だけど、今ここで使わなくちゃ――わたしは永遠に後悔すると思うから。

勝てなくていい。護るだけでいい。この声さえ届けられれば。

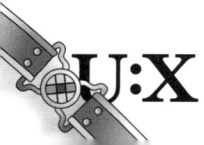

だから走る。必死に走る。

追いかけてくるセイロンやホクトの呼びかけにも振り向かずに。

幼き龍《わたし》の叫び声が、争いを強《し》いる呪《のろ》いをかき消していく。

みんな、みんな、もう戦いたくないってこんなにも泣いているのに。

「ねえ――――いつまで、憎《にく》み続けるの⁉　どうして、許しあえないの⁉」

天空から睨《にら》みつけてくるわたしたちの界竜《せかい》に向かって、わたしは泣きながら、怒りながら、心からそう問いかけた。

◆

闘戯《とうぎ》都市グライゼル――――賭博《とばく》をはじめとする遊興《ゆうきょう》で栄えてきた街。

聖王国に属しながら、その莫大《ばくだい》な税収ゆえに独立自治が黙認されたこの街では、全《すべ》てのルールが金貨の量によって決められる。旧王国の貴族だろうと帝国の軍人であろうと、金さえあれば大手を振って闊歩《かっぽ》できる。そんな無法地帯でもあった。

ゆえに――――ここでの召喚獣《しょうかんじゅう》たちの扱《あつか》いはむごいものだった。

労働力として酷使《こくし》するのは言うに及ばず、色町《いろまち》の酌婦《しゃくふ》、あるいは賭《か》け試合の闘士として。

際限《さいげん》なく召喚されては、無慈悲《むじひ》に使い潰《つぶ》されていく。

そんな彼らにとって、【界の意志《エルゴ》】による檄《げき》は、まさに解放の狼煙《のろし》だった。

見世物《みせもの》にされ続けてきた異界の闘士たちが、まず闘技場を制圧した。

装備だけは立派《りっぱ》な衛兵《えいへい》たちには、命がけで鎮圧《ちんあつ》する気などさらさらなかった。

とっとと職場を放棄《ほうき》して、散り散りになって逃げていく。

市街に飛び出した闘士たちは、そうした中で放棄された武器を同朋《どうほう》に配っていった。

守備隊が重い腰を上げた時には、既《すで》にバリケードが築かれていて、街は人間と召喚獣のふたつのテリトリーに分断されてしまっていた。異なる陣営に取り残されてしまった不幸な者たちは、互いの意《い》趣返《しゅがえ》しの対象にされて、悲《ひ》惨極《さんきわ》まる目にあわされていた。

「あー。こりゃあもう、一発ガツンと殴って黙らせるのが先だろう」

争いを止めるべくやって来たはずのライは、あまりの混乱ぶりに匙《さじ》を投げた。

なにせ往来を巨大な魔獣たちが闊歩している有《あ》り様《さま》なのだ。

のんきに話しあいとか言ってる場合じゃない。

まずはぶん殴っておとなしくさせて、あとのことはそれから考えればいい。

「うむ。明快でよいな！」

それをたしなめるべき役のアロエリまで、鼻息を荒くしている。

志願し同行したユエルやフーちゃんたち郷《さと》の者も、既に臨戦《りんせん》態勢だ。

（これは……どう考えても……人選ミスですね）

引率《いんそつ》役となったカムランの意見など、誰も聞いちゃくれない。

連絡要員として、クラウレたちをトレイユに残してきたことが悔《く》やまれる。

「ユエルが止めちゃうぞー！」「虎星来々《フーシンライライ》っ、いざ参る！」

あちこちで発生する弱い者いじめの現場へと、一目散《いちもくさん》に駆けてゆく。

人間も召喚獣も関係ない。殴ってボコって静かにさせるのだ。

「あーもう。どうしたもんでしょうか、これ？」

◆

帝国領シルターン自治区。

比較的温和に共存していたここでも、争いの火種《ひだね》は生まれていた。

「だからぁ！　ケンカはやめてくださいですのぉーっ!!」

モナティの必死の叫びは、だが喧噪《けんそう》にむなしくかき消された。

それどころか、押し合いへし合いに巻きこまれて、ぼよんと吹っ飛ばされる。

「ふぎゅうっ!?」

駆けつけたガウムがクッションになって受け止めてくれなかったら、お尻《しり》をしたたかにぶつけていたに違いない。

「なにやってんのよ、馬鹿《ばか》レビット。この状況で話が通じるわけないでしょ？」

吐き捨てるなり、エルカの【魔眼《まがん》】が容赦《ようしゃ》なく放たれる。

メトラルの視線を浴びた者は金縛《かなしば》りにあって、石のように固まってしまうのだ。

「エルカさぁん！　そんな乱暴な……」

「ロッカを見なさい。普段は綺麗事《きれいごと》ばっかのアイツだって、今は腕ずくで抑えようとしてるじゃないの。こういう血の気の多い連中はね、ちょっとぐらい血抜きしてやったほうがいいのよッ！」

　そうなのかもしれない。でも、モナティにはどうしても納得できない。

（ケンカして仲良くなれるんならよいですの。でもでもっ、みんな加減を忘れてますの。ケンカじゃなくって、もっとひどいことを平気でしちゃいそうですの～っ⁉）

　そして、その懸念《けねん》は正しかった。

【鬼妖界《シルターン》】の者たちは武術を心得ていることが多い。小競《こぜ》り合いからそれが振るわれて、笑って許せなくなる怪我《けが》をもたらす。相手に向けたはずの刀《かたな》が味方を傷つけて、それがさらに同士討《う》ちの混乱を招く。恐るべき妖術《ようじゅつ》の使用すらも解禁され始めている。

殺し合いが始まる――モナティはその予感に、丸めた尻尾《しっぽ》を震わせた。

◆

　なんと愚《おろ》かな問いであろう。

　それができぬからこそ、世界は怨嗟《えんさ》に満ちあふれているというのに。

　やり返さねば意趣は晴れぬ。取り返さねば欠けは満ちぬ。

　和魂《にぎみたま》など笑い種《ぐさ》。荒魂《あらみたま》こそ世の真理。

　毒に塗《まみ》れて毒と成《な》る。腐り爛《ただ》れて泥《どろ》と成る。

――そう示したのは貴様らであろうに！　界《かい》に生きる貴様らであろうに!!

因果応報《いんがおうほう》。自業自得《じごうじとく》。天に唾《つば》すれば天も堕《だ》す。ならば――共に滅びよ。

万古不易《ばんこふえき》ニシテ無益ナリ。万物灰燼《ばんぶつかいじん》ニ帰シテ無命《むみょう》ナリ。

――消え去るがよいッ!!!

呪殺《じゅさつ》をこめた界竜《かいりゅう》の眼光が、未《いま》だ無垢《むく》なる龍神《りゅうじん》の娘へと放たれる。

身を挺《てい》して庇《かば》おうとする、セイロンとホクトに抱きすくめられながらも。

その哀《かな》しき眼差《まなざ》しから、オウレンはけして目を逸《そ》らさなかった。

そして――視《み》た。

限りなく蒼《あお》い光の柱が、怒りの呪詛《じゅそ》を断ち切って、天高く屹立《きつりつ》する瞬間を。


それはひとつだけではなかった。

蒼き御柱《みはしら》、紅《あか》き御柱、翠《みどり》の御柱――三方に生じた恐るべき魔力の奔流《ほんりゅう》は混じり合い、【鬼妖《シルターン》】の界竜を中心として、島の全てをまばゆき結界《けっかい》の中に包みこんだのである。

「消したりなんかさせないよ」

狼狽《ろうばい》する界竜の眼前に、瞬《まばた》きと共に赤毛の若者が姿を現す。

レックス――と数多《あまた》の者が、彼の名を呼んだ。

そこにこめられた数多の想いを、完全なる【核識《かくしき》】となった彼は知っている。

そのうえで、なお――【救い切り拓く者《セイバー》】は微笑《ほほえ》んだ。

「この島も、この世界も、そして――貴方《あなた》のことも、俺は救いたいから!!」

掲《かか》げられたその手に向かって、三本の【魔剣】が飛来する。

【果てしなき蒼《ウィスタリアス》】。【不滅の炎《フォイアルディア》】。【翠遠の息吹《ヴェルディグリオン》】。

数多の想いを受け継ぎ、守り続けてきた魂の刃《やいば》たちが融《と》け合って。

ひとつになって――昇華《しょうか》する。

（ホント、バカだよね……人間やめても、それでも守りたいなんてさ……）

幽《かそ》けき姿となった皮肉屋《イスラ》が、哀《かな》しげな眼差しで囁《ささや》きながら。

新たな魔剣の要《かなめ》として、その覚悟を支える礎《いしずえ》となる。

「真剣覚醒《かくせい》――想いをひとつに――【揺るぎなき曙光《ブランリュゼール》】!!」

それは純白の剣――無明《むみょう》の闇《やみ》を斬《き》り裂いて、まばゆく輝く夜明けの剣。

【核識】すらも超えて、この島の【産土神《みおや》】へと至《いた》りし、彼の分身《わけみ》たる【神器《じんぎ》】。

『ああ……この運命《さだめ》だけは……どうしても避けられなかった……』

遂《つい》に人ならぬ身となったレックスの姿に、メイメイは涙をこぼす。

わかっていながら、彼女はそのための準備をしなくてはならなかったのだ。

遺跡に巣喰《すく》った【罪業《カスラ》の界の意志《ディエルゴ》】が滅びたあの時、【忘れられた島】の【共界線《クリプス》】をあえて切り離したまま、独立して存在できるよう整えた。

誰かが【核識】となって遺跡を完全掌握《しょうあく》できれば、島自体が【界の意志《エルゴ》】の干渉《かんしょう》を遮断《しゃだん》し、破滅に抗《あらが》う者たちの最後の砦《とりで》として機能する仕組み。

『それでも……見ないふりをしててほしかったよ……』

不在の時を狙《ねら》って仕掛けて、結局、ひと言も告げられずにいたのに。

だけど、彼はとっくに気づいていた。

そこにあった彼女の葛藤《かっとう》さえ受け止めて、黙って、為すべきことを果たしたのだ。界の理《ことわり》に背《そむ》きし【追放者《ヘレティカ》】――転生の輪《わ》から弾《はじ》かれ、無限の時を生きていく覚悟で。

『ごめんね……先生……』

哀しげに身をよじって吠《ほ》える龍姫《りゅうき》に向かって。

レックスは、ただ優しく微笑んだ。

◆

「いい加減に――しなさあああああああぁぁぁぁぁぁいッ《ビギャアアアアアアアアアアアアアア》!!」

駆けつけてきた幼女の叫び声が、恐るべき竜の咆吼と重なり響き渡った。

その勢いに圧《お》されて、争っていた者たちの手がぴたりと止まる。

「ケンカなんてダメなんだよっ! そんなことばっかりしてたらね、いつまでたってもなかよしになんかなれないんだよっ!!」

涙目で睨むミルリーフの尻尾は、怒りのあまりぶんぶんと揺れている。

大きく開けた口の奥には、危険極まるブレスの煌《きら》めきさえあった。

ばつの悪さと恐怖による二重奏が、興奮《こうふん》した暴徒たちを冷静にさせていく。

「……パパもなんだよっ⁉」

「うはは。わりぃ、つい……」

弁解もできず、ライは謝るしかない。

その様子を眺《なが》めながら、他人事《ひとごと》のようにアロエリがうんうんとうなずく。

「アロエリもだよっ‼」「……すみません……」

当然、怒られた。


「――――ほえ？？？」

自《みずか》らの絶叫がもたらした惨状を、モナティは理解できていなかった。

目の前に広がっているのは、全身のマナを過剰《かじょう》に消費させられて、ゆるゆるだらだらとひっくり返った人々。エルカもロッカも、まったく同じ有り様だった。

傷つけあう人々の姿が悲しくて、必死にやめてと叫んだだけなのに――――。

「レビット族の異名《いみょう》は【調停者《アービトレイター》】――その叫び声は周囲のマナを希薄《きはく》化させて、あらゆる生き物を無差別かつ問答無用《もんどうむよう》にダウンさせちゃうの――知らなかったでしょ？」

おろおろする彼女にそう解説してくれたのは、途中から合流した秘伝《ひでん》召喚師のルウだ。

ミモザたちの家でよくケーキをぱくついているから、顔見知りだった。

「どうして使えないのかなあってずうっと不思議に思ってたけど……まさかこの土壇場《どたんば》で覚醒しちゃうなんて……キミは本当に空気を読まないコだよねぇ？」

「ふみゅううぅぅぅぅぅ……っ」

「ま、でも……ナイスタイミング？　だったってことで……」

伝えるべきことを伝え終えて、ルウもまたお目々ぐるぐるでひっくり返る。

途方にくれるモナティの嘆《なげ》きだけが、シルターン自治区に響き渡るのであった。

◆

——何故《なぜ》だッ!?　何故、我《われ》の声に従わぬッ!?　戦わぬウゥッ!?

界竜がいくら言霊《ことだま》を放てど、もう兵たちは微動だにしない。

死ぬまで戦うのだと命じても、疲れ果てた彼らは項垂《うなだ》れるばかりで。

ならば砕《くだ》けよと吠えても、存在を消し去ることすらかなわない。

全ては島を包みこむ結界——生命を守りたいという強き意志の力だった。

「この島にいる限り、もう誰も傷つけさせないし、何ひとつ奪わせはしないよ」

紅蒼翠《あかあおみどり》に明滅する光輪を背負い、純白の魔剣を携《たずさ》えて。

レックスは、揺るぎなき覚悟をもって告げる。

「憎しみをまき散らして、他の誰かを巻きこむのは、もう終わりにするんだ！」

『フザケルナアアアアアアァァァァァァァァァァッ!!』

怒号《どごう》と共に殺到《さっとう》する呪怨の奔流。だがそれは、まばゆき剣閃《けんせん》によって両断される。

炎のように激しく、息吹《いぶき》のように優しく。

果てしなき蒼穹《そうきゅう》の先にある希望へと続く道を、力強く、切り拓《ひら》いていくように。

何度でも何度でも。けして怯《ひる》まず、あきらめず、揺らぐことなく立ちはだかる。

『オノレエエエエエエエエエェェェェェェェッ!!』

ならば、他の地を蹂躙《じゅうりん》せんとして飛翔《ひしょう》する界竜。

だがその羽ばたきさえも、煌めく結界が押しとどめてしまう。

のたうち狂奔《きょうほん》するその姿は、まさに【狂える界の意志《ディエルゴ》】だった。

垂《た》れ流され続ける悪念《あくねん》によって悶《もだ》え苦しむ、それは世界のあげる悲鳴。

「そうだ……全部吐き出してしまえ……俺がちゃんと、受け止めてみせるから!」

闇雲《やみくも》に襲《おそ》いかかる界竜の、その憤《いきどお》りの全てを受け入れるかのように。

白き【抜剣者《セイバー》】は、全身全霊《ぜんしんぜんれい》をこめてその剣を振るう。

傷つけるのではなく、ただ、救うために。

「本当に……どこまでも、お人好《ひとよ》しなんだから……っ」

あふれる涙はそのままに、ベルフラウは笑った。

自分が愛した人はどこまでも先生で、だからこそ大好きなのだと。

最後までついていけなくたって、あきらめてなんてあげない。

乙女《おとめ》を泣かせた責任は、ちゃんととってもらうのだ。

「ねえ……どうすればみんな、仲良くできるのかな……？」

大切な生徒《オウレン》が、真摯《しんし》な顔で彼女に問いかける。

あの人がずっと答えを探し続けてきたものと同じ問いかけを。

「それを探し続けていくことが、きっと大切なのよ」

たったひとつの答えなんて、存在しない。

それはうつろい、失われてはまた甦《よみがえ》る、永遠の命題なのだから。

求め続けていくしかないのだろう。

それぞれの心の中にある【理想郷】を思い描きながら。

◆

そして再演されし遊戯《ゆうぎ》は、先の結果を覆《くつがえ》すことなく決着を迎えた。

「ひゃっ、ははは……この身体《からだ》をもってしても、負けましたか……」

全ての手札を切りつくしたレイム・メルギトスは、さも感に堪《た》えないといった風情《ふぜい》で笑い声をあげた。

纏《まと》っていた【源罪《カスラ》】の血煙《ちけむり》は、光の翼によってかき消されて、もはや喪《うしな》われている。

かき集めた手駒《てごま》たちは、忌々《いまいま》しき護衛獣《ごえいじゅう》どもに殲滅《せんめつ》された。

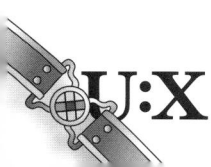

策略《さくりゃく》は全て融機人《ベイガー》に看破《かんぱ》され、心惑《まど》わす毒も囁きも、ひとつとして届かない。

それでもなお直接対決ならば、ねじ伏せる自信があったというのに。

「ふたりがかりなんて……ずるいですよ……卑怯《ひきょう》じゃないですか……」

油断なく自分に向かって刃を突きつけている、二人のクレスメントの末裔《まつえい》に向かって、まるで拗《す》ねた子供のような恨《うら》み言を口にする。

「いらないって捨てたのはそっち――自業自得だよ」

かつては父親として慕《した》っていた悪魔の王に向けて、トリスはそう言い切った。

「でもそのおかげで、私は知らずにいたことをたくさん知ることができた。そこだけは素直に感謝してる」

「でしたら最後の親孝行として、愚かな父を見逃してはくれませんかねえ？」

トリスは無言で首を横に振った。

いっそ本気で懇願《こんがん》してくれたのなら、気持ちも動いたかもしれなかったのに。

肉親の情など微塵《みじん》も感じさせぬその物言いは、かりそめの親子の日々の全てを嘲笑《あざわら》っているかのようで、最後まで彼女の心に棘《とげ》のような痛みをもたらした。

たまりかねて、マグナが口を挟《はさ》む。

「思ってもないことを口にして、彼女に八つ当たりするのはやめろよ。みっともないぜ」

「くっくっく……みっともない、ときましたか！」

ええ、そうでしょうとも！　と、メルギトスは呵々《かか》大笑《たいしょう》した。

「みっともなくて大いに結構！　この楽しい時間を続けるためなら、自尊心なんてクソ喰《く》らえですとも！　私はねえ……永遠に貴方たちとゲームをしていたいんですよう!!」

　そのためならなんだってするし、何度だって復活をしてみせる。

「ですから……さあ、私にトドメを！　さっぱりと決着をつけて、次の悪夢《ステージ》にどんどん進みましょう！　怨々怨々の連鎖《コンティニュー》は無限ですよ――因果の糸が絡《から》み合う地獄で、楽しくぅ、可笑《おか》しくぅ……踊り続けようじゃありませんかァ!?　ひゃはははっ、いひゃはははははっ、ひゃーっはっはっはっはっはっはっ!!」

　血の涙と共にほとばしる、悪魔の壊れた哄笑《こうしょう》。

「イっちまってやがる……こいつ、マジでまた繰り返すつもりだぜ……」

　同じ悪魔の王でありながら、どこまでも自分とは異質な邪悪さを示すメルギトスには、さすがのバルレルも嫌悪と畏怖《いふ》を感じずにはいられなかった。

「なにをしても、もう、とめられない……の？」

「止められないんだよ。きっと、もう……自分でも……」

　震えるハサハを抱きしめて、アメルは悲しげにそう言った。

　あまりに想いが強すぎて、あふれて止まらなくなっているのだ――と。

「ああ、僕にはわかってしまう。お前がもてあましている情動が。いやと言うほどに」

　胸へと去来《きょらい》するどよめきに、ネスティは強く歯を食いしばる。

　互いに【血識《ちしき》】を交わしたあの時、彼は知ってしまったのだ。

自分たちもまた相似形だったのだ――と。

クレスメントという魂に触れ、その美しくも危うげな輝きに魅入《みい》られて、知らず己《おのれ》の在《あ》り方を歪《ゆが》めてしまった者たち。側《そば》にいたくて、振り向いてほしくて、見捨てられたくなくて――だから、全てを捧《ささ》げようとした。捕らえて、縛って、独占しようとした。

かなわぬと知りつつも、あきらめることもできぬまま、一縷《いちる》の望みにすがって。

「僕にとっては受け継いだ記憶――けれどお前にとっては、気の遠くなるほどの昔から、途切れることなく続いてきた煩悶《はんもん》の日々だったんだな――メルギトスよ」

あさましくて、いじましくて、救いの見えない煉獄《プルガトリオ》。

何度でも繰り返す。それができてしまうから。永遠に決着がつけられない。

(だけど……もう、終わらせてやってくれ……)

全てを託《たく》したマグナの背中にネスティは強く願う。

◆

「悪いけどさ……俺はもう遊戯《ゲーム》にはつきあわないよ。レイムさん」

ぴたり、と哄笑がやんだ。

「俺だけじゃないよ。アメルも、ネスも、トリスも――バルレルやハサハ、レシィにレオルドだってつきあわないよ。他の仲間たちだって同じさ。二度と関《かか》わらせないから」

「ふ……っ、ふざけたことを抜かすなああああアアアぁぁァッ!!」

怒気《どき》に満ちた魔力が突風となって、真正面からマグナを打ち据《す》える。

けれども、彼は揺らがなかった。

「もう、これで最後なんだよ」

「ひゃはははっ、どうやって終わらせると⁉　私は何度だって帰ってくるッ！　人間の心にくすぶる【源罪《カスラ》】の熾火《おきび》がある限りは、何度だって甦るウゥッ‼　今の貴方たちが無理だったとしても、子々孫々《ししそんそん》、未来永劫《えいごう》に――――ッ」

「続ける理由がなくなるんだ」

そう言って、マグナは手にしていた剣を足元に置いた。

召喚石《しょうかんせき》をしまっていたポーチも、背後のトリスへと預ける。

そして、深々と頭を下げた。

「悪魔の王メルギトスよ。俺の先祖がお前と交わした【誓約《せいやく》】を違《たが》えて、騙《だま》してしまって本当にすまなかった。クレスメントの一族の末裔として謝罪しよう。許してほしい」

「な……な……な……ッ⁉」

「これだけでクレスメントの罪が消え去るなんて思っちゃいないさ。俺だって、お前がしてきたことを忘れることなんてできないから。恨む気持ちも憎む気持ちも、そう簡単に消えてなくなるものじゃないってことは、いやってほどに思い知らされてきてるから」

それでも――――許そうとすることはできる、とマグナは言った。

「少なくとも俺はそう決めたんだ。これまでの全てを許し、この先に向けて進むって」

「言うに事欠いてなんたる得手勝手《えてかって》……つまるところ貴方は、私の事情などお構いなしに、一方的に許したという事実を突きつけて、幕引きにしようというのですかッ⁉」

「そんなつもりはないよ」

きっぱりとマグナは否定した。

「謝ったのは過去をなかったことにするためじゃない。これからもその事実を背負って生きていくっていう俺の覚悟を、ちゃんとした形でお前にも伝えたかっただけなんだ」

「…………………」

「そのうえで教えてくれ、メルギトス。お前が望んでる結末って――――なんだ？」

まっすぐな瞳《ひとみ》でマグナは悪魔へと問いかけた。

「俺たち全員を追いつめて、むごたらしく殺せれば満足なのか？」

「…………」

メルギトスは目を伏せて答えず、忌々しげにその唇《くちびる》を噛《か》んだ。

それは饒舌《じょうぜつ》を武器とする虚言《きょげん》の王が初めて見せた姿だった。

「あっさり殺すだけじゃ満たされない理由があるんだろう？　じゃなきゃ、滅びかけたクレスメントの血筋を、わざわざ人造生命体《ホムンクルス》にしてまで残そうとするはずがないもんな」

「ですから、それはゲームを続けるための――」

「じゃあ、そのゲームにおける、お前にとっての勝利ってなんなんだ？」

「……ッ！」

勝ち負けを競う遊戯には、必ずその拠《よ》り所となる基準《ルール》がある。

言葉で明示せずとも、間違いなく彼自身《メルギトス》の中にはあるはずだ。

でなければ、彼が遊技の継続に固執《こしつ》することに説明がつかない。求める最良の結末があるからこそ、何度も盤面《ばんめん》をひっくり返してまで求め続けているのではないのか。

「答えろよ、悪魔の王！」

数多の剣撃《けんげき》や召喚術の雨霰《あめあられ》でも消せなかった余裕の笑みが今、メルギトスから完全に消えていた。額《ひたい》にうっすらと汗《あせ》の珠《たま》すら浮かべて、己の肩に爪《つめ》を立てて呻《うめ》き続ける。

その姿はまるで、突きつけられた【誓約】の痛みによって、その魂を締めあげられているかのようであった。

「――――言えないよな」

重い沈黙を破ったのは、ネスティのつぶやきだった。

「僕が同じ立場だったらそう簡単には認められない。だけど同時に、その場限りの嘘《うそ》やごまかしに逃げることもできない」

でなければ、今までの自分を支えてきた全てが崩《くず》れてしまうから。

「だから、そうやって黙りこむしかないんだよ」

悪魔が向けた兇悪《きょうあく》な視線は、レンズ越しの憐憫《れんびん》の眼差しに受け止められ、狼狽した。

(ああ……そうだった……)

相似形《そうじけい》であるからこその共感。くだらぬ矜持《きょうじ》を弱さと認め、身を削《けず》っても己の願いを貫《つらぬ》こうとする彼《ネステイ》を心底《しんそこ》憎み、同時に羨《うらや》ましいと思ったのだ。

だからこそ秘め続けたきた始源《さいしょ》の気持ちを、交わした【血識《ちしき》】の脈動と共に、無意識に吐き出してしまった。

最初で最後の弱音《よわね》——それを発した時点できっと、この結末は定まっていたのだ。

「ずるいですよ……こんなのは……」

反則だ、と悪魔は力なく笑った。

「そんな風にまっすぐ謝られたら、もう、憎めないじゃないですか……すがりつく拠り所がなくなってしまったら……もう、一緒に遊べなくなってしまうじゃないですか……」

召喚主《クレスメント》に裏切られたことが許せなかった。

野心に満ちあふれながら、同時にその重みに揺れる魂を、愛《いと》しいと想っていたから。

惜《お》しみなく注いだ好意を、交わした約束を破られたことが許せなかった。

惨《みじ》めで、悔《くや》しくて、憎たらしくて、未来永劫に許すまいと誓《ちか》った。

最後の一人まで、かばい立てする者もまとめて、狂おしいほどに責め苛《さいな》んでやろう。

そう、これは歪んだ独り遊戯《ソリティア》だ。

肝心《かんじん》の一枚を欠いたまま、何度も崩して最初からやり直す。

絶対にあがれない。だから終わらない。だけど、それでいい。

ゲームを続ける限りは、永遠につながっていられるのだから。

だからこそ、ここまで執着し続けてきたというのに。

「ひどいですよ……」
泣き笑いの顔で、悪魔の王は途方に暮れる。
奸計《かんけい》も虚言《きょげん》も、もうなんの役にも立たない。
失われたはずの最後の一枚《ページワン》は、今ここに示されたのだから。
おしまいの時が来たのだ。
「レイム……メルギトス……」
みるみる輪郭《りんかく》を失ってゆく宿敵の名を、マグナは呼んだ。
どうしようもなくこみあげてくる惜別《せきべつ》の想いに戸惑《とまど》いながら。
「私の……負けです……」
はっきりとそう口にして、メルギトスは目を細めた。
数多の想いが融けてゆく。
しがらみから解放された心へと、魂へと染《し》みてゆく。
（嗚呼《ああ》……ずっとそこから、見ていてくれていたのですね……）
因果の果て。界の記憶が巡《めぐ》る【共界線《クリプス》】の彼方《かなた》から。
懐《なつ》かしい追想《おもいで》たちが浮かびあがる。
アルス。イクシア。アルミネ。そして――最愛たる召喚主《マスター》。
照《て》れくさげに目を伏せて、それから、嬉《うれ》しそうに顔を上げて。
彼はようやく、自分が行きたかった場所へと旅立った。

奸計と虚言の悪魔王メルギトス――完全消滅。

◆　◆

全機能停止《システムダウン》――それよりも一瞬だけ早く。

彼女の目論見《もくろみ》は達成されていた。

漆黒《しっこく》に揺らぐ魔性の羊水《ようすい》。母の名を呼び続ける【界の意志《エルゴ》】の声は、今はもう弱々しい泣き声となって、細波《さざなみ》すら立てることもできない。

（怯えないで……貴方は還《かえ》るの……ママとひとつに……融けて還るのよ）

冥泥《めいでい》の汚濁《おだく》で満たした、あまりにも巨大な子宮結界《ウテルス》。

その表面に頬《ほお》ずりして囁くシャリマの表情は、恍惚《こうこつ》と猟奇《りょうき》に満ちていた。

だぷりゅっ、と不快な音を立てて、結界の内部に新たな泥が注ぎこまれる。

界を越えて引き寄せられるそれは、【冥土堕竜《めいどだりゅう》】の残《のこ》り骸《がら》。

本能の赴《おもむ》くままに、たっぷりと、ありとあらゆる力を喰らわせてきた。

最高の素材にして、最後の断片《ピース》。

「さあ――Q．E．D．《けつろん》に至《いた》るとしましょうか？」

抱きしめるようにして融合《ゆうごう》を開始する。

認識と定義を【共界線《クリプス》】経由で書き換え、紛《まが》い物の母胎《ぼたい》を己のモノとして受け入れてゆく。

果てなく肥大化《ひだい》する自我《エゴ》で世界《エルゴ》を丸ごと呑《の》みこんでゆく。

「あぁ……っ、あアぁァッ⁉　ああアアＡＡＡぁァァａａッ‼？」

◆

ずっと不満だった。どうして世界は、こんなにも不完全なのか。

優《すぐ》れたモノだけを活《い》かせば、理想郷なんて簡単に創《つく》れるのに。

願って。請《こ》うて。必死に訴え続けてきたのに。

けれど、世界はまるで変わらない。聞き入れてもくれない。

ならば——奪いとるしかない。

無能な造物主《エルゴ》を放逐《ほうちく》し、私がそこに座るのだ。

私ならば、最上の結果を出すことができる。

物心ついた時からずっと、理想郷の在り方を思い描いてきた私なら。

きっと誰よりも、この世界の欠点を識《し》っている私ならば。

絶対にうまくやれる。うまくやれないはずがない。

確信をもって——世界の輪郭とひとつになる。

うん……
いらないや……
こんなセカイ……

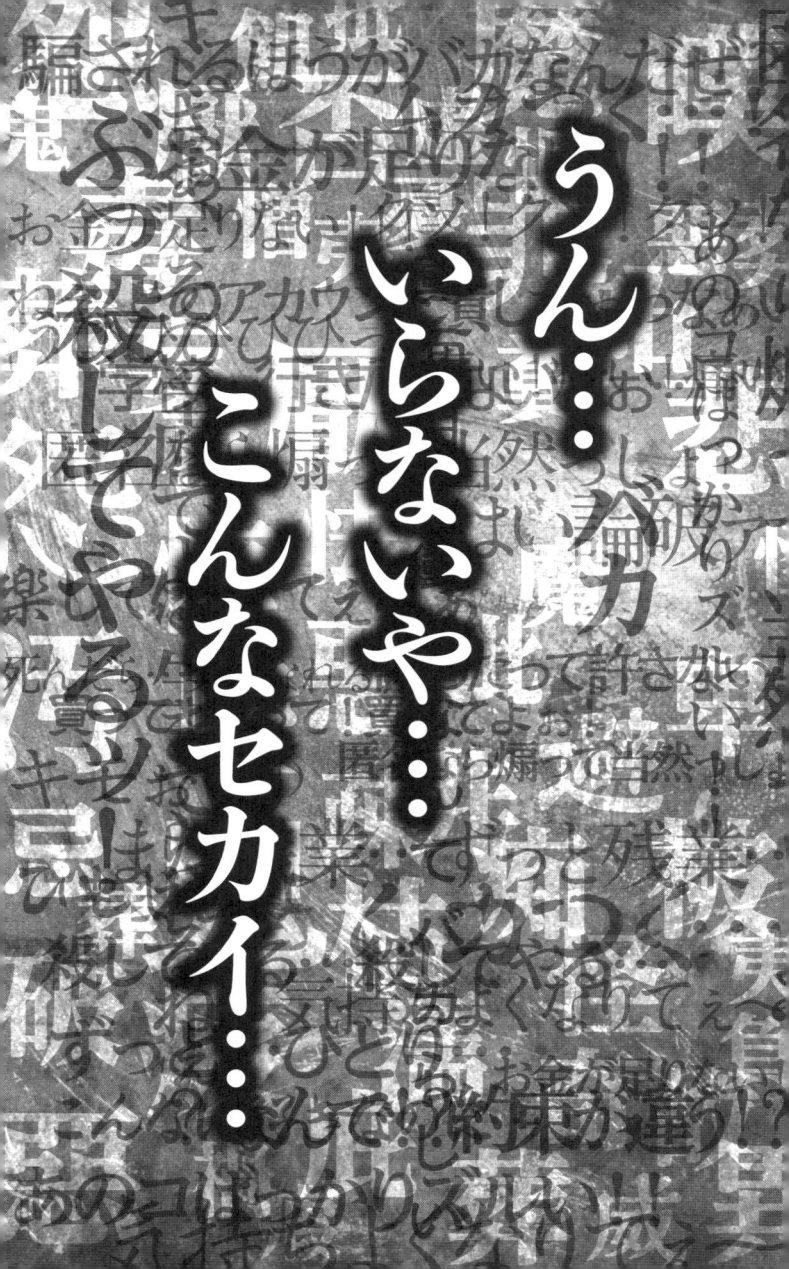

6　響界戦争〜Billion Brave&Souls〜

核《かく》たる【制錬者《ストレイジャー》】を奪われてなお、荒れ狂い続けていた冥界《めいかい》の泥《どろ》が。

ぴたりと静止した。

「な……ッ⁉」

消えていく。フィルムの逆回しのように。何処《どこ》かへと呑《の》まれていく。

最悪の破滅の引き金が引かれたことを、誓約者《ハヤト》たちは知った。

「あぁ、来ます……かつてない……邪悪なモノが……っ！」

船上で神懸《かみが》かりとなったカイナが、その身を震わせながら絶叫する。

親神《タイゼン》が必死の思いで、愛《いと》しき巫女《みこ》へと警告したのだ。

「おい、しっかりしろ！　これ以上、何が来るって言うんだよ⁉」

顔面蒼白《がんめんそうはく》な彼女を揺さぶって、ヴァリラは正気づかせようとする。

港に残ったプラティたちは、急襲《きゅうしゅう》した【幻獣《メイトルパ》】の界竜《かいりゅう》を相手に今も必死に戦っている。

キュハイラとパリスタパリス——駆けつけた守護精霊たちの加護や、海賊《かいぞく》たちの加勢もあって、ようやく拮抗《きっこう》して戦えているという有《あ》り様《さま》なのに。
なのにまだ――これ以上の困難がやってくるというのか。

(知らない――こんな未来――視《み》てなんかいないない!!?)

もたらされた漆黒《しっこく》の結末《ビジョン》に、龍姫《りゅうき》は絶望して吠《ほ》えた。

それは全《すべ》ての終焉《しゅうえん》。万物《ばんぶつ》をなかったこととする虚無《きょむ》。

その昏《くら》い穴めがけ、数えきれぬ共界線《かのうせい》が引きずりこまれていく光景を、レックスもまた呆然《ぼうぜん》と視続《みつづ》けるしかなかった。


魔力《マナ》の流れがかき乱され、ふたつの【大送還《そうかん》】の陣が砕《くだ》ける。

やがて――哄笑《こうしょう》が響いた。

聴く者の全てが魂《たましい》の奥底から怯《おび》え、正気を手放しそうになる悪意の波動が。

その源《みなもと》は、黒くよどんだ空に浮かびあがる巨大な魔性の顔。

シャリマ――だったもの。


「なんなんだよ、あのフザけたデカさは!?」

ライの怒鳴り声は、強がりだけでは隠しきれぬ恐怖に震えていた。

世界中に見せつけるようにして、のたうつ圧倒的な巨体。

その腹部ははち切れんばかりに膨張《ぼうちょう》し、臨月《りんげつ》の妊婦《にんぷ》のような、あるいは餓えし子供《クワシオルコル》の姿のようで、理屈抜きで心をかき乱してくる。

腐《くさ》れた血の色に明滅する蒼《あお》い肌《はだ》は、不規則に生じた鱗《うろこ》と水晶片に彩《いろど》られて。

身じろぐたびに、何万もの嬰児《えいじ》たちが泣き叫ぶような異音を響かせる。

堕竜《だりゅう》のおぞましさなんて、アレの前では生《なま》ぬるい。

「半人半蛇《はんじんはんじゃ》――なんという……おぞましい……ッ」

すがりつくトリスを支えながら、ネスティは忌々《いまいま》しげに吐き捨てた。

そこには少なからず、己《おの》が一族と重なる忌避もある。

強き力を求めるあまり、自《みずか》らの手で、その魂をいびつに歪《ゆが》めてしまう。

それは禁忌《きんき》だ。なのにどうして――繰り返すのか。

「だいじょうぶか、アメル?」

口元を拭《ぬぐ》いながら、アメルはマグナにうなずいてみせる。

一瞬で世界に満ちた悪意は、聖なる大樹の化身《けしん》であるアメルには猛毒だった。

今も聖地で結界《けっかい》を護《まも》り続けるメリアージュやリビエルの備えがなければ、一瞬で消滅してしまっていたかもしれない。それほどの脅威《きょうい》だった。

蛇体《じゃたい》となった毒婦のその背から、冥界の泥が弾《はじ》けて噴《ふ》きあがった。

太き奔流《ほんりゅう》は猛々《たけだけ》しく吠える蛇頭《じゃとう》となり、あるいは植物めいた奇怪な触腕《しょくわん》と化してうねり、空間そのものを引き裂いて破砕《はさい》していく。

そして地に降り注いだ飛沫《しぶき》は、冥土《めいど》の獣《けもの》と化す。

ただ喰《く》らうのみならず、触れるだけで万物を汚染し、泥の傀儡《くぐつ》に変えてゆく。

（【冥土召喚《しょうかん》】——このような形で現物を見せられようとはな……）

派閥《はばつ》の一派が到達し、代償《だいしょう》として郎党《ろうとう》全てがそれに呑まれたという恐るべき秘術。

破戒《はかい》の限りを尽くしたオルドレイクでさえ習得をためらい、更《さら》なる研究を禁じた。

どこかでその知識を得たのか。あるいは自力で辿《たど》り着いてしまったのか。

シャマード・リッツァーという女の才能の恐ろしさを改めて思い知らされる。

いずれにせよ、伝えねば全てが終わってしまうだろう。

届くと信じて彼は、救世皇帝から賜《たまわ》ったペンダントに向かって、警告を飛ばす。

「【泥】に触れてはならぬ！　それは全てを喰らう！　結界を纏《まと》ってもなお万全《ばんぜん》ではない!!　近づくな！　可能ならば逃げて、ひたすらに逃げ続けるのだ!!」

叫びつつ、自身も魔力の衝撃波を放って、殺到《さっとう》する獣たちを追い払う。

「ふざけんなァッ！　喰らわれる前に、こっちが喰らい尽くしてやるッ!!」

お構いなしに、バノッサは双剣《そうけん》を振るい続ける。

旧《ふる》き【誓約《せいやく》】によって高められた魔王の力で、次々と冥土獣《めいどじゅう》を葬《ほうむ》っていく。

（はぐれ野郎たちのほうも、なんとかやってやがるみてェだな）

円陣の外側の四人が迎撃《げいげき》し、内側の四人が結界でそれを護る。

仲良しこよしで結構なことだ。が――――自分同様、そう長くは保《も》つまい。

「クソったれがァッ!!!」

◆

喰われる。世界が貪《むさぼ》られていく。

ばりばりと音を立てて、ぼりぼりと咀嚼《そしゃく》されていく。

山も、海も、空でさえも。

貪欲《どんよく》な蛇《へび》の顎《あご》で噛《か》み千切《ちぎ》って、容赦《ようしゃ》なく嚥下《えんか》していく。

食《は》み跡さえ残さない。ただ、虚無だけが刻《きざ》まれていく。

そこから生命が、ぼろぼろとこぼれ落ちていくのだ。

界と界とが争う意味など、もはや無意味と嘲笑《あざわら》うかのように。


界竜たちが吠える――――苦痛のあまりに。

必死に繰り出す超絶の攻撃は、ことごとく不浄の泥沼へと沈み。

捕らわれ、絡《から》みつかれて、ぞぶりと牙《きば》を立てられる。

じゅるじゅる。ぞぼそぼ。啜《すす》りとられていく世界たち。

【共界線《クリプス》】で繋《つな》がれた数多《あまた》の魂が、初めから存在しなかったことにされていく。

もう転生もできない。本当の終焉。

勇者たちの抵抗など、お話にもならなかった。

◆

「結局……なにもかも、貴女《あなた》の思いどおりなのかよ……っ」

響き渡る哄笑の中、ミコトは血が滲《にじ》むほど強く唇《くちびる》を噛みしめた。

遺恨《いこん》と確執《かくしつ》をかなぐり捨てて、全ての力を結集させたその先にあったのは、増上慢《ぞうじょうまん》の極《きわ》みとなった存在《エゴ》がもたらす、より絶望的な破滅の始まりだった。

「だからって……どうすりゃいいんだよ……」

世界を丸ごと喰らおうとする化け物なんかに、どう立ち向かえというのだ。

「……き……らめるな……っ！」

その腕の中で目覚めた男が、弱々しくも厳しい声で叱咤《しった》した。

「レイ!?」

一瞬だけ訪れた歓喜《かんき》は、だが、すぐに絶望に変わる。

レイの生命は失われようとしていた。

その身体《からだ》は黒い塵《ちり》と化して、すでに足元から崩壊《ほうかい》し始めている。

それをつなぎ止めるための唯一《ゆいいつ》の術《すべ》も、もう失われてしまった。

「しっかりして！　しっかりしてくれよっ、レイ‼」

デュウを喪《うしな》った時と同じだ。泣き叫ぶしか、ミコトにはできない。

「しっかりするのは……そなたのほうだろうッ⁉」

そんな弱気は許さぬぞ、とレイはミコトを一喝《いっかつ》した。

べそをかく己《おのれ》の半身にぎこちなく手を伸ばして、その頰《ほお》を濡《ぬ》らす涙を拭ってやる。

「我《われ》を用いよ……ミコト……」

有無《うむ》を言わせぬ眼差《まなざ》しで、レイはミコトに命じた。

「我が【再誕《さいたん》の制錬石《せいれんせき》】を受け入れよ。そなたが【響融者《アストレイザー》】となり、この世界を救うのだ」

「な……⁉」

我が完全に消滅する前ならばそれができる、と皇帝は言った。

消えかけた魂を亡魂《ぼうこん》のように操《あやつ》ることで【再誕の制錬石】の制御《せいぎょ》権を奪えば。

残されたレイの魂を火種《ひだね》として、今ひとたびの輝きを取り戻すことができれば。

ここにいる者たちだけで全てが整うのだ――と。

できないよ、とミコトは悲鳴のように叫んだ。

「だって、それは……レイが、今までずっと望んできた夢じゃないか⁉」

そのために彼は災厄《さいやく》をはねのける力を求め続け、悪名をものともせず、【救世皇帝】として戦い続けてきたのではないか。

何も知らず、ただ運命に翻弄《ほんろう》され続けてきたミコトとは、気概《きがい》がまるで違う。

「それでも……真の器《うつわ》に選ばれるべきは……そなたなのだよ」

暴走する力に屈して信念を忘れてしまった自分とは違い、ミコトは最後まで想いを貫《つらぬ》きとおして、ついには【界の意志《エルゴ》】たちさえ翻意《ほんい》させてしまった。

「我が道のみが正しい……そう盲信していた我の横っ面《つら》を、そなたは小気味《こきみ》よく張り倒してくれた。たとえ時間はかかったとしても、他とつながろうと想い続けることがより個を高めるのだということを、その身をもって示してくれたのだ」

感謝しているのだぞ、とレイは微笑《ほほえ》んだ。

「そんな……別に俺は、そんな大層なこと考えてなんか……」

「自然にそう振る舞えるからこそ、誰もがそなたに力を貸そうとしてくれたのだよ」

強い個であるためにと、余計なしがらみを切り捨ててきた自分とは、そこが違う。

「だからこそ、そなたが【響融者《アストレイザー》】となるのだ」

界の記憶を読み解くことで、世界の有り様を自在に書き換えることのできる超存在。

魂の巡《めぐ》る転生の輪《わ》さえも超越し、全ての因果《いんが》を改編《リビルド》してのけるという。

その力があれば、あの魔性にも対抗できるかもしれない。

「でも……そんなすごい役目、こわくて、俺にはとてもできそうにないよ……っ」

ぽろぽろと涙をこぼして、ミコトは不安な気持ちを吐き出した。

気丈《きじょう》であろうとしてきた仮面が剝《は》がれ、かつての無力で無気力だった素《す》の自分が顔を出す。そう――彼はずっと意地を張ってきただけなのだ。

自分の生命が有限と自覚した時から、迷惑をかけてきた人たちに償《つぐな》いたいという一心で、必死になって希望をもたらそうとしてきただけなのだ。

「俺、全然すごくない……っ、本当は弱虫で、泣き虫なミコトのままなんだよ……っ」

(しってるよ)

震えるミコトの肩に手をやり、そう囁《ささや》いたのはデュウだった。

誰よりも近くで彼を見守ってきたその眼差しは、とても、とても優しかった。

(ミコトは、なきむしでよわむし。でもね……だから亡魂《みんな》も、たよりにできたんだよ)

泣き虫だからこそ、他の誰かの悲しみを他人事《ひとごと》として切り捨てなかった。

弱虫だからこそ、同じ弱い者たちの声にも真摯《しんし》に耳を傾けてくれた。

生者の慈悲《じひ》にすがるしかない亡魂たちにとって、それがどれだけありがたかったか。

(デュウやレイがいまここにいられるのはね、ミコトのやさしさのおかげ。なきむしでも、よわくても、ミコトががんばってくれたおかげで、みんながこうしてわかりあえたの！)

「デュウ……」

義姉上《あねうえ》の言うとおりだぞ、とレイは不器用におどけてみせた。

「使い捨てられるはずであった我らの生命《いのち》をそなたが拾ってくれたのだ。今や残り少ないものだからこそ……最後まで……存分《ぞんぶん》に役立ててはくれぬか？」

全ての想いが無に帰してしまう前に。最悪の未来を止めるために。

「……!?」

顔を上げたミコトは、自分たちを取り巻くように乱舞する、無数の亡魂の輝きを見た。

幽《かそ》け声で必死に伝えてもらわずとも、その想いは雄弁に伝わってきた。

「——わかったよ」

震える身体に力をこめて、立ち上がる。

背負いきれるかどうか、自信なんて全然ない。

逃げてしまいたい。でも、逃げ場はないし、それでは気持ちは救われない。

結局、最初と同じなのだ。英雄になんてなれっこないけれど。

「俺は、最後まで納得できるように生きてやる！　異能の力に振り回されるんじゃなくて、それも含めてまるごと俺なんだって、あの人の前で誇らしげに笑ってやるんだ!!」

◆

強く握りあった手と手を介《かい》して。

【追想《ついそう》】と【再誕《さいたん》】——ふたつの【制錬石】が融《と》け合って、揺るぎなき意志となる。

静かに立ち上がったミコトの頭上に、ゆらめく光輪《ハイロウ》が浮かびあがった。

紺瑠璃《コバルト》から赤紫《マジエンダ》、そしてまた紺瑠璃《コバルト》へと瞬《また》いて——彼を迎え入れるように降りてくる。

「今まで助けてくれて本当にありがとう。俺たちは……もう大丈夫だから」

力を貸してくれた四人の英霊《なかま》たちへと別れを告げる。

今度こそ悔《く》いなきようにと、心から願いつつ。

（ミコト……）

姉《デュウ》さんと兄《レイ》さんの幽けき声が聞こえる。

傍《かたわ》らではなく彼自身の魂の奥底から。ひとつとなって聴こえてくる。

さみしくなんかない。ずっと一緒だ。

「みんなも……だよ」

【制錬石】の光に引き寄せられた名も知らぬ数多の亡魂たち――無念を抱くゆえに転生することもできず、苦しみ、それでも遺《のこ》されたものを愛しく想い続けてきた魂たちが。

自ら光輪の中に飛びこんで、ゆらゆらと融けてゆく。

ずっと、ずっと抱え続けてきたものの全てを、解き放っていく。

「託《たく》された想いは、絶対に――無駄にしないから」

今や直視できぬ輝きにまで至《いた》った光輪に、ゆっくりと呑みこまれながら。

ミコトは誓《ちか》う。そして――。

まばゆき生命《いのち》の爆発が、凄《すさ》まじい咆吼《ほうこう》と共に、絶望に向かって飛翔《ひしょう》した。

◆

いらない。こんな世界はいらない。

妬《ねた》んで、僻《ひが》んで、罵《ののし》って、嘲《あざけ》って――利己主義《エゴイズム》塗《まみ》れ。
どうしようもない。存続するに値《あたい》しない。だから喰らう。
喰らって、消して、ゼロにして――まっさらにしてしまうのだ。
創《つく》り直す必要もない。
どうせ繰り返す。また間違える。反省しない。救いがない。
私だけでいい。ワタシだけがイイ。
裏切られ続ける結果しかないのならば。
イラナイ――イタミハ――ホシクナイ――。

『そんなことはない!!』
暗澹《あんたん》たる空に向かって、揺るぎない意志が叩《たた》きつけられる。
ハヤトが。マグナが。レックスが。ライが。
うつむきかけた顔を上げて、彼の姿を見た。
黄金《おうごん》の光輝《こうき》を身に纏ってたたずむ、彼らの友の新たなる姿を。
半人半竜《はんじんはんりゅう》――ひとつの高みへと至りし魂の姿を。

◆

「【響融者《アストレイザー》】――」

旧王国。恩師が身を挺《てい》して停めた機械要塞《ようさい》の残骸《ざんがい》の前で。
カイロスは、呆然《ぼうぜん》とその奇跡を見つめていた。
理論上の存在でしかなかったものが、目の前に顕現《けんげん》している。
異形《いぎょう》と化したシャリマと同じく、距離や時間さえも超越して。
そう、あれはもはや【界の意志《エルゴ》】ですら縛《しば》れぬ者たち。
世界の理《ことわり》を超越したところに在《あ》る、新たなる概念そのものだ。
「ミコト……っ」
そんな彼岸《ひがん》の彼方《かなた》で対峙《たいじ》する、愛しき者たちの姿に。
置いていかれた男は、ただ涙するしかなかった。

◆

『そう、完成したのね――【響融者《アストレイザー》】――』
心血を注いだ作品の結実を前に、だがシャリマは冷め切っていた。
だって、もう不要《イラナイ》だから。
遅すぎたのもあろう。自身がそれ以上の存在になったこともあろう。
だが、何より――もう意味がなくなった。
その力で改変《イノベーション》するつもりだった世界が、無価値だと識《し》ったからだ。
だから、無用だから、まとめて廃棄《はいき》してしまおう。

造物主《ははおや》としての情けだ。苦しまぬよう、ひと呑みにして――。

――ＧｕッギャあアあアあＡぁぁぁぁアアッ!?

激痛が走った。
万象《ばんしょう》全てを囚受《うけい》れするこの身に、猛然と叩きつけられた拒絶の意志。
それは、かざしたミコトの掌《てのひら》の先に浮かびあがる黄金色《きんいろ》の眼《め》だった。
実体ではない。未知なるエネルギーが瞳《ひとみ》を意匠《いしょう》化した刻印《こくいん》となり具現化《ぐげんか》しているのだ。
ひとつだけではない。彼の背後で次々と見開かれていく神秘の瞳たち。
それは想いがもたらす力だ。
死してなお遺されしものを憂《うれ》い、案じ、どうか幸せであれと願い続けてきた。
転生の輪から外れた亡魂たち。じっと見守ってきた幽けきものたち。
それが今、ミコトの導きによって、声なき声で叫んでいるのだ。
この世界は無価値じゃない。この世界は無意味じゃない。
繰り返される営《いとな》みが、どれだけ愚《おろ》かで、もどかしく見えたとしても。
そこで紡《つむ》がれてきた想いの数々は、絶対に無意味なんかじゃない。
過《あやま》ちを繰り返しても、それでも前に進んでいこうとする意志は、無駄なんかじゃない。
『積み重ねられた記憶は、生命は――こんなにもまぶしくて、強いものなんだから！』

『ドす汚れた魂たちのクセにイィっ、綺麗事《きれいごと》ヲ抜かすナアあアァぁａａッ!!』

ミコトが叫び、シャリマが吠える。

百の蛇頭がうね狂い、百の瞳が受け止める。

破滅に抗《あらが》う百の護りは、互いに響命《きょうめい》しあい、百の怒りとなって強く輝く。

『ひぎイ……ッ⁉　ぎッＡアａＹａＡあぁぁァァ……ッ⁉』

冥泥《めいでい》が爆《は》ぜる。百の眼の輝きに射抜《いぬ》かれて。

喰らえない。触れる端から刻印は連鎖増殖《れんさぞうしょく》して、未練の泥を弾き飛ばす。

『【造物主《ははおや》】にイぃ……ッ、カ、【神】にぃ……ッ、逆ラうとイウノかアァぁぁａァアッ⁉』

『貴女は――【神《レイ》】なんかじゃない！』

振り下ろされる覇王の剣が、造物主と嘯《うそぶ》く毒婦の傲慢《ごうまん》を、真っ二つに斬《き》り裂いた。

そして次々と生じる亡魂の瞳たちが、世界に穿《うが》たれた穴に身を投げ出していく。

ありったけの想いの光で、虚《うつ》ろな闇《やみ》を塗りつぶし、その崩壊をとどめんとする。

あきらめるな――と、世界の全てに向けて、強く叫び続ける。

◆

「まだ、だ……っ」「だよな……」「守るんだ……」「納得いかねぇ……ッ」

立ち上がる。何度でも。あきらめない。だからこそ――勇者。

【誓約者《リンカー》】【超律者《ロウラー》】【抜剣者《セイバー》】【越響者《クロスレイヤー》】――世界の理からはぐれかけた存在でありな

がらもなお、この世界を守りたいとひたむきに想い続ける者たち。
そんな彼らを支えるのもまた、交わしてきた数多の想い。
響きあう心――魂の力なのだから。
ひとりじゃない。誰もが、誰かとつながっている。
今この瞬間、ここに在ること自体がその証明。
現在。過去。未来。
想いは巡り、受け継がれ、そして世界を織《お》りなしていく。
そのつながりを忘れなければ――何度でもきっと、やり直すことはできるのだ。
「「「うおおおおぉぉぉぉぉぉぉッ!!」」」
魂が抗う。それぞれの理想郷《リインバウム》を想い描いて。
生ける者も、逝《ゆ》きし者も、異界の者さえも。
想いをほとばしらせて、この世界が必要なのだと叫んだ。
千の眼がそれらの想いを見届け、立ち向かう力へと変えてゆく。
【響融者《アストレイザー》】が――あまねく世界に向けて、魂の叫びを響かせる。

◆

「ち……ッ、そんなんで解決すりゃあ、世話ァねェんだよ……ッ」

膝《ひざ》をついたまま、黄金色に輝く空を見上げて、バノッサは毒づいた。

その右脚《あし》は半《なか》ばで千切れ、左腕も肩から失われている。

冥土獣の群れを相手に、大立ち回りをした代償だ。

お節介《せっかい》なあの【眼】のおかげで捕食されるのだけは免《まぬが》れたが、さすがにもう限界だ。

そこでひっくり返っているクソ野郎《オルドレイク》も同じだろう。

幕が下りる時が来たのだ。

（でも……そんなに悪い気分じゃないですよね？）

見透《みす》かしたように笑いながら、アイツが耳元で囁いた。

おぅよと認めて、バノッサもまた獰猛《どうもう》に笑う。

くだらねぇ理由で呼び戻されたが、やり直すだけの価値はあった。

今度こそ、この手を握り返すことができる。

（そろそろ行きましょうか……バノッサさん……）

ささくれていた心が、穏《おだ》やかに融けて、すうっと消えていく。

◆

「すまなかった……な」

哀《かな》しげに自分を見つめる妻《ツェリーヌ》に、彼はようやく詫《わ》びることができた。

『愚かなのは私です……【禁断の書架《しょか》】の鍵《かぎ》なんて……渡したから……っ』

純粋だったこの人は、迷って、道を踏み外してしまった。

「それは違います、お嬢さま……ただ、私めの心が……弱かっただけなのです……」
遠き日々――未熟な書生だった頃の口調に戻って、オルドレイクは否定する。
迂闊《うかつ》に知った真実の重さに耐えかねて、怯えながら、破戒の道を逃げ続けた。
たくさん、たくさん、悔《く》いばかりを積み重ねてきた。
（ならば何故《なぜ》――お前は【再誕】することを望んだのだ？）
聞き覚えのない声。見知らぬ男がそう問いかけた。
知らぬはずなのに、ひどく懐《なつ》かしく、そして優しげな声。
（――よい。為《な》したことが全てであり、答えなのだから――）
飽《あ》きるほど読み返し、諳《そら》んじられるまでになった【始祖】の言葉。
「あ、あぁぁぁ……っ！」
（お前が――我が想いをここまで繋いでくれたのだ――）
見守ってくれていたのだ。亡魂として。遠き不肖《ふしょう》の弟子《でし》を。
妻に手を引かれてオルドレイクが逝《い》く。ようやく報《むく》われた気持ちで、穏やかに。

◆

足りない。タリナイ。たりない。
力が足りナイ。このままではダイナシになってしまウ。
邪魔者のせいダ。取るに足らないハズだったクズどものせいダ。

ワタシは【造物主《かみさま》】なのニ！　なッタはずなのニ⁉

どうスル？　ドウすればイイ？　りかばりーノ手段ハ？？？

嗚呼《ああ》、そウか……手順ヲ変えレばいイんダ……。

喰ラウ世界ハ――まだ――在るじゃないノッ‼？


銀の揺らめきが天空に生じた。

それは巨大な【転移の門《エルゴゲート》】。

【冥土堕竜】の残《のこ》り骸《がら》を介して、彼女がレイから奪いとった異能。

【界の狭間《はざま》】を超えて、ここは異なる場所に向けて広がっていく虚空《こくう》。

『逃げるつもりか、シャリマ⁉』

追いすがるミコトを、うるさい小蠅《こばえ》のように、無数の触腕《しょくわん》で払いのけながら。

彼女はにんまりと嗤《わら》って、ゆっくりとその巨体を門の中へと沈めていく。

あまりにも大規模な転移の反動によるものなのだろうか。

鏡面の向こう側から、コンクリートと鉄骨で造られた巨大建造物が、破片となって落ちてくる――ミコトたちにとって、それは見覚えのあるものだった。

「なっ、那岐《なぎ》宮《みや》スカイブレードぉ⁉」

ひしゃげて落下してくる我が街のシンボルに、ハヤトは絶句した。

「まさか……僕たちの世界《レゾンデウム》から先に喰らうつもりなのか？」

「なんですって⁉」

トウヤの言葉に、アヤがその顔を引きつらせる。

「スカイブレードだけじゃないよっ⁉」

ナツミが悲鳴のように叫んだ。

高層ビルが、学校が、地盤ごとむしり取られて墜《お》ちてくる。人も、たくさん――――。


(これはきっと、俺のせいだ……)

ミコトは悔いていた。

何も知らなかった頃の彼が軽い気持ちで転移を繰り返してきたせいで、リィンバウムと那岐宮の街は【共界線《しがらみ》】によって結ばれてしまっていたのだ。

そしてそれは同時に、界と界とを隔《へだ》てる障壁《しょうへき》が揺らいでいることを意味する。

シャリマはそこを衝《つ》いた。

共界線《つながり》を手がかりに、その毒牙《どくが》を【地球《レゾンデウム》】に突き立てようというのだ。


彼女がとりこんだ【六番目の界の意志《レゾンデウムエルゴ》】は、偶発的に誕生したものだ。

ゆえに他のエルゴとは異なり、基盤である【地球《レゾンデウム》】を重視していなかった。

【共界線《クリプス》】の機能を正しく理解していたのかも定かではなく、あるいはその無知と無垢《むく》のおかげで、界に蔓延《まんえん》する悪念《あくねん》に毒されずにいられたのかもしれない。

・・・・・・・・・・・・・・・・・・・・・・・・
ただ漠然とつながっているだけでしかなかったのだ。

だからシャリマも、即座には【地球《レゾンデウム》】を喰らえなかった。

改めてつながりを確立するため、準備の時間が必要だったのである。

手間《てま》はかかるが確実に手に入る世界よりも、まずは界竜たちの捕食を彼女は優先した。

だが今、ミコトたちから手ひどい反撃を受けたことにより、彼女はその順番《プロセス》を変更しようとしている——内部からあまさず取りこむことはあきらめて、強引でも外部から一気に喰らってしまおうというのだ。

多少のとりこぼし《ロス》は生じてしまうが、反撃に転じる力を得るためにはやむを得まい。

その無茶が招いた結果がこれだ。

食べこぼしのようにぼろぼろと落ちてくる、那岐宮市という名の世界のカケラ。

無関係な人たちが、わけもわからぬままに、巻きこまれて。

放り出されて落ちていく。

彼《ミコト》のせいで——死んでゆく。


だが、そんな彼の嘆《なげ》きは、仲間たちの手で即座に断ち切られた。


「あきらめたりは……しないッ!!」

レックスの白き魔剣の輝きが、誰よりも素早く、落ちてくるモノたちを受け止める。

結界で優しく包みこんで、ゆっくりと島の近くに下ろしていく。

ハヤトが、トウヤが、ナツミが、アヤが。

もうひとつの故郷《せかい》を守るために、全身全霊《ぜんしんぜんれい》でそれに続く。

「ふざけた真似《まね》しやがってッ！」

ミルリーフの背に乗ったライが、怒りも露《あらわ》にシャリマへと斬りかかった。

が、間に合わない——魔性は門の向こう側へと消失し、伸ばされた蛇頭と触腕だけが襲《おそ》いかかる。慌《あわ》てて逃げまどうミルリーフを、駆けつけたコーラルがブレスで支援する。

その背に乗っていたギアンが、軽率《けいそつ》すぎるライの行為を叱《しか》り飛ばした。

「頭を冷やすんだ、ライ！　敵は【界の狭間】から、まだこちら側を狙《ねら》っているぞ‼」

彼の指摘《してき》は正しかった。鏡面から伸びる触腕は執拗《しつよう》に蠢《うごめ》き、隙《すき》あらば世界を囓《かじ》りとろうとしている。のみならず、追ってこようとする者たちを断固として阻《はば》むのだ。

「マズイぞ……このまま【地球《レゾンデウム》】が喰われてしまえば……」

シャリマは、もはや手のつけられぬ存在となるだろう。

向こうの世界《レゾンデウム》と【共界線《クリプス》】でつながる者たちも、無事ではすむまい。

ネスティの分析《ぶんせき》に、マグナは大きく息を呑んだ。

——何を呆《ほう》けておるのだ、痴《し》れ者どもめがッ‼

怒号《どごう》を放ったのは、【鬼妖《シルターン》】の界竜だった。

叫びはそのまま雷撃《らいげき》へと転じ、のたうつ異形の触手らを打ちのめす。

背後に続く鬼神《きじん》たちが、手にした武器で存分に斬りつける。

――存亡《そんぼう》の危機……消滅回避……結論、共闘の時!!

【機界《ロレイラル》】の竜の号令《コマンド》による、光学兵器の一斉射《いっせいしゃ》。

膨大《ぼうだい》な熱量が冥泥を沸騰《ふっとう》させて、捕食の暇《いとま》すら与えない。

――アレは全ての世界の敵ッ！　滅亡は……断固、受け入れられぬッ!!

【幻獣《メイトルパ》】の界竜が牙を剝《む》いて疾走《はし》る。おびただしい眷族《けんぞく》らを引き連れて。

喰らわれることで、皮肉にも彼らは怨毒《しがらみ》から解放されたのだ。

ひどく傷つきながらも、理不尽《りふじん》な終焉を退《しりぞ》けるために立ち向かう。

そんな界竜《エルゴ》たちを支えるのもまた、亡魂たちの力だった。

それぞれの世界、あるいは異界で倒れ、彷徨《さまよ》い続けてきた魂たち。

千の瞳の導きによって回帰したそれらが、生まれた世界を支えている。

愛しき故郷を護るため、想いを捧《ささ》げ、闘っているのだ。

【霊界《サプレス》】の竜が、切《せつ》なる声で願う。

『【理想郷《リインバウム》】は、我らの始源《こきよう》は、絶対に守り抜く!!　まばゆき魂の光を秘めし者たちよ！

想いの力を、その可能性を――我ら《せかい》にもう一度、信じさせてくれ!!!』

そして――【響融者《ミコト》】がそれに応《こた》えた。

『シャリマ《あのひと》に世界を好きにさせちゃいけないッ!! みんな! 俺に、俺たちの大切なものを守るために、ありったけの力を貸してくれ!!!』

【越響者《クロスレイヤー》】が、【超律者《ロウラー》】が、【誓約者《リンカー》】たちが、黄金色《きんいろ》の瞳に導かれ、【転移の門】に身を躍《おど》らせてゆく。彼らが帰ってくる場所を守るため、【抜剣者《セイバー》】が界竜らと共に、あふれ続ける冥土の獣を迎え撃つ。

◆

(ここだ! 今この時こそが——私が【命約《やくそく》】を果たす時!)

待ち続けてきた龍姫は、【始原《しげん》なる存在《エルゴ》】へと呼びかける。

【観測者】の役目はここまで。託されし力の全てを解き放ちます、と。

(王命祈願《おうめいきがん》、不惜身命《ふしやくしんみょう》、運命解放《うんめいかいほう》、破邪龍声《はじやりゅうせい》……)

魂が燃えている。私という存在が根こそぎ燃えて尽きていく。

悔いはない——とは言えない。共に消えてしまう者たちがいるから。

どれだけ詫びても、詫びきれない。

だが、震えるその背に、そっと触れる存在《たましい》たちがいた。

優しげな目で見つめる少年と、屈託《くったく》なく笑う女性。

二人をここまで連れてきた毒蛇《スカーレル》が、肩をすくめてウインクする。

最後の迷いは、それで晴れた。

両手を天に向かって広げながら、メイメイは朗々《ろうろう》と叫ぶ。

「【命約】に於《お》いて――疾《と》く、為《な》し給《たま》え!!」

よくがんばったね、と懐かしい声に迎えられながら。

時量師之龍神《ときはかしのりゅうじん》――愛する王との約束をようやく果たすことができた護衛獣《ごえいじゅう》は、幸せそうに微笑みながら、ゆっくりと昇天していった。

◆

漆黒の闇――だが、そこはけして虚空ではなかった。

数えきれぬ輝きが常《つね》に瞬《また》き続ける、広大無辺なる天宮《てんきゅう》。

そのひとつひとつが異なる【世界】であることを、ミコトは知覚していた。

【界の狭間】――世界と世界を隔てる、無限にして深遠なる領域。

そして彼が見下ろした先には、無残に食い散らかされていく世界があった。

大きなひとつの輝き《リインバウム》と、その周囲を巡る四つの光珠《こうじゅ》。

そこに向かって伸びていく、おぞましき妖蛇《ようじゃ》の群れを。

頼もしき仲間たちが、切り払い、退けていく。

「食い意地ばかり張りやがって――いい加減にしやがれよッ!!」

至竜《ドラゴン》たる愛娘《まなむすめ》を引き連れて、縦横無尽《じゅうおうむじん》にライが暴れ回る。

無謀《むぼう》な突撃を諌《いさ》めながら赤毛の男がそれを必死に追いかけ、さらにその師が粗忽《そこつ》な彼らの後始末《あとしまつ》をつけて回ってゆく。騒々《そうぞう》しくも頼もしき護り手たち。

そしてどれだけ遠く離れようとも、そんな彼らを愛する者たちの祈りは届いている。

優しい加護となり、愛されし者《リャーナ》たちに力を与えてくれているのだ。


「みんなの想いを、魔力を――ひとつに！」

アメルの呼びかけに、マグナとネスティ、そしてトリスはうなずいた。

強き意志がそのまま力に変わる、この場所でならば。

因果の律《りつ》さえ超えてのける【超律者《ロウラー》】たちと莫大《ばくだい》な記憶《おもいで》を受け継いできた【融機人《ベイガー》】、慈愛《じあい》の光で苦しみを払いのける【聖女】が、その魂を響かせれば。

哀しい過去さえも、未来を切り拓《ひら》くための希望へと生まれ変わる。

「「「全ての因果を超えて、希望の光と在《あ》れ――【機煌天使の大光翼《アルミネス・エバン・ゲイル》!!!】」」」

愛する者のために全てを捧げた機械仕掛けの天使が、今再び、その翼を羽ばたかせる。

冷たい滅びの眼差しではなく、誇らしき笑みを浮かべて。

救うための光で、哀れな泥濘《でいねい》を饑餓《きが》地獄から解き放っていく。

機鬼霊獣《ききれいじゅう》――頼もしき相棒《あいぼう》たちが、その四方を固めて護衛する。

視線を上方に転じて、ミコトは蒼く澄《す》んだ光球へと目を向ける。

遠き地球《こきょう》もまた、おぞましき牙に蹂躙《じゅうりん》されていた。

だが、今はそれを阻まんとする者たちがいる。


「「「――至源《しげん》の時より生じて、悠久《ゆうきゅう》へと響き渡るこの声を聞け！」」」

【誓約者《リンカー》】たちが唱和《しょうわ》し、【護界召喚師《パートナー》】たちがそれをアシストする。

連なり響きあう八つの魂が、託された四つの世界《エルゴ》の力を励起《れいき》し、そして――根源《オリジン》たる最強の力を目覚めさせる。

「「「断絶の剣と為せ――【絶界無刃転輪衝《エルゴ・クイン・ディエナーレ》】エエエッ!!」」」

束ねられた魔力が五色に輝いて、巨大な五本の剣を顕現させる。

【始原《はじまり》の意志《エルゴ》】の力を以《もっ》て全てを断つ、無慈悲なる閃光《せんこう》の連撃。

始まりも、終わりも、今ここにある瞬間すらも否定して、拒絶してのける。

あらゆる共界線《つながり》を断たれてしまえば、もう存在することはできない。

無かったことにしてしまう――それは傲慢にして、恐るべき力であった。

そして、ミコトは跳《と》んだ。

【界の狭間】のどこかで身を潜《ひそ》めている、全ての元凶たる毒婦のもとへと。

全てのしがらみを終わらせるために。

気の遠くなるほど遠く。魂の残穢《ざんえ》たる汚泥《おでい》で満たされた結界。
シャリマはそこにいた。身悶《みもだ》えしながら、猛《たけ》り狂っていた。
想うがままになるはずなのに、思うようにならぬ世界を呪《のろ》いながら。
そんな彼女に向かって、ミコトは呼びかける。
『もう終わりにしよう。シャリマさん』
返答は言葉ではなく、拒絶の意志に満ちた攻撃だった。
鬼女《きじょ》のごとき面相《めんそう》となった彼女からは、とっくに余裕の色が失われている。
緻密《ちみつ》な計略も、賢《さか》しげな挑発《ちょうはつ》もない。
ケダモノのように吠えて、荒れて、遮二無二《しゃにむに》襲いかかってくる。
ミコトには、それがまるで彼女のあげる悲鳴のように見えた。
けれど――――容赦はしなかった。
千の瞳の輝きが闇を射抜いて、彼女の欺瞞《ぎまん》を暴《あば》きたてる。
否定される――――その恥辱《ちじょく》と怒りに、彼女は絶叫をあげた。
抑制を失った自我《エゴ》がのたうち回って、破滅へと向かって暴走する。

◆

「な……ッ⁉」

気づいた時にはもう、マグナは異界に引きずりこまれていた。

アメルの悲鳴と、ネスティの叫びが遠くなる。
銀の門から伸びた触腕が、四位《よんみ》一体《いったい》の希望を崩《くず》しにかかったのだ。
とっさに張った結界がなければ、一瞬で消し飛んでいた。
それほどの瘴気《しょうき》。逃れることすらかなわない。
（ち、く……ッ、しょオ…………っ）
歯を食いしばり、なお絶望に抗《あらが》おうとしたその瞬間。
銀の光が一閃《いっせん》し、彼を横抱きに抱えると、破滅の底から飛び出した。

◆

（ドジった……!?）
術を行使し続ける一瞬の間《ま》を、敵は巧妙《こうみょう》に衝《つ》いてきた。
防御《ぼうぎょ》結界の緩《ゆる》みを狙い、もっとも弱い相手を襲ってきたのだ。
（でもなんで、あたしなワケ!?）
ムカつきと情けなさで、ナツミは泣きそうになった。
死んでしまうことも怖いが、みんなの足を引っ張ったことが悔《くや》しい。
誰かが欠けてしまったら、もうあの術は使えないのだ。
目をつむって、迫り来る死の衝撃に身構える。
『あなたってば……つくづく……泣き虫なのね』

面倒《めんどう》くさそうな声が、不意に耳元で聞こえたその瞬間。
銀の糸が煌《きら》めいて、彼女を護る頼もしき盾《たて》となった。

◆

（俺はいつか――君と友達であったかもしれない存在だ）
ぼさぼさの髪をかきながら、照《て》れくさげに少年は笑った。
（私はいつか――貴女に救われたかもしれない存在よ）
黒髪の少女はそう言ってから、照れてそっぽを向いた。
それはあり得ない邂逅《かいこう》。
無限に広がる可能性のひとつから、絆《きずな》の糸を辿ってきた救い主たち。
ラージュとアム――ここ《フィルージャ》とは違う世界からの来訪者。
想いの糸を束ねし勇者――【織創者《リクリプター》】。
魂に強く刻まれた想いのもと、友たちの窮地《きゅうち》を救うべく、二人は疾駆《しっく》する。

（つまるところ――ここは【特異点】なのだよ。ありとあらゆる世界の、ね）
銀の糸で敵を斬り裂きながら、イストはライにそう説明した。
当の本人は、さっぱり理解できずに目を白黒させている。
『龍姫――メイメイさんが、最期《さいご》の力を解き放ったんだね？』

同じ星詠《ほしよ》みの力をもつコーラルにはわかっていたのだ。
最終局面に至った時、彼女がこの道を選ぶことが。
彼も、彼女自身も口にしなかった理由は、確定することを恐れたから。
敵がもし【世界の記憶《アカシックレコード》】を読みとったならば、先んじて対策されてしまう。
「だからって……シャオメイのバカ野郎が……っ」
さすがに状況を把握《はあく》したライは、悔しさに歯がみした。
目の前にいたなら、ぶん殴ってでも止めていたのに。
（悲しむのは後だ。今はアレを――【異識体《イリデルシア》】となった彼女を滅ぼすのが先だろう）

【異識体《イリデルシア》】――それは、ただ界を喰らうモノ。
何も生み出さず、ただ全てを虚無《エントロピー》へと誘《いざな》っていく。
【狂える界の意志《ディエルゴ》】以上に危険な、全ての世界の敵対者。

だからこそ我々も加勢に来たのさ、とイストは告げる。
（【繭世界《フィルージャ》の守護者《エルゴ》】として、ね）
メイメイが最期に解き放った秘術。
それは可能性の集束――並行存在するありとあらゆる時間軸《せかい》から勇者たちを召喚し、
一時的にその力を借り受けるという奇策《きさく》だった。

わずかでもこの世界《リインバウム》と縁《えん》がつながっている者ならば、強引にたぐり寄せて連れてくる。

ありったけの善《よ》き可能性たちをかき集めることで、破滅に向かう運命を退けようという、まさに桁外《けたはず》れの切り札だったのである。

◆

「君も――【抜剣者《セイバー》】なのか？」
（はい。でも――私だけじゃないみたいですよ？）
にっこり笑ったアティの指し示す、その先には。
四本の【不滅の炎《フォイアルディア》】を振るって躍動《やくどう》する、四人の生徒たちの姿があった。
（知らない子もいますけど、みんな私たちの自慢の生徒みたいです）
あまりのことに、レックスは言葉もない。
（いいじゃないか、別に。手は多いほうがいいんだしさ）
（そうだぞ、レックス。そんなだから、お前はいつだって苦労しすぎるんだ）
茶化して笑うもうひとりのイスラと、ため息をつく若き日のアズリア。
真紅《しんく》の魔剣と紺碧《こんぺき》の魔剣を共に携《たずさ》えて、姉弟は颯爽《さっそう》と戦場を駆けてゆく。
「なんでも……ありすぎじゃない？？？」
（それくらいしなくちゃ勝てないってこと！）

唖然《あぜん》とするベルフラウに、抜剣《ばっけん》したもう一人のベルフラウが話しかける。

（貴女はそっちの道で、私はこっちの道を選んだ。いつかまたどこかで交わって、私が貴女と同じ立場になることだってあるのかもしれないけど――）

あの人を大切に想う気持ちは、きっと一緒だから。

（めげずにがんばりましょ？　お互いに……ね♪）


（そっかあ……。そっちが知ってる私って、すごかったんだねえ）

イストと入れ替わるようにして、駆けつけてきたのは。

ライとは違う時の流れを生きている、また別の世界のフェアだった。

互いに背中を預け合い、剣を振るいながら。

彼が教えてくれたもうひとりの自分の生き方に、彼女は唸《うな》った。

最悪の選択をすれば、自分たちもそうなるということだ。

（でもさ。こうやって世界を超えて、お互いに行き来ができるのなら……）

小首をかしげつつ、フェアは提案する。

（今の君が、そうなる前の私を助けることだって――できるんじゃない？）

「……！」

突拍子《とっぴょうし》もないその思いつきに、ライはにやりと口角を上げた。

◆

そこは、死後の世界として認識される場所。

転生の資格を得るために、死せる魂が旅を続ける【白夜】の地。

ゆえに現世と関《かか》わりあうことを、頑《かたく》なに禁じ続けてきた世界。

けれど今――時の彼方《かなた》へと去った龍姫の最期の呼びかけに応えて。

最初の【導き手】たる炎の獅子《しし》が、高らかに咆吼する。

その傍らには彼の愛弟子《まなでし》と、龍姫の志《こころざし》を継いだ悪魔の娘が控《ひか》えていた。


「ここまでの規模を喚《よ》び寄せてしまうとは、な」

冥界の泥――それは死して生まれ変わる魂が捨てていった浮世《うきよ》の残滓《ざんし》。

憎悪《ぞうお》、未練、後悔――ありとあらゆる負の想念は、まっさらとなって生まれ変わる魂からこそぎ落とされて、奈落《ならく》の底に溜《た》まっていく穢《けが》れなのだ。それらは悠久《ゆうきゅう》の時をかけて少しずつ浄化されてゆき、やがて新たな魂を形作るための糧《かて》に変わっていく。

それが今――現世へと漏《も》れ出している。

「監督不行き届きだと言われても仕方ありませんね、ファイファーさま」

「そう言うでない、ノヴァよ。アレは【不可触の存在《バルジオン》】なのだ――不用意に近づけば、我らとて呑みこまれてしまう。何人《なんぴと》であっても触れてはならぬ禁忌なのだよ」

だから手を出せずにいた。

下手に刺激しては、世界の理を傷つけてしまいかねない。

それにアレは、けして制御できないモノだ。

従っているフリをしていても、いずれ必ず、喚び寄せた者を喰らいつくす。

毛を吹いて疵《きず》を求めずとも、放っておけば自滅するのだ。

その過程における被害は、彼らの視点で見るならば、やむなき損失《そんしつ》だった。

しかし、今やそうも言ってはいられないようだ。

このまま冥界の泥が流出し続ければ、魂の総量に乱れが生じてしまう。

新たな生命が生じなくなれば、今を生き延《の》びても、やがて世界は滅ぶだろう。

そこまでの災禍《さいか》は、さすがに見過ごすことはできぬ。

「ユヅキたちを呼び寄せよ！　全力を以《もっ》て、アレを喚ぶ力の流れを断つぞ‼」

「ベクサーたちは如何《いかが》しますか？」

「フッ。放っておいても、勝手にやらかすに決まっておろう！」

◆

なんデ？　ドウシテ⁉　こンなハズじゃなイ‼?

出鱈目《でたらめ》だ。非道《ひど》すギる。

ワタシは……わたしは……不満だったダケなのニ‼

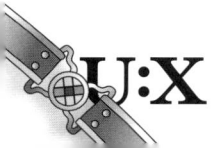

自分の力で……ナントカしようト……しタだケなのニ……。
だって——。
誰も、私のことを理解してくれなかったじゃない。
賢《かしこ》い子だと褒《ほ》めてくれた両親は、いつからか怯えるようになった。
薄気味悪い。賢《さか》し過ぎる。まるで可愛《かわい》げがない。
そんなの知らない。私はただ、思ったことを喋《しゃべ》っているだけなのに。
それが誰かを傷つけるって言われたら、何も言えなくなるじゃない。
だから、外との関わりを断ち、自分の内側だけを見つめてきた。
莫大な書物を紐解《ひもと》くことで、世界というものを識《し》ろうとした。
知りたかったのだ。こんな私が、ちゃんと生きていける方法を。
召喚術も学んだ。それが世界の理に触れる最良の方法だったから。
そして見つけた——【神】という存在を。
はぐれ召喚獣《しょうかんじゅう》としてさまよう、名も無き世界《レゾンデウム》の住人から聞き出したのだ。
【神】は造物主《ぞうぶつしゅ》であり、ほとんど【エルゴ】と等しい。
だが、決定的に違うところがあった。
【神】は救ってくれるのだ——病《や》み疲れ、苦しむ者たちを。
どんな者であっても分け隔《へだ》てなく、救ってくれるのだ。
私は焦《こ》がれた。なんとしても【神】に救ってほしいと願った。

けれど――この世界《リインバウム》に【神】はいない。
ならば、自分の手で造《つく》ろうと思った。
私だけの【神】を。私だけを救ってくれる【神さま】を。
でも、ダメだった。
【制錬者《ストレイジャー》】は出来損《できそこ》ないだった。あんなものじゃ、私は救われない。
だから、私自身が【神】になるって決めたの。
無能な【エルゴ】から力を掠《かす》めとって、思う存分《ぞんぶん》に魔力を喰らって。
私だけの世界を創る――つもりだったのに。
気づいてしまった。世界そのものが無価値でクズだったって。
そこからはもう、ぐちゃぐちゃだ。
荒れて、吠えて、何もかも壊してしまおうとした挙げ句に。
今はただ――痛い。寒くて、苦しくて、もう一歩も動けない。
なのに死ねない。そうあれと【造物主《かみさま》】の私が決めたから。
嗚呼、私は馬鹿《ばか》だ……どうして、どうして、気づかなかったのか。
（救われたい私が【神】になっても自分を救うことはできないじゃない!?）
もうダメだ。泣きたい。救われない。救いようがない。
でも――救ってほしい!!!
嗚呼、神さま……お願いです……この苦しみから、救ってください……。

しあわせになりたかった！　ふつうになりたかった！　がんばったのに！
くるしい……たすけて……かみさま……たすけて……どうか……っ。

◆

『俺は――貴女の【神】になんてなれないよ』
もはや元の形すら保てず、ぶよぶよと蠢く泥濘の海となったシャリマに。
【響融者《ミコト》】は、厳《おごそ》かに告げた。
それはきっと、自身の心の中だけに在るものだから。
余所《そと》に求めたって、絶対に出会えない。
もっと自分を認めて、許し、愛することができたのなら。
出会えたのかもしれない。けれど、彼女は別の道を選んでしまった。
そしてこれ以上を求めるのは、あまりにも酷《こく》すぎるから。
『さようなら――お母さん――』
千の眼差しが、彼女の存在を真っ白に染めあげていく。
哀しみも、憂いも、喜びもない世界。
それが救いであったかは、きっと誰にもわかるまい。

終章　さよならエルゴ ～Astraizing New World～

荒れ狂っていた世界が、再び、凪《な》いでゆく。
全《すべ》てのしがらみがほどけて、在《あ》るべき場所へと還《かえ》ってゆく。
招来されし可能性の英雄たちも、また然《しか》り。
けれども、失われてしまったモノたちはもう戻らない。
無残《むざん》に断たれた糸はほつれ、頼りなげに揺らめいて。
放っておけば、散り散りになって消えてしまうだろう。

シャリマを見送ったミコトは、しばしの瞑目《めいもく》を終えると。
最期《さいご》の役目を果たすべく飛翔《ひしょう》した。

千の瞳《ひとみ》を介《かい》して、彼は見つめる。
ぼろぼろになった世界。今にも消えてしまいそうな世界。
けれどまだ、そこに在る者たちは生きている。

必死になって、生きようとしている。
その想いを――無かったことにするわけにはいかない。
だから、彼は天に向かって飛翔する。

皓々《こうこう》と輝くのは月。
リィンバウム。レゾンデウム。サプレス。ロレイラル。シルターン。メイトルパ。
全ての世界の夜空に在って、根源たるマナをもたらし続けてきた悠久《ゆうきゅう》の輝き。
その地へと降り立ったミコトに、大いなる存在が呼びかけた。

――【響融者《いたりしもの》】よ――汝《なんじ》は今、何を望む？

それは【リィンバウムのエルゴ】――即《すなわ》ち【始原《しげん》の意志《エルゴ》】の声。
自《みずか》らの身を分け与えて、六つの世界を生み出してきた存在。
魂《たましい》の可能性を信じて、進化の螺旋《らせん》へと向かう転生の輪《わ》を創《つく》りあげた存在。
己《おのれ》と対話できる相手を欲し続けてきた、独《ひと》りぼっちの存在。

『世界を――救います』
凛《りん》とした言葉にエルゴは嘆《なげ》いた。わかってはいても、やりきれない。

それを為《な》せば、至《いた》りしこの魂は欠片《かけら》も残さず消え去ってしまう。

やっと出会えたのに。ずっと待ち続けてきたのに。

語りあいたいことは、たくさん、たくさんあるのに。

『それは——俺のあとに続く魂たちのために、とっておいてあげてください』

自分は紛い物《チート》だ。本物ではないのだ。

卑下《ひげ》するのではなく、落ち着いた言葉でミコトは語りかける。

『あなたが待つ者は、きっとこの世界から生まれてきます。時間はかかるかもしれないけれど、ちゃんと生まれてくるはずなんです——そうあるべきなんです——』

たくさんの想いと響きあって、たくさんの思い出を携《たずさ》えて。

きっと会いに来てくれる——それが理想郷《リインバウム》が果たすべき約束《みらい》。

『だから——そっと見守っていてはくれませんか？』

歯がゆきこともあろう。耐え難きこともあろう。

その愚《おろ》かさゆえに繰り返して、ヒトはまた世界を傷つけてしまうかもしれない。

『それでも……ただ、見守るだけにしてほしいんです』

子はいつか、親の庇護《ひご》から離れていくものだ。

次なる親となるために。或《ある》いは、なりたい自分になるために。

そのための道は、自分の足で歩んでゆくしかない。

守られてばかりでは、その先へと進むことはできないから。

——それが、滅びに向かう道であったとしても……か？

はい、とミコトは答えた。

——他の世界すらも巻きこんで、滅びに向かうとしてもか？

困ったように笑ってから、答えず、ミコトは両手を大きく広げた。

◆

「なんだ、ありゃあ⁉」

激戦を乗り越えて、くたくたに疲れ果てて。

荒れ果てた故郷《リインバウム》の地で再会した勇者たち。

最初に異変に気づいたのはライだった。

「月が——砕《くだ》けていく——」

呆然《ぼうぜん》として、マグナはつぶやいた。

永遠不滅だと思っていた存在が、音もなく崩壊《ほうかい》していく。

爆《は》ぜて、砕けて、花火のように瞬《また》いて。

おびただしい流星雨《りゅうせいう》となって、まっすぐに落ちてくる。

「大丈夫だよ……」

レックスにはわかっていた。

あれは破滅をもたらす凶兆《きょうちょう》ではない。

この世界————いや、全ての世界を救うために放たれた光。

【響融者《アストレイザー》】がもたらす最期の奇跡。

「どうして……そこまで、してくれるんだよ……っ」

ハヤトは泣いていた。涙があふれて止まらなかった。

◆

世界の記憶を辿《たど》りながら、ミコトは考える。

欠けたモノを取り戻すことは、今の自分であってもできない。

そして歪《ゆが》んだ部分をそのままにすれば、同じことの繰り返しにしかならない。

だから、想い描く。

互いに奪いあうことも、争うことも必要ではなくなる世界。

強《し》いられた【誓約《のろい》】ではなく、信じあえる【誓約《ちかい》】によって、異なる者同士が助けあって高めあっていける世界を。

夢物語なのはわかっている。

どれほど満たされた世界であっても、光の下に影は生まれるし、暗い気持ちは消えない。

ぶつかりあって傷つけあうこともあるだろう。それは仕方のないことなのだから。

だから————せめて————許しあえるように。

振りあげた拳《こぶし》を途中で止められる勇気と、優しさを忘れないでいられるように。

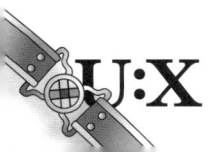

ミコトは祈る。
全ての世界が手を携えて、より素晴らしい未来を目指せるように。
つなげて、補《おぎな》いあって、もっと近くで高めあえるように。
五つの世界をひとつにつなげて、新たな理想郷へと響融《きょうゆう》させていく。
月の輝《マナ》きを助けとして、新世界を創りあげていく。
【地球《レゾンデウム》】は――まだ、無理だな――）
千切《ちぎ》れた【共界線《クリプス》】を編み直しつつ、ミコトはそう判断した。
【異識体《イリデルシア》】に取りこまれたエルゴは、ほとんど力をなくしてしまっている。
不安定な今の状態のまま、無理につなげてしまうのはよくないだろう。
（だけど、きっと……そう遠くない未来に……）
道は開かれるだろう。それは多分、彼の後に続いていく者たちの役目だ。
（ああ……さすがに……限界かな……）
意識が遠くなる。魂の熱が消えていく。
眠い――ものすごく――眠い――。
（ミコトぉッ！）（ミコトっ！）（ミコトくん！）（ミコトぉーっ！）
呼んでいる――俺の名前を。
共に戦ってきた者たちが。出会ってきた仲間たちが。

ううん、それだけじゃない。もっとたくさんの声。
知らない声もある。名前ですらない呼びかけも。
でも、呼んでいる――喚《よ》んでくれている。
消えないでくれ、と。
忘れたくないんだ、と。
世界が救われても――それだけじゃイヤなんだ――って!!

【始原《はじまり》の意志《エルゴ》】は見た。
視《み》て、聴いて――そして識《し》った。
自らが生み出した可能性たちが、己の理《ことわり》を超えた未来《さき》を示す瞬間を。
数多《あまた》の想いが集《つど》ってゆく。
消えゆくミコトの魂をつなぎ止めて、救うために。
響きあい、惹《ひ》かれあった魂《ランデヴー》たちが輝く。
それはまるで星たちの煌めき。
その光に導かれるようにして、ゆっくりと彼はその姿を変じていく。
千の瞳――亡魂《ぼうこん》たちの想いをその身へと宿した黄金色の竜。
それが、彼の魂が新たに至ったカタチだった。

その時は――――と、【千眼の竜《ミコト》】は、噛《か》みしめるように言った。
『そんな未来が訪れてしまったなら、俺が全てを無に還すって約束します』
それは【響融者《アストレイザー》】として、この世界を新生させた者としての責任だ。
けして違《たが》えられぬ【命約】――――けれど、彼は信じている。信じられる。
『でも、きっと……大丈夫だから……』
そうだな、と応じた【始原の意志《はじまりエルゴ》】は。
ほんの少しだけ、笑っているように思えて。
疲れきった千眼の竜《ミコト》は、ゆっくりとその眼《め》を閉じていく。
幸せな未来が訪れることを夢見て、祈り続けながら――――。

◆

かつて――――界と界とが相撃《あいう》つ争いがあった。
それは【狂界戦争】――――憎《にく》しみの連鎖《れんさ》が招いた哀《かな》しき戦い。
四人の勇者が集《つど》いて、苦難の果てにこれを鎮《しず》める。
【誓約者《リンカー》】【超律者《ロウラー》】【抜剣者《セイバー》】【越響者《クロスレイヤー》】なり。
荒廃した界と界は【響融化《アストライズ》】され、新たなひとつの【理想郷】となった。
異界はもはや異界に非《あら》ず。王の結界《けっかい》も必要なし。
悪《あ》しき【誓約】は無効となり、【召喚術】は在るべき姿を取り戻す。

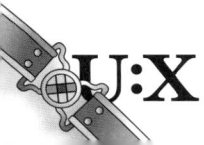

想いを重ね、響かせあうことで、誰もが盟友たりえる世界。
この幸せを噛みしめて、我らは共に歩んでいかねばならない。
もう二度と、哀しみの連鎖を繰り返さぬために。

そして――――けして、語られることのない真実がある。
誰よりもその身を捧《ささ》げて、この世界を救ってくれた五人目の勇者。
【響融者《アストレイザー》】――――この新世界を、我らに託《たく》してくれた恩人。
【千眼《せんがん》の竜】へと至りし、誰よりも命の尊《とうと》さを識る者。
夜を静かに見守る、今は砕けた月の世界で。
【千眼の竜】は微睡《まどろ》み続ける。
幽《かそ》けき声たちの囁《ささや》きに、そっと耳を傾けながら。
どうか目覚める時が来ないようにと、祈りながら。
静かに――――眠り続けているのだ。

だから――――せめて我らは、彼を忘れずにいよう。
もう語りあうことはできずとも、ずっと想い続けよう。
君がいてくれたからこそ、今があるのだから。

【響界戦争】――俺たちだけは、そう呼び続けよう。

たくさんの可能性に助けられ、信じて託された未来。

その始まりは、けして昏《くら》い記憶だけじゃないから。

界と界とが心を響かせあった、大切な時間だったのだから。

◆

「あ！　だいこうちょう、やっぱりここにいたーっ♪」

ぺふぺふと足音を立てて、元気に駆け寄ってくるのはペリエ。

俺は胸ポケットに手帳を仕舞《しま》い、ほったらかしだった釣り竿《ざお》を手に取る。

【響友《クロス》】である彼女の後ろには、当然、彼の姿もあった。

「ペリエってば、騒いじゃダメだろ。魚が逃げちゃうよ」

「どうせ、つれない。へたくそだから」

「ちょっ、ペリエっ!?」

「あははは……」

すみませんと頭を下げまくるフォルスに、気にしないでと手を振ってみせる。

「それよりも、旅の準備はもういいのかい？」

彼らは明日、この島《セイヴァール》を発《た》つ。

調停召喚師としての任務で、研究施設へと出向するのだ。

にわかに増え始めた冥土《めいど》による災禍《さいか》。その有力な対抗手段として。

「そっちは万全《ばんぜん》です。時間通りに起きられさえ……すれば……」

とても真面目《まじめ》な彼なのだが、時として致命的な寝坊《ねぼう》をやらかすらしい。

あれさえなければ、と管理官《ラディリア》もぼやいていたっけ。

「ま、そんなに神経質にならなくてもいいさ。その時はその時で怒られれば」

「い、いいのかなあ……」

今の彼はこの都市を救った英雄のひとりだ。

それくらいのことで怒られたりはしまい。しないと……いいな。

「……なにこれ？　ひみつめも？？？」

どうやら自分は慌《あわ》てていたらしい。

仕舞ったつもりの手帳が、ぽろりと草の上に落ちていた。

「なんていうか――昔の覚え書きみたいなものだよ」

そそくさと取り返しながらそう説明する。まあ、嘘《うそ》ではない。

「それって、もしかして【狂界戦争】の頃の話だったりします⁉」

フォルスのほうが食いついてきた。目をキラキラとさせている。

無理もない。彼らの世代にとっては、もう気の遠くなるほど昔の英雄譚《たん》だ。

さらには子細《しさい》がぼかされ続けてきたせいで、やたらロマンスめいている。

聞きたくて聞きたくて、しょうがないのだろう。

「えーっと……」

はぐらかすこともできたが、不思議とそんな気にはならなかった。

もしかすると、これも千眼《かれ》の導きなのかもしれない。

(それにライル機関に行けば、おのずと知ることになるだろうしな)

少しだけ、聞かせてあげてもいいかもしれない。

ううん——きっと、俺が話したいんだ。

「じゃあ、ちょっとだけ……」

わくわくしながら、身を乗り出してくる生徒たちに。

俺は久しぶりに先生らしい顔をして、語り始めるのだった。

【サモンナイトU：X《アンリミテッド・クロス》】——完

POSTSCRIPT

ついに。ようやく。なんとか。とうとう。

終わりました――『サモンナイト・アンリミテッド・クロス』――完結です。

前巻から5年ぶりですね。急ぐとかいう話はどこへいったのでしょうか。

関係者の皆さまには、たくさんの迷惑をかけまくってしまいました。

読者さまからもかなり厳しいお叱りの手紙をいただきました。

呆れるほど待たせてしまって、本当にごめんなさい。


恥を承知で説明させていただくと、最初の2年くらいの間は、都月《みやこづき》が完全にポンコツ化してました。ゲームの新作と平行して突っ走った反動なのか、見事に燃え尽きてしまい、続きどころか文章そのものを書くことすら無理な状態になってしまっていたわけです。

お医者さんによれば過剰ストレスだそうで、不眠やら躁鬱《そううつ》やら蕁麻疹《じんましん》やらをひとしきり体験しつつも、ただただ自然回復を待つしかないというトホホなありさまでした。

周囲の皆さまのご理解と助けもあって、今はなんとか復調しております。

徐々《じょじょ》に仕事復帰し、集大成となる最終巻と向き合える状態になるまでさらに3年弱。

重ねて、お詫《わ》びとお礼を申し上げます。

この物語の結末を待ち続けてくださって、本当にありがとうございました。

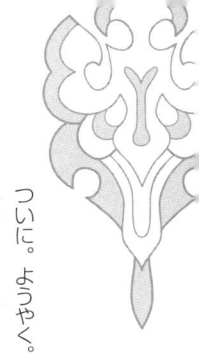

そして本作をもって、都月がリィンバウムの物語に触れるのは最後となります。

1999年に最初の『サモンナイト』がゲームとして世に出てから、20年以上かけて関《かか》わってきましたが、書ききれずにいた多くのことをこの『U:X《ユークロス》』で伝えられました。

恵まれたことだと思っています。

全作品がクロスしていくというゲームの形式では扱いきれない規模の物語は、シリーズ小説という場をもらえなければ、きっと都月の脳内妄想だけで終わっていたでしょう。

結末まで一気に進められるゲームとは異なるため、途中の重めな展開がつらかった方もいらっしゃったかと思いますが、1巻のあとがきで約束をしたように、未来へとつながる大団円になっているはずです。

そのうえで――これが正史であるかどうかは、読んでくださった皆さんに委《ゆだ》ねます。

シリーズを通じて、永い時間をかけて、それぞれが想い描いてきたリィンバウム。

それが最強で最高の理想郷なんだと都月は思っています。

それでは、またどこか別の物語の舞台で。

とりあえずは――『マグラムロード』かな?

都月景　拝

JUMP j BOOKS

■初出
サモンナイト U:X〈ユークロス〉―響界戦争―　書き下ろし

サモンナイト U:X〈ユークロス〉
―響界戦争―

2021年3月23日　第1刷発行

著　者
都月 景　飯塚武史　和狸ナオ

装　丁
亀谷哲也（PRESTO）

編集協力
藤原直人（STICK-OUT）　谷口明弘（由木デザイン）

編 集 人
千葉佳余

発 行 者
北畠輝幸

発 行 所
株式会社 集英社

〒101-8050 東京都千代田区一ツ橋2-5-10
TEL［編集部］03-3230-6297
［読者係］03-3230-6080
［販売部］03-3230-6393（書店専用）

印 刷 所
図書印刷株式会社

ホームページ　http://j-books.shueisha.co.jp/

Printed in Japan　　ISBN 978-4-08-703508-7 C0293